Plötzlicher Tod einer Nutte

Do you really want to be another dead hero?
Luka Bloom

Jürgen Heimbach

Plötzlicher Tod einer Nutte

LEINPFAD
VERLAG

Die Handlung und alle Personen sind völlig frei erfunden;
Ähnlichkeiten wären rein zufällig.

Umschlag: kosa-design, Ingelheim
Lektorat: Rebecca Niesen, Ursula Niggemeyer, Angelika Schulz-Parthu
Layout: Leinpfad Verlag, Ingelheim
Druck: Druckerei Wolf, Ingelheim

Leinpfad Verlag, Leinpfad 5, 55218 Ingelheim,
Tel. 06132/8369, Fax: 896951
E-Mail: info@leinpfadverlag.de
www.leinpfad-verlag.de

ISBN 978-3-937782-86-7

Inhalt

Personenverzeichnis 7

Teil I: Anstett 1992/1993 9
Teil II: Reza 2007 61
Teil III: Die Vernissage 2008 297

Danksagung 310
Über den Autor 310

Verzeichnis der wichtigsten Personen:

Wolfgang Anstett:
Jurist, Fraktionsmitarbeiter von Dr. Maser, aber das reicht ihm natürlich nicht, ehrgeizig und fleißig wie er ist; leider hat er aber auch eine Vorliebe für käuflichen Sex der übelsten Spielart

Dr. Peter Paul Maser:
Politiker, Mitglied des rheinland-pfälzischen Landtags, protegiert Anstett, ist konservativ und verlangt von seinen Mitarbeitern die Einhaltung der traditionellen Werte; liebt zeitgenössische Kunst

Shark:
mit bürgerlichem Namen Robert Wombach, Zuhälter mit Stil und Geschmack, betreibt das exklusive Bordell ‚Titania' in der Nähe von Wiesbaden

Ignatius Reza Gumbrich:
Berufsaussteiger, will sein Leben ändern und hat alle Mühe, am Leben zu bleiben

Hermia:
mit bürgerlichem Namen Regine Müller, bittet ihren ehemaligen Kollegen Reza um Hilfe, will ebenfalls ihr Leben ändern

Magdalena Michel:
Fan von Reza, erweist sich als äußerst hilfsbereit, verlangt aber auch eine kleine Gegenleistung

Maurice Azama:
wohlhabender Freigeist, betreibt eine Boutique in Wiesbaden

Jerry:
mit bürgerlichem Namen Rashid Mamoun, gebürtiger Libanese, Pornofilmproduzent mit Berufsethos, Old School sozusagen

Reiner Vollbracht:
Journalist, Zweifler, ist aber im richtigen Moment zur Stelle

Kitty:
mit bürgerlichen Namen Annkathrin Beimer, hat ein Geheimnis

Teil I:
Anstett 1992/1993

1

Wolfgang Anstett glaubte bis zu diesem Abend, auch in außergewöhnlichen und überraschenden Situationen cool und überlegen bleiben zu können. Aber diese Sache hier, das wusste er gleich, konnte ihm richtig gefährlich werden. Wenn davon nur ein Sterbenswörtchen an die Öffentlichkeit drang, war er erledigt. All seine Karrierepläne wären mit einem Schlag vernichtet.

Unruhig öffnete er die Tür einen Spalt weit und sah hinaus. Vor ihm lag der schmale, in ein mildes Licht getauchte Flur, der, wie alle Räume in diesem Haus, mit einem dicken Teppich belegt war, der jedes Geräusch schluckte. Anstett, ein großer Mann mit zerzausten hellbraunen Haaren und einem grauen Anzug, aus dessen Hose ein weißes Hemd heraushing, sah erst nach rechts, dann nach links. Der Flur war menschenleer und alle anderen Türen waren geschlossen. Er fuhr sich mit der rechten Hand durch die Haare und schob sie aus der Stirn, bevor er sich noch einmal umdrehte und zu dem verrenkten Leib auf dem Bett hinübersah. Warum gerade heute? Was war da passiert? Er hatte diese Elena doch noch nicht mal richtig angefasst. Bevor diese Gedanken ihn völlig lähmten, schob er die Tür noch ein Stück weiter auf und trat auf den Flur hinaus, zog sie hinter sich zu und schlich zu der Treppe, die nach unten in den Eingangsbereich und zu Henri, der Empfangsdame, führte, einer etwa sechzigjährigen Frau mit weiß gefärbten Haaren und grell geschminktem Mund. Nervös kramte er in seiner Hosentasche, um die obligatorischen zehn Mark für sie parat zu haben. Wortlos, wie immer. Nur nicht die Gewohnheiten ändern. Die Nutte hatte noch gelebt, als er gegangen war, redete er sich ein. Das Gegenteil sollte ihm erstmal jemand beweisen.

Anstett wollte gerade auf die erste Stufe der Treppe treten, da legte sich eine Hand um seinen Oberarm, so fest, dass er keine Chance hatte, sie abzuschütteln. Er hatte niemanden gesehen oder gehört.

„Mitkommen!“, befahl eine Stimme. Ruhig, leise und mit der Gewissheit, dass Widerstand zwecklos war. Anstett wandte sich erschrocken um und blickte in die Schlägervisage eines dieser Typen, die er in diesem Haus bisher immer nur von Weitem gesehen hatte und die allein durch ihre Anwesenheit für Ordnung sorgten. Dieser hier trug eine schwarze Augenklappe und war kahl rasiert, was seinem wuchtigen Körper eine noch brutalere Note verlieh. Der Mann verzog keine Miene. Anstett wusste, dass Shark, der Besitzer des ‚Titania', mehrere von diesen Kerlen im Haus und in der Nähe postiert hatte, um aufzupassen, dass keine ungebetenen Gäste kamen und Randale machten.

„Was soll das?", fauchte er den Mann an, nachdem er die erste Schrecksekunde überwunden hatte.

Der Kahlrasierte blieb stumm, schraubte seine Hand noch ein wenig fester um den Oberarm seines Opfers und schüttelte nur ganz leicht den Kopf. Es kostete Anstett eine Menge Selbstüberwindung, nicht aufzuschreien.

„Lassen Sie mich los!", forderte er, aber seine Stimme klang nicht halb so bestimmt, wie er das beabsichtigt hatte.

Endlich machte der Typ seinen Mund auf. „Warum so eilig?" Er hörte sich völlig gelangweilt und desinteressiert an.

Anstett atmete einmal tief durch, um jeden Anflug von Aufregung aus seiner Stimme zu verbannen. „Weil ich fertig bin!" Er spürte das leichte Zittern in seiner Stimme.

Statt einer Antwort zog ihn der Kerl zurück in den Flur bis zu Elenas Zimmer, nahm aus seiner Tasche den Generalschlüssel, öffnete die Tür und stieß Anstett in den Raum, der nur von einer Lampe hinter einem Spiegel indirekt und gedämpft beleuchtet wurde, was im Zusammenspiel mit der blassroten Tapete eine erotische Stimmung vortäuschte. Auf dem Bett lag Elena noch genauso da, wie Anstett sie verlassen hatte. Die Augen aufgerissen, den nackten Körper seltsam verkrampft, das linke Bein ausgestreckt, das rechte angewinkelt, die halblangen blonden Haare wie ein Kranz um ihren Kopf verteilt. Er hatte gehofft, dass sie sich in der Zwischenzeit bewegt hätte, dann wäre das alles nur ein böser Traum gewesen.

Der Kahlrasierte nahm aus der Tasche seines schwarzen Blousons ein kleines Funkgerät, das kurz knackte, dann sagte er, noch immer so ruhig und leise wie vorhin im Flur: „Komm mal kurz in die Zwölf“ und steckte das Gerät wieder ein.

Anstett sah zur Tür und berechnete seine Chancen, sie mit zwei schnellen Schritten zu erreichen und einfach wegzurennen. Aber er wusste, dass das eine blödsinnige Idee war und alles nur noch schlimmer machen würde. Kaum eine Minute später stand ein Mann mit einem unauffälligen Kurzhaarschnitt und einem braunen Anzug, der seinen muskulösen Körper nicht verbarg, in der Tür. Shark, dessen bürgerlichen Namen Anstett nicht kannte und mit dem er nur einmal persönlich gesprochen hatte, gab seinem Schläger mit einem Kopfnicken zu verstehen, den Mann aus dem Zimmer zu schicken. Der Kahlköpfige stieß Anstett grob zur Tür. Dort blieb er kurz neben Shark stehen, der ihn mit seinen blauen Augen kalt ansah, und drückte sich schnell an ihm vorbei aus dem Zimmer.

Anstett war froh, wieder draußen zu sein. Ihn ekelte die Tote, er verstand nicht, wie das hatte passieren können. Er war nicht besonders brutal gewesen, hatte nicht einmal richtig angefangen, versuchte er sich zu beruhigen. Wenn diese Geschichte öffentlich wurde, war er erledigt, ganz egal, ob ihn eine Schuld an dem Tod der Nutte traf oder nicht. Alles lief so gut im Moment. Er war vor einem halben Jahr Fraktionsmitarbeiter von Peter Paul Maser geworden, der den Fachausschuss für Wirtschaft und Verkehr im Landtag leitete und mit dem er sich allen Unkenrufen zum Trotz sehr gut verstand. Maser würde ihm die Tür zu weiteren Karriereschritten öffnen. Und nun das!

Hinter einer der anderen Türen hörte er ein Geräusch. Wenn jetzt jemand auf den Flur käme, der ihn erkannte! Er drehte sich rasch zur Seite und senkte den Kopf.

Zwei Minuten später trat Shark aus Elenas Zimmer. „Kommen Sie!“, befahl er und ging ohne ein weiteres Wort zum Treppenhaus. Er führte Anstett in ein großes Büro im zweiten Stock und deutete ihm mit einer knappen Geste an, in einem der Ledersessel Platz zu nehmen. Er selbst ging an einen schmalen braunen

Schrank, der gerade mannshoch war, zog eine Klappe auf und entnahm der Bar dahinter eine Flasche und zwei Gläser, die er zu einem Drittel mit einer dunklen Flüssigkeit füllte.

Anstett sah sich in dem Büro um. Ihn überraschte der gediegen konservative Geschmack der Einrichtung. Den hinteren Teil des Raumes dominierte ein großer dunkler Schreibtisch, auf dem eine alte Bankiers-Schreibtischlampe mit einem grünen Glasschirm stand. Ein kleines Tintenfass und zwei oder drei Mappen waren alles, was sich sonst noch darauf befand. Hinter dem Schreibtisch stand ein Bücherschrank, der, soweit Anstett das erkennen konnte, mit alten Büchern gefüllt war, die durch eine Glasscheibe geschützt waren.

Der dunkle Ledersessel, auf dem Anstett saß, hätte einem englischen Club alle Ehre gemacht, schwer, mit gesteppten Nähten und fest. Ein weiterer Sessel, eine Couch sowie ein kleiner Tisch vervollständigten die Sitzgruppe. Nicht weit davon entfernt stand der Schrank, aus dem Shark die Flasche genommen hatte. Auch in diesem Büro war der Boden mit einem dicken Teppich ausgelegt, und an den Wänden hingen zwei Druckgrafiken, die sich gut in das Restensemble einfügten. Die dunkelroten Vorhänge an den beiden Fenstern des Raumes waren zugezogen.

Shark kam mit den gefüllten Gläsern zu Anstett herüber, reichte ihm eines davon und setzte sich in den zweiten Sessel. Mit einer knappen Bewegung seiner Hand prostete er seinem Gast zu. Beeindruckt stellte Anstett nach dem ersten Schluck fest, dass der Cognac von der allerfeinsten Sorte war.

„Elena ist tot!“, eröffnete Shark lapidar das Gespräch.

„Ich habe sie nicht …“, setzte Anstett an, aber Shark ließ ihn nicht zu Ende sprechen.

„Das ist nicht die Frage.“

Verwundert sah Anstett den Mann ihm gegenüber an, der, bevor er konkreter wurde, einen weiteren Schluck von seinem Cognac nahm und ihn einige Sekunden in seinem Mund ließ, bevor er ihn hinunterschluckte. Anstett überlegte, dass dieser Zuhälter genauso gut ein Anwalt oder Unternehmer sein könnte. Sein Anzug und das gleichmäßige Gesicht mit den markanten Zügen und dem strengen Kinn verliehen ihm eine weltmännische Eleganz. Hervorstechendes Merkmal waren die stahlblauen Augen, mit denen Shark ihn fixierte.

„Die Frage ist", sagte er, „wie gehen wir mit dem Problem um. Ich nehme an, dass Sie nicht über die Mittel und die Möglichkeiten verfügen, die Leiche so zu entsorgen, dass weder Ihnen noch mir Unannehmlichkeiten entstehen."

Sharks ruhiger und analytischer Umgang mit dem Vorfall machten Anstett noch mehr klar, dass der Zuhälter nicht daran interessiert war, ihn den Wölfen der Presse und der Öffentlichkeit auszuliefern, und das ließ ihn selbstsicherer werden.

„Ich möchte klarstellen, dass ich Elena nicht umgebracht habe. Sie ist plötzlich einfach zusammengesackt. Sie haben gesagt, dass sie auf die harte Tour steht, und ich war noch nicht mal bei fünfzig Prozent." Anstett war ohne Absicht während des Sprechens laut geworden. Shark sah ihn mit seinen harten blauen Augen an und wiegte ganz leicht den Kopf.

„Nur die Ruhe!", forderte er. „Wie auch immer es passiert ist, es ist passiert. Sie haben ein Problem. Ich nehme an, dass es nicht in Ihrem Interesse ist, dass der", er machte eine kurze Pause und betrachtete seinen Cognacschwenker, „kleine Zwischenfall an die Öffentlichkeit kommt."

Anstett nickte.

„Das ist auch nicht in meinem Interesse, denn so ein Zwischenfall ist nicht gut fürs Geschäft. Darüber hinaus habe ich natürlich auch einen finanziellen und einen emotionalen Verlust zu beklagen."

Anstett überlegte, was der Mann von ihm für seine Hilfe und sein Schweigen verlangen würde und über welche finanziellen Mittel er verfügte, die er jemandem überlassen könnte, ohne dass dies seiner Frau auffiele.

Shark missverstand Anstetts in die Leere gehenden Blick. „Sie verstehen nicht? Nun: finanziell, weil Elena einen guten und festen Kundenstamm hatte, der übertariflich für ihre außerordentlichen

Qualitäten bezahlt hat. Emotional, weil ich in der kurzen Zeit, die ich diese Frau kenne, neben ihren beruflichen Fähigkeiten auch ihre menschlichen Qualitäten zu schätzen gelernt habe."

„Was wollen Sie von mir?" Anstett spürte, dass seine Unsicherheit verflog. Der Mann wollte mit ihm ins Geschäft kommen, also war alles eine Frage des geschickten Verhandelns.

Doch Shark verblüffte ihn. „Nichts!", antwortete er lapidar.

„Nichts?!"

„Nicht ganz nichts, möchte ich mich verbessern", korrigierte sich der Zuhälter. „Nicht gleich. Ich helfe Ihnen, weil Sie in Not sind. Vielleicht werde ich in den nächsten Jahren in eine Notsituation kommen, in der ich Ihre Hilfe brauchen werde. Sie sind ehrgeizig, man sagt Ihnen eine Zukunft als Politiker und einflussreicher Mann voraus."

„Kein Geld?", fragte Anstett.

Shark lächelte. „Es mag ein wenig großkotzig klingen, wenn ich behaupte, dass ich über Geld, sagen wir mal, in ausreichender Menge verfüge. Ich bin der Meinung, man sollte als Geschäftspartner immer das in eine Beziehung mit einbringen, was man Besonderes hat und kann. Ich habe die Möglichkeit, Ihnen jetzt in dieser Situation zu helfen. Geld nützt da nur wenig. Wenn ich Sie um Hilfe bitte, erwarte ich von Ihnen, dass Sie mir die im Rahmen Ihrer Möglichkeiten ebenso unkompliziert gewähren wie ich Ihnen heute."

Obwohl Shark weiterhin ruhig gesprochen hatte, spürte Anstett genau die Drohung, die in seinen Worten lag, aber die Frage rutschte ihm einfach so heraus.

„Was wollen Sie konkret?" Er merkte noch während des Sprechens, dass das ein Fehler gewesen war.

„Bitte, Herr Anstett", sagte Shark streng, und es war das erste Mal, dass er den Mann in seinem Büro mit seinem Namen ansprach und damit deutlich machte, wie sehr er ihn in der Hand hatte und die Regeln bestimmte. „Ich habe mich doch sehr konkret ausgedrückt. Ich glaube nicht, dass man Ihnen bei meinen Kollegen, vorausgesetzt, Ihnen wäre dort das glei-

che Malheur wie hier passiert, in dieser Weise helfen würde."
Anstett nickte nur und wartete, dass Shark weitersprach.
„Ich werde Sie jetzt auf einem Weg, auf dem Sie niemand sehen kann, aus diesem Haus führen. Sie machen, dass Sie wegkommen, und werden sich für den heutigen Abend ein Alibi besorgen. Niemand wird von der Toten erfahren."
„Wird sie nicht vermisst werden?"
„Elena? An ihrem Akzent werden Sie gemerkt haben, dass sie nicht von hier ist."
„Ja", bestätigte Anstett. Er hatte schon völlig vergessen, dass die Stimme der Toten den harten und rauen Klang von Menschen aus Osteuropa hatte.
„Elena kommt aus Rumänien. Ihre Eltern sind unter dem Regime dort umgekommen."
„Keine Verwandten? Keine Freunde? Niemand, der sie suchen wird?"
Shark nahm sein Cognacglas von dem kleinen Tisch und nippte genüsslich daran.
„Herr Anstett, wir schreiben das Jahr 1992. Vor drei Jahren hat die viel besprochene und beschriebene Neuordnung Europas begonnen. Das gilt für die Politik ebenso wie für die Wirtschaft, auch für die Branche, die ich hier betreibe. Es kommen sehr viele Frauen aus dem Osten Europas nach Westeuropa, um an den Segnungen unserer kapitalistischen Grundordnung teilzuhaben. Für das, was diese Frauen tun, haben die meisten ihrer Freunde und Verwandten in den Heimatländern allerdings nur wenig Verständnis. Also kommen sie heimlich und oftmals illegal hierher. Ergo: Niemand wird sie vermissen."
Anstett war alles andere als ein feinfühliger Charakter, aber so kalt und berechnend, wie Shark argumentierte, erschreckte er ihn doch; in den Schrecken mischte sich jedoch auch Bewunderung für so viel Kaltblütigkeit.
„Herr Anstett, wir müssen!", sagte Shark und stand auf. „Ich habe noch einiges in dieser Nacht zu tun."
Anstett erhob sich ebenfalls und folgte dem Mann in den Flur,

wo dieser, unbemerkt von seinem Gast, auf einen versteckten Knopf drückte, worauf sich auf der rechten Seite eine Tapetentür öffnete, die in einen kurzen schmalen, von einer Neonlampe beleuchteten Gang führte. Von der heimeligen Puffatmosphäre, die die beiden Männer vor wenigen Sekunden noch umfangen hatte, war nichts mehr zu spüren. Sie stiegen eine enge Steintreppe drei Stockwerke hinab in einen gewölbeartigen Raum, der in dem schwachen Neonlicht aus dem Treppenhaus sehr geheimnisvoll wirkte. Shark behinderte die Dunkelheit nicht. Mit wenigen sicheren Schritten hatte er eine Tür erreicht und öffnete sie. Frische Luft, die nach Laub roch, wehte bis zu Anstett. „Kommen Sie!"

Anstett folgte der Stimme und kam Sekunden später durch eine schmale Tür an eine Treppe. Er stieg hinter Shark die paar Stufen nach oben und stand auf der unbeleuchteten rückwärtigen Seite des Hauses. Nur wenige Meter entfernt erkannte er im Mondlicht seinen dunkelblauen Audi. Überrascht und verblüfft sah er den Mann neben sich an.

„Alles eine Frage der Organisation und guter Leute", beantwortete der die Frage, bevor sie überhaupt gestellt wurde. Anstett griff in seine Hosentasche. Sein Autoschlüssel war weg. Der Kahlrasierte musste ihn unbemerkt herausgenommen haben.

„Der Schlüssel steckt. Fahren Sie los und vergessen Sie mich nicht!", sagte Shark, und der drohende Unterton war dieses Mal nur wenig kaschiert.

Erst als er die schmale Zufahrt zu dem Anwesen hinter sich hatte und bereits einige Meter auf der Straße gefahren war, schaltete Anstett das Abblendlicht seines Wagens ein.

2

Anstett war vor seiner Frau zu Hause, die an diesem Abend mit zwei Freundinnen ein Konzert im Theater besuchte. Sophie, seine Tochter, übernachtete bei der Oma. Er schenkte sich einen Grappa ein, setzte sich ins Wohnzimmer und sah sich um. Die weißen

Sessel, die Couch, auf der er saß, der Glastisch und die weiße Vitrine – ihm fiel auf, dass das Weltmännische, das er in Sharks Büro empfunden hatte, in diesem Raum trotz der geschmackvollen Einrichtung völlig fehlte. Hier schrie aus allem das Bürgerliche, das Gemütliche. Und der erste Schluck von dem Grappa schmeckte fad, kein Vergleich zu Sharks Cognac.

Anstett hatte seine Unruhe noch nicht niederzwingen können und ging zu seinem sehr teuren Plattenspieler – einem Luxus, auf dem er bestanden hatte – und legte eine Platte von Chet Baker auf. Ein Blick auf die Uhr im Videorekorder verriet ihm, dass er noch fast zwei Stunden Zeit hatte, bis Barbara nach Hause kommen würde. Zeit, die Situation, in die er da geraten war, zu überdenken.

Während die Musik langsam und schwer den Raum füllte, ging Anstett im Wohnzimmer umher. Was führte dieser Shark im Schilde? Welchen Vorteil erhoffte er für sich aus der Situation ziehen zu können? Anstett fiel es schwer, zu glauben, dass der Zuhälter keine direkten Forderungen gestellt hatte. Klar, er hatte versprechen müssen, dass er ihm im Falle eines Falles zur Hilfe verpflichtet war. Aber der musste ja gar nicht eintreten. Mehr beunruhigte Anstett, dass Shark seinen Namen kannte. So weit er sich erinnern konnte, hatte er ihm den nie genannt. Vor wenigen Wochen hatte es einen Vorfall gegeben, in Anstetts Augen eine Bagatelle, weil eines der Mädchen sich über ihn beschwert hatte, dass er sie zu hart rangenommen hätte. Auch da hatte Shark die Situation ruhig und professionell gelöst. Er hatte Anstett angeboten, dass es kein Problem wäre, wenn er auf die harte Tour stünde, ihm die entsprechenden Damen zuzuführen, er habe für jeden Extrawunsch auch das richtige Mädchen. Dieses Gespräch war ganz formlos verlaufen. Anstett war sich sicher, dass er bei dieser Begegnung keinen Namen genannt hatte, ganz bestimmt nicht seinen richtigen. Das hatte er sich zur Gewohnheit in diesem Geschäft gemacht, in dem alles formlos und mit Alias lief. Shark hatte ihm den Preis genannt und ihm eine Telefonnummer gegeben, unter der er sich rechtzeitig anmelden sollte.

Dann wurde ihm bewusst, wie wenig durchdacht seine Überlegungen waren, und er ärgerte sich darüber. Natürlich musste Shark seinen Namen kennen. Seine Berufung zum Fraktionsmitarbeiter Masers war den lokalen Zeitungen zwei Artikel wert gewesen, auch weil dieser Posten als äußerst Karriere fördernd galt und vorab mehrere Kandidaten heiß gehandelt worden waren. Ein Bild von ihm war auch veröffentlicht worden. Wenn dieser Shark also nur ein halbwegs politisch interessierter Zeitgenosse war, dann musste er sein Gesicht zwangsläufig kennen. Anstett schlug sich leicht auf die Stirn, der Fehler lag eindeutig bei ihm, sich in dieser Zeit mit einer Nutte einzulassen. Aber er brauchte dieses Ventil, um Dampf abzulassen, beschwichtigte er sich, erst das Schlagen brachte ihn auf Touren und powerte ihn so richtig auf. Er konnte, er wollte nicht ewig mit zusammengekniffenen Beinen herumlaufen. Zu Hause lief in sexueller Beziehung nichts. Oder fast nichts.

Vor der Vitrine füllte Anstett sein Glas aus der Grappa-Flasche. Er spürte, wie ihm der Alkohol zu Kopf stieg. Aber er fühlte sich ruhiger und das rechtfertigte das Trinken. Auf den Geschmack kam es jetzt nicht mehr an. Er beschloss, Erkundigungen über diesen Shark einzuziehen. Diskret. Einfach wissen, mit wem man es zu tun hatte. Was würde Shark mit der Leiche machen? Anstett trank einen weiteren Schluck und lauschte Bakers warmem Sound. Die Nutte würde entsorgt werden. Musste von Shark entsorgt werden. Dann stünde Aussage gegen Aussage. Nein, bestätigte sich Anstett noch einmal und leerte das Glas, um es gleich wieder zu füllen, ein bisschen Wissen über Sharks Vorleben und mögliche Vorstrafen würde ihm sicher nützen. Denn er sah trotz des Alkohols ein, dass dieser Mann eine ständige Bedrohung für ihn selbst, seine Karriere und seine Familie bleiben würde.

Anstett blickte auf die Uhr. Zwanzig nach elf. Jede Minute konnte seine Frau nach Hause kommen. Und weil er keine Lust verspürte, sich eine Eloge über Ravel oder wen auch immer anzuhören, ging er schnell ins Schlafzimmer, zog sich aus und machte sich frisch. Als er allerdings in den Spiegel schaute, fiel ihm mit einem Mal die tote Elena ein und er sah vor sich das Bild, wie sie vor ihm kniete, er an ihren Haaren zog und es ihr von hinten besorgte. Ihre Schreie klangen in seinem Ohr und sofort hatte er eine Erektion. Dem Drang, mit diesem Bild vor Augen zu onanieren, konnte er nicht widerstehen und er empfand das, als er kam, auch als gerechtfertigt für die entgangene Befriedung bei dieser Nutte. Etwas ruhiger legte er sich ins Bett.

Kurz darauf hörte er Barbara ins Haus eintreten. Schnell drehte er sich zur Seite und bevor seine Frau das Schlafzimmer betrat, war er schon eingeschlafen.

3

Wolfgang Anstett hatte wider Erwarten in dieser Nacht gut geschlafen. Dennoch war ihm sofort der letzte Abend im Bewusstsein, nachdem er sich neben seiner noch tief und fest schlafenden Frau im Bett aufgerichtet hatte und sich im Schlafzimmer umsah. Er wusste, dass er mit seinen sexuellen Eskapaden ein hohes Risiko einging und all das, was ihm die Berufung in Masers Stab eröffnete, aufs Spiel setzte. Da war das Reihenendhaus in Bodenheim mit dem Gartenparadies für Sophie, das sie gut und ohne Hast eingerichtet hatten, nachdem sie vor zwei Jahren dank Barbaras Erbschaft hier eingezogen waren. Auch nachdem Barbara wieder angefangen hatte, halbtags zu arbeiten, beschäftigte sie sich mit immer neuen Ideen, wie sie ihr Heim noch attraktiver gestalten konnte. Da war aber auch die Karriere, und die war Anstett, da musste er gar nicht lange nachdenken, das Wichtigere. Er hatte vor, über die Landesliste ein Landtagsmandat zu bekommen, und seine Berufung zu Masers Fraktionsmitarbeiter war nur ein erster, wiewohl sehr wichtiger Schritt. Dr. Peter Paul Maser war ein Mann mit viel Einfluss, Landtagsabgeordneter, Vorsitzender des Fachausschusses für Wirtschaft und Verkehr, in verschiedenen anderen Ausschüssen, darunter dem Innenausschuss, tätig, im Landesvorstand der Partei, mit besten Kontakten zum Bundesvorstand, in den Vorständen verschiedener Unternehmen und mit allem und jedem irgendwie verbandelt, ein Strippenzieher, eine graue Eminenz, die überall gleichermaßen gefürchtet wie geachtet wurde.

Das alles setzte Anstett mit seinen ‚Ausflügen', wie er das selbst nannte, aufs Spiel. Er fragte sich, ob es das wert war. Aber er konnte nichts dagegen machen. Das eine ging nicht ohne das andere. Und, so redete er sich ein, die Nutten wussten, was er von ihnen wollte. Und er bezahlte sie gut dafür. Viel zu gut. Er war ja nicht einer von denen, die nachts irgendwelche Frauen überfielen und vergewaltigten oder so Sachen. Es war ein Geschäft. Dass diese Nutte abgenippelt war, war ihr Berufsrisiko, redete er sich ein. Vielleicht hatte sie einen angeborenen Herzfehler, der bislang noch nicht entdeckt worden war. So was, fiel ihm ein, trägt jemand jahrzehntelang mit sich rum und plötzlich macht es bums. Sie war ja nicht mehr die Jüngste gewesen. Eigentlich viel zu alt für ihn, dachte Anstett. Aber Shark hatte ihn eingelullt, als er diese Nutte angepriesen hatte, sie sei zwar nicht mehr ganz jung, aber dafür noch gut in Schuss, und sie stünde darauf, gezüchtigt zu werden. Die spiele ihm nichts vor, das hätte mit ihrer Kindheit zu tun.

Aber Anstett war klar, dass das die Presse anders sehen würde, genau wie die lieben Kollegen. Keiner von denen war so sauber, wie sie immer taten. Man durfte nur nicht so dumm sein, sich erwischen zu lassen, das war ihr Credo. Anstett sah zur Seite. Barbara lag auf dem Rücken und atmete gleichmäßig. Ihre Gesichtszüge waren entspannt, sie schlief den tiefen und festen Schlaf der Gerechten, überlegte Anstett, oder besser, der Menschen, die immer mit sich im Reinen sind. Für sie gab es eine klare Grenze zwischen Gut und Böse und danach lebte sie und erzog ihre Tochter. Bevor er sich weiter in Rage dachte, verließ Anstett das Bett.

Während er den Wasserkocher für seinen Tee anschaltete, traf er eine Entscheidung: Er würde nach vorne schauen. Es war nichts passiert. Wenn Shark ihm Schaden hätte zufügen wollen, hätte er das gestern Abend getan. Der Kerl war Geschäftsmann, konnte kein Interesse daran haben, dass sein Laden in Verruf geriet. Was hatte er gesagt? Die Nutte war aus Osteuropa, illegal. Also musste er seinen Mund halten. Und wenn Shark bei der Beseitigung der Schlampe keinen Fehler gemacht hatte, konnte ihm, Wolfgang Anstett, nichts passieren.

Erleichtert stellte Anstett fest, dass in keiner der beiden lokalen Tageszeitungen ein Hinweis auf den Fund einer weiblichen Leiche stand. Doch dann wurde ihm bewusst, dass zu diesem Zeitpunkt noch gar nichts in der Zeitung stehen konnte.

Als Anstett vor die Tür trat, wehte ihm ein milder Herbstwind ins Gesicht. Er ließ den blauen Audi aus der Einfahrt rollen und fuhr in sein Büro in der Nähe des Landtags, wo er sich in der Poststelle die überregionale Presse geben ließ. Maser kam erst um acht Uhr ins Büro, Zeit, die Anstett dazu nutzte, erst die Tageszeitungen durchzublättern und dann an Informationen über Shark zu kommen.

Was Anstett an diesem Morgen und in den nächsten Tagen an Informationen sammeln konnte, war nicht viel. Shark hieß mit bürgerlichem Namen Robert Wombach und hatte seine Karriere im Rotlichtmilieu in Wiesbaden begonnen. Über die Stationen Duisburg und Gießen war er vor drei Jahren wieder ins Rhein-Main-Gebiet zurückgekommen und hatte sich in einem ehemaligen Aussiedlerhof auf der rechtsrheinischen Seite zwischen Mainz und Wiesbaden niedergelassen. Das Etablissement trug den Namen ‚Titania' und Anstett überlegte, ob dieser Name ein Zufall war oder ob es sich bei diesem Wombach alias Shark um einen belesenen und gebildeten Mann handelte. Seine Erfahrungen am gestrigen Abend widersprachen dem zumindest nicht. Das ‚Titania' genoss den Ruf eines ebenso seriösen wie teuren Etablissements. Shark selbst war nicht vorbestraft. Mehrere Anklagen wurden mangels Beweisen fallen gelassen, in einem Fall zog ein Zeuge seine Aussage kurz vor dem Gerichtstermin zurück und ein anderer kam bei einem Autounfall ums Leben.

Anstett gewann aus diesen wenigen Informationen den Eindruck, dass Wombach ein überlegter Mann mit Sinn für das geschäftlich Machbare war, kein Hasardeur, der die schnelle Mark suchte. Trotzdem war ihm klar, dass er darauf vorbereitet sein musste, von diesem Menschen heute, morgen oder irgendwann die Rechnung präsentiert zu bekommen.

4

Zunächst passierte nichts. Anstett mied das ‚Titania' ebenso wie andere Etablissements, obwohl ihn das an manchen Tagen große Selbstbeherrschung kostete. Beruflich lief alles bestens. Dr. Maser war so beschäftigt mit seinen Posten und Gremien, dass ihm für seine eigentliche Arbeit als Leiter des Ausschusses für Wirtschaft und Verkehr kaum mehr Zeit blieb. Hier übernahm Anstett die komplette Organisation, war immer der Ansprechpartner und machte sich bald unentbehrlich, ohne jedoch seine Meriten allzu sehr in der Öffentlichkeit herauszustellen. Denn bei aller Integrität besaß Dr. Maser auch ein gerütteltes Maß an Eitelkeit. Er liebte es, den Macher und Selfmademan, den, der alles im Griff hatte und dem niemand etwas vormachen konnte, zu geben. Einem Mitarbeiter, der der Öffentlichkeit Anlass zu Zweifeln an diesem Bild gegeben hätte, würde er sehr schnell das Vertrauen entziehen. Anstett bot diese Konstellation dahingegen die Möglichkeit, seine Arbeit zu machen, ohne allzu sehr kontrolliert oder gegängelt zu werden und dabei ein dichtes Band von Kontakten zu knüpfen. Alle wichtigen Entscheidungen, die den Baubereich betrafen, liefen über seinen Schreibtisch. An jeder anderen Entscheidungsfindung war er ebenfalls von Anfang an beteiligt. Das machte ihn für viele Bauträger zu einem begehrten Mann. Darüber hinaus wurde er in der Partei als konstruktiver Ideengeber geschätzt. All das ließ ihn die tote Elena vergessen und entschädigte ihn ein klein wenig für seine Enthaltsamkeit.

Fünf Monate waren nach dem Vorfall im ‚Titania' vergangen und der Frühling hatte mit Macht Einzug ins Rhein-Main-Gebiet gehalten, als am Abend Anstetts Telefon klingelte und Dr. Maser ihn bat, über den Flur in sein Büro zu kommen. Der Politiker klang sehr dringlich und hatte jenen Unterton, der keine Verzögerung zuließ, gleichzeitig schwang in seiner Stimme aber etwas Euphorisches mit. Anstett hatte Dr. Maser in den letzten beiden Wochen nur zwei- oder dreimal gesehen, weil der wieder mit irgendwelchen Projekten beschäftigt war. Zwei Minuten später trat er in dessen Vorzimmer, nickte Frau Zimmer, der ältlichen Sekretärin, zu, die Anstett wie immer sehr freundlich und einnehmend anlächelte, klopfte an Masers Tür und trat, ohne dessen „Herein" abzuwarten, in das Büro. Maser saß in seinem Lederstuhl und sah von seinen Papieren auf.

„Setzen Sie sich, Anstett!", forderte er den Besucher kurz angebunden auf.

Dr. Maser wartete, bis Anstett Platz genommen hatte. „Anstett, was ich Ihnen jetzt sage, bleibt unter uns, verstanden!"

Anstett nickte.

„Keinem Menschen hier auf dem Flur ein Sterbenswörtchen, ist das klar."

„Verstanden."

Maser sprach sehr ernst und erinnerte Anstett an einen Priester. „Seit dem Fall der Mauer und der Öffnung der Grenzen im Osten haben wir es mit einer besorgniserregenden Zunahme von Zwangsprostitution und Menschenhandel zu tun. Die Frauen werden mit Job- oder Heiratsangeboten nach Deutschland gelockt und hier zur Prostitution gezwungen. Es gibt eindeutige Indizien, dass in den einschlägigen Etablissements in Mainz und Wiesbaden eine nicht geringe Zahl von Frauen gegen ihren Willen als Prostituierte arbeiten muss. Es besteht sogar der begründete Verdacht, dass einer der Organisatoren dieses Handels im Rhein-Main-Gebiet sitzt."

Als wäre ein Hebel umgelegt worden, wechselte Anstetts Stimmung. Tausend Gedanken schossen ihm gleichzeitig durch den Kopf. Was redete Maser da? Wusste er etwas? Stellte er ihm eine Falle? Wollte er ihn herausfordern? Oder war das nur ein Zufall?

Maser gab gerne den Moralapostel, entrüstete sich oft und öffentlich über den Verfall der Sitten. Worauf wollte er jetzt hinaus?

„Wie Sie wissen, bin ich auch im Innenausschuss des Landes. Dort habe ich wiederholt Anträge eingebracht, dass gemeinsam mit den Kollegen aus Hessen, mein lieber Anstett, in einer konzertierten Aktion, das heißt einer groß angelegten Razzia, alle bekannten Häuser durchsucht werden sollen, um an Informationen über den Frauenhandel mit Osteuropa zu gelangen."

Anstett sah Maser entgeistert an, doch der verstand den Blick falsch. „Hätten Sie mir das nicht zugetraut?", fragte er.

„Doch, natürlich", antwortete Anstett, der noch um Fassung rang, „aber findet die Razzia denn ... Sie dürfen das doch gar nicht wissen, wenn eine Razzia ..."

„Natürlich nicht, Anstett, offiziell weiß ich das auch nicht. Aber wozu kennt man sich?" Maser sah seinen Mitarbeiter eindringlich an. „Sie scheinen mir nicht begeistert zu sein, Anstett?"

„Ich habe mir nur den Aufwand vorgestellt. Die Kompetenzstreitigkeiten und dann ...." Er machte eine Pause.

„Ja?", forderte Maser seinen Mitarbeiter auf, weiterzusprechen.

„Was glauben Sie, Dr. Maser, wie viele der Frauen Sie erwischen werden? Und diese Frauen sind doch auch nur Opfer. Die Kerle, die das Geld verdienen, die müssen wir kriegen." Anstett wusste, dass die Aktion nicht abgeblasen werden würde, nur weil er ein paar halbherzige Gegenargumente vorbrachte. Aber in diesem Moment konnte er nicht anders. Er spürte eine riesige Beklemmung und die einzige Möglichkeit, diese zu bekämpfen, war zu reden.

„Ich verstehe Ihre Einwände, Anstett", sagte Maser. „Aber die Aktion will viererlei." Dabei lehnte der Politiker sich in seinem Stuhl zurück und reckte seinen Daumen in die Luft. „Erstens: Unruhe schaffen. Diese Zuhälter und Menschenhändler müssen wissen, dass sie nicht in einer rechtsfreien Zone agieren. Zweitens", Maser streckte seinen Zeigefinger in die Höhe, „hoffen wir, dass sich eines oder mehrere der Mädchen zu Aussagen bewegen lassen, mit denen wir einige der Kerle belasten können. Drittens", jetzt gesellte sich zu Daumen und Zeigefinger der Mittelfinger, „gibt uns diese Aktion einen Vorwand, die Häuser zu durchsuchen. Dabei finden wir vielleicht Beweise, zumindest aber Hinweise darauf, wo und wie die Frauen rekrutiert werden, wie die Transportwege und wer die Organisatoren des Handels sind und wer die Distribution in Deutschland besorgt."

Maser sah Anstett gespannt an. „Und viertens?", fragte der. Er wusste, dass er Maser damit einen großen Gefallen tat.

„Und viertens", wiederholte Maser und schlug dabei mit der Faust so fest auf seinen Schreibtisch, dass ein Foto in einem kleinen Metallrahmen umkippte, „können wir der besorgten Öffentlichkeit beweisen, dass wir nicht untätig rumsitzen, sondern uns auch um ihre Sicherheit kümmern. Die Rechte der zwangsprostituierten Frauen ist die eine Sache, die andere das Recht des Bürgers auf ein Minimum an Rechtssicherheit und auf die Einhaltung der Gesetze."

Anstetts Blick blieb an dem umgefallenen Bilderrahmen hängen. Auf dem Foto waren Masers Enkel zu sehen. „Heute Nacht?", fragte er.

„Heute Nacht steigt die Aktion, Anstett, richtig. Und ich möchte, dass Sie mich begleiten. Ich werde die Aktion vom Mainzer Polizeipräsidium aus verfolgen. Für Sie ist auch ein Stuhl reserviert."

Anstett hatte sich wieder so weit in der Gewalt, dass er ein dankbares Lächeln zustande brachte, aber in seinem Kopf bekam er die wüst rotierende Gedankenmaschine nicht in den Griff. Das ‚Titania' musste auf Masers Liste stehen. Wie nahe sich Anstett und Maser standen, war überall zu lesen gewesen. Spätestens aus der Presse würde der Zuhälter erfahren, dass Maser irgendwie an dieser Aktion beteiligt war. Maser würde schon dafür sorgen, dass sein Anteil entsprechend gewürdigt wurde. Wie würde Shark reagieren? Erwartete er von Anstett, dass er ihn vor der Aktion warnte? Wäre das die Gelegenheit gewesen, sich für die Hilfe im ‚Titania' zu revanchieren? Erwartete Wombach alias Shark genau diese Hilfe? Anstett verfluchte sich, dass er in der letzten Zeit Dr. Maser nicht häufiger aufgesucht hatte. Vielleicht hätte er schon vorher einen Hinweis auf diese Aktion bekommen. Jetzt war es zu spät. Trotzdem musste er versuchen, Shark zu warnen.

Anstett zwang sich zur Contenance. „Gute Aktion!", sagte er anerkennend. „Aber Sie wissen ja, die Prostitution ist eine Hydra. Sie schlagen einen Kopf ab und an der gleichen Stelle wachsen drei nach."

Maser sah seinen Mitarbeiter ernst an. „Das Problem ist mir durchaus bewusst, aber irgendwo müssen wir anfangen. Ich hole Sie nachher ab. Dann fahren wir ins Präsidium. Und nochmal, Anstett: zu niemandem ein Wort! Haben Sie verstanden?"

Zum Abschied klopfte er ihm auf die Schulter.

Anstett eilte in sein Büro. Im Telefonbuch hatte er gerade die Nummer vom ‚Titania' gefunden, als Dr. Maser in sein Büro stürzte.

„Los, schnell, Anstett", sagte er außer Atem und völlig aufgeregt, kam direkt auf ihn zu und zerrte ihn am Arm.

„Die Aktion ist vorverlegt worden. Kann sein, dass uns heute ein ganz großer Fisch ins Netz geht."

Anstett hatte das Telefonbuch reflexartig zugeschlagen, stand auf und nahm seinen Mantel aus dem Schrank, warf ihn über die Schulter und ging zu Maser, der schon in der offenen Tür stand und wartete. Gemeinsam liefen sie durch den Flur zum Ausgang.

„Eben bekam ich die Meldung", erläuterte Maser im Gehen, „dass heute einige Frauen ankommen. Wenn wir die Zuhälter auf frischer Tat schnappen, das wäre ein großartiger Sieg."

Anstett brummte etwas Zustimmendes. „Weiß man schon, in welchem Etablissement die Frauen abgeliefert werden sollen?", fragte er, nachdem er einmal tief durchgeatmet hatte.

„Ja", antworte Maser, ohne konkret zu werden. „Beeilen Sie sich, Anstett, nicht so lahm. Man könnte ja meinen, das Ganze interessiere Sie nicht!", setzte er hinzu, als sie ihre Autos in der Tiefgarage des Landtags erreicht hatten.

„Doch, doch", beeilte sich Anstett zu versichern, während er die Fahrertür entriegelte.

„Ins Präsidium“, rief Maser ihm über das Dach seiner großen BMW-Limousine hinweg zu, bevor er in den Wagen einstieg.

Anstett wartete noch neben seinem Auto, bis Maser in der Auffahrt verschwunden war. Fieberhaft suchte er nach einer Möglichkeit, Wombach eine Warnung zukommen zu lassen.

Während der Fahrt zum Polizeipräsidium in der Goethestraße hielt Anstett Ausschau nach einer Telefonzelle, bis ihm einfiel, dass mit Sicherheit die Telefone aller Etablissements, die in dieser Nacht durchsucht werden sollten, abgehört wurden. Noch mehr beunruhigte Anstett die Aussage Masers, dass ihnen heute vielleicht ein ganz großer Fisch ins Netz ginge. Er fürchtete, dass dieser Fisch Wombach alias Shark war, und wenn dem so sein sollte, dann würde auch nur der leiseste Verdacht einer Verbindung zwischen diesem Zuhälter und ihm seine Karriere für immer zerstören.

Entsprechend beunruhigt und mit der Vorstellung im Kopf, dass er zu seiner eigenen Hinrichtung ging, betrat Anstett das Polizeipräsidium und fragte sich zu der Einsatzzentrale durch. Eine nette, junge Beamtin mit einem frechen Grinsen führte ihn dorthin. Sie erinnerte ihn schmerzhaft daran, dass er schon lange keine Frau mehr gehabt hatte. Es kostete Anstett einige Beherrschung, freundlich zu bleiben.

Das ‚Titania‘ war natürlich eines der durchsuchten Objekte und tatsächlich stellte sich Wombach im Laufe der nachfolgenden Ermittlungen als einer der führenden Köpfe im Frauenhandel mit Osteuropa heraus. Er belieferte das gesamte Rhein-Main-Gebiet bis hinauf nach Gießen, wohin er wahrscheinlich noch Kontakte aus seiner Zeit dort hatte.

Aber Wombach konnte entkommen. Er schoss auf seiner Flucht einen Polizisten an, der schwer verletzt wurde. Ein in der Nähe versteckter Golf GTI, der den Fahndern entgangen war, diente ihm als Fluchtfahrzeug. Wombach war auf alle Fälle gut vorbereitet gewesen und verschwand spurlos. Zunächst.

Bei jedem Klingeln des Telefons zuckte Anstett zusammen. In jedem Brief, den ihm seine Sekretärin auf den Tisch legte, fürchtete er eine Drohung des Zuhälters. In den nächsten Tagen fragte er Maser unauffällig nach dem Fortgang der Ermittlungen, bekam aber nur unwillige Antworten. Dr. Maser wurmte, dass Wombach hatte entkommen können, und auch der Umstand, dass sowohl in Wombachs Büro wie in denen anderer Zuhälter interessante Unterlagen gefunden wurden, die wichtige Hinweise auf die Modalitäten und Wege der Menschenhändler gaben, konnte seine Missstimmung lange Zeit nicht verbessern. Eine der ersten Maßnahmen nach der Razzia und Wombachs Flucht war die Sperrung aller bekannten Konten des Zuhälters sowie die Beschlagnahmung aller seiner beweglichen und unbeweglichen Güter.

Zu Anstetts Beruhigung tauchte in keiner der gefundenen Unterlagen Elenas Name auf. Niemand würde sie vermissen und suchen. Trotzdem wurde er das Gefühl der Unruhe, das sich in ihm festgesetzt hatte, nicht los. Drei Tage später, an einem Donnerstag, wusste er den Grund dafür.

Nach einer abendlichen Sitzung des Ausschusses für Wirtschaft und Verkehr, bei der Anstett Dr. Maser wie so oft vertreten hatte, verließ er den Landtag und ging über den weiten, kopfsteingepflasterten Platz zu der Tiefgarage, in der er immer seinen Wagen parkte. Es war ein lauer Frühlingsabend, aber Anstett nahm weder den warmen Wind noch die bunten Blumenbeete auf der Wiese vor der Tiefgarage wahr. Er hatte einen langen Tag hinter sich mit Sitzungen, Telefonaten und Arbeitsgruppen, und er sehnte sich danach, zu Hause die Füße ausstrecken zu können. Völlig mechanisch stieg er die Stufen in das Untergeschoss hinab und nahm nicht einmal die Geruchsmischung aus Staub, Benzin und Diesel wahr, die ihm sonst gleich die Atemwege zusetzte. Er schloss die Tür seines Audi auf, warf seine lederne Aktentasche auf den Beifahrersitz und ließ sich auf den Fahrersitz fallen, da wurde, noch bevor er den Zündschlüssel ins Schloss gesteckt hatte, die Beifahrertür aufgerissen. Erschrocken wandte Anstett den Kopf nach rechts und wollte zu einer wütenden Rede anheben, doch noch vor dem ersten Wort erkannte er den Mann, der ihn ernst aus stahlblauen Augen ansah. Statt des braunen Anzugs trug er jetzt eine alte Lederjacke und Jeans.

„Fahren Sie los!", befahl Wombach ihm kurz.

Anstett war so erschrocken, dass er der Aufforderung nicht sofort nachkam. Wombachs Augen funkelten und er zog aus der Tasche seiner Jacke eine Pistole, deren Lauf er auf Anstetts Kopf richtete.

„Los, fahr schon!", herrschte er Anstett an.

Es kostete Anstett Mühe, seinen Blick von der Waffe zu reißen. Langsam ließ er das Auto zurückrollen, fuhr durch das um diese Uhrzeit kaum noch besetzte Parkdeck bis zur Auffahrt.

„Auf die Rheinstraße", befahl Wombach knapp, dann schwieg er, bis sie diese erreicht hatten. Ein durchdringender Geruch nach Schweiß und Nikotin machte sich im Auto breit. Anstett atmete flach, er war sehr geruchsempfindlich. Trotzdem versuchte er, Schlüsse aus dem Umstand, dass Shark so streng roch, zu ziehen.

„Wussten Sie von der Razzia?"

Anstett sah auf die Straße, aber er spürte den scharfen Blick des Mannes neben sich genau. Die Pistole hatte er inzwischen auf seinen Schoß gelegt. Anstett schüttelte den Kopf. Wombach schwieg.

„Nein, ich habe erst aus der Zeitung davon erfahren!", antwortete Anstett endlich, als er sicher war, dass ihm seine Stimme nicht versagen oder zu stark zittern würde.

Wombach reagierte nicht sofort. „Ich weiß nicht, ob das stimmt", sagte er nach einer Minute des Schweigens, während Anstett den Wagen durch die Rheinstraße steuerte, „auf jeden Fall sind Sie mir einen Gefallen schuldig."

Anstett wandte den Kopf nach rechts.

„Schon vergessen?", fragte Wombach. „Elena, heftiger Sex, ein bisschen Gewalt, Tod … Ich habe Ihr Problem an diesem Abend unbürokratisch gelöst. Und Sie können sicher sein, die ganze Sache hat mich einiges gekostet, den Verlust von Elena nicht gerechnet."

Anstett erwiderte nichts darauf und sah starr geradeaus. Es war genau das eingetreten, wovor er sich seit dem Abend im ‚Titania' immer gefürchtet hatte. Wombach war auf der Flucht, er durfte nicht auffallen, aber das machte ihn auch gefährlich. Verstohlen blickte Anstett auf Wombachs Beine. Im Augenwinkel erkannte er die Waffe. Wombach hielt mit der Hand den Knauf umfasst. Als sie das Ende der Rheinstraße erreicht hatten, blieb Anstett auf der linken Spur und fuhr in Richtung Weisenau.

„Jetzt können Sie mir unbürokratisch helfen", sagte Wombach schließlich. Die Pistole steckte er in seine Tasche.

„Ich höre", sagte Anstett.

„Ich werde gesucht und brauche Papiere. Saubere Papiere."

„Und ich soll Ihnen helfen? Wie stellen Sie sich das vor?"

„Unbürokratisch", antwortete Wombach und lachte kurz.

Unwillkürlich zuckte Anstett zusammen. Wieder verfielen sie in Schweigen; Anstett suchte fieberhaft eine Lösung für seine Situation und fand keine, bis sie die Autobahnauffahrt vor Laubenheim erreicht hatten.

„Frankfurt", befahl Wombach knapp und wartete, bis Anstett sich auf der richtigen Spur eingefädelt hatte.

„Und? Zu einer Lösung gekommen?", fragte er.

„Wie stellen Sie sich das vor?", erwiderte Anstett erneut. Der erste Schrecken war überstanden und er fühlte sich nicht mehr ganz so hilflos. Der Mann wollte etwas von ihm. Es bestand also keine unmittelbare Gefahr. „Soll ich auf die Stadtverwaltung gehen und sagen: Ich brauche einen Ausweis für einen Zuhälter auf der Flucht, der dazu noch einen Polizisten angeschossen hat?"

Anstett hatte den Satz noch nicht richtig zu Ende gesprochen, da schlug ihm Wombach ansatzlos mit der Außenseite seiner linken Hand ins Gesicht. Der Schlag war nicht sehr fest, aber so gezielt, dass der Schmerz Anstett durch den ganzen Körper fuhr. Für einen kurzen Moment verlor er die Kontrolle über den Wagen. Wombach ließ das unbeeindruckt.

„Anstett“, setzte er an, „wenn ich Ihnen mit meinen beschränkten Mitteln schnell, unbürokratisch und äußerst effektiv helfen konnte, dann kann ich doch erwarten, dass dies ein Mann mit Ihren Möglichkeiten auch kann. Sie müssen mir auch nicht, wie ich dies bei Ihnen getan habe, auf der Stelle helfen, aber sagen wir, in sechs Tagen brauche ich das Papierchen. Ist das klar?“

Jetzt klang Wombach sehr bedrohlich.

„Aber ich …“, setzte Anstett zur Widerrede an, doch der Mann auf dem Beifahrersitz ließ ihn nicht weitersprechen.

„Anstett, damit das klar ist: Ich habe meine Freiheit zu verlieren, Sie Ihren Job und Ihre Familie. Oder glauben Sie, dass Ihre Barbara mit einem notorischen Puffgänger, der dazu noch darauf steht, Nutten zu vermöbeln, länger verheiratet sein will? Und Ihr Vorgesetzter, wie heißt er noch gleich? Dr. Maser! Brüstet sich doch gerne damit, ein Saubermann zu sein. Glauben Sie, dass der Sie noch länger um sich herum haben will? Der wird so enttäuscht von Ihnen sein, Anstett, dass er verhindern wird, dass Sie jemals wieder irgendeinen Job bekommen werden. Das ist Ihnen doch klar?!“

„Was haben Sie denn gegen mich in der Hand?“, fragte Anstett.

„Wollen Sie es drauf ankommen lassen?“ Wombach sagte das ganz ruhig. Anstett empfand fast so etwas wie Bewunderung für den Mann, der trotz seiner Situation so cool agierte.

„Fahren Sie zum Flughafen, Anstett!“, forderte Wombach von seinem Fahrer, als sie die Ausfahrt Rüsselsheim passierten. „Da können wir zur Polizei gehen. Sie erzählen Ihre Geschichte und ich meine. Und keine Sorge. Ich habe Vorkehrungen getroffen, dass Sie auch in der Presse gebührend gewürdigt werden. Sie lieben es doch, in der Zeitung zu stehen?“

Statt in Richtung Flughafen fuhr Anstett auf die Zufahrt zur A 67 Richtung Darmstadt. Wombach kommentierte dies nicht.

„Wie stellen Sie sich das vor?“, wiederholte Anstett seine Frage zum dritten Mal.

„Seien Sie kreativ, Anstett! Sagt Ihnen der Name Susanne Kleinert etwas?“

Anstett versuchte, sich nichts anmerken zu lassen. „Wer ist das?“, fragte er, ohne einen Blick von der Straße zu nehmen.

Ein dreckiges Lachen war die Antwort.

„Sie sind ein verdammt schlechter Lügner, Anstett. Susanne Kleinert, dicke Titten und einem schnellen Fick mit ihrem Vorgesetzten nicht abgeneigt. Mochte sie es, geschlagen zu werden?“

„Scheiße, Wombach, woher wissen Sie das?“

„Eine gute Recherche ist die halbe Miete bei meinem Geschäft. Und jetzt ist Schluss mit dem Drumherumreden. Kleinert sitzt an der richtigen Stelle. Laden Sie die Dame ein, legen Sie sie flach, schlagen Sie sie meinetwegen, aber bringen Sie sie dazu, dass sie Ihnen einen Pass gibt.“

„So einfach ist das nicht, Wombach, wie Sie sich das vorstellen. Die Pässe sind abgezählt, es braucht Unterschriften …“

„Anstett, halten Sie mir keine Vorträge. Es geht alles, wenn man das will. Das brauche ich Ihnen doch nicht zu erzählen. Und jetzt fahren Sie nach Darmstadt.“

Wortlos fuhren sie bis zur Autobahnabfahrt. Zehn Minuten später gab Wombach die Anweisung, am Straßenrand zu halten.

„Kommen Sie nicht auf die Idee, die Polizei anzurufen, Anstett. Und vergessen Sie nicht: sechs Tage! Ich melde mich bei Ihnen.“ Damit schmiss er die Tür zu und verschwand.

Bevor Anstett wendete, um nach Mainz zurückzufahren, öffnete er alle Fenster im Wagen, um Sharks Geruch herauszubekommen.

5

Als Anstett am nächsten Morgen ins Büro kam, stellte sich ihm Frau Bäcker, eine der Sekretärinnen, in den Weg.

„Herr Anstett, schnell, Herr Dr. Maser sucht Sie schon seit einiger Zeit. Ich konnte Sie nicht erreichen.“

Anstett war an diesem Morgen einige Minuten später als gewöhnlich in seinem Büro angekommen. Er hatte die Nacht lange wach gelegen, war erst gegen Morgen eingeschlafen und hatte, was ihm noch nie passiert war, den Wecker im Schlaf ausgeschaltet. Er machte auf der Stelle kehrt, denn zu den Dingen, die Dr. Maser nicht ausstehen konnte, gehörte es, auf jemanden warten zu müssen.

„Anstett, wenn Sie das nächste Mal später in Ihr Büro kommen, sagen Sie in Ihrem Sekretariat Bescheid. So! Und jetzt setzen Sie sich!"

Anstett nahm auf einem der Stühle an dem Konferenztisch, der die Hälfte von Masers Büro einnahm, Platz. Ein dunkler Braunton war die dominierende Farbe in diesem Zimmer. An der Wand hinter dem Tisch hing ein Ölbild, das in düsteren Farben eine Waldlandschaft zeigte.

„Wissen Sie, was uns hier in Mainz fehlt, Anstett?", fragte Maser, und Anstett wusste, dass sein Vorgesetzter keine Antwort erwartete. „Ein Haus für moderne Kunst, eine Kunsthalle oder ein Museum", bekam er auch sogleich die Antwort.

Anstett sah kurz zu dem Schinken über ihm auf.

„Glauben Sie, ich stehe auf diese Bilder?", fragte Maser, der den Blick seines Mitarbeiters sehr genau registriert hatte. „Aber sie haben einen unschätzbaren Vorteil: Die Leute reagieren darauf. Die einen finden sie toll und entspannen sich, die anderen regen sich auf. Beide aber sind erst einmal von dem eigentlichen Grund, weshalb sie hier in meinem Büro sind, abgelenkt. Ziel erreicht."

„Ich muss also jetzt aufpassen?", entgegnete Anstett und wusste, dass es die Art Antwort war, die Maser mochte. Dieser lachte leise.

Trotzdem fiel es Anstett nicht leicht, den Ausführungen seines Chefs zu folgen. Der Name Susanne Kleinert hatte sich in den Windungen seines Hirns festgesetzt und er versuchte, einzuschätzen, ob es Sinn machte, Kontakt zu seiner ehemaligen Sekretärin aufzunehmen. Er hatte sie nach einer kurzen und heftigen Affäre brüsk abserviert, als sie ihm zu anhänglich und fordernd geworden war. Daher bezweifelte er stark, dass es der richtige Weg war, über sie an einen Pass für Wombach zu gelangen. Und selbst wenn sie ihm in der gewünschten Weise helfen würde, würde er sich damit in eine fatale Abhängigkeit von dieser Frau begeben.

Während Anstett diesen Gedanken nachhing und sie nicht verdrängen konnte, begann Maser aufzuzählen, dass Wiesbaden seinen Nassauischen Kunstverein, Darmstadt die Mathildenhöhe und eine Kunsthalle habe, Frankfurt schon mehr Museen als Wohnhäuser besitze und dass es für eine Landeshauptstadt wie Mainz nicht gut anstehe, so armselig daherzukommen.

Anstett war überrascht über den Ausflug seines Vorgesetzten ins musische Fach, denn außer, dass Maser ein Abonnement für das Staatstheater hatte und ab und zu ein Konzert besuchte, hatte er von tiefergehenden Interessen in dieser Richtung nichts gewusst. Anstett wendete ein, dass es in Mainz immerhin den Brückenturm und den Eisenturm gäbe, doch die Antwort war ein dröhnendes Lachen.

„Anstett, mein Lieber", dozierte Maser, nachdem er sich beruhigt hatte, „da können wir ein paar Mainzer Künstlerchen ausstellen, die vielleicht mal rheinhessische Berühmtheiten werden, und sicher werden auch unsere regionalen Zeitungen gerne darüber berichten. Aber wo soll das hinführen? Nirgendwohin, Anstett! Passen Sie auf! Eine ...", Maser machte eine kurze Pause, „nennen wir sie mal eine ‚sehr gute Bekannte' von mir, Witwe, ich war ihrem Mann sehr verbunden, äußerst vermögend, alter Mainzer Adel, besitzt eine ebenso umfangreiche wie wertvolle Sammlung moderner Kunst. Nachkriegsmoderne. Ein Schwerpunkt ist Fluxus."

Maser musste seinem Mitarbeiter angesehen haben, dass der nicht ganz verstand.

„Fluxus, Anstett", erklärte er daher mit einem Lächeln, „alles fließt. Happening, der Begriff sagt Ihnen doch was. Beuys, Nam June Paik, Yoko Ono, John Cage. Schauen Sie nicht so, Anstett. Habe ich bis vor kurzem auch nicht gewusst. Wiesbaden spielte für Fluxus eine große Rolle. Aber da soll die Sammlung natürlich nicht hin. Diese Dame will all die Kunstwerke der Öffentlichkeit zugänglich machen. Und zwar hier in Mainz. Deshalb ist sie an mich herangetreten, dass ich mich darum kümmere und meine Kontakte nutze."

„Das klingt, als ob die Sache einen Haken hätte?", fragte Anstett.

„Richtig, und der ist kein kleiner. Bedingung ist, dass für diese Sammlung ein entsprechendes Gebäude zur Verfügung gestellt wird. Von der Stadt. Und wenn dies nicht in einem bestimmten Zeitraum passiert, geht die Sammlung an eine andere Stadt. Zum Beispiel Wiesbaden."

„Das klingt nicht billig."

„Absolut nicht", bestätigte Maser. „Aber fürs Image der Stadt und den Tourismus ein Hammer. Die Sammlung ist einzigartig. Und Sie und ich, Anstett, wir werden nun nach Mitteln und Wegen suchen, dass sie nach Mainz kommt. Da muss ich mich ganz auf Sie verlassen können."

Maser sah Anstett ernst an, der nickte.

„Das Ganze ist noch vertraulich, Anstett, wir müssen entsprechend sensibel vorgehen. Finden Sie Leute, die uns helfen können, Partner, finden Sie ein Areal, wo man so was machen könnte. Sie haben doch die Kontakte, kennen die Leute. Ein bisschen Fantasie, Anstett!"

Der Angesprochene nickte und versuchte, begeistert zu wirken, denn ihm war klar, wie die Arbeitsteilung zwischen ihnen aussehen würde. Maser oblag die Überzeugungsarbeit in den Parteien und Gremien, den Ausschüssen und bei möglichen Geldgebern. Die konkrete Arbeit mit den Zahlen und Menschen, die würde bei ihm hängen bleiben.

Die beiden diskutierten noch eine halbe Stunde über das Projekt, bis Maser seinen Mitarbeiter wie immer, um das Ende des Gesprächs anzudeuten, fragte, wie es seiner Frau Barbara und der Tochter gehe, dann verabschiedete er sich mit dem Hinweis, dass er noch ein wichtiges Treffen in der Staatskanzlei habe.

Anstett atmete erst einmal durch, als er wieder alleine in seinem Büro saß. Frau Bäcker, sein ‚hässliches Entlein', wie er sie für sich nannte, hatte er angewiesen, in der nächsten Stunde weder Telefonate zu ihm durchzustellen noch jemanden vorzulassen. Die einzige Ausnahme war natürlich Maser, aber der war in der Staatskanzlei sicher bis in den Abend hinein beschäftigt.

Anstett stellte sich vor das Fenster in seinem Büro. Wenn er sich reckte, konnte er einen Blick auf den Rhein werfen. Er sah zwei Möglichkeiten, sein Problem zu lösen. Er besorgte, wie auch immer, Wombach den Pass. Oder er ignorierte die Forderung des flüchtigen Zuhälters und musste hoffen, dass dieser bluffte. Wombach wurde von der Polizei gesucht, sein Handlungsspielraum war begrenzt und er war ständig der Gefahr ausgesetzt, verhaftet zu werden. Er konnte sich nicht ewig hier verstecken und würde über kurz oder lang das Rhein-Main-Gebiet verlassen müssen.

Aber je länger Anstett nachdachte, desto mehr gewann er die Überzeugung, dass beide Lösungen immense Risiken bargen. Besorgte er Wombach den Pass, begab er sich in eine neue Abhängigkeit, ignorierte er Wombach, bliebe der eine unkalkulierbare Zeitbombe. Und dass sich das Problem in Luft auflöste, daran glaubte er nicht. In Luft auflösen. Anstett hielt inne. In Luft auflösen, wiederholte er in Gedanken. Wombach musste sich in Luft auflösen. Das war die Lösung. Aber sofort kamen ihm Bedenken. Anstett war sicher kein Mensch mit allzu großen Skrupeln, aber einen Menschen umzubringen, das war etwas anderes als alles, was er bisher in seinem gut dreißigjährigen Leben gemacht hatte. Und es gab einiges, was er getan hatte, um seine Karriere zu befördern und Konkurrenten auch mit unfairen Mitteln aus dem Weg zu räumen. Als jüngstes von drei Kindern hatte er gelernt, sich durchzusetzen, zumal der ältere Bruder und die Schwester beide sehr erfolgreich in ihren jeweiligen Berufen und ihm immer als leuchtende Vorbilder hingestellt worden waren. Er hatte sein Abitur nur mit einigen Mühen geschafft, ein Jurastudium begonnen, war dann in die Jugendorganisation der Partei eingetreten und bald Wahlkreismitarbeiter von Maser geworden. Darüber hatte er sein Studium vernachlässigt, dementsprechend nur einen schlechten Abschluss geschafft und einen Job als festangestellter Anwalt mit mäßiger Bezahlung erhalten. Dann wurde Barbara auch noch schwanger und sie heirateten. Zwar brachte sie einiges Geld aus ihrer Familie mit in die Ehe, doch er war gegenüber seinen Geschwistern noch immer der Verlierer. Das änderte sich erst, als er Maser wiedertraf und der ihm, wohl auch für seine früheren Verdienste, den Posten des Fraktionsmitarbeiters gab. Er erkannte seine Chance sofort und wusste, dass er in nicht allzu ferner Zukunft seine Geschwister weit hinter sich lassen würde.

Anstett ermahnte sich, nicht abzuschweifen. Sollte seine gerade erst begonnene Karriere nicht schon zu Ende sein, musste er mit äußerster Konzentration arbeiten. Er war sich sicher: Wombach musste aus dem Weg geräumt werden. Das war die einzige Lösung.

Anstett wurde es in seinem Büro zu eng. Er entschuldigte sich bei Frau Bäcker damit, dass er Kopfschmerzen habe und für einen Moment nach draußen gehen würde. Er lief zur Rheinpromenade und schlug dort den Weg in Richtung Winterhafen ein.

Der Gedanke, Wombach umzubringen, erregte ihn und stieß ihn im nächsten Moment ab, wenn er an die Ausführung und die Begleitumstände dachte. Er hatte keine Erfahrung darin und er musste davon ausgehen, dass Wombach solche Situationen kannte und es gewohnt war, schnell reagieren zu müssen. Außerdem bestimmte Wombach bislang Ort und Zeitpunkt ihrer Treffen. Das machte eine Vorbereitung schwer, wenn nicht unmöglich.

Das Geschrei von streitenden Kindern riss Anstett aus seinen Gedanken. Zwei Jungs bewarfen sich mit Sand. Der eine schrie auf, weil er ein paar Sandkörner in die Augen bekommen hatte, und lief blind auf sein Gegenüber zu, stolperte und fiel. Der andere war sofort über ihm und schlug auf ihn ein. Anstett wollte die beiden schon anherrschen, aufzuhören, da kam ihm die Idee. Er würde sich ein Reizspray besorgen und damit Wombach wehrlos machen. Weiter wusste er noch nicht, aber das war ein ausbaufähiger Anfang.

Anstett kehrte um. Jetzt ergab ein Gedanke den nächsten. Er musste es so aussehen lassen, dass Wombach ihn angegriffen hatte und auf Rache wegen der Razzia aus war. Das Reizgas, würde sich Anstett rechtfertigen, hatte er sich wegen eines Drohanrufes gekauft.

Die letzten Meter vor dem Büro verlangsamte Anstett seine Schritte, um nicht außer Atem zu sein, wenn er Frau Bäcker begegnete.

„Geht es Ihnen besser?", fragte die, als er das Büro betrat. Er nickte, trotzdem ließ sie es sich nicht nehmen, ihm einen Tee zu kochen. Anstett zog die Bürotür hinter sich zu und als es wenige Minuten später klopfte, nahm er den Hörer ab, bevor er „Herein" rief und laut und aufgebracht sagte: „Was wollen Sie? Wer sind Sie?"

Frau Bäcker trat in das Büro.

„Das ist kein Spiel! Sagen Sie endlich, wer Sie sind!" Frau Bäcker blickte Anstett erschrocken an, der ein finales „Idiot!" fluchte, bevor er den Hörer auf die Gabel knallte. Vorsichtig näherte sich Frau Bäcker mit dem Tablett dem Schreibtisch ihres Vorgesetzten und stellte eine kleine Teekanne und eine Tasse ab, bevor sie unsicher nach dem Grund für seine Aufregung fragte.

„Ich nehme an, ein Spinner", antwortete Anstett lapidar und schüttelte nochmals seinen Kopf.

Der Blick der Sekretärin verriet, dass ihr das nicht genügte.

„Ein Verrückter, der gedroht hat, mich umzubringen, wegen dieser Razzia in den Bordellen."

Frau Bäcker wurde ganz weiß im Gesicht. „Sie müssen die Polizei benachrichtigen", sagte sie besorgt.

Anstett benötigte einige Minuten, um die Sekretärin zu beruhigen, und das gelang ihm erst, als er ihr versprach, ein Pfefferspray zu kaufen, um sich bei einem Angriff wehren zu können.

Bevor Anstett an diesem Abend vom Büro nach Hause ins Wochenende fuhr, besorgte er sich in einem Waffenladen in der Fußgängerzone das Spray.

6

Das Wochenende war für Anstett eine Qual, da er keine richtige Ablenkung fand und seine Gedanken ständig darum kreisten, wie er Wombach ohne Risiko beseitigen könnte. Am Montagmorgen vertiefte er sich dann auch sofort in vorbereitende Arbeiten zu Masers Museums-Idee. Er suchte Informationen über Kunstvereine, Stiftungen, Museumsbauten und alles, was dazugehörte, zusammen und ließ sich von einem cleveren Auszubildenden in der Stadtbibliothek Artikel und Bücher zur modernen Kunst und deren Entwicklung in Deutschland nach dem Zweiten Weltkrieg zusammentragen. Er las mehrere Artikel über Fluxus, konnte aber nicht viel damit anfangen. Er durchforstete die Tageszeitungen der letzten beiden Jahre, ob es irgendwo in der Stadt ein Gelände gab, das zentral lag und günstig zu erwerben war. Und suchte nach potenten Partnern, die genügend Geld und möglicherweise Grundstücke einbringen konnten. Daneben bereitete er sich auf das Treffen mit Wombach vor.

Am Dienstagabend fuhr er nach Dienstschluss nach Frankfurt. Für Wombach, falls der ihn beobachtete, sollte es so aussehen, als ob er dort nach einem gefälschten Pass suchte. Der wahre Grund dieses Ausflugs war aber ein anderer. Um sein Risiko zu minimieren, hatte er morgens, noch bevor Barbara und Sophie aufgewacht waren, einen alten Mantel vom Speicher geholt und im Kofferraum seines Wagens verstaut. Aus der Tüte mit den Fastnachtssachen hatte er eine Brille mit Fensterglas und einen Schnurrbart genommen. So hoffte er, auch wenn er sich lächerlich dabei vorkam, seine Identität verbergen zu können. Außerdem nahm er aus einem Versteck in der Garage das Geld, das er mit der Zeit für seine Bordellbesuche zurückgelegt hatte, und steckte es in einen Briefumschlag. Es waren etwas über dreißigtausend Mark, die er teilweise gespart und teilweise durch geschickte Spekulationen an der Börse erworben hatte. Im Büro hatte er sich aus einem der Fahndungsplakate das Bild mit Wombachs Gesicht ausgeschnitten.

In Frankfurt suchte Anstett mehrere Kneipen in der Nähe des Kaisersacks auf, in denen er versuchte am Tresen mit Leuten ins Gespräch zu kommen. Unerfahren wie er war, beendeten seine Gesprächspartner die Unterhaltung in dem Moment, wenn er sie auf die Pässe ansprach. Als er in einer Bar mit einem älteren Mann mit kurzen dunklen Haaren und einem dichten Schnurrbart auf Schusswaffen zu sprechen kam, prahlte der damit, dass er ihm alles besorgen könne. Lachend, damit er es auch als Spaß rechtfertigen konnte, entgegnete Anstett, dass er keine Waffe, sondern einen Schützen brauche. Und er war völlig überrascht, dass sein Gegenüber sich kein bisschen verwundert über diese Aussage zeigte, sondern ihm den Namen einer Bar zwei Straßen weiter nannte, wo er nach einem gewissen Pedro fragen sollte. Anstett, unschlüssig, ob der Mann, der nicht mehr ganz nüchtern war, ihn nicht einfach nur verarschen wollte, nickte beifällig und machte sich, nachdem er dem Mann noch ein Bier ausgegeben hatte, auf den Weg zu der genannten Bar. Dabei kam er an ein paar Nutten vorbei, die ihm ihre Dienste anboten. Ihm wurde schmerzlich bewusst, dass er in den letzten Wochen kein einziges Mal gefickt hatte. Aber diese drogenverseuchten Weiber mit ihren ausgemergelten Körpern, die hier herumhingen, erregten nur seinen Ekel.

Zehn Minuten später betrat Anstett die Bar, die ihm der Mann mit dem Schnurrbart genannt hatte. Er bestellte am Tresen ein Bier, wartete auf einen Moment, in dem er mit dem Wirt alleine war, und fragte ihn nach Pedro. Der Mann sah ihn misstrauisch an, sagte keinen Ton und verschwand durch eine Tür hinter dem Tresen aus Anstetts Gesichtskreis. Zwei Minuten später kam er wieder, nickte seinem Gast zu und zeigte ihm die ausgestreckten fünf Finger seiner rechten Hand. Fünf Minuten, nahm der an, und nickte ebenfalls.

Anstett bestellte ein zweites Bier und wartete. Zehn Minuten später betrat ein Mann die Kneipe, klein und schmächtig, mit schulterlangen Haaren und einer spitzen Nase. Er setzte sich zwei Hocker entfernt von ihm an den Tresen und bestellte ebenfalls ein Bier. Dann begann er mit Anstett ein belangloses Gespräch über die Eintracht und rückte dabei näher an ihn heran.

„Kein Interesse an Fußball?“, fragte er ihn etwas leiser mit einem Vorwurf in der Stimme.

„Im Moment ist mir nicht danach“, antwortete Anstett.

„Dann tun Sie so, als ob und sagen mir nebenbei, was Sie wollen.“ Der Mann sagte das beiläufig, aber Anstett spürte den Ärger über sein unprofessionelles Verhalten.

Er senkte den Kopf und zischte: „Ich brauche einen Killer.“

Pedro pfiff durch die Zähne und sagte: „Andy Möller!“

„So heißt der Killer?“

„Quatsch!“, kommentierte Pedro diese Frage, deren Blödheit Anstett im nächsten Moment bewusst wurde. Natürlich wusste er, wer Andy Möller war.

„Ist der Mann besonders geschützt?“, fragte Pedro.

Anstett schüttelte den Kopf. „Im Gegenteil. Auf der Flucht.“

Pedro trank einen Schluck Bier und dachte nach.

„Warten Sie einen Moment auf mich“, forderte er Anstett auf, erhob sich von seinem Barhocker und verließ die Kneipe. Anstett spürte seine Nervosität. Was, wenn dieser Pedro mit der Polizei wiederkam? Oder sonst eine Schweinerei im Schilde führte? In diesem Moment verfluchte Anstett sich und seine blödsinnige Idee und überlegte, die Bar augenblicklich zu verlassen. Der Wirt stellte ein frisches Bier vor ihn auf den Tresen und nickte ihm grimmig zu. Anstett merkte, dass er zu schnell und zu viel trank. Trotzdem nahm er das Glas. Als es halb leer war, kam Pedro durch die Tür zurück in den Schankraum und setzte sich neben ihn. Er legte eine Fanzeitung der Eintracht vor sich auf den Tresen.

„Fünfundzwanzigtausend“, sagte er, nachdem der Wirt ein Bier vor ihn hingestellt hatte.

Anstett schluckte. Ihm blieben dann nur noch etwas mehr als fünftausend Mark.

„Zwanzigtausend im Voraus, den Rest danach!“

Anstett zeigte keine Reaktion.

Pedro drängte. „Ja oder nein?“

„Okay!“, antwortete Anstett, stand auf und ging auf die Toilette. In der einzigen Kabine zählte er zwanzigtausend Mark ab, steckte den Rest in seine Tasche und ging wieder zurück in den Schankraum.

„Und?“, fragte Pedro.

Anstett nahm den Umschlag so unauffällig wie möglich aus seiner Jacke und reichte ihn in der Deckung ihrer Körper dem Mann neben sich. Mit gesenktem Kopf überflog der den Inhalt und nickte. Dann schob er Anstett die Fanzeitung rüber.

„Auf Seite zehn finden Sie mit Kugelschreiber eine Nummer notiert. Rufen Sie die an! Sagen Sie, dass Sie die Nummer von Pedro haben.“

„Soll ich gleich …?“

„Keine Fragen!“, forderte Pedro. „Das Bier geht auf Sie!“, sagte er, stand auf und verließ grußlos die Kneipe.

Anstett blieb noch eine Viertelstunde sitzen, dann zahlte er die Zeche und ging nach draußen. Bis zum Bahnhof war es nicht weit. Dort stand ein öffentlicher Münzfernsprecher. Er schlug die Fanzeitung auf. Auf Seite zehn fand er wie angegeben eine handschriftliche Telefonnummer. Einen Moment zögerte Anstett noch, dann wählte er.

Nach dem fünften Klingeln wurde abgenommen. Eine tiefe, von Zigarettenrauch zerfressene Stimme fragte: „Ja?“

Anstett schluckte. „Pedro hat mir Ihre Nummer gegeben.“

„Sie haben einen Auftrag. Wer ist es?“

„Robert Wombach.“

„Wie komme ich an den Mann ran?“

„Ich habe ein Foto von ihm.“

„Können Sie mich zu dem Mann führen?“

Anstett musste nachdenken, bevor er mit „ja“ antwortete.

„Sie sind in Frankfurt?“

„Ja.“

„Nähe Bahnhof?“

„Ja.“

„Dann gehen Sie in zehn Minuten in das Bahnhofsgebäude.

Dort ist rechter Hand ein Zeitschriftenladen. Im hinteren Teil stehen die Sexhefte. Sie nehmen den Hustler und stecken das Bild da rein. Dann stellen Sie die Zeitschrift zurück, und zwar ganz nach hinten. Haben Sie das verstanden?"

„Ja", antwortete Anstett kurz.

„In zehn Minuten, nicht früher. Und in einer halben Stunde rufen Sie mich wieder an."

Anstett bestätigte kurz und bevor er eine weitere Frage formulieren konnte, hatte der Mann aufgelegt.

Anstett schlenderte im Bahnhof umher, studierte die Fahrpläne, ging in die Reiseinformation und steckte zwei kleine Faltblätter ein. Nachdem er sich mit einem Blick auf seine Uhr vergewissert hatte, dass die zehn Minuten vergangen waren, nahm er das ausgeschnittene Bild von Wombach in die Hand und betrat den Zeitschriftenladen.

Die sogenannten Herrenmagazine hatte er schnell gefunden. Der Hustler war darunter und er musste sich eingestehen, dass ihm das, was er auf dem Deckblatt sah, sehr gut gefiel. Aber daran durfte er jetzt keine Gedanken verschwenden.

Anstett blätterte noch kurz die Zeitschrift durch, schob dann das Bild unauffällig zwischen die Seiten und stellte das Magazin an die hinterste Stelle zurück.

Einen Moment lang war er versucht, sich weiter im Laden aufzuhalten, um zu sehen, wer das Magazin entnahm, doch er entschied, dass dies ein zu großes Risiko darstellte. Er kaufte am Eingang eine Zeitung und trat wieder in die Bahnhofshalle. Unauffällig sah er sich um, konnte aber natürlich niemanden identifizieren, der möglicherweise sein Mann hätte sein können.

Genau eine halbe Stunde nach dem ersten Anruf wählte Anstett die Nummer wieder an.

„Pünktlich wie die Maurer!", lautete die Begrüßung. „Das gefällt mir. Korrektheit ist eine seltene Tugend."

„Das finde ich auch", erwiderte Anstett.

„Dann haben sich ja die perfekten Geschäftspartner getroffen. Das Foto habe ich. Wo kann ich den Mann antreffen?"

Anstett hatte diese Frage erwartet.

„Kennen Sie sich in Mainz aus?"

„Ja."

„Dann halten Sie sich in der Nähe der Tiefgarage am Landtag auf. Große Bleiche. Dort wird er ab morgen Vormittag irgendwann auftauchen."

Einen Moment lang herrschte Schweigen in der Leitung.

„Sieht er aus wie auf dem Foto?"

Anstett überlegte. „Heruntergekommener. Dreitagebart, abgerissene Lederjacke."

„Sie rufen in drei Tagen wieder diese Nummer an." Nach einer weiteren Pause fügte der Mann hinzu: „Und keine Spielchen!" Dann legte er auf.

7

Als Anstett zu Hause ankam, schliefen seine Frau und seine Tochter bereits. Mit einem Glas Cognac setzte er sich ins Wohnzimmer und ihm wurde mit einem Mal die Ruhe um ihn herum bewusst. Wohlig stieg ihm der Alkohol zu Kopf und er spürte, wie sehr ihn die Ereignisse der letzten Tage und Wochen angespannt hatten. Wenn diese Angelegenheit abgeschlossen war, würde er sich mit aller Kraft wieder auf seine beruflichen Verpflichtungen stürzen. Darüber schlief er ein und wachte gegen drei Uhr, noch immer auf dem Sofa sitzend, auf. Sein Nacken schmerzte. Er zog sich aus und ging nach oben ins Schlafzimmer, wo er sich leise neben seine Frau legte, die gleichmäßig atmend schlief.

Am nächsten Morgen, einem Mittwoch, wachte Anstett mit einem leichten Kater auf. Barbara, die schon in der Küche hantierte, wollte wissen, wie die Sitzung am vorigen Abend gelaufen war. Anstett brummelte etwas Unverständliches und verwies auf seine

Kopfschmerzen. Zwei Minuten später brachte sie ihm ein Glas Wasser mit einer aufgelösten Aspirin-Tablette.

Im Laufe des Vormittags bemächtigte sich Anstetts wieder eine gewisse Unruhe. Er saß mit zwei Abteilungsleitern wegen eines Problems beim Ausbau einer vielbefahrenen Umgehungsstraße in Rheinhessen zusammen und merkte, wie er immer unkonzentrierter wurde. Es kostete ihn viel Kraft, ihren Ausführungen, die kein Ende finden wollten, zu folgen. Als sie endlich sein Zimmer verlassen hatten, zog er sich schnell einen leichten Mantel über und teilte Frau Bäcker mit, dass er an diesem Mittag auswärts essen würde.

Anstett verließ das Gebäude durch einen Nebenausgang, um Wombach frühestens in der Nähe der Tiefgarage in die Arme zu laufen. ‚Sechs Tage' hatte der gesagt, bevor er in Darmstadt aus dem Wagen gestiegen war. Die waren jetzt um. Anstett traute ihm zwar auch zu, dass er an einem anderen Ort versuchen würde, ihn anzutreffen, er fürchtete sogar, dass dieser Mann bei ihm zu Hause klingeln könnte, aber er hatte keinen anderen Anhaltspunkt. Außerdem musste er Wombach hierher locken, damit der Killer ihn abfangen konnte. Auf einmal überkamen ihn Zweifel an seinem Plan: Hatte er sein Geld zum Fenster rausgeschmissen und kein Killer der Welt würde sich um seinen Auftrag kümmern? Was, wenn Wombach nicht auftauchte? Viele Fragen, auf die Anstett keine Antwort wusste und die er von sich wies. Er eilte die Stufen zur Tiefgarage hinab. Gerade als er aus dem Treppenhaus in das Deck mit den Autos treten wollte, packte ihn eine Hand am Oberarm und zog ihn zur Seite. Wombachs Gesicht war keine zehn Zentimeter von seinem eigenen entfernt.

„Alles klar?", fragte der flüchtige Zuhälter. Er klang sehr bedrohlich. Anstett konnte einzelne Bartstoppeln in seinem Gesicht erkennen, so nah war er ihm. Sein Atem roch unangenehm. Wombach machte den Eindruck, als fehle ihm ein sicherer Rückzugsort.

„Alles klar!", bestätigte Anstett.

„Sind Sie weitergekommen?"

„Ich brauche ein Passfoto."

Wombach packte den linken Revers von Anstetts Mantel und zog ihn zur Seite, um ihm ein Foto in die Brusttasche seines Jacketts zu stecken.

„Übermorgen um drei wieder hier und ich hoffe, dass Sie dann den Pass dabeihaben, Anstett. Sonst weiß ich nicht, ob ich mein Wissen länger mit mir herumtragen kann."

Darauf stieß er den Politiker so heftig gegen die Wand des Treppenhauses, dass der stolperte und rückwärts auf die Treppe fiel. Als Anstett sich erhob, spürte er einen heftigen Schmerz in seinem Steiß. Trotzdem eilte er, so schnell er konnte, die Treppe nach oben, sah Wombach gerade noch um eine Ecke biegen. Nicht weit davon entfernt löste sich ein Mann in einer braunen Lederjacke aus einer Toreinfahrt und folgte ihm.

Jetzt hing alles davon ab, dass der Killer seine Arbeit gut machte.

Den Rest dieses Tages und den Vormittag des folgenden Tages verbrachte Anstett im Büro. Er beruhigte sich damit, dass der Mann aus der Toreinfahrt der Killer sein musste, den er für teures Geld angeheuert hatte, um sein großes Problem zu lösen.

Am frühen Nachmittag meldete sich Maser bei Anstett und teilte ihm mit, dass sie zu einem dringenden Termin an die Mosel fahren müssten. Anstett sollte vorsorglich ein paar Sachen zum Übernachten einpacken, da er nicht wisse, wie lange sie dort bleiben würden.

Das beunruhigte Anstett außerordentlich. Morgen Nachmittag wollte Wombach seinen Pass am Parkhaus abholen. Für Anstett würde sein Nichterscheinen das Indiz für seinen Tod sein. Falls aber der Killer bis dahin seinen Auftrag nicht erledigt hatte, musste er Wombach mit irgendeiner Ausrede beruhigen. Er hoffte daher inständig, dass der Ausflug höchstens eine Übernachtung beinhaltete.

Während der Fahrt durch den Hunsrück zur Mosel in Masers Dienstwagen, den er selbst steuerte, gab dieser seinem Mitarbeiter nochmals zu verstehen, wie sehr ihn der Erfolg der Razzia und der damit verbundene Schlag gegen die Frauenhändler befriedigt hatten. Wieder einmal musste Anstett feststellen, dass Maser es mit seinem moralischen Rigorismus ernst meinte.

Als er dann, fast wie ein abschließendes Wort, sagte, dass er jeden Mitarbeiter, bei dem er irgendeine Verbindung zu diesem Milieu feststelle, sofort entlassen würde, erschrak Anstett zutiefst. Hatte Wombach sich nicht an die Abmachung gehalten und mit Maser oder sonst wem gesprochen? Hatte er Anstett doch beobachten lassen und bemerkt, dass der einen Killer engagiert hatte? Oder war er am Ende von der Polizei gefasst worden und geständig, vielleicht gegen eine gewisse Reduzierung der Haftstrafe, eine Art Kronzeugenregelung?

Aber Maser redete weiter und blieb allgemein. Er verriet mit keinem Wort, ob er einen konkreten Verdacht gegen seinen Mitarbeiter hegte. Doch der kannte den Fuchs Maser. Er beherrschte die Kunst des Einkreisens und Verunsicherns bis zur Perfektion. Anstett war schon des Öfteren bei Sitzungen und Verhandlungen Zeuge geworden, wie Masers Gegenspieler ihm erst mit breiter Brust und hocherhobenem Kopf entgegentraten und dann immer kleiner wurden, zurückwichen, bis am Ende Maser seine Vorstellungen und Pläne vollständig durchgesetzt hatte.

Er blieb die nächste halbe Stunde bei seinem Thema und legte Anstett seine Ideen dar, wie dem internationalen Frauenhandel beizukommen wäre. Dabei richtete sich seine Wut nicht gegen die Frauen, die zur Prostitution gezwungen wurden, sondern gegen diejenigen, die die Frauen mit fadenscheinigen Versprechungen nach Westeuropa lockten, und gegen die, die dann die Frauen dort übernahmen und in die Puffs zwangen. Doch war dies erst der Anfang von Masers Tirade. Denn ganz besonders bekamen es die Freier ab. Seiner Meinung nach waren sie es, die erst durch die Schaffung der Nachfrage die Grundlage für diesen Markt herstellten. Er war der Meinung, wenn man erst einmal diese Nachfrage eliminieren würde, dann hätte sich das Problem von selbst erledigt.

Anstett stellte ab und zu eine Zwischenfrage, um Maser zum

Weiterreden zu animieren. Er hoffte, dass sein Vorgesetzter ihm mit kleinen Bemerkungen verraten würde, ob er nur so im Allgemeinen sprach oder ein ganz bestimmtes Interesse mit seinen Ausführungen verfolgte.

Als die beiden Männer Bernkastel an der Mosel erreicht hatten, war Anstett nicht klüger als vorher, hatte neben sich aber einen Maser in bester Laune sitzen, der diese gute Stimmung mit in die Verhandlungen einbrachte, wo er fast alle seine Vorstellungen wieder einmal durchsetzen konnte.

Wie zufrieden Maser mit dem Verlauf des vergangenen Abends war, erkannte Anstett am nächsten Morgen daran, dass sein Chef ihm während eines kräftigen Frühstücks den Vorschlag machte, den Vormittag noch an der Mosel zu verbringen und zur Burg Eltz zu fahren, mit der er einige wichtige und wehmütige Erinnerungen an seinen jungen Jahre verband.

Anstett machte einen nur zaghaften Versuch, ihn von diesem Vorhaben abzubringen, um keinen Verdacht zu erregen. Gleichzeitig aber war Wombach, den er zumindest zeitweise vergessen hatte, wieder überpräsent. Was, wenn er noch lebte? Und wie würde er reagieren, wenn Anstett nicht zum verabredeten Zeitpunkt auftauchte? Anstett machte sich aber auch bewusst, dass diese Einladung ein Vertrauensbeweis Masers war und er diesen nach dem gestrigen Gespräch nötiger denn je hatte.

Am Fuß der alten Burg erzählte Maser ihm, wie er hier seine Frau schon früh, als junger Student in Mainz, kennengelernt hatte. Ihr Krebstod vor einigen Jahren war ein schwerer Schlag für diesen Mann gewesen, den Macher, den Strippenzieher, der überall seine Finger drin hatte und der an allen wichtigen Entscheidungen in der Stadt und im Land beteiligt war. Er schien, so wurde hinter vorgehaltener Hand von seinen Mitarbeitern erzählt, ein niedergeschlagener und hadernder Mensch geworden zu sein. Mit der ihm eigenen Mischung aus Konsequenz und Sturheit aber hatte Maser dieses Tränental durchquert und war härter als zuvor wieder zurückgekommen. Anstett hörte ihm zu, sagte und kommentierte nichts. Irgendwann ließ Maser einen Satz fallen, der Anstett aufschreckte. „Anstett, passen Sie gut auf Ihre Frau auf und tun Sie ihr niemals weh!“ Dann stand er auf und gab den Befehl zur Abfahrt.

Während der Rückfahrt, die sie größtenteils schweigend verbrachten, dachte Anstett über diesen letzten Satz Masers nach und grübelte, ob sich darin Anspielungen verbargen. Er fand keine Antwort, und je näher sie Mainz kamen, desto mehr drängte sich ihm wieder das Problem Wombach auf. Immer wieder sah er unauffällig auf seine Uhr oder warf einen Blick auf den Zeitmesser im Armaturenbrett des Autos. Um halb drei erreichten sie Mainz. War Wombach schon am Parkhaus gewesen? Oder lebte er schon nicht mehr? Anstett wollte solche Momente nie wieder in seinem Leben durchmachen müssen.

In der Nähe des Landtages verabschiedete sich Maser von Anstett. Sowie dessen Wagen aus seinem Sichtfeld verschwunden war, änderte er seinen Weg, machte einen kleinen Schlenker an der Tiefgarage vorbei und tat so, als würde er in seinem Auto etwas kontrollieren. Er konnte aber nichts Verdächtiges entdecken und auch an der Scheibe fand er keine Nachricht. Fünf Minuten waren es noch, bis die volle Stunde erreicht war. Anstett wusste nicht, was er machen sollte. Einfach so dastehen und warten, schien ihm zu auffällig. Er verließ das Parkhaus und ging nach oben, lief in eine Seitenstraße bis vor den Eingang der Kirche St. Peter, sah dabei immer wieder auf die Uhr, beschleunigte seine Schritte, als er glaubte, dass er nun zu spät zum Parkhaus zurückkäme, und stand um eine Minute vor drei wieder vor seinem Wagen, öffnete den Kofferraum, tat so, als suche er darin etwas, setzte sich dann hinter das Lenkrad, wartete, blickte immer wieder um sich, aber Wombach erschien nicht.

Als der auch um Viertel nach drei noch nicht aufgetaucht war, eilte Anstett in sein Büro, wo ihn Frau Bäcker freundlich begrüßte und ihn in einem Atemzug auf die Post auf seinem Schreibtisch und einen dringenden Rückruf hinwies. Ob es sonst etwas Neues gäbe, fragte Anstett, bevor er in sein Büro trat, was die Sekretärin verneinte. Hastig blätterte er die Briefe durch, aber es war keiner darunter, der etwas mit seinem Problem zu tun hatte. Anstett lehnte sich zurück und starrte eine Viertelstunde lang auf eine grellgrüne Pflanze, die Frau Bäcker auf die Fensterbank gestellt hatte.

Als er sich wieder aufrecht setzte, wusste er, dass gestern und heute entscheidende Weichen für seine weitere berufliche Laufbahn gestellt worden waren. Masers Vertrauensbeweis hieß, dass seiner weiteren Karriere unter dessen Patronat nichts mehr im Wege stand. Diese Karriere würde sich Anstett von niemandem kaputt machen lassen, auch von diesem Wombach nicht. Dass er noch keine Nachricht erhalten hatte, wertete er als ein gutes Zeichen.

In dieser Stimmung überraschte er am Abend Barbara mit dem Vorschlag, gemeinsam mit Sophie zum Essen auszugehen. Als Barbara verwundert, weil dies noch nie vorgekommen war, nach dem Grund fragte, erklärte ihr Mann feierlich und mit ernstem Blick, dass er, auch wenn dies manchmal anders aussähe, sehr wohl ein schlechtes Gewissen habe, weil er so oft abends außer Haus war und sie mit dem Kind und dem Haushalt alleine ließ und dass dies doch ein ausgesprochen schöner Start ins Wochenende wäre.

Er wählte ein Lokal, von dem ihm bekannt war, dass es oft von Bekannten Masers besucht wurde.

8

Schon am nächsten Montag erwähnte Maser, dass er von Anstetts Familienausflug gehört hatte, und aus seinem Tonfall konnte Anstett die Genugtuung darüber deutlich heraushören.

Den Killer aus Frankfurt wollte er am späten Nachmittag von einer öffentlichen Telefonzelle aus anrufen. Er war für einen Augenblick versucht, sich nicht zu melden und den ausstehenden

Geldbetrag einzubehalten, doch dann erschien ihm das Risiko eines solchen Vorgehens zu groß.

An diesem Tag hatte er keine Termine, so dass er sich bis zu diesem Anruf mit dem Abarbeiten von Altlasten und einigen Strategieüberlegungen zu der Museumsidee beschäftigen konnte. Diese Sache erschien ihm immer reizvoller, zumal ihm klar wurde, dass sie Maser eine Herzensangelegenheit war und er sehr von einer erfolgreichen Durchführung profitieren würde.

Eine halbe Stunde nach Frau Bäcker verließ Anstett das Gebäude und ging in Richtung Fußgängerzone. In der Nähe des Marktplatzes suchte er eine freie Telefonzelle und wählte die Frankfurter Nummer. Niemand nahm ab. Nach zehnmaligem Klingeln legte Anstett auf und wählte die Nummer erneut. Dieses Mal ließ er es mehr als dreißig Mal läuten, aber es meldete sich wieder niemand. Als auch ein dritter Versuch eine Viertelstunde später erfolglos blieb, ging er unruhig zurück in sein Büro und beschwichtigte sich mit dem Gedanken, dass er nicht erwarten könne, dass der Killer in Frankfurt seine Wohnung nicht verlasse, nur um auf seinen Anruf zu warten.

Trotzdem ließen sich die daraus resultierenden Fragen nicht vertreiben. War Wombach schon tot? Was würde der Mann aus Frankfurt mit Wombachs Leiche machen? Wo würde man sie entdecken? Welche Erklärung würde man für den Tod des Zuhälters finden? In welchen Zusammenhang würde man ihn stellen? Gab es irgendeine Spur, die zu ihm selbst führte?

Bevor Anstett am Abend nach Hause fuhr, versuchte er erneut, den Mann zu erreichen, wieder erfolglos. Nun doch unruhiger, als er sich das eingestehen wollte, zog er sich in sein Arbeitszimmer zurück und musste sich von Barbara die sarkastische Bemerkung gefallen lassen, dass er sich mitnichten mit dem gemeinsamen auswärtigen Essen am Freitag einen Freifahrtschein für die nächsten Wochen erkauft habe.

Am nächsten Morgen war Anstetts erster Gang nach dem Aufwachen der zum Briefkasten, doch trotz dreimaligem Durchblättern fand er in keiner Zeitung eine Meldung, die auf den Tod des Zuhälters schließen ließ. Auch in den Radio-Nachrichten wurde nichts berichtet. Ein erneuter Anruf in Frankfurt verlief ebenfalls ohne Erfolg.

Sein Vorhaben, in der Mittagspause einen weiteren Versuch zu starten, vereitelte ein Anruf Masers um halb eins, der ihn einlud, bei einem auswärtigen Essen eine wichtige Angelegenheit zu besprechen. In Masers Stimme war ein nervöser Unterton, der Anstett beunruhigte. Sofort fragte er sich, ob etwas schiefgegangen war und Maser bereits irgendetwas wusste.

Diese Vermutung sah er bestätigt, als er ins Foyer des Landtags trat und Maser erkannte, der vor dem Eingang auf und ab ging. Diesen Ausdruck von Nervosität kannte er von Maser bis dahin nicht. Wenn er ihm etwas so Dringendes mitzuteilen hatte, fragte sich Anstett besorgt, warum wollte er das außer Haus machen, anstatt sich mit ihm im Büro oder in der Kantine darüber zu besprechen? Den Weg zu einem italienischen Restaurant legten die beiden Männer größtenteils schweigend zurück und das wenige, das sie sprachen, bestand aus banalen Floskeln, was die Angelegenheit für Anstett nur noch schlimmer machte.

„Guten Tag, Dottore!“, begrüßte sie ein schlanker und groß gewachsener Italiener mit roter Kellnerschürze und führte sie zu einem Tisch in einer abgelegenen Nische. Auf dem Weg dorthin grüßte Dr. Maser dezent, meist nur mit einem Nicken, einige der anwesenden Gäste.

„Alessandro, bringen Sie uns bitte zwei Gläser von dem Pigato. Aber von dem ... Sie wissen schon“, wies er den Kellner an, nachdem sie Platz genommen hatten.

Die Bedienung kam zwei Minuten später mit Gläsern, einer Flasche Weißwein und einer Flasche Wasser. Stumm sahen die beiden dem Kellner dabei zu, wie er die Gläser abstellte und füllte. Beide schwiegen, bis der Mann gegangen war.

Dann erst beugte sich Maser zu seinem Mitarbeiter herüber und sah ihn einige Sekunden intensiv an, bevor er zu sprechen anfing. „Anstett, sagt Ihnen der Name Shark etwas?"

Der Angesprochene zuckte innerlich zusammen und hoffte, dass man ihm den Schrecken nicht ansah. Er machte ein nachdenkliches Gesicht und schüttelte dann den Kopf.

„Irgendwo habe ich den Namen schon mal gehört, aber im Moment stehe ich gerade auf der Leitung."

Er sah Maser mit großen Augen an. Es kostete ihn enorme Mühe, ruhig zu bleiben. „Nein, sagt mir nichts. Klingt nach einem Spitznamen", ergänzte er.

„Ja!", entgegnete ihm Maser. „Ein Spitzname oder Kampfname. Von einem wirklich gefährlichen Menschen." Dabei blickte er Anstett weiterhin sehr eindringlich an.

„Sollte ich ihn kennen?"

„Keine Idee, Anstett, wer sich hinter diesem …", er dehnte das nächste Wort unnatürlich aus, „… Spitznamen verbirgt?"

Anstett stellte sich unwissend. Und versuchte dabei, herauszufinden, worauf Maser hinaus wollte. Was wusste er? Spielte er mit ihm? Und warum?

Der Kellner stellte einen Teller mit Antipasti zwischen die beiden Männer auf den Tisch.

„Bringt denn der Name Wombach etwas bei Ihnen zum Klingeln?", fragte Maser sein Gegenüber, während er sich die Serviette auf den Schoß legte und mit seiner Gabel eine schwarze Olive aufspießte und in den Mund steckte.

Anstett sah erstaunt über den Tisch, bevor er antwortete. „Das war doch der Zuhälter, der den Polizisten erschossen hat."

„Angeschossen, Anstett, angeschossen. Der Mann ist mittlerweile außer Lebensgefahr."

Maser biss in ein Stück dunkle Salami, nahm die Serviette, wischte sich den Mund ab und trank einen Schluck von seinem Weißwein. Anstett beobachtete ihn dabei und wartete.

„Dieser Wombach ist tot. Übel zugerichtet, die Leiche nicht zu identifizieren. Gefoltert und dann verbrannt. Der Kopf vom Restkörper abgetrennt."

„Woher weiß man, dass er es ist?“ Es war nicht leicht für Anstett, seine Aufregung zu verbergen.

Bevor Maser antwortete, nahm er eine eingelegte Sardine und biss ein Stück ab. Es schien Anstett, dass er sich extra viel Zeit beim Kauen ließ.

„In der Nähe des Fundortes der Leiche lag eine Brieftasche, darin waren die Reste des Führerscheins und einer Bankkarte. Außerdem hat die Polizei dort auch die Waffe gefunden, mit der Wombach bei seiner Flucht den Polizisten angeschossen hat.“

„Sicher?“, fragte Anstett aus einem Impuls heraus etwas zu schnell.

Maser sah ihn überrascht an.

„Ich meine“, lenkte er schnell ein, „ist die Polizei ganz sicher, dass es dieser Wombach ist? Reichen da ein Stück eines Führerscheins und eine Pistole?“

„Hundertprozentige Sicherheit gibt es nicht. Es bleiben natürlich Restzweifel. Deshalb hat die Staatsanwaltschaft die Akte Wombach auch noch nicht endgültig geschlossen. Aber wer sonst sollte das sein?“

„Wer mag ihn umgebracht haben?“, fragte Anstett.

Wieder sah ihn Maser so eindringlich an, dass ihm ganz unbehaglich wurde und er glaubte, dass das Ende seiner Karriere bedenklich nahe gerückt war.

„Die Polizei geht davon aus, dass es Geschäftspartner von Wombach waren, die in ihm eine Gefahr für sich sahen. Dass er redet, wenn er geschnappt wird. Wombach war maßgeblich an dem Frauenhandel beteiligt, dürfte also einiges Insiderwissen besitzen. Das ist auch das, was mich an der Sache wurmt. Dass wir nichts mehr von ihm erfahren können. Ansonsten hat der Kerl bekommen, was er verdient.“

Maser hatte noch immer diesen angespannten Blick. Und Anstett ahnte, dass da noch was kommen würde. Er zwang sich dazu, eine Olive zu essen, obwohl er im Moment keinen Appetit verspürte. Maser wartete, bis der Kellner den Antipasti-Teller abgeräumt und aus der Weinflasche die Gläser nachgefüllt hatte.

Sehr langsam wischte sich Maser wieder mit der Serviette über die Lippen, trank einen Schluck, bewegte ihn im Mund hin und her, bevor er ihn hinunterschluckte und Anstett dabei weiter unverwandt anblickte.

„Sie kennen Wombach alias Shark nicht, Anstett? Ganz bestimmt nicht?"

Der schüttelte energisch den Kopf.

„Woher sollte ich ihn kennen, Dr. Maser. Ich kenne weder einen Wombach noch einen Shark persönlich. Der Name Wombach ist mir zum ersten und einzigen Mal im Zusammenhang mit der Razzia untergekommen."

Maser wiegte seinen Kopf hin und her und gab einige kurze und undefinierbare Geräusche von sich.

„Warum fragen Sie?" Es kostete Anstett immense Kraft, ruhig zu bleiben und nicht aus der Rolle zu fallen. Er versuchte dabei, so unbefangen interessiert wie nur möglich zu wirken.

Doch bevor Maser antworten konnte, kamen die Hauptgerichte. Er zögerte beim Anblick der beiden Seezungen mit weißem Trüffel mit der Antwort, rang sich dann aber doch durch, sie gleich und nicht erst nach dem Essen zu geben: „Man hat neben den Resten des Führerscheins und der Bankkarte und der Waffe noch ein paar Papierschnipsel gefunden und auf einem von denen war Ihre Nummer notiert. Wie kommt die dahin?"

Eine sofortige Antwort unterband Maser dadurch, dass er zu essen anfing.

Anstett tat es ihm nach und blickte dabei auf seinen Teller. Er fürchtete, dass Maser seine Gedanken lesen könnte, als wären sie ihm auf die Stirn geschrieben. Was hatte der Mann ihm gegenüber, der mit großem Genuss kleine Stücke von dem Fisch nahm und langsam kaute, vor? War das jetzt ein Zeichen, dass er der Sache keine Bedeutung beimaß, oder trat hier seine sadistische Ader hervor und er wollte ihn quälen?

Anstett fühlte sich wie ein Roboter, der mechanisch die Gabel zum Mund führte, während die Gedanken in seinem Kopf rotierten. Ohne ein Anzeichen von Unruhe beendete Maser seine Mahlzeit gleichzeitig mit Anstett und legte Messer und Gabel beiseite.

„Hat dieser Wombach Ihnen gedroht?", fragte er schließlich.

„Nein, warum sollte er?", fragte Anstett so überrascht wie möglich.

„Die Polizei geht davon aus, dass er sich an einem der an der Aktion Beteiligten rächen wollte. Sie haben eine junge Familie, Anstett. Vielleicht ging sein Vorhaben in die Richtung. Vielleicht irgendeine Form von Erpressung, die er geplant hatte. Alles Vermutungen, aber was könnte es sonst sein?"

Maser wusste seine Fragen so zu stellen, dass sein Gesprächspartner nicht wusste, worauf er hinauswollte.

Plötzlich durchschaute Anstett die Situation und machte ein nachdenklich-besorgtes Gesicht. „Vor ein paar Tagen habe ich einen Anruf erhalten. Wirres Zeug, dass man mich kriegen würde und so. Frau Bäcker hat den Rest des Gesprächs noch mitbekommen. Aber das klang mehr nach einem Verrückten." Er war stolz auf seine Reaktion.

„Davon haben Sie mir gar nichts gesagt."

„Ich habe dem keine Bedeutung beigemessen. Es klang wirklich wie ein verrückter Wichtigtuer." Anstett machte eine kurze Pause. „Trotzdem wäre es interessant, zu wissen, wie so jemand an meinen Namen kommt. Ich war doch gar nicht an exponierter Stelle an der Aktion beteiligt."

„Es ist nicht schwer, herauszufinden, dass wir zusammenarbeiten. Vielleicht hat dieser Wombach falsche Schlüsse gezogen. Vielleicht wollte er sich auch von Ihnen unter einem Vorwand Informationen über mich besorgen. Die Vermutungen der Polizei schließen das nicht aus; und es macht ja auch einen gewissen Sinn."

Maser machte eine Pause und sah sein Gegenüber an. Es war ein Blick, den dieser nicht genau zuordnen konnte.

„Zwei Grappa, Alessandro!", rief Maser plötzlich in Richtung der Theke. Zwei Minuten später standen die kleinen Gläser mit den langen Stielen vor ihnen.

„Auf gute Zusammenarbeit, Anstett!“, prostete er diesem zu und Anstett konnte in dem Moment nicht anders, als ihn auch als Warnung zu verstehen. Stumm gab er den Gruß zurück und trank sein Glas in einem Zug aus.

Vor dem Landtag trennten sich ihre Wege. Zum Abschied reichte ihm Maser die Hand und sagte sehr weihevoll: „Sie sehen, Anstett, wir mögen so was wie Beamte sein. Und trotzdem ist unser Beruf gefährlich. Gefährlich für unser Leben, aber auch gefährlich für unsere Integrität. Wir sehen uns morgen.“

Er wandte sich schnell um und ging zu seinem Wagen. Anstett machte sich langsam auf den Weg in sein Büro. Masers Worte hallten in seinem Kopf nach. Vielleicht war sein Spiel mit den Vieldeutigkeiten ein Spleen, eine Verunsicherungstaktik, aber er musste vor ihm auf der Hut sein, da er seine Eskapaden, das wusste er nur zu genau, nicht für immer würde aufgeben können.

Im Büro hatte Frau Bäcker schon einen Kaffee aufgesetzt und brachte ihn ihrem Chef an den Schreibtisch. Er bat sie, ihm wirklich nur die allerwichtigsten Telefonate durchzustellen. Er brauchte Zeit zum Nachdenken und wunderte sich, wie einfach es doch gewesen war, einen Mord in Auftrag zu geben. Ob es genauso einfach war, einen Mord zu begehen? An Elena im ‚Titania‘ dachte er da schon lange nicht mehr.

Nun, beglückwünschte er sich, würde ein neues Kapitel seines Lebens beginnen und er konnte darangehen, sich Gedanken über seine Karriere zu machen, die er, das schwor er sich, von niemandem zerstören lassen würde.

Einzig der Umstand, dass er den Killer nicht erreichen konnte, beunruhigte ihn.

Aber er würde es morgen noch einmal versuchen.

Teil II:
Reza 2007

1

Der Winter 2007 war der wärmste, an den ich mich erinnern konnte. Das Thermometer war noch kein einziges Mal unter Null Grad gefallen, geschweige denn, dass es geschneit hätte, obwohl es schon Februar war. Stattdessen fast frühlingshafte Temperaturen und ständig Gespräche, die mit ‚Klimakatastrophe' anfingen und mit ‚Erderwärmung' aufhörten. Und ausgerechnet an diesem Montagmorgen, an dem ich Berlin zum ersten Mal seit fast sechs Monaten verließ, um nach Frankfurt zu fliegen, kam es zu einem Kälteeinbruch und so heftigem Schneefall, dass der Flieger erst mit reichlich Verspätung abhob. Über Frankfurt kreiste das Flugzeug mehrere Male in der Warteschleife, was die Verspätung noch vergrößerte, und mit entsprechender Laune stieg ich in die S-Bahn, die mich nach Mainz bringen sollte. Kleidungsmäßig war ich auf Frühling eingestellt, leichte Sneakers, weite Jeans, ein Hemd und eine kurze, ungefütterte Lederjacke. Ansonsten trug ich eine Umhängetasche bei mir, in die ich mein Ticket, den Personalausweis und alles sonst noch Wichtige hineingestopft hatte.

Wie unpassend diese Kleidung war, stellte ich auf den wenigen Metern fest, die ich über den Bahnhofsvorplatz in Mainz zum Taxistand laufen musste. Dabei konnte ich froh sein, mir nicht noch mehr Verspätung eingefangen zu haben. Fast hätte ich nämlich den Ausstieg verpasst, weil ich in dem überhitzten S-Bahn-Wagen eingeschlafen war. Kein Wunder, war ich doch schon um fünf Uhr morgens in Berlin aufgestanden, um den ersten Flieger zu bekommen. Mein Plan, an diesem Tag und am nächsten Vormittag alles zu erledigen, um nicht länger als nötig in Mainz bleiben zu müssen und mich unnötig in Gefahr zu begeben, schien mit all diesen Verzögerungen schnell hinfällig zu werden.

Vor einem halben Jahr hatte ich diese Stadt recht überstürzt verlassen, um mich aus der Schusslinie bestimmter Leute, das heißt in der Hauptsache eines Mannes, zu bringen, vor allem aber, um herauszufinden, womit ich in den nächsten Jahren meines Lebens mein Geld verdienen wollte, nachdem ich meinen bisherigen Beruf, wenn man das, was ich gemacht hatte, so bezeichnen konnte, hingeschmissen hatte. Meine berufliche Zukunft war jetzt einer der Gründe, nach Mainz zu kommen. Blöde Ironie, dass mich mein erstes Vorstellungsgespräch genau wieder hierherführte. Wie ich mich verhalten würde, wenn es erfolgreich verlief, wusste ich noch nicht. Auf jeden Fall hatten dann einige Altlasten Klärungsbedarf, Auseinandersetzungen, auf die ich nicht scharf war und die alles andere als angenehm verlaufen würden. Aber daran versuchte ich jetzt noch nicht zu denken.

Ein anderer Grund, hierherzukommen, war meine alte Freundin Hermia. Sie wurde bald fünfzig und sie hatte offenbar ein Problem, und das war mit Sicherheit nicht ihr Alter. Mehr wusste ich nicht, weil sie am Telefon nicht darüber sprechen wollte, und daher hatte ich auch keinen blassen Schimmer, wie sie sich meine Hilfe vorstellte. Und schließlich wollte ich aus meiner Wohnung in der Mainzer Altstadt, die ich wegen meiner überstürzten Abreise nicht gekündigt hatte, ein paar Dinge holen, die ich in den letzten Monaten vermisst hatte, darunter auch Geld und meinen Reisepass, den ich sicher versteckt dort deponiert hatte. Dieser letzte Punkt stand an oberster Stelle meines Zeitplans.

Auf den wenigen Metern zum Taxistand hatte ich schon nasse Füße bekommen. Schneematsch war in die flachen Schuhe geschwappt. Ich wies den Fahrer an, in die Altstadt zu fahren. Während der Fahrt im Fond des Wagens betrachtete ich die mir bekannten Straßen und Häuser. Es kam mir alles schon sehr fremd vor nach den sechs Monaten in der großen Stadt im Osten, die so gar nichts von der beschaulichen Ruhe hier hatte. Dort war alles aufgeregter, wichtiger, vibrierender, aber auch kälter, die Leute kurz angebunden, nichts von diesem gesellig-leutseligen Miteinander, auf das man hier in Rheinhessen so viel Wert legte. Und anonymer, was auch seine Vorteile hatte.

Im Hopfengarten, am Ende der Augustinergasse, hielt der Fahrer am Straßenrand an. „Sieben fuffzig", raunzte er mir zu und fügte hinzu: „Brauchen Sie eine Quittung?", während ich in meiner Tasche nach Geld suchte.

Mit einer knappen Kopfbewegung verneinte ich die Frage, reichte abgezählt acht Euro nach vorne, sagte „Ist gut so“ und stieg aus. Meine Wohnung in der Augustinergasse war einige wenige Meter entfernt. Um diese Zeit waren hauptsächlich Anlieferer für die Geschäfte in der engen Gasse mit dem Kopfsteinpflaster und den historischen Gebäuden unterwegs. Der Schnee war hier durch die Fahrzeuge schon ziemlich vermatscht und ich musste aufpassen, mir meine Schuhe nicht noch mehr zu versauen.

Meine Wohnung befand sich in der dritten Etage unter dem Dach eines dieser alten Häuser und erstreckte sich über zwei Stockwerke, die durch eine Wendeltreppe miteinander verbunden waren. Die Zimmer waren klein, überhaupt war alles an diesen Häusern sehr übersichtlich und eng gebaut. In den Zwischenstockwerken gab es noch kleine Abstellräume, in denen sich früher die Toiletten befunden hatten.

Es war schon seltsam, nach sechs Monaten wieder den mir so bekannten Geruch dieser Wände einzuatmen, als ob sich darin die jahrhundertealten Ausdünstungen von Essen, Staub und Moder gesammelt und verdichtet hätten. Auch eine Renovierung vor einigen Jahren hatte diesem Geruch nichts anhaben können.

An meiner Tür fielen mir gleich die deutlichen Kratzspuren um das Schloss herum auf und bestätigten meine Befürchtungen. Ich musste aber hinein und schob den Schlüssel behutsam ins Schloss, drehte ihn langsam herum und drückte die Tür vorsichtig auf, erst einmal nur ein paar Zentimeter, und lauschte. In der Wohnung war es still. Doch kaum hatte ich die Tür so weit geöffnet, dass ich einen Schritt hineinmachen konnte, erkannte ich das Chaos. Der Boden war übersät mit meinen Sachen. Im Wohnzimmer und in der Küche waren die Schubladen aus den Schränken gerissen worden, meine Klamotten lagen verstreut in den Räumen, CDs und Bücher bedeckten den Boden. Ich schlich die Wendeltreppe hinauf in das obere Stockwerk und schaute über die letzte Stufe ins Schlafzimmer. Auch hier wartete niemand auf mich, aber meine Matratze war aufgeschlitzt worden und ihre Innereien lagen verteilt im ganzen Zimmer.

Es war nicht so, dass ich mit so etwas überhaupt nicht gerechnet hätte, aber wenn man dann vor so einem Chaos steht und sieht, wie rücksichtslos andere ihre Interessen verfolgen, wird es einem schon komisch. Auf jeden Fall bestärkte mich das in meinem Entschluss, Mainz so schnell wie möglich den Rücken zu kehren und dabei keine Spuren zu hinterlassen. Ich stieg die Treppe wieder nach unten, füllte mir über dem Spülbecken eines der heil gebliebenen Gläser mit Wasser und setzte mich auf einen Stuhl. Während ich trank, fiel mir der Zettel auf, der an die Schranktür geklebt war. Ich stand auf, riss ihn ab und setzte mich wieder.

„Das passiert, wenn man seinen Vertrag nicht erfüllt, Reza! Und das ist erst der Anfang!"

Scheiße, dachte ich bei mir, kann man die Sache denn nicht einfach auf sich beruhen lassen? Keine Unterschrift, aber mir war vollkommen klar, wer dahintersteckte. Das war Jerrys Handschrift. Auch Menschen, die man mal in der Kategorie ‚Freunde' geführt hatte, mussten da nicht bleiben, wenn sie sich über den Tisch gezogen fühlten. Jerry war echt sauer und nachtragend, und ich wusste nicht, wie weit er gehen würde, auch wenn es nur war, um die Form zu wahren, das heißt sein Gesicht. Ich würde meine beiden anderen Vorhaben in Mainz so schnell wie möglich hinter mich bringen und mich morgen früh in die erstmögliche Bahn zum Flughafen setzen. Hauptsache weg hier!

Ich ging noch einmal nach oben, wo ich, nach einigen Einbrüchen in der Nachbarschaft kurz vor meiner Abreise, alles Wertvolle hinter einem lockeren Holzpaneel in der Dachschräge versteckt hatte. Erleichtert stellte ich fest, dass mein Geld und mein Reisepass von Jerry und seinen Schergen nicht gefunden worden waren. Ich war vor sechs Monaten so überstürzt abgereist, dass mir keine Zeit mehr geblieben war, sie aus der Wohnung zu holen. Ich steckte den Umschlag mit dem Geld und den Reisepass in meine Umhängetasche, suchte schnell noch ein paar Klamotten zusammen und stopfte sie samt einigen CDs eilig in eine Reisetasche, die ich unter dem Bett hervorzog. Ein letzter kurzer Blick auf das Chaos, dann verließ ich die Wohnung, mit dem sicheren Gefühl, dass ich irgendetwas Wichtiges vergessen hatte, worüber ich mich in Berlin übermäßig ärgern würde, aber ich hatte keine Lust, länger als unbedingt nötig hierzubleiben. Außerdem gewann ich so etwas von meiner verlorenen Zeit zurück. Ich würde aus Gründen der Sicherheit die nächste Nacht in einem Hotel verbringen.

Während ich die Treppe hinunterstieg, bestellte ich mit dem Handy ein Taxi zu der Stelle, an der ich vorhin ausgestiegen war.

Jetzt war ich noch vorsichtiger und sah mich, als ich aus der Haustür auf die Augustinergasse trat, erst einmal ausgiebig um. Mein einziger, wenn auch sehr sporadischer Kontakt nach Mainz in den letzten Monaten war Hermia gewesen und gerade weil sie wusste, warum ich aus der Stadt abgehauen war, hätte sie den Teufel getan, Jerry von meinem Kurzbesuch zu erzählen. Er hatte einfach ein Zeichen setzen wollen, weil er wusste, dass ich irgendwann auftauchen musste. Auch wenn ich bei Jerry in den letzten Jahren ziemlich gut verdient hatte – so viel, dass ich mir über Jahre eine ungenutzte Wohnung leisten konnte, war es nicht.

Fünf Minuten lang, während denen meine für dieses Wetter viel zu dünnen Sportschuhe wieder ekelhaft feucht wurden, stand ich im Schneematsch und fror. Endlich fuhr das Taxi vor. Der Fahrer, ein dunkler Typ mit Schnauzbart, blieb im Wagen sitzen. Ich gab ihm ein Zeichen, auszusteigen und den Kofferraum zu öffnen, eine Bitte, der er offensichtlich nur widerwillig nachkam. Entsprechend misslaunig knurrte er seinen Gruß. Selbst in der kalten Luft konnte ich den starken Zigarettenrauch riechen, der an ihm haftete.

Ich schmiss meine Taschen in den Kofferraum, setzte mich auf den Rücksitz und nannte dem Fahrer ein Hotel in Finthen, in dem ein Bekannter von mir vor Jahren mal übernachtet hatte und von dem er ganz angetan gewesen war. Außerdem war ich da außerhalb der Stadt und verringerte damit das Risiko, Jerry oder einem seiner Leute zufällig über den Weg zu laufen.

Wegen des Schneefalls, der alle sofort langsamer und vorsichtiger fahren ließ, dauerte die Fahrt durch die Stadt länger als gewöhnlich. Als wir endlich die Ausfallstraße nach Finthen erreichten, stockte der Verkehr und der Fahrer musste heftig bremsen.

„Scheiße!", fluchte er laut, „dass ich daran nicht gedacht habe." Es war sein erster vollständiger Satz und sein Deutsch war vollkommen akzentfrei.

„Was ist denn?", fragte ich.

Offenbar wollte der Mann nicht mit mir reden, denn er reagierte nicht. Ich wiederholte meine Frage. Der Fahrer blickte kurz und herablassend in den Rückspiegel, bevor er antwortete. „Heute wird der Dr. Maser beerdigt. War ein sehr beliebter Politiker. Seltsame Geschichte, die da passiert ist. Fällt aus dem Fenster. Einfach so!"

„War er betrunken?", fragte ich. Eigentlich interessierte mich das gar nicht, aber ich wollte, dass dieser unhöfliche Mensch gezwungen war, sich mit mir zu unterhalten.

Der Taxifahrer lachte kurz und schrill auf. „Dr. Maser. Der war die Tugend in Person. Das ist ja das Komische. Ist aus einem Fenster der Bonifaziustürme gefallen. Da wird bald eine ganz große Ausstellung eröffnet."

„War vielleicht Selbstmord? Die Tugendsamen haben ja oft den meisten Dreck am Stecken." Nach einer kurzen Pause fügte ich hinzu: „Wörtlich, meine ich."

„Quatsch!", sagte der Mann kurz und so abschätzig, dass es eine ziemlich dreiste Erwiderung war. „Diese Ausstellung war doch sein Kind. Da hat er sich die letzten Jahren ziemlich drum gekümmert und das sollte seine letzte Amtshandlung sein. Das Museum kommt erst später. Er wäre dann in Pension gegangen."

„Dann kann man den Platz davor ja nach diesem … wie hieß er …?"

„Dr. Maser."

„Ja, nach Dr. Maser benennen. Dr. Maser-Platz. Ist was für die Unsterblichkeit", sagte ich sarkastisch.

„Eine gute Idee!", antwortete der Taxifahrer und schwieg den Rest der Fahrt bis nach Finthen.

Mein Bekannter hatte recht gehabt. Das Hotel war tatsächlich sehr nett, und nach einer kurzen Diskussion an der Rezeption bekam ich auch eines der Zimmer, die zu dem ruhigen, rückwärtigen Garten gingen. Ich warf meine Taschen auf das französische Bett, zog mich aus und stellte mich unter die Dusche. Heute Morgen in Berlin war ich nicht dazu gekommen und besonders in der S-Bahn war eine kaum auszuhaltende stickige Luft gewesen.

Nach dem Duschen nahm ich eine Flasche Wasser aus der Minibar und legte mich nackt aufs Bett. Zwischen den Schlucken dachte ich an meine Wohnung und an Jerry und überlegte, ob ein Gespräch die ganze Angelegenheit zwischen uns aus der Welt schaffen könnte. Ich wusste doch, dass Jerry eigentlich ein gutmütiger Mensch mit einer gesunden Portion Harmoniebedürfnis war, der mich zudem gut leiden konnte. Außerdem hatten wir in den Jahren unserer Zusammenarbeit eine überaus ertragreiche Zugewinngemeinschaft gebildet. Aber ihm ging es ums Prinzip. Dass man sich nicht einfach so aus dem Staub machte, ohne seine Verpflichtungen zu erfüllen. Würde ich jetzt ein bisschen zu Kreuze kriechen, wäre die Sache wahrscheinlich aus der Welt. Aber ich hätte ihm entgegenkommen müssen. Und das wollte ich nicht. Wollte nicht mehr in meinem alten Job arbeiten. Nicht, dass ich mich davor ekelte oder es nicht mehr konnte. Ich hatte diese Entscheidung getroffen, und die wollte ich durchziehen. Ich war in so vieles in meinem bisherigen Leben hineingeschlittert, immer zu meinem Glück und Vorteil, dass ich jetzt die Weichen selbst stellen und mein Leben bestimmen wollte.

2

Ich hatte an jeden Fernsehsender in Deutschland ein Bewerbungsschreiben geschickt. Ich wollte in Zukunft mein Geld als Journalist verdienen. Dass ausgerechnet eine Sendeanstalt in Mainz mir als Erste die Gelegenheit zum Vorstellungsgespräch gab, empfand ich mehr als Ironie, als dass es mich beunruhigte. Es würden andere in anderen Städten folgen, ein weiteres in Köln in drei Wochen war schon vereinbart und so sprach noch nicht so viel dafür, dass ich wieder in diesen Ort zurückziehen musste. Ich wollte und durfte nur jetzt nicht auf Jerry oder einen seiner Jungs treffen.

Ich hatte noch bis drei Uhr Zeit. Dann säße ich einem Journalisten gegenüber, um mit ihm über meine Zukunft zu sprechen. Journalist war schon lange mein Traumberuf. Während meiner Schulzeit hatte ich für die Schülerzeitung gearbeitet und mich nach dem Abitur an der Mainzer Uni für Publizistik eingeschrieben und nebenbei Seminare besucht. Als mir das zu trocken wurde, machte ich beim ZDF eine Hospitanz, hatte danach kurz Kontakt zu den Leuten von einem offenen Kanal, für die ich ein paar Beiträge machte, die gut ankamen. Man bot mir einen Job in dem Laden an, doch das war nicht mein Ding. Ich bewarb mich an einer Journalistenschule, kam sogar, wie ich später erfuhr, in die engere Wahl, aber da hatte ich schon Jasmin und über sie Jerry kennengelernt und alles kam ganz anders und meine Journalistenkarriere musste ich für knapp zehn Jahre auf Eis legen.

In diese Überlegungen hinein klingelte mein Handy und ich war überrascht, die Stimme von Reiner Vollbracht, dem Journalisten, mit dem ich verabredet war, zu hören. Er fragte, ob ich schon in Mainz sei und ob es mir etwas ausmachen würde, so bald wie möglich bei ihm vorbeizukommen, da er am Nachmittag in einer dringenden Angelegenheit aus dem Haus müsse. Ich sagte zu, dass ich – ich schaute kurz auf die Uhr auf dem Fernseher – um ein Uhr bei ihm wäre. Die Fahrt auf den Lerchenberg würde mit dem Taxi nur zehn Minuten dauern, ich hatte also noch Zeit, mich in aller Ruhe anzuziehen.

Bevor ich nach unten zum Empfang ging, wählte ich die Nummer von Hermia. Dass ich mich nun so viel früher mit dem Journalisten treffen konnte, gab mir die Gelegenheit, mein Treffen mit Hermia vorzuziehen und vielleicht noch an diesem Abend nach Berlin zurückzufliegen. Nach dem fünften Klingeln sprang ihr Anrufbeantworter an. Ich erklärte ihr, dass ich sie gerne früher treffen würde, und bat sie um ihren Rückruf. Vor dem Hotel wartete schon das Taxi.

„Herein!“, forderte mich eine helle Stimme mit gereiztem Unterton auf, nachdem ich zweimal an die Tür von Reiner Vollbrachts Büro geklopft hatte. Ich trat in einen mit Akten, Büchern, Papieren und vor allem unendlich vielen Kassetten vollgestellten Raum, in dem ich statt des Journalisten eine junge Frau vor einem Schreibtisch stehend antraf, auf dem sie offensichtlich etwas suchte und nicht fand.

„Keine Ordnung. Ist zum Davonlaufen!“, fluchte sie in sich hinein und nahm keine Notiz von mir. „Wenn der jetzt Redaktionsleiter wird, na dann gute Nacht!“

„Entschuldigen Sie bitte!“, machte ich auf mich aufmerksam, aber es dauerte mindestens weitere zehn Sekunden, bis sie den Kopf hob und zu mir herüberschaute.

„Ja, was wollen Sie?“, fragte sie unfreundlich und musterte mich. Ihr Blick entspannte sich nach wenigen Sekunden.

„Ich möchte zu Reiner Vollbracht und an der Tür steht sein Name“, erwiderte ich mit freundlicher Ironie und lächelte die junge Frau an.

Sie lächelte zurück. „Sind Sie mit ihm verabredet?“

„Ja, das bin ich“, antwortete ich der jungen Frau, die zwei Schritte näher zu mir kam. Sie hatte dunkle Augen, was einen hübschen Kontrast zu ihren hellblonden Haaren bildete.

„Reiner ist im Schnitt. Eigentlich wird er da nicht gerne gestört.“

„Er hat mich aber extra gebeten, jetzt zu kommen.“

Sie überlegte kurz, dann trat sie zu mir an die Tür, drängte sich so dicht an mir vorbei, dass mir ihr gewöhnliches Parfüm unangenehm in die Nase stieg, und zeigte in die Richtung, aus der ich gekommen war.

„Sie gehen bis zum Ende des Flurs und dann nach rechts durch die Glastür. Im zweiten Zimmer rechts sitzt Reiner.“ Sie stand nur wenige Zentimeter von mir entfernt.

„Vielen Dank!“, sagte ich und lächelte.

„Was wollen Sie denn von ihm?“, fragte sie und machte keine Anstalten, in das Büro zurückzugehen.

„Vielleicht verrät es Ihnen Herr Vollbracht später“, entgegnete ich, hängte kurz ein „Tschüss!“ an und ging in die angezeigte Richtung. Ich spürte ihren Blick in meinem Rücken.

Vollbrachts Stimme hörte ich schon, bevor ich den Mann sah. Es war eine tiefe, volle Stimme, die eindringlich auf eine andere Person einredete. „Mensch, Moni, das Bild muss stehen bleiben. Nicht so kurz, verdammt. Wir sind hier nicht beim Privatfernsehen. Unsere Kunden sind nicht mehr so schnell. Alles einen Tick langsamer. Wie soll ich denn sonst meinen Text da drauf kriegen.“

Ich klopfte an die Tür, die halb offen stand und den Blick auf einen Tisch mit mehreren Monitoren freigab, vor dem links eine Frau mit dem Rücken zu mir saß und rechts neben ihr ein Mann, der Vollbracht sein musste. Nach seiner Stimme hatte ich ihn mir als einen korpulenten, zumindest kräftigen Mann mit Vollbart vorgestellt. Aber er war ein dünnes Hemd mit einem schmalen hohen Kopf.

Er drehte sich kurz um, sah mich einen Augenblick fragend aus seinen wachen Augen an, bis ihm einfiel, wer ich sein musste. Bevor er aufstand, flüsterte er der Frau neben sich etwas zu, das ich nicht verstehen konnte.

„Herr Gumbrich, nehme ich an“, brummte er mit seiner tiefen Stimme in meine Richtung und streckte mir die Hand entgegen. Für einen so schmächtigen Menschen – aufgerichtet fiel dies noch viel mehr auf – hatte der Mann einen verdammt harten Händedruck.

„Herr Vollbracht, nehme ich an“, kopierte ich seine Begrüßung und lächelte ihn freundlich an.

„Seien Sie bitte nicht entsetzt über unseren Ton hier. Das gehört hier sozusagen zum guten Ton.“

Er ging an mir vorbei auf den Flur. Die Frau hatte sich kein einziges Mal zu mir umgedreht.

„Kommen Sie mit!“, forderte er mich im Weggehen auf und ging zu seinem Büro.

„Los, Meike, raus!“, sagte er dort angekommen zu der jungen Frau, die die Aufforderung ignorierte.

„Was ist!“, grantelte er. „Geh einen Kaffee trinken, ich brauche das Büro allein.“

Langsam ging sie an uns vorbei nach draußen und versuchte, meine Aufmerksamkeit zu erregen.

„Die hat die Arbeit auch nicht erfunden“, kommentierte Vollbracht. „Dafür das Meckern! Wollen Sie einen Kaffee?“

„Ja, gerne, wenn's keine Umstände macht.“

„Die macht's zwar, aber das macht doch nichts, oder?“

Vollbracht schloss die Tür, hinter der ein großer Kaffeeautomat zum Vorschein kam.

„Cappuccino oder Espresso?“, fragte er.

„Cappuccino“, antwortete ich und sogleich begann der Journalist zu hantieren. Ein Mahlen und Zischen setzte ein und nach drei Minuten, in denen wir nichts miteinander sprachen, stellte Vollbracht eine Tasse mit einer hohen Schaumkrone vor mich hin.

„Warum glauben Sie, der richtige Mann für diesen Job zu sein, Herr Gumbrich?“

Clever, dachte ich, denn ich hatte in meiner Bewerbung mit offenen Karten gespielt und nichts von dem, was ich in den letzten gut zehn Jahren gemacht hatte, verheimlicht.

„Zum einen, wie ich Ihnen geschrieben habe, habe ich neben einer Hospitanz in diesem Haus für eine freie Firma als Journalist gearbeitet und Beiträge produziert …“

Vollbracht unterbrach mich. „Das machen viele. Die Arbeitsproben, die Sie Ihrer Bewerbung beigelegt haben, sind auch sehr gut, keine Frage. Aber bei Ihnen klingt so etwas durch, muss ich zugeben, das klingt anders. Nicht Ihr Beruf, das meine ich nicht, wenn das auch sehr interessant ist.“

„Ich denke, da hatte ich die Möglichkeit, die Menschen sprichwörtlich hautnah kennenzulernen.“

Vollbracht lachte laut auf. „Gut gesagt. Aber reicht das?"

„Eine meiner Erfahrungen in meiner bisher nur kurzen journalistischen Laufbahn war, dass Menschenkenntnis, die Bereitschaft, auf Menschen einzugehen, und eine gewisse Unverfrorenheit wichtiger sind als jede technische Fertigkeit und jede Ausbildung."

„Da haben Sie nicht unrecht, Herr Gumbrich. Aber in einem so großen Haus wie diesem wird in der Regel sehr formal entschieden. Was auch nicht nur schlechte Gründe hat, muss ich sagen. Ich entscheide das letztlich auch nicht. Und mit …", er sah kurz in die Mappe, „knapp über dreißig sind Sie auch nicht mehr der Jüngste. Als Berufseinsteiger, meine ich."

„Geben Sie mir einfach eine Chance!", forderte ich.

„Wie gesagt, so einfach ist das nicht. Es werden in diesem Haus Qualifikationen gefordert."

„Ich bin auf der Journalistenschule bis in die letzte Runde gekommen", gab ich an, „bevor sich mir diese anderen beruflichen Möglichkeiten auftaten, und außerdem weiß ich von einigen Ihrer Kollegen, die ich während meiner Hospitanz kennengelernt habe, dass nicht wenige von ihnen Quer- und Seiteneinsteiger sind …"

Wieder unterbrach mich Vollbracht. „Die aber vorher schon im Haus und meist in den entsprechenden Redaktionen gearbeitet haben, so dass sich die Kollegen ein Bild von diesen Personen machen konnten. Von ihren fachlichen Qualifikationen wie auch von den menschlichen."

„Wäre das nicht ein Weg für mich?"

Vollbracht wiegte seinen Kopf langsam hin und her. Der lange Kopf auf dem schmalen Hals ließ mich fürchten, dass er einfach so abknicken würde, wenn er nicht aufpasste.

Er ließ sich Zeit, bis er mir antwortete. „Ehrlich, Herr Gumbrich, ich könnte mir das vorstellen. Aber ich war mir unsicher und habe mit einem Vorgesetzten gesprochen und der hat abgewinkt."

„Warum?", fragte ich kurz und trocken und glaubte schon, meiner Enttäuschung zu trotzig Ausdruck verliehen zu haben.

„Was ich schon sagte: Ihr Alter, mangelnde Qualifikation und dann, na Ihr, er meinte, Ihr bisheriger beruflicher Werdegang stünde unserem Haus nicht gut an."

Jetzt war ich es, der laut auflachte.

„Was ist?", fragte Vollbracht.

„Ihnen ist mein alter Beruf ein Hindernis. Ich habe damit abgeschlossen. Bei den Privaten würde man mich wahrscheinlich deshalb mit Kusshand nehmen."

Vollbracht musste grinsen. „Glaube ich. Aber ich kann mich über den Einwand eines Vorgesetzten nicht einfach so hinwegsetzen. Ich selbst gehe bei solchen Dingen nach meinem Gefühl und ich glaube, dass Sie vom Typ her einen guten Journalisten abgeben könnten. Ein Vorschlag, Herr Gumbrich: Wenn Sie eine gute Geschichte haben, lassen Sie es mich wissen. Wenn ich dran glaube, produzieren Sie einen Beitrag als Autor. Das ist einigermaßen unkompliziert realisierbar. Und wenn Sie was draus machen, ist das als Entree in diesen Verein viel besser."

Ich sah den dürren Mann skeptisch an.

„Ich kann verstehen, wenn Sie glauben, dass ich Sie hinhalten will. Aber einen anderen Weg sehe ich im Moment nicht. Und außerdem", Vollbracht senkte seine Stimme ein wenig, „geht mein Redaktionsleiter bald in Rente. Ich werde ihn beerben."

Mir war dieser Vollbracht gar nicht mal unsympathisch, aber mir war sein Vorschlag zu wenig. Ich beruhigte mich mit dem Gedanken, dass ich bei einer Ablehnung nicht nach Mainz gehen müsste und Jerry aus dem Weg gehen konnte.

„Okay", willigte ich ein und stand auf. Die Enttäuschung musste mir trotzdem im Gesicht gestanden haben, denn Vollbracht klopfte mir auf die Schulter. „Liefern Sie mir eine gute Geschichte, dann helfe ich Ihnen, versprochen!"

Bevor wir uns verabschiedeten, gab mir Vollbracht seine Visitenkarte. „Meine Handynummer steht auch drauf. Über die bin ich immer zu erreichen. Wie kommen Sie hier weg?"

Ich bat Vollbracht, mir ein Taxi zu bestellen, danach aktivierte ich mein Handy, das ich vor dem Gespräch ausgeschaltet hatte. Während ich durch das Sendegebäude zum Pförtner ging, meldete sich meine Mailbox. Es war Hermia und sie klang nicht gut. „Reza, bitte, komm schnell. Ich fühle mich bedroht. Ich habe so ein dummes Gefühl. Ich erzähle dir dann alles! Ich bin zu Hause."

Ich erschrak. Wenn Hermia so panisch klang, dann war wirklich etwas im Busch. Sie war eine taffe Frau. Sie sah mit ihren achtundvierzig immer noch so gut aus, dass sich die Männer, auch wesentlich jüngere, reihenweise nach ihr umdrehten. Dabei tat sie nicht viel dafür. Irgendwie war der Job an ihr ohne augenscheinliche Spuren vorübergegangen. Sie hatte aber auch nicht, wie viele andere Kolleginnen, gesoffen oder Drogen genommen und sich damit ruiniert.

Das Taxi fuhr vor. Ich stieg ein und nannte dem Fahrer die Adresse von Hermias Wohnung in Wiesbaden.

Hermia war ihr Künstlername. Ihr richtiger Name war Regine Müller und oft hatten wir über das Mädchen vom Land lachen müssen, das sich Hermia nannte und eine gewisse Berühmtheit in ihrem Beruf erlangt hatte. Wie sie zu dem Namen gekommen war, von dem ich immerhin wusste, dass ihn eine von Shakespeares Frauengestalten im „Sommernachtstraum" trug, wollte sie mir nie verraten. Auf entsprechende Fragen antwortete sie mit einem ebenso vieldeutigen wie wehleidigen Lächeln.

Mir fiel unser letztes Gespräch ein, bevor ich Mainz den Rücken gekehrt hatte, eine hitzige Diskussion, die für mich mit einem unguten Gefühl endete. Ich hatte ihr, als einzigem Menschen, von meinem geplanten Ausstieg erzählt, sofort und ohne Wenn und Aber und ohne auf Jerry und Konsorten Rücksicht zu nehmen. Sie sagte, sie könne das verstehen, aber ich solle doch diplomatischer vorgehen, mir eine Hintertür offenhalten, falls es mit dem Journalismus nicht klappe. Sie hatte mein Gespräch mit Vollbracht soeben sehr gut vorhergesehen, allerdings war diese Person bei ihr widerwärtiger und gehässiger. Sie hatte mir auch Jerrys Reaktion prophezeit und seine Beweggründe, diese Scheiß-Ehre und der Respekt, den er zu verlieren habe. Genauso hatte er mir gegenüber dann auch argumentiert.

Damals hatte ich gelacht, war sie doch selbst ein Mensch, der Risiken einging, ihren Mund nicht hielt und sich oft mit anderen stritt, wenn sie mit etwas nicht einverstanden war. Und dann offenbarte sie mir, dass sie dabei war, ihre Memoiren zu schreiben. Überrascht fragte ich nach, wie sie das mache. Mir fiel die Frechheit meiner Frage gar nicht auf und ihr auch nicht oder sie ignorierte es. Sie antwortete, dass sie ihre Geschichte auf Band spreche und diese Aufnahmen dann zu Papier bringen wolle. Ich war damals sehr überrascht gewesen. Ich wusste, dass sie ein bewegtes Leben hinter sich hatte, aber was sie genau gemacht hatte, bevor wir uns vor gut zehn Jahren kennenlernten, hatte sie mir nie erzählt. Irgendwann konnte ich zwischen den Zeilen herauslesen, dass sie den Job relativ spät begonnen hatte, in einem Alter, wo die meisten anderen aufhörten oder aufhören mussten. Davor hatte sie sich in verschiedenen Jobs versucht und war immer wieder gescheitert. So viel Zeit wir in all den Jahren, in denen wir uns kannten und zusammen gearbeitet hatten und in denen so etwas wie eine Freundschaft entstanden war, miteinander verbracht hatten, so wenig wusste ich aus ihrem Leben vor unserer gemeinsamen Zeit. Und jetzt schrieb sie ihre Memoiren! Ich muss sagen, ich war sehr gespannt.

Sowie der Taxifahrer losgefahren war, rief ich nochmals bei Hermia an, bekam aber wieder nur den Anrufbeantworter an die Strippe, was mich verwunderte und legte auf, ohne eine Nachricht zu hinterlassen. Auf ihrem Handy meldete sie sich auch nicht. Dafür erreichte mich auf der Zufahrt zur Autobahn nach Wiesbaden ein Anruf. Ich nahm sofort ab, da ich glaubte, dass es Hermia war.

Völlig unerwartet hörte ich Jerrys Stimme. „Hallo Reza, schön, dass du wieder im Lande bist!"

„Hallo Jerry", erwiderte ich den Gruß kurz angebunden. „Woher weißt du …?"

Weiter kam ich nicht. „Warst du schon in deiner Wohnung, alter Recke?" Jerry konnte seine Sprüche einfach nicht lassen. Er fand sich cool dabei.

„Ja“, antwortete ich kurz.

„Dann weißt du, was Sache ist. Ich will dich übermorgen auf der Messe in Frankfurt sehen, verstanden? Um neun Uhr am Stand. Und versuch nicht, mich nochmal zu verarschen. Für dieses Mal ist die Sache vergessen. Zum letzten Mal.“ Ohne Gruß legte Jerry auf.

3

Es stand für mich außer Frage, dass ich jemals wieder für Jerry arbeiten würde. Aber der Anruf gab mir die Gewissheit, dass eine Übernachtung in Mainz überflüssig und möglicherweise meiner Gesundheit nicht zuträglich wäre. Die Mehrkosten für die Umbuchung des Fluges nahm ich gerne in Kauf, wenn ich nur früher zurück nach Berlin käme. Ich wies den Fahrer an, in Finthen von der Autobahn abzufahren. An der Rezeption des Hotels zahlte ich ohne Diskussion den geforderten Preis für die nicht benötigte Übernachtung, nahm meine beiden Taschen und eilte zurück zum Taxi, um endlich zu Hermia zu kommen.

Hermia bewohnte in Wiesbaden die oberste Etage eines Ehrfurcht gebietenden Altbaus mit Säulen, großen Fenstern und Stuckornamenten in einem stadtnahen und trotzdem ruhigen Viertel.

Die Haustür stand offen. Im Vorbeigehen drückte ich auf den Klingelknopf, um mich anzukündigen, und eilte die alten, knarzenden Holzstufen nach oben. Die Fenster im Treppenhaus waren aus buntem Glas, wodurch das von draußen einfallende Nachmittagslicht eine seltsame, unwirkliche Stimmung schuf. Die Tür zu ihrer Wohnung war nur angelehnt, dabei hatte ich nicht gehört, dass der Summer für die Haustür betätigt worden war. Ich rief ein lautes „Hallo“ in die Wohnung, bekam aber keine Antwort. In dem breiten Flur mit der roten Blümchentapete sah es aus wie immer. Auf dem Boden standen eine Menge hochhackige Schuhe durcheinander herum, das schmale, gelb lackierte Schränkchen schmückte ein Strauß weißer Rosen. Ich stellte meine beiden Taschen neben das Schränkchen und sog den mir so bekannten Rosenduft ein, der Hermias Wohnung schon immer beherrscht hatte. Sie liebte diesen Duft.

Ich sah kurz in die Küche, die nach links vom Flur abging. Auf dem Holztisch standen zwei große Kaffeebecher, aber es war kein Mensch zu sehen. Als ich das Wohnzimmer betrat, wunderte ich mich, dass die Rollläden fast ganz geschlossen waren und der Raum nur durch schmale Lichtstreifen erhellt wurde. Ich wartete einige Sekunden, um meine Augen an die Dunkelheit zu gewöhnen, und rief dabei erneut Hermias Namen, doch ich bekam weiterhin keine Antwort. Das war sehr seltsam, denn solche Scherze machte Hermia normalerweise nicht.

Ich ging zurück in den Flur und von dort in Hermias Schlafzimmer, aber auch hier konnte ich sie nicht finden. Langsam wurde mir die Situation unheimlich. Ihr Anruf, die offene Tür. Den Gedanken, dass ihr etwas zugestoßen war, schob ich von mir. Ihre Stimme fiel mir ein. Sie klang gehetzt, wirklich ängstlich. Jerry kam mir in den Sinn. Ob der etwas damit zu tun hatte? Ich traute ihm zu, dass er plötzlich vor mir stand, mit verschränkten Armen, ernstem Blick und einem Lächeln, dass so falsch war wie die Leidenschaften, die er in seinen Filmen zeigte. Aber Jerry hätte ich gerochen. Mit seinem Hang zu ebenso teuren wie schweren Parfüms hätte er Hermias Rosenduft gleich erschlagen. Ich sah ins Bad: auch dort von Hermia keine Spur. Meine Unruhe wuchs und mit ihr meine Befürchtungen. Ich nahm von einer Anrichte einen großen metallenen Kerzenständer, ging so bewaffnet zurück ins Wohnzimmer und tastete mich an eines der Fenster vor, suchte blind nach dem Schalter, der die Verdunklung elektrisch hochfuhr. Als der Rollladen die Hälfte des Fensters freigegeben hatte, fiel mir als Erstes ein umgefallenes Glas neben dem niedrigen Couchtisch auf und dann eine Hand neben dem Sofa. Ich fühlte in diesem Moment meinen Körper und meine Gedanken wie festgenagelt und konnte nur diese Hand anstarren, sekundenlang unfähig, mich zu bewegen. Als ich mich endlich aus meiner Erstarrung gelöst hatte und sehr langsam auf die Couch zuging, wurde mit jedem Schritt der zu der Hand gehörende Körper sichtbarer. Ich ahnte, fürchtete, wusste längst, wessen Körper da lag, doch ich hoffte, dass es nicht stimmte, dass eine fremde Person auf dem Boden lag, warum auch immer. Dann hatte ich das Sofa erreicht und alle Ausflüchte waren unmöglich. Es gab keinen Zweifel, die Frau, die vor mir lag, auf dem Bauch, den Kopf seltsam zur Seite verdreht, einen Arm ausgestreckt und den anderen unter ihrem Oberkörper begraben, war Hermia. Auch wenn ich ihr Gesicht nicht sehen konnte, so kannte ich sie doch viel zu gut. Ich stellte den Kerzenständer ab, kniete mich neben sie und nannte ihren Namen, erst ganz leise, dann lauter, doch sie reagierte nicht. Ich nahm ihren Kopf in meine zitternden Hände und hob ihn ein kleines Stück an, aber ihre Haut fühlte sich seltsam kühl an. Ihre offenen Augen starrten in eine ferne Leere. Erst als ich meinen Blick von ihren Augen löste, erkannte ich die große Blutlache unter und neben ihrem Körper.

Ich legte den leblosen Kopf zurück auf den Boden, sprang auf und sah mich nach einem Telefon um, um die Polizei und einen Krankenwagen zu rufen. In dem Moment entdeckte ich das Messer, etwa einen Meter von Hermia entfernt auf dem Boden. Ich bückte mich und hob es auf. Die Klinge war blutverschmiert. Mein Blick wanderte zwischen dem Messer und Hermia hin und her, als suchte ich einen Hinweis, dass es keinen Zusammenhang zwischen dem Messer und der Toten gab. Dann explodierten die Gedanken in meinem Kopf. Polizei alarmieren, Arzt anrufen, meine Fingerabdrücke auf dem Messer. Panik überkam mich. Ich sprang auf und blickte um mich. War Hermias Mörder noch in der Wohnung? Ich drehte mich um die eigene Achse und stieß dabei gegen den niedrigen Tisch, der vor dem Sofa stand. Ein Glas fiel um und das Geräusch ließ mich zusammenzucken. Ich brauchte einige Sekunden, um mich zu beruhigen, und ermahnte mich zu Konzentration und rationalem Handeln. Ich hielt das Messer noch immer in der Hand und wollte gerade mit dem Ärmel meiner Jacke die Waffe abwischen, da hörte ich ein Geräusch hinter mir, nur kurz, aber klar genug, um zu wissen, dass da jemand ins Zimmer gekommen war. Vor Schreck fiel mir das Messer aus der Hand auf den Teppich, der das Geräusch des Aufschlags verschluckte. Ich ging hinter der Couch neben der toten Hermia in Deckung und wartete einige Momente, in denen ich angestrengt in den Raum lauschte. Schwache Schab- und Klopfgeräusche drangen vom Eingang her an mein Ohr, die dort zu verharren schienen und nicht näher kamen. Ich schob meinen Kopf ein Stück vor und versuchte, um das Sofa herumzuschauen. Das Messer war zur Hälfte unter das Sofa gefallen. Ich beugte mich vor, um es an mich zu nehmen und mich wehren zu können, da entdeckte ich neben der Waffe zwei kleine Kassetten, die mir bisher nicht aufgefallen waren. Sie waren kaum größer als eine Streichholzschachtel. Ich schaufelte die Kassetten blind mit einer Hand zu mir herüber, um weiterhin den Raum vor mir im Auge zu haben, damit ich nicht hilflos einem Angriff der fremden Person ausgesetzt war. War das Hermias Mörder? Fürchtete er, dass ich ihn gesehen hatte und verraten könnte? Musste er mich deshalb umbringen? Oder hatte ein Nachbar die offene Tür gesehen und diese seinen Argwohn erregt? Gleichzeitig mit diesen Gedanken versuchte ich die winzigen Schriftzeichen zu entziffern, die auf den Kassetten notiert waren. Dabei kam das Geräusch des Schabens und Klopfens langsam naher. ‚Memo I' las ich in der für Hermia typischen Schrift mit ihren kleinen und akkuraten Buchstaben.

„Regine!", rief plötzlich eine männliche Stimme mit einem Akzent, den ich in meiner Aufregung nicht zuordnen konnte. „Bist du hier?" Das klang nicht nach einem Mörder, aber ich wagte es nicht, zu antworten. „Ist jemand hier?" Die Stimme war fest, aber es klang Besorgnis in ihr, eine fast zärtliche Besorgnis.

Das Kratzen und Schaben hatte aufgehört, es lag wieder eine beängstigende Stille im Raum. Ich beugte mich noch ein Stück weiter vor und konnte endlich die Person, die Hermias bürgerlichen Namen rief, sehen. Ein großer, schlanker, dunkelhäutiger Mann stand in der Tür zum Wohnzimmer und bewegte sich nicht. Er sah starr geradeaus und wirkte dabei angespannt und sehr konzentriert. Erst auf den zweiten Blick fiel mir der Stock auf.

„Regine!“, rief der Mann erneut in die Stille, bewegte sich aber nicht aus dem Türrahmen.

Mein Blick streifte kurz das Messer, das noch immer nicht weit von mir entfernt auf dem Teppich lag. Ich robbte mich vor und fasste dabei mit der Innenfläche meiner rechten Hand auf einen kleinen, festen Gegenstand. Es war eine weitere der kleinen Kassetten, die von dem dichten Flor des Teppichs verdeckt gewesen war. Neben der Kassette, etwas unter das Sofa gerutscht, lag eine Tüte. Wahrscheinlich waren darin die Kassetten gewesen. Ohne konkreten Plan nahm ich die Kassette an mich, packte die zwei anderen und steckte sie alle in die Tüte.

„Ist da jemand?“ Die Stimme klang dieses Mal weniger sanft.

Mit der Frage setzte das leise Schaben und Klopfen wieder ein. Ich hob meinen Kopf und sah über den Rand des Sofas hinweg. Der Farbige kam näher, langsam und dabei den Stock vor seinen Füßen hin und her schwenkend. Da war mir klar, was es mit dem Mann auf sich hatte: Er war blind. Die schabenden und kratzenden Geräusche verursachte er mit seinem Blindenstock.

Ganz langsam und ohne ein Geräusch zu machen, stand ich auf und verharrte so einige Sekunden regungslos. Trotzdem schien der Mann mich gehört zu haben, denn augenblicklich blieb er stehen und lauschte konzentriert in meine Richtung. Ich zögerte, dann machte ich einige wenige Schritte um das Sofa herum.

„Wer ist da?“, rief der Blinde. Sein Gesicht war genau auf mich gerichtet. Seine Stimme hatte einen bedrohlichen Unterton. Er hob seinen Stock und ließ ihn durch die Luft zischen. Ich sprang vor, versuchte, den Hieben seines Stockes auszuweichen, unterlief einen Schlag und stieß den Mann, als ich ihn erreicht hatte, zur Seite, drückte die Tüte mit den Kassetten fest an mich und rannte an ihm vorbei in den Flur und von dort ins Treppenhaus. Als ich die ersten Stufen schon hinuntergerannt war, fielen mir meine beiden Taschen ein, die noch neben dem Schränkchen am Eingang lagen. Ich war schon im Begriff, wieder nach oben zu laufen, da begann der Blinde laut um Hilfe zu schreien. Sofort verwarf ich mein Vorhaben und rannte weiter die Treppe hinab, stürzte auf den Bürgersteig, sah mich um, versuchte mich zu orientieren, stolperte und ließ die Tüte fallen. Die Kassetten fielen auf den Bürgersteig und einen Moment lang überlegte ich, sie einfach liegen zu lassen. Doch dann bückte ich mich, schob sie hastig in die Tüte zurück, erhob mich wieder und sah dabei einen Mann in einem dunklen Anzug auf der anderen Straßenseite stehen, der zu mir herüberblickte. Erst später sollte mir seine Rolle bewusst werden.

Ich rannte einfach drauflos. Erst als ich einige Straßenzüge hinter mir gelassen hatte, drosselte ich mein Tempo und ging mit schnellen, weit ausholenden Schritten durch die Straßen, bis ich irgendwann in der Fußgängerzone war, wo ich es endlich schaffte, unauffällig langsam zu gehen. Wegen der Kälte und dem Schneematsch, der noch überall herumlag, waren nicht viele Menschen unterwegs. Die Tüte mit den Kassetten trug ich noch immer in der Hand und mit einem Mal störte sie mich. Ich nahm die Kassetten heraus und stopfte sie in eine der Taschen meiner Lederjacke. In meinem Kopf raste alles durcheinander. Das Bild der toten Hermia und das Messer. Wer konnte das getan haben? Wer hatte Hermia umgebracht? Und warum? Wovor hatte sie sich gefürchtet? Sie hatte am Telefon lapidar von Problemen gesprochen. Ihr Anruf auf der Mailbox am frühen Nachmittag fiel mir ein. Klang sie da nicht sehr panisch? So untypisch aufgeregt? Und was hatte der Blinde in der Wohnung zu suchen? War er der Mörder? Unwahrscheinlich. Ein Nachbar, der ein verdächtiges Geräusch gehört hatte und nach dem Rechten sehen wollte? Dieser Mann hatte mich nicht sehen können, konnte mich also nicht identifizieren. Aber sagt man nicht, dass die verbleibenden Sinne blinder Menschen über jedes normale Maß hinaus gut entwickelt sind? Dann fielen mir wieder meine beiden Taschen ein, die ich im Flur vergessen hatte. In ihnen waren mein Geld und meine Ausweispapiere. Und wenn es eines weiteren Beweises meiner Täterschaft bedurft hätte, kein Problem, auf dem Messer waren meine Fingerabdrücke. Es konnte gar keinen Zweifel geben, dass ich Hermias Mörder war. Die Beweise waren erschlagend. Und ein Motiv ließe sich schnell finden. Das Milieu, aus dem Hermia und ich stammten, gab genügend Nahrung für eine Menge Gründe und noch viel mehr Spekulationen.

Ich durchstreifte die Kaufhäuser, wollte mich so unauffällig wie möglich verhalten und meinte, dass jeder mir meine Aufregung und Panik ansehen musste. Mein Impuls war wegzulaufen, die Stadt zu verlassen, mich zu verkriechen, den Kopf in den Sand zu stecken. Aber wie sollte ich weg? Ohne Geld und ohne Papiere? Ich besaß nur ein paar Münzen, die ich in der Hosentasche bei mir trug, vielleicht zehn Euro. Und wo sollte ich hin? Bei wem unterkommen? Ich hatte keinen Plan und irrte weiter durch die Stadt, über die sich langsam die Dunkelheit senkte, lief zwischen den Menschen in der Wiesbadener Innenstadt umher, wich ihren Blicken aus, stolperte und rutschte mehrmals auf dem noch schneebedeckten Boden aus.

In einem kleinen Park, dessen Rasen unter einer weißen Decke verborgen war, setzte ich mich auf eine Bank und atmete tief durch, um mich zu beruhigen. Ich war für diese Jahreszeit noch immer viel zu dünn angezogen, und jetzt begann ich, die Kälte schmerzhaft zu spüren, die in jeden Winkel meines Körpers gekrochen war. Ich fror und zitterte, aber damit kam das klare Denken wieder. Ich brauchte Hilfe, sofort, und zwar in erster Linie Geld. Kitty fiel mir ein. Kitty in Mainz.

Als die Kälte unerträglich wurde, verließ ich den Park und ging zum Bahnhof, suchte dort zuerst die Buchhandlung auf, um mich aufzuwärmen, und kaufte mir dann auf dem Weg zum Bahnsteig einen Kaffee und zog an einem der Automaten eine Fahrkarte. Aus einem Mülleimer fischte ich eine weggeworfene Tageszeitung, hinter der ich mein Gesicht verbergen konnte.

Um sechs Uhr erreichte die S-Bahn den Mainzer Hauptbahnhof. In dem Waggon war es so voll, dass niemand Notiz von mir nahm. In einem dichten Pulk verließ ich den Zug und drängte mich mit vielen anderen auf die Rolltreppe nach oben auf den Übergang, der die Bahnsteige miteinander verband. Ich kam schräg neben einem alten Mann zu stehen, der sich einen kleinen Weltempfänger an sein Ohr hielt. Trotz des Stimmengewirrs um mich herum konnte ich deutlich eine Stimme in dem typischen Nachrichtenduktus hören, die von einem Mord in Wiesbaden sprach und von einem Mörder, dessen Identität noch unbekannt war. Passanten, so führte der Sprecher weiter aus, hätten einen circa dreißigjährigen und etwa einen Meter fünfundachtzig großen, schlanken Mann mit dunklen Haaren und einer Lederjacke gesehen, der kurz vor dem Eintreffen der Polizei panikartig aus dem Haus, in dem die Tote gefunden worden war, gelaufen und in Richtung Innenstadt verschwunden war. Ich erschrak, sah um mich, merkte aber schnell, dass niemand mich beachtete, weil alle nur so schnell wie möglich nach oben kommen wollten. Dann wunderte ich mich über diese Aussagen, denn die Spuren, die ich am Tatort hinterlassen hatte, waren nur zu deutlich gewesen. Es musste sich also um einen Trick der Polizei handeln, um mich in Sicherheit zu wiegen.

4

Als ich mit der Rolltreppe den Übergang erreicht hatte, ging ich zu einem der Stehcafés im Bahnhofsgebäude und ließ mir dort einen Cappuccino geben. Ich hatte zwar kaum mehr als etwas Kleingeld in der Tasche, aber ich spürte, dass ich mich mit dem heißen Kaffee beleben und gegen die kalte Nacht, die mir bevorstand, wappnen musste. Ich stand an einem der Tische, von dem aus ich die auf- und abfahrenden Menschen auf den Rolltreppen zu dem Eingangsfoyer gut beobachten konnte. Sie würden jetzt nach Hause gehen. Mir wurde schmerzlich bewusst, dass mir das mit einem Mal verwehrt blieb. Dabei brauchte ich mich nur der Polizei zu stellen. Ich war nicht Hermias Mörder! Welchen Grund hätte ich gehabt, sie zu töten? Wir waren befreundet, hatten keinen Streit. Im Gegenteil. Der Umstand, dass ich mich stellte, und die Spuren des wirklichen Mörders, die sich am Tatort finden lassen mussten, würden zum Beweis meiner Unschuld ausreichen. Doch im nächsten Augenblick verwarf ich diese Überlegungen. Die Indizien waren einfach zu erschlagend und ich, dank meiner Vergangenheit, der perfekte Tatverdächtige. Mir fiel Kitty ein, die ich aufsuchen und um Hilfe bitten wollte. Aber Kitty war ein harter Brocken und ich zögerte. Eine andere Idee kam mir in den Sinn. Vollbracht, der Journalist, der mir Hoffnung auf ein Entree im Sender gemacht hatte, wenn ich ihm eine gute Story liefern würde, er musste mir helfen. Die Story hatte ich. Es war meine Story, es ging um mein Leben und es ging darum, Hermias Mörder zu finden. Das war das Letzte, was ich für sie tun konnte. Zum Glück hatte ich noch mein Handy. Ich wählte Vollbrachts Nummer. Nach mehr als zehnmaligem Klingeln wurde der Hörer abgenommen und die tiefe, verrauchte Stimme des Journalisten nannte seinen Namen.

„Gumbrich hier!“, gab ich mich zu erkennen und spürte, dass Vollbracht einen Moment lang überlegen musste, wen er da an der Strippe hatte. Dann konnte er meine Person einordnen. „Ja, was ist?“, fragte er.

„Ich nehme Ihr Angebot an …“

Ich merkte, dass der Mann nicht konzentriert war. Tonlos wiederholte er: „Angebot?“

„Ich habe eine Geschichte“, redete ich drauflos, „eine echt gute Geschichte und brauche Ihre Unterstützung.“

„Dann erzählen Sie schnell Ihre Geschichte“, forderte mich Vollbracht auf und fügte hinzu: „Ich bin in Eile.“

„Haben Sie die Lokalnachrichten gesehen?“

„Nein, ist was passiert?“

„Ein Mord!“, sagte ich.

„Und was haben Sie damit zu tun?“

„Viel und nichts“, antwortete ich vieldeutig, um mich und meine Story interessant zu machen.

Vollbracht ging nicht darauf ein.

„Keine Spielchen, Herr Gumbrich. Konkret."

Ich war mir nicht sicher, wie sehr ich ihm trauen konnte. Teilte ich ihm zu viel mit, würde er vielleicht gleich zur Polizei gehen. „Kann ich noch nicht sagen."

„Dann sind Sie falsch bei mir. Melden Sie sich, wenn Sie was haben."

Ich war enttäuscht und schwieg, wiewohl ich wusste, dass er recht hatte. Er hätte die berühmte Katze im Sack gekauft.

„Was kann ich machen?", fragte ich ihn. Offenbar hatte ich sehr enttäuscht geklungen, denn in einem versöhnlicheren, wenn auch ironisch grundierten Tonfall schlug er mir vor, eine kleine Kamera zu kaufen, um ein Arbeitsgerät zu haben. Dann beendete er das Gespräch sehr schnell und ich stand nicht viel schlauer da als vorher. Zumal meine Absicht gewesen war, Vollbracht dahin zu bringen, mir etwas Geld vorzuschießen.

Nun würde ich doch zu Kitty gehen müssen. Sie war die einzige Person, deren Adresse ich kannte, aber sie aufzusuchen, barg Risiken. Kitty war eine Freundin Hermias, mit der mich allerdings nichts weiter verband als eine tiefe gegenseitige Abneigung. Woher die kam, konnte ich gar nicht genau sagen. Ich glaubte, sie hielt mich für einen Schmarotzer, der Hermia nur ausnutzte. Kitty bewohnte ein großes Appartement in der Nähe des Mainzer Hauptbahnhofs und war in den letzten Jahren nur noch administrativ im Geschäft tätig gewesen. Sie war vom Frauentyp her das Gegenteil von Hermia: dunkler Teint und dunkle Haare, und alles an ihr war markant und strahlte Härte aus, ganz anders als Hermia. Vor der Kamera hatten sie sich dadurch sehr gut ergänzt.

Warum ich sie trotz aller Vorbehalte aufsuchen wollte? Weil mir sonst niemand einfiel und weil sie die einzige Frau aus Jerrys Riege war, die ihm nicht ständig nach dem Mund redete. Mir schien immer, dass sie Distanz zu ihm hielt. Ich hatte auch nie bemerkt, dass sie mit ihm flirtete oder schäkerte wie die anderen Frauen und auch Hermia. Sie hatte etwas Ernst-Abweisendes und das brachte sie verstärkt Jerry gegenüber zum Ausdruck. Warum das so war, sollte ich erst später erfahren.

Ich hoffte, dass Kittys Freundschaft zu Hermia stärker war als ihre Abneigung gegen mich, so dass ich sie überreden konnte, mir zu helfen. Doch schon der Blick, als sie mir die Tür öffnete, belehrte mich eines Besseren. So giftig aus dunklen Augen konnte nur Kitty schauen. Ohne ein Wort gesprochen zu haben, gab sie mir zu verstehen, dass ich am besten auf der Stelle wenden und verschwinden sollte. Ich hätte es tun sollen, mir wäre einiger Ärger erspart geblieben. Aber ich war jetzt hier und ich war in einer verdammten Notlage und ich war Hermia verdammt noch mal was schuldig – da musste ich auch Kittys Blick ertragen können.

„Lass mich rein!", forderte ich sie auf. „Ich muss mit dir reden!"

Ohne dass ihr Blick auch nur ein kleines Stückchen milder wurde, trat sie genau so viel zur Seite, dass ich daraus mit viel Wohlwollen die Aufforderung, in ihre Wohnung einzutreten, erkennen konnte. Kitty führte mich durch einen dunklen Flur in ein ebenso dunkles Wohnzimmer. Hier war es allerdings nicht das fehlende Licht, das die Dunkelheit erzeugte, sondern die konsequente Benutzung von schwarzer Farbe. Lediglich die Decke sowie einige sehr pointiert platzierte Gegenstände hoben sich mit einem elfenbeinfarbenen Anstrich davon ab.

„Was willst du?", fragte sie mich, ohne mir einen Platz anzubieten.

Ich beschloss, mit der Tür ins Haus zu fallen, bevor Kitty mich vor selbige setzte. „Erstens Geld und zweitens Informationen."

„Wenigstens bist du ehrlich und schleimst nicht herum."

„Also?!", drängte ich.

Kitty behielt ihren ernsten Blick bei.

„Zu erstens: nein!"

„Das habe ich mir gedacht. Aber ich bin in einer Notlage …"

Sie ließ mich nicht weiterreden. „Das denke ich mir, wenn du zu mir kommst. Und das verschafft mir auch eine gewisse Befriedigung. Trotzdem: nein! Und was ist mit den Informationen?"

Ich überlegte, ob ich nicht besser doch die Wohnung verlassen sollte.

„Wird's bald!", forderte sie ungeduldig.

„Weißt du, was mit Hermia los ist?", fragte ich.

Kitty betrachtete mich mit einem ganz seltsamen Blick. „Was soll mit ihr los sein?"

Ihr Blick verunsicherte mich; außerdem wusste ich nicht, wie ich noch länger stehen sollte. „Ich habe einen Anruf von ihr erhalten, dass sie vor irgendwas Angst hat."

„Hermia und Angst?!" Kitty lachte. „Das wäre ja glatt so, als würde jemand behaupten, sie hätte eine Männerphobie."

Mir war nicht nach Lachen zumute. „Ich meine es ernst, Kitty. Sie hat es mir am Telefon gesagt."

Die Frau antwortete mir nicht und trat stattdessen näher an mich heran. Ihre Augen bohrten sich regelrecht in meinen Kopf hinein. Unwillkürlich trat ich einen kleinen Schritt zurück. Trotzdem stand sie nur wenige Zentimeter von mir entfernt. Plötzlich rückte sie wieder von mir ab, drehte sich um und ging aus dem Zimmer. „Warte einen Moment", sagte sie dabei in einem Ton, der nach ‚Ich will dir was zeigen' klang, aber dass Kitty mit einem Mal kooperativ sein sollte, konnte ich mir beim besten Willen nicht vorstellen.

Keine Minute später war sie wieder im Wohnzimmer.

„Wurde Hermia bedroht?", fragte ich Kitty, die sich jetzt in einen der schwarzen Ledersessel setzte.

„Setz dich!", sagte sie statt einer Antwort.

Ich reagierte nicht auf die Aufforderung. „Wo ist die Toilette?", fragte ich.

Kitty sah mich skeptisch an. „Du willst doch nicht etwa auf meine …", begann sie ihre Antwort, besann sich dann jedoch eines Besseren, was mir ihr Verhalten noch verdächtiger machte.

„Im Flur, zweite Tür rechts", sagte sie. „Der Lichtschalter ist drin, gleich neben der Tür."

Ich nickte ihr zu und trat schnell in den Flur. Obwohl es hier sehr dunkel war, erkannte ich auf einem schmalen Regal das Telefon. Ich schnappte es mir im Vorübergehen und ging damit in die Toilette, wo ich sofort die Wahlwiederholungstaste drückte. Nach fünfmaligem Klingeln meldete sich ein Anrufbeantworter. Ich war gespannt, wessen Stimme ich hören würde.

Es war der Anschluss von Jerry.

Dieses blöde, verlogene Luder von Kitty hatte mich an Jerry verpfiffen. An Jerry! Warum an ihn? Wollte sie sich mit ihm gut stellen?

Ich drückte auf die Klospülung, trat wieder in den Flur und legte den Hörer auf die Station.

Ich schwankte, ob ich gleich abhauen oder erst einmal Kitty zur Rede stellen sollte. Die erste Alternative wäre die bessere Wahl gewesen. Denn kaum war ich wieder ins Wohnzimmer getreten und wütend auf die noch immer im Sessel sitzende Kitty zugegangen, hatte sie dabei mit „Warum bescheißt du mich so?" angeschrien, da sprang sie auf und hatte plötzlich eine Waffe in der Hand. Eine Pistole, die sie auf mich gerichtet hielt. Sie grinste mich höhnisch an.

„Du blödes Arschloch!", sagte sie. „Meinst du, ich weiß nicht, was du da draußen gemacht hast? Setz dich!"

Während ich mich langsam zu dem freien Sessel bewegte, sprach sie weiter: „Meinst du, Jerry lässt sich so einfach von so einem kleinen Pisser wie dir an der Nase herumführen? Für wen hältst du dich?"

„Moment ..!" Ich versuchte, Kittys Redefluss zu stoppen, aber das gelang mir nicht.

„Halt den Mund und bleib sitzen! Jerry wird gleich hier sein, dann kannst du ihm alles erklären. Auch, was mit Hermia ist. Hast du sie umgebracht?"

Ich war schockiert, dass sogar Kitty so etwas denken konnte. „Du glaubst doch nicht, dass ich Hermia umgebracht habe. Und … woher weißt du, dass sie tot ist?"

„Blödmann! Für wie doof hältst du mich? In den Nachrichten war es doch schon …"

„Scheiße …!", sagte ich, doch Kitty verstand das falsch.

„Ja, scheiße, nicht wahr. Da hast du dich ziemlich gewaltig verschätzt.“

Ich spürte, wie meine Wut anschwoll. Ich stand auf.

„Bleib sitzen!“, befahl Kitty, doch ich ignorierte sie. Sie sprang auf und fummelte mit der Pistole vor meiner Nase herum.

„Setz dich!“, sagte sie noch einmal, doch ich war völlig außer mir vor Wut. Mit einem blind ausgeführten Schwinger schlug ich Kitty die Waffe aus der Hand und versetzte ihr im nächsten Moment einen Fausthieb erst auf die Backe und dann auf ihre Schläfe. Sie sank sofort zu Boden.

Die Pistole war unter das Sofa gerutscht. Ich bückte mich und fuhr mit der Hand unter dem Sitzmöbel herum, bis ich die Waffe zu greifen bekam. Ich steckte sie in die Tasche meiner Jacke. Kitty wimmerte und rieb sich mit einer Hand die Schläfe. Sie blickte benommen zu mir hoch. Ich beugte mich ein Stück zu ihr hinunter. „Ich habe Hermia nicht getötet und werde auch nicht mehr für Jerry arbeiten“, zischte ich ihr zu und wartete nicht auf ihre Reaktion. Stattdessen erhob ich mich und ging zur Wohnungstür, die aber abgeschlossen war. Das miese Biest, fluchte ich und ging zurück, schlug ihr mit der flachen Hand ins Gesicht, nahm die Pistole wieder aus der Jacke und forderte sie auf, mir den Schlüssel zu geben. Sie sah mich verächtlich an. Ich drückte den Lauf der Waffe auf ihre Stirn.

„In meiner Tasche“, stöhnte sie.

Während ich die Pistole weiterhin auf sie gerichtet hielt, kramte ich in der Tasche ihrer Hose. Tatsächlich fand ich da einen Schlüssel, mit dem ich gleich zur Wohnungstür zurückeilte und mit Erleichterung feststellte, dass er passte. Ich fürchtete, dass Jerry jeden Moment hier auftauchen würde.

Im Treppenhaus rannte ich die Stufen hinab und verstaute dabei die Waffe wieder in meiner Jacke. Als ich die Haustür erreicht hatte, wartete ich einen kurzen Moment und lauschte. Vielleicht stand Jerry schon draußen und rieb sich die Hände in Vorfreude auf den Fang, der ihm gleich in die Falle gehen würde. Als ich das Gefühl hatte, dass niemand auf der anderen Seite der Tür auf mich wartete, riss ich sie schnell auf und sprang auf die Straße. Genau in dem Moment hielten auf der gegenüberliegenden Straßenseite zwei Wagen mit quietschenden Reifen. Ich nahm mir nicht mehr die Zeit, zu prüfen, ob das tatsächlich Jerry mit seinen Leuten war, sondern rannte einfach in die Dunkelheit hinein. Ich achtete nicht darauf, dass die Fußwege noch immer glatt waren. Hinter mir hörte ich die Türen der Autos zuschlagen und die Schritte harter Absätze auf dem Pflaster, die durch den geschmolzenen Schnee nicht vollends gedämpft wurden.

„Reza! Bleib stehen!“, rief mir eine Stimme nach, aber ich beachtete sie nicht und lief einfach drauflos. Durch das tägliche Fitnesstraining, das in meinem früheren Beruf unerlässlich gewesen war, war ich einigermaßen in Form. Trotzdem kamen die Schritte immer näher. Meine Schuhe waren einfach nur unpassend bei diesem Wetter.

Ich lief durch das Bleichenviertel in Richtung Fußgängerzone. Wegen des Sauwetters und der vorgerückten Stunde waren kaum noch Leute unterwegs, was es mir trotz der Dunkelheit schwierig machte, unterzutauchen. Immer wieder wurde hinter mir mein Name gerufen mit der Aufforderung, endlich stehen zu bleiben. Ohne auf den Verkehr zu achten, lief ich auf die Große Bleiche, eine viel befahrene Straße, die das Bleichenviertel von der Innenstadt trennte. Hätte der Fahrer des gerade ankommenden Wagens nicht so eine hervorragende Reaktionsfähigkeit bewiesen, meine Flucht wäre hier zu Ende gewesen und Jerrys Schergen wären um ihren Job gebracht worden. So streifte mich das rutschende Auto nur leicht am Oberschenkel und brachte mich zu Fall. Zwei oder drei Leute, die in der Nähe standen, schrien auf. Türen wurden aufgerissen und zugeworfen. Ich war benommen, spürte aber keinen Schmerz, rappelte mich auf und lief einfach weiter. Mehrere fremde Stimmen riefen hinter mir her, aber ich konnte nichts verstehen und wollte es auch nicht. Ohne mich umzusehen, rannte ich weiter in eine kleine Straße hinein. Am Dalberger Hof verlangsamte ich meine Schritte und blickte zum ersten Mal seit dem Unfall hinter mich. Da war niemand, die Straße menschenleer.

An der nächsten Querstraße, die in die Fußgängerzone führte, wagte ich einen zweiten Blick nach hinten. Außer der alten Frau, die ich soeben überholt hatte, war dort niemand. Ich wollte aber kein Risiko eingehen und eilte weiter, erreichte auf Umwegen das Rheinufer, wo ich mich erst einmal hinter einen Transporter stellte, durchatmete und mein Bein abtastete. Ich hatte ziemliches Glück gehabt, denn außer einem blauen Flecken schien ich nichts von dem Zusammenstoß davongetragen zu haben.

Die Wut über Kitty stieg in mir auf. Das Biest hatte mich an Jerry verraten. Hatte sie einen finanziell vorteilhaften Deal für sich darin gesehen, mich zu verpfeifen?

5

Ich trat aus dem Schatten des Transporters und suchte Deckung hinter einem der Pfeiler der Theodor-Heuss-Brücke. Unter mir floss kalt und dunkel der Rhein. Hier versuchte ich, mir trotz der Kälte, die mich zittern ließ, über meine nächsten Schritte klar zu werden. Es gab im Moment niemanden, dem ich vertrauen konnte. Um alleine bestehen zu können, brauchte ich Geld. Aber alles, was ich an Barem besaß, war in den Taschen, die ich auf der Anrichte in Hermias Wohnung abgestellt hatte, ebenso meine Kredit- und EC-Karten. Kittys Verhalten hatte mir nur zu deutlich vor Augen geführt, dass ich niemandem trauen durfte, und außer ihr fiel mir auch kein Mensch ein, den ich noch um Geld bitten konnte. Mario war weg und bei den anderen ehemaligen Kollegen musste ich damit rechnen, dass auch sie mich aus Loyalität zu Jerry verraten würden. Aber der Gedanke an Mario brachte mich auf eine Idee. Ich besaß noch Geld in einem geheimen Depot und dieses befand sich in dem Kofferraum eines Wagens, der in einer Tiefgarage in Hechtsheim stand. Der Schlüssel zu dem Wagen, den ich mir vor etwa zwei Jahren zusammen mit Mario gekauft hatte, auf dessen Namen er auch zugelassen war und der sich gerade für mehrere Monate im Ausland aufhielt, lag in meiner Wohnung in der Altstadt. Ich hatte mich zwar nach meiner Flucht aus Mainz beim Einwohnermeldeamt abgemeldet und mich zum Schein bei einem Bekannten in Nürnberg angemeldet, trotzdem rechnete ich damit, dass die Polizei über kurz oder lang dort auftauchen würde. Und dass Jerry wusste, dass ich für diese Wohnung noch immer Miete zahlte, war durch seinen Einbruch hinlänglich bewiesen. Trotzdem musste ich das Risiko eingehen, mir den Autoschlüssel aus der Wohnung zu besorgen.

Da in der Dunkelheit und wegen des Wetters um diese Uhrzeit kein Spaziergänger mehr am Rhein unterwegs war, nahm ich diesen Weg in die Altstadt, bis ich auf der Höhe des Holzturms war, um durch einige schmale Altstadtgässchen den Hopfengarten zu erreichen, jene Stelle, an der ich an diesem Morgen schon einmal gestanden und eine Menge Probleme weniger gehabt hatte.

Ich schlug den Kragen meiner Jacke hoch und ging mit gesenktem Kopf in die Augustinergasse. Im Vorbeigehen beobachtete ich den Eingang zu meinem Haus, suchte nach Personen, die sich verdächtig verhielten. Als ich sicher war, dass zumindest auf der Straße keine Gefahr für mich bestand, ging ich in Richtung Hauseingang. Dass die Polizei auf mich in der Wohnung wartete, musste ich riskieren. Die Haustür war wie so oft nicht verschlossen. Ich blickte mich noch einmal schnell um, dann trat ich in den Flur und wartete in der Dunkelheit. Nach einer Minute war ich halbwegs überzeugt, dass mir niemand auflauerte.

So leise, wie mir das mit meinen Schuhen mit den feuchten Gummisohlen möglich war, die verräterisch auf den Holzstufen quietschten, stieg ich die Stufen zu meiner Wohnung hoch, wo ich vor der Tür abermals wartete und lauschte. Dann ging ich die Treppe hinunter zum Zwischenstockwerk und trat in den Raum, der früher mal die Toilette gewesen war und wo ich einen Zweitschlüssel zu meiner Wohnung hinterlegt hatte.

In der Wohnung war alles noch so, wie ich sie heute Vormittag verlassen hatte. Ich stieg über das Chaos auf dem Boden, nahm aus einer Schublade in der Küche den Autoschlüssel und steckte ihn ein. In der Küche fand ich eine alte Tafel Schokolade. Ich brach ein Stück ab und steckte es in den Mund.

Bis jetzt war alles ganz gut verlaufen. Mit dem Auto und dem Geld würde sich meine Situation deutlich verbessern. Ich könnte mir einen Unterschlupf außerhalb von Mainz suchen und hätte finanziell erst einmal keine Sorgen. Mich nach Berlin abzusetzen, kam mir seltsamerweise in diesem Moment gar nicht in den Sinn. Ich wollte mich mit dem Tod von Hermia nicht so einfach abfinden. Ich wollte ihren Mörder suchen. Das war ich ihr schuldig, aber es lag auch in meinem eigenen Interesse, wollte ich nicht als ihr Mörder für die nächsten Jahre meines Lebens in den Knast gehen. Und: Es war eine erstklassige Gelegenheit für eine Geschichte, mit der ich meine Qualifikation als Journalist beweisen konnte.

Mit dem Gefühl eines ersten Erfolges verließ ich meine alte Wohnung, zog die Tür hinter mir zu und hatte schon den ersten Stock erreicht, da wurde unten die Haustür geöffnet, das Licht angeknipst und mehrere fremde Stimmen füllten den Flur. Polizei, schoss es mir panisch durch den Kopf. Unüberlegt wollte ich aus einem ersten Reflex heraus nach oben in meine Wohnung laufen, blieb aber dann in dem nächsten Zwischenstockwerk stehen und drückte die Türklinke der Kammer hinunter, die zu meinem Glück nicht versperrt war. Während von unten die Schritte schnell näher kamen, verschwand ich in dem Kabuff und hielt von innen die Tür zu, bis ich einen Haken fand, mit dem ich die Tür verschließen konnte. Sie würde nur wenige Sekunden Widerstand leisten. Die Schritte passierten das Zwischenstockwerk und machten erst vor meiner Wohnung Halt. Ich hörte den Doppelklang der Klingel, keine Minute später verriet mir ein dumpfes Geräusch, dass die Tür aufgebrochen wurde. Ich merkte erst jetzt, wie sehr mein Herz raste. Dabei hatte ich verdammtes Glück gehabt. Zwei Minuten früher oder später und ich wäre der Polizei entweder in die Arme gelaufen oder sie hätte mich in meiner Wohnung geschnappt. Einige Augenblicke stand ich starr in dem engen Räumchen. Wo sollte ich hin? Mein Versteck verlassen und nach unten laufen? Vor dem Haus standen sicher weitere Polizisten. Bleiben konnte ich aber auch nicht in dieser Falle. Ich sah mich um. Aber außer der Tür gab es nur ein kleines Fenster, höchstens einen Quadratmeter groß. Behutsam drehte und zog ich an dem metallenen Knauf. Mit einem leisen, tiefen Knarzen ließ sich das Fenster öffnen. Ich streckte meinen Kopf durch die Öffnung. Auf der Treppe hallten die Schritte schwerer Schuhe. Ich hielt inne, lauschte, drehte mich um und wartete auf den Moment, in dem so heftig an der Tür gezogen wurde, dass der Haken aus seiner Verankerung gerissen und ich von mehreren Händen gegriffen und ins Treppenhaus gezerrt werden würde. Aber es passierte nichts. Die Schritte wurden leiser und verloren sich. Ich streckte meinen Kopf wieder aus der kleinen Fensteröffnung. Das wenige, durch einen Vorhang gedämpfte Licht aus einer der umliegenden Wohnungen ließ mich die Konturen des kleinen und verwinkelten Innenhofs erkennen, den ich, so lange ich hier wohnte, nie betreten hatte. Gut zwei Meter unter dem Fenster war ein etwa einen Meter breiter Sims. Von dem konnte ich auf ein darunter liegendes Dach springen und entweder versuchen, in den eigentlichen Hof oder in eine der Wohnungen zu gelangen, deren Fenster sich gleich an dieses Dach anschlossen.

Ich setzte mich auf das schmale Fensterbrett und drehte meinen Körper so, dass ich erst meine Beine, dann meinen Oberkörper aus dem Fenster gleiten lassen konnte, bis ich mit meinen ausgestreckten Armen am Fensterrahmen hing. Ich atmete kurz durch, dann löste ich meine Hände und fiel auf den Sims. Im Moment des Aufpralls ließ ich mich zur Seite rollen und bereitete mich darauf vor, vom Dach zu stürzen. Doch glücklicherweise hatte ich den Fall richtig berechnet. Nur Kittys Pistole, die ich noch immer in meiner Tasche trug und schon vergessen hatte, drückte mir beim Aufprall auf einen Knochen und schmerzte. Auf das Dach war es jetzt nur ein Sprung, was ein kurzes, aber knallendes Geräusch auf der lockeren Dachpappe verursachte. Ich warf mich flach auf den Boden und wartete auf eine Reaktion, aber die blieb aus. Meine Kleidung war sofort durchnässt. Wenn ich nun in den

Hof hinabspringen würde, wäre der einzige Weg nach draußen durch die Hoftür ins Treppenhaus. Dann hätte ich mir aber die Mühe sparen und gleich ganz normal hinuntergehen und mich der Polizei stellen können. Die Wohnung, aus deren Fenster der schwache Lichtschein drang, musste zum Nachbarhaus gehören. Da ich mich nie um meine Nachbarn gekümmert hatte, besaß ich auch nicht den blassesten Schimmer, wer dort wohnte.

Ich schlich mich zu dem Fenster und drückte mein Gesicht gegen die Scheibe. Ein Vorhang verhinderte, dass ich im Innern irgendetwas erkennen konnte. Ich drückte mit einer Hand leicht gegen das Fenster, aber das war fest versperrt. Ein Fenster in meinem Haus wurde geöffnet. Ich machte einen Schritt zur Seite und presste mich gegen die Hauswand. Ich konnte niemanden sehen, aber ich spürte, dass da jemand war und mit seinen Blicken den Hof absuchte. Es kam mir wie eine Ewigkeit vor, bis mich das Geräusch des schließenden Fensters aus meiner Starre erlöste. Ich robbte wieder vor das Fenster. Ich wollte jetzt nur noch hier weg und mir war das Risiko egal, das ich einging. Einmal blickte ich mich noch um, dann klopfte ich mit dem Mittelfinger leicht gegen die Scheibe, doch es passierte nichts. Ich kontrollierte, ob jemand in einer anderen Wohnung etwas mitbekommen hatte, dann klopfte ich ein weiteres Mal, nun etwas stärker. In dem hinteren Teil der Wohnung wurde ein Licht angeschaltet, in dessen Schein sich eine Person dem Fenster näherte. Ohne eine Sekunde zu zögern, zog sie den Vorhang beiseite und ich blickte in das Gesicht einer älteren Frau, die gar nicht erschrocken wirkte, sondern mich anlächelte. Irgendwo hatte ich sie schon gesehen, aber ich hatte nicht die Muße, mir darüber Gedanken zu machen. Da es einen anderen Weg aus dem Haus als durch ihre Wohnung nicht gab, machte ich ihr ein Zeichen, das Fenster zu öffnen, eine Aufforderung, der sie sofort und offenbar ohne Angst nachkam. Sie trat zur Seite und machte mir Platz, damit ich von dem Sims in ihre Wohnung springen konnte, um dann sogleich das Fenster wieder zu verschließen, als wüsste sie um den Grund meines ungewöhnlichen Auftritts.

Die Frau stand vor mir und sah mich noch immer lächelnd an, so als freute sie sich tatsächlich, mich zu sehen, was mich verwirrte. Ich schätzte sie um die fünfzig, noch älter als Hermia, aber sie sah, das muss ich eingestehen, dafür noch ziemlich aus. Während sie vor mir stand, fiel mir ein, woher ich sie kannte. Sie war mir vor dem Haus oder in dem Supermarkt um die Ecke schon ein paar Mal über den Weg gelaufen und nur deshalb aufgefallen, weil sie mich mit ihren Augen regelrecht verschlungen hatte. Ich hatte immer darauf geachtet, ihr keine Gelegenheit zu geben, mich anzusprechen. Diese hatte sie jetzt zwar, aber ich war sicher, sie mir mit ein wenig energischem Charme vom Hals halten und mir den Weg zur Tür und in die Freiheit bahnen zu können. Aber ich sollte mich nicht zum ersten Mal in dieser Geschichte täuschen. Diese Frau wusste sehr genau, was sie wollte, und wie sie es bekommen konnte.

„Hallo, Herr Gumbrich“, begrüßte sie mich und lächelte mich weiter an.

Ich war verwundert, dass sie meinen Namen kannte. Ihren wusste ich nicht und hatte in diesem Moment auch nicht das mindeste Interesse, ihn zu erfahren.

„Magdalena Michel“, stellte sie sich lächelnd vor.

Ich sah mich um, in der Hauptsache, um die Tür zu finden, die nach draußen führte. Dabei fiel mein Blick auch auf die Einrichtung. Die wenigen, aber ausgewählten Möbel zeugten von einem guten Geschmack, den ich ihr nicht zugetraut hätte. Die Mitte des Wohnzimmers, in dem ich mich befand, dominierte ein weißes Ledersofa in L-Form. An der Wand rechts von dem Sofa stand eine weiße Anrichte, auf der anderen Seite ein großer Fernsehbildschirm, der Boden bestand aus dunkelbraunem Parkett.

„Wollen Sie sich nicht setzen?“, forderte Frau Michel mich auf und zeigte auf das Sofa. „Was darf ich Ihnen anbieten?“

Während sie ein Stück von mir wegging, konnte ich sie besser betrachten. Sie trug einen knielangen dunkelroten Rock und eine leichte dunkle Bluse, deren obere Knöpfe offen waren und ein nicht unbeträchtliches Dekolleté offenbarten. Sie hatte keine Schuhe an.

„Ich habe leider nicht viel Zeit, Frau Michel“, erwiderte ich hastig, doch sie ließ das nicht gelten.

„Sitzt da eine junge Dame vor Ihrer Tür, der Sie das Herz gebrochen haben?“

Ich sah die Frau sprachlos an und schüttelte den Kopf.

„Die jungen Dinger“, sagte sie, „schnell bei der Sache. Aber so richtig gut? Ich weiß nicht!“

Sie trat näher an mich heran und wiegte dabei leicht ihren Kopf. Ich roch ihr schweres Parfüm. Offenbar hatte sie vor, mich hier und jetzt zu verführen. Selbst wenn ich auf sie abgefahren wäre, ich war jetzt nicht in der Lage, mich auf ein solches Ansinnen einzulassen. Ich musste weg, raus aus diesem Haus, zu meinem Auto nach Hechtsheim und dann erst einmal raus aus der Stadt, um mir mein weiteres Vorgehen in Ruhe überlegen zu können. Ich packte Frau Michel an den Schultern und schob sie zur Seite. Sie war so überrascht, dass sie keinen Widerstand leistete und ich ungehindert das Zimmer verlassen konnte. Die Wohnungstür hatte ich schnell gefunden, durchquerte noch schneller den Hausflur, lief das eine Stockwerk nach unten, öffnete die Haustür und blieb abrupt stehen. Nur wenige Meter entfernt stand in der Augustinergasse ein Streifenwagen und in dessen Nähe hielten sich mindestens drei Polizisten auf. Ich trat langsam einen Schritt zurück und zog die Haustür vorsichtig zu, drehte mich um und sah in das noch immer oder schon wieder lächelnde Gesicht von Frau Michel.

„Werden Sie gesucht?“, fragte sie und in ihrer Stimme war jetzt statt des verführerischen Untertons eine pragmatische Ernsthaftigkeit.

Ich überlegte zu lange.

„Kommen Sie rein!“, befahl Frau Michel, packte mich am Arm, zog mich die Treppe hoch und in ihre Wohnung, schmiss so behände, wie ich das nicht vermutet hätte, dabei die Tür mit dem Fuß zu, drängte mich im Flur an die Wand und küsste mich. Und das mit einem solchen Ungestüm, dass ich ihr keinen Widerstand entgegensetzen konnte.

Ich hatte durch meine bisherige berufliche Tätigkeit ja wirklich schon viel mit Frauen zu tun gehabt, aber diese Frau Michel hatte es drauf. Wie sie mich mit ihrer Zunge reizte und dann ihre Hände dazu nahm, um auch meinen restlichen Körper zu erregen, zeugte schon von einer gelungenen Mischung aus Können, Erfahrung und Talent. Ich hatte mir für meine Arbeit ein paar Tricks und Kniffe einfallen lassen, um professionell auf eine Frau abzufahren, aber mir war im Moment überhaupt nicht der Sinn danach. Ich wehrte mich, spürte aber gleichzeitig, dass es in meiner Lage von Vorteil war, auf die Anmache einzugehen. Und so ganz ohne Wirkung blieben Frau Michels Reize auch nicht auf mich.

Und dann klingelte es. Im ersten Moment freute ich mich, als diese Frau von mir abließ, aber im nächsten Moment war mir klar, dass dies nur die Polizei sein konnte. Frau Michel, die gerade dabei war, meine Hose zu öffnen, zischte mir leise ins Ohr, in ihr Schlafzimmer zu verschwinden, zeigte mir, wo das war, und zupfte währenddessen ihre Kleider wieder zurecht. Aus dem Flur drang genügend Licht in das Schlafzimmer, um mich zurechtzufinden. Ich stellte mich hinter die Tür und hörte, wie die Michel zwei- oder dreimal tief durchatmete, bevor sie die Tür öffnete und mit freundlicher Stimme „Guten Abend" sagte.

„Einen schönen guten Abend!", erwiderte eine männliche Stimme. „Wir suchen diesen Mann. Er wohnt im Nachbarhaus. Haben Sie ihn in den letzten Tagen oder Stunden gesehen?"

Einige Sekunden lang herrschte Schweigen und ich fürchtete, dass jeden Moment ein Polizist ins Zimmer treten und das Licht einschalten würde. Kittys Pistole fiel mir ein. Wenn man die bei mir fände, würde mich das nur noch verdächtiger machen. Gegenüber der Tür befand sich ein Schrank. Ich ging schnell hinüber, während ich jetzt die Stimme von der Michel hörte: „Nein. Schon seit längerem nicht mehr. Ich habe mich schon gewundert. Vielleicht ist er weggezogen, habe ich mir gedacht." Die Frau klang ganz ruhig.

„Warum haben Sie sich gewundert?“, fragte die männliche Stimme streng. Ich zog die Pistole aus meiner Tasche, öffnete den Schrank und wühlte mit meiner freien Hand darin herum.

„Ein netter, gut aussehender junger Mann – davon gibt’s hier nicht so viele.“

Wieder schwiegen beide, bis der Beamte sich verabschiedete. „Wenn er auftaucht, melden Sie das bitte umgehend der Polizei.“

Ich schob die Pistole hinter einen Stapel Handtücher und drückte die Tür zu.

„Was hat er denn angestellt?“

„Das kann ich Ihnen leider nicht sagen. Einen schönen Abend noch.“

Die Tür wurde geschlossen und Frau Michel sagte so laut, damit ich es auch sicher im Schlafzimmer hören konnte: „Den werde ich ganz bestimmt haben!“ Und um sich den auch ganz bestimmt nicht entgehen zu lassen, kam sie gleich ins Schlafzimmer. Ich wollte schon in den Flur treten, aber sie stieß mich zurück.

„Übrigens, ich heiße Magdalena. Und ich will jetzt wissen, ob du so gut bist und es so bringst wie in deinen Filmen. Zieh dich aus!“

Sie selbst ließ mit einer eleganten Bewegung ihre Bluse fallen. Ihre großen Brüste drückten sich aus einem viel zu kleinen Büstenhalter.

Sie kam langsam auf mich zu und zog dabei ihren Rock aus. Ich wich zurück, doch das beeindruckte Magdalena Michel nicht. „Ich kann auch den Beamten hereinbitten“, sagte sie bewusst zweideutig, sah meine resignierende Handbewegung, kam auf mich zu und kniete vor mir nieder. Lächelnd sah sie auf zu mir. „Jetzt schlägt die Stunde der Wahrheit.“

Ich überließ mich meinem Schicksal, um in dieser Nacht ein sicheres Dach über dem Kopf zu haben und muss gestehen, dass die Nummern mit dieser Frau nicht die schlechtesten waren, die ich in meinem daran nicht armen Leben geschoben habe.

6

Mir wurde in dieser Nacht nicht viel Zeit zum Schlafen gelassen. Als Magdalena endlich schnaufend und erschöpft neben mir lag und in mir schon ein wenig Hoffnung aufkeimte, endlich schlafen zu können, fragte sie mich eindringlich, weshalb die Polizei mich suchte.

Die Coolness muss man sich einmal vorstellen: Die Frage brannte ihr bestimmt schon auf der Zunge, seitdem ich in ihre Wohnung gekommen war, spätestens, nachdem die Polizei bei ihr geklingelt und nach mir gefragt hatte. Aber sie hatte sie sich aufgehoben, bis sie – fürs Erste, wie ich befürchtete – befriedigt war.

Ich überlegte, welche Geschichte ich ihr auftischen sollte, entschloss mich aber nach kurzer Bedenkzeit zur Wahrheit. Was hatte ich zu verlieren? Ich erzählte ihr von meinem Entschluss, nicht mehr für Jerry und überhaupt nicht mehr als Pornodarsteller arbeiten zu wollen, von meiner Ankunft in Mainz im ersten Schnee dieses Winters, meinem Gespräch mit Vollbracht, obwohl es mit dem eigentlichen Geschehen nichts zu tun hatte, dem Fund von Hermias Leiche, dem blinden, farbigen Mann, der mich in ihrer Wohnung neben der Leiche überrascht hatte, und von meinem Besuch bei Kitty und ihrer miesen Linkerei und schließlich von der Polizei, von der ich beinahe in meiner Wohnung geschnappt worden wäre. Und von meinem Entschluss, Hermias Mörder auf eigene Faust finden zu wollen. Statt einer Antwort setzte sich Magdalena rittlings auf mich, beugte sich vor und begann, mit ihren Titten über meine Brust zu streicheln. Aber ich konnte nicht mehr. Ich hatte Übermenschliches – oder besser: Übermännliches – in dieser Nacht geleistet und war einfach nur noch fertig und müde. Selbst Jerry hätte solche Leistungen nicht von mir erwartet. Wenn Magdalena jetzt die Polizei gerufen hätte, ich hätte mich wehrlos in mein Schicksal ergeben.

Als ich aufwachte, war es zehn Uhr und in meine Nase zog der Duft von frischem Kaffee. Ich brauchte einige Sekunden, um zu realisieren, dass ich die erste Nacht meiner Flucht überstanden hatte, und das nur wenige Meter von meiner Wohnung entfernt. Kurz darauf näherte sich Magdalena dem Bett mit einem Tablett und einem aufreizenden Lächeln, und ich fürchtete, mir das Heißgetränk erst verdienen zu müssen, doch dieses Mal wurde ich verschont.

„Kann ich dir helfen?“, fragte sie mich, während sie mir einen Kaffeebecher reichte.

Im ersten Moment verstand ich nicht, was sie meinte.

„Den Mörder finden“, erklärte sie mir.

„Ich weiß gar nicht mal, wo ich ansetzen soll“, antwortete ich ihr. „Gestern hatte ich tatsächlich überlegt, zur Polizei zu gehen.“

„Der wird es nicht schwerfallen, dir nicht zu glauben“, stellte sie ironisch fest.

Ich nickte und musste grinsen.

„Wie wird man eigentlich Pornodarsteller?“, wechselte Magdalena spontan das Thema.

Ich sah die Frau an.

„Ich meine es ernst“, sagte sie. „Du bist ein hübscher Kerl, das ist schon mal eine gute Voraussetzung, nehme ich an, aber sonst? Hast du dich beworben? Wolltest du dich durch die Welt vögeln und dabei noch Geld verdienen? Ich meine, mir macht das Vögeln verdammt viel Spaß …“

Ich unterbrach sie kurz. „Das kann ich nur bestätigen.“

„… aber ich würde es nicht vor der Kamera machen. Mit irgendwelchen ekelhaften, wildfremden Typen.“

Ich überlegte einen Moment, ob ich ihr die Geschichte erzählen sollte. Wenn sie mich dafür in Ruhe lassen würde.

„Woher weißt du eigentlich …?“

Sie ließ mich meine Frage nicht ausformulieren. „Später!“

„Also gut, wenn ich noch einen Kaffee bekomme …“

„Sollst du haben“, sagte Magdalena, beugte sich zu mir herunter und kitzelte mich mit ihrer Zunge kurz im Ohr, aber lange genug, dass ich eine Gänsehaut bekam. Dann sprang sie auf. Bis sie wieder ins Schlafzimmer zurückkam, hatte ich mich aufrecht gegen die Wand gesetzt. Ich nahm die Tasse entgegen und trank einen Schluck.

„Ist Reza dein richtiger Name?“, fragte mich Magdalena dabei.

Ich schüttelte den Kopf.

„Nun erzähl schon!“, forderte sie.

Ich schwieg weiter.

„Florian? Peter? Thomas?“

Ich schüttelte wieder den Kopf. „Da kommst du nicht drauf.“

„Also?“, forderte sie.

„Ignatius“, sagte ich.

Magdalena lachte laut auf. „Ignatius?! Das ist ja mindestens so frömmlerisch wie meiner.“

„Stimmt“, erwiderte ich. „Kommt übrigens aus dem Lateinischen und bedeutet Feuer.“

Magdalena nickte. „Passt!“, war ihr kurzer Kommentar.

„Frömmlerisch trifft ziemlich gut, wie es bei uns zu Hause zuging. Das heißt, es war eigentlich mein Vater. Er hat auch meinen Namen durchgesetzt. Das mit Reza war so ein Protest meiner Mutter. Weil sie den Schah von Persien damals so toll fand und weil sie sagte, dass ich auch so ein fein geschnittenes Gesicht habe wie er. Dazu meine dunklen Augen, die dunklen Haare. Mein Vater war immer stinkwütend, aber meine Mutter hat nicht davon abgelassen. Später haben mich auch alle meine Freunde so genannt.“

„Dann war deine Berufung zum ... Pornostar ...“, Magdalena dehnte das Wort ironisch, „... auch ein Ausdruck des Protestes?“

„Zufall, wie so vieles in meinem Leben, Zufall, Glück und so weiter.“

„Ein bisschen genauer hätte ich es schon gerne, sonst ...“ Magdalena schob ihre Hand unter die Decke.

„Meine Mutter ist früh gestorben“, beeilte ich mich, zu antworten und rückte ein Stück zur Seite, „da war ich fünfzehn. Ich habe dann irgendwie mein Abitur gemacht, hatte ständig Krach mit meinem Vater. Er wollte, dass ich was Anständiges studiere. Ich wollte Journalist werden, habe fürs Fernsehen gearbeitet, mich auf der Journalistenschule beworben, aber nie Kohle gehabt, habe Schulden gemacht, gekifft, mit den Mädchen lief es leicht und auf einer Party habe ich dann Jasmin kennengelernt."

Magdalena hatte aufgehört, mich unter der Decke zu streicheln. Das war auch gut so, denn es fiel mir zunehmend schwerer, mich zu konzentrieren.

„Wir waren schon ziemlich angetrunken, haben rumgeknutscht, rumgefummelt und dann hat sie mir erzählt, dass sie gelegentlich, um ihr Studium zu finanzieren, Pornos dreht und dass das meist ziemlich eklig sei. Mit den Typen."

Magdalena nickte.

Ich fuhr fort. „Ob ich denn nicht Lust hätte, auch Pornos zu drehen, fragte sie. Gäbe gutes Geld und mit einem wie mir würde es ihr sicher auch Spaß machen."

„Und?", hakte Magdalena neugierig nach.

„Zuerst einmal sind wir in der Nacht in der Kiste gelandet. Dann hat sie mich am nächsten Morgen noch einmal gefragt, ob ich nicht mit ihr Pornos drehen wolle. Ich wäre ja ein Naturtalent. Ich habe Jasmin meine Nummer gegeben und zwei Tage später rief sie an und sagte, dass ihr Produzent mich kennenlernen wolle. Wir haben uns in einem Café in Wiesbaden verabredet und da kam sie dann mit einem gewissen Jerry, zwanzig Jahre älter als sie, Arm in Arm. Er hatte oft ein Verhältnis mit seinen jungen Darstellerinnen."

„Und der war nicht sauer, weil du seine Geliebte gevögelt hattest?"

„Der sah das als Geschäft, ganz pragmatisch, zumal ich ihm gleich sympathisch war. Und durch meinen späteren Erfolg hat sich die Nacht mit Jasmin ja auch als eine gute Investition erwiesen."

„So kann man das auch sehen!", kommentierte Magdalena.

„Jasmin hat es so gesehen. Jerry hat mich dann zu einem Probedreh eingeladen, da war Jasmin schon wieder out und eine andere Frau an seiner Seite."

„Und du musstest dann mit der schlafen?"

Ich schüttelte den Kopf. Wenn es nicht Hermia bei dem ersten Probedreh gewesen wäre, hätte ich jetzt vielleicht darüber lächeln können. Aber mir war überhaupt nicht danach zumute.

„Nein, ich musste mit einer fast vierzigjährigen Frau ins Bett. Ich war damals selbst etwas über zwanzig und so eine ältere Frau, das hatte ich mir nicht vorgestellt."

„Und?"

„Mein erster Impuls war auszusteigen, dann machte ich es doch, war ja mehr so ein Probefick. Und außerdem brauchte ich das Geld. Und dann ging alles schnell. Ich hatte anfangs fast jeden Tag einen Dreh, hatte keine Potenzprobleme, sah nicht schlecht aus und die Mädels mochten mich. Und die Zuschauerinnen auch. Da ist Jerry einer der wenigen in der Branche, der ein wenig darauf achtet, nicht nur diese Silikon- und Testosteron-Monster vor die Kamera zu kriegen. Ich habe auf jeden Fall gut verdient und Jerry wurde so was wie ein Freund. Wie auch Hermia."

Traurigkeit überkam mich. Ich sah sie vor mir, wie sie auf dem Teppich lag, das Blut, das Messer, ihre Augen, die mich leer ansahen.

„Was ist?", fragte Magdalena, aber ich schwieg. „War Hermia die ältere Frau, mit der du geschlafen hattest?"

Ich nickte. „Ja, und danach wurden wir öfters für das „Ältere Hausfrau verführt Studenten-Spiel" gebucht. Hermia war ja schon, was man in der Szene eine MILF nennt ..."

„Eine was?", fragte mich Magdalena überrascht.

„Eine ältere Darstellerin mit jüngeren Lovern. Mothers I'd like to fuck …", erklärte ich ihr.

„Das ist nicht dein Ernst?", hakte sie noch mal skeptisch nach.

„Doch, Hermia war da schon um die vierzig …".

Weiter kam ich nicht. Mir erschien es seltsam grausam, so über sie zu sprechen, wie … ja, so neutral, und plötzlich kamen mir die Tränen. Ich wollte das nicht, aber jetzt brach alles aus mir heraus. Ohne zu zögern, nahm Magdalena mich in den Arm. In einem ersten Reflex wollte ich sie abschütteln, doch das ließ sie nicht zu. Ich gab nach.

Als ich mich wieder beruhigt hatte, fragte Magdalena, was dann passiert sei.

Ich musste mich noch einen Moment sammeln, um wieder eine klare Stimme zu bekommen. „Was dann passiert ist? Es ging immer so weiter." Plötzlich musste ich lachen. „Es ist doch immer dasselbe. Rein. Raus. Rein. Raus! Ich meine, dass ... ja, das war vielleicht auch ein Grund ... also, ich wurde so etwas wie ein Star in der Szene, wurde viel gebucht, ich habe gut verdient, hatte Spaß, viele Frauen, Partys, eben Highlife, obwohl ich mich im Grunde aus vielem rausgehalten habe. Außer mit Hermia, Jerry und Mario, einem Kollegen, hatte ich mit kaum jemandem Kontakt. Die meisten haben mich für arrogant gehalten. Aber das war mir ziemlich egal. Und jetzt bin ich Anfang dreißig und habe einfach keine Lust mehr. Irgendwann ist Schluss. Und irgendwie kam mir wieder mein alter Berufswunsch in den Sinn, Journalist. Damals dachte ich ja, ich mache die Pornos nur kurz, dann wurden es immer mehr, bis ich das mit dem Journalismus ganz vergessen hatte. Weißt du, das war ein geiles Leben. Wenn du Anfang zwanzig bist und immer Kohle auf dem Konto hast und dir viel leisten kannst, da vergisst du so manches. Aber irgendwann habe ich gemerkt, wie die Leute um dich herum kaputt gehen, das ist schon scheiße. Hermia ist ...", ich musste kurz schlucken, ich konnte es immer noch nicht glauben und es fiel mir schwer, die Vergangenheitsform zu wählen, „... sie war anders, stärker als alle. Keine Drogen, Alkohol nur in Maßen." Fast hätte ich gesagt, in bürgerlichen Maßen. „Und das Geschäft wird immer härter. Eine einfache Nummer mit Blasen und dem Zeug reicht nicht mehr. Die Gewaltscheiße. Immer jüngere Darstellerinnen. Obwohl Jerry da noch ganz moderat ist. Old School. Da kann man gegen ihn sagen, was man will." Ich machte eine Pause. Magdalena wartete, bis ich weitersprach. „Dann ist eine noch ganz junge Kollegin umgekommen. Hat die ganz Harte gespielt, hat alles mitgemacht. Und dann der goldene Schuss. Alles dreht sich um das Aussehen, dass du auf dem Punkt bist. Irgendjemand behauptet, dass die Leute das und das sehen wollen und dann wird das gemacht. Gibt ja die OPs. Die Kohle geht dafür drauf, dass man sich ständig operieren lässt. Titten. Arsch. Nase. Haut straffen. Muskelmasse aufbauen. Enthaarung. Wenn du nicht der Norm entsprichst, bist du draußen. Und all die Frauen aus dem Osten. Machen alles mit und die Preise kaputt. Denen ist es scheißegal, ob sie Aids bekommen oder nicht. "

„Und du bist ausgestiegen?"

„Ja, war auch kein Problem, bis auf die Sache mit den Messen. Ich hatte mit Jerry irgendwann mal mündlich vereinbart, dass ich neben den Auftritten vor der Kamera auch auf Erotik-Messen auftreten sollte. Ich hatte echt einen Fankreis, wegen mir sind einige Frauen dahin gekommen. Die sind ganz wichtig, weil es echt saublöd aussieht, wenn da nur geierige Männer rumstreunen, um Titten und Mösen zu begaffen. Frauen als Besucherinnen schaffen eine angenehmere Atmosphäre. Und deshalb hat Jerry gesagt, dass ich nicht mehr zu drehen brauche, aber zu den Messen, da muss ich kommen. Vertrag ist Vertrag."

„Und jetzt ist Jerry sauer?!"

„Und ob!", antwortete ich und musste lächeln. „Freundschaft hin oder her, beim Geschäft kennt Jerry keine Gnade. Da bin ich erst einmal weg nach Berlin. Vor einem halben Jahr. Hab viel rumgehangen und nachgedacht, ab und zu mal gekellnert, ein paar kurze Beziehungen. Und dann kam der Anruf von Hermia, dass sie sich bedroht fühlt. Ich bin also zurück nach Mainz gekommen und finde sie tot in ihrer Wohnung. Und die Polizei glaubt jetzt natürlich, dass ich sie umgebracht habe."

„Was willst du machen?"

„Wenn ich das wüsste! Erst mal Geld besorgen und mit Leuten sprechen, die Hermia kennen. Und die mich nicht gleich verpfeifen."

„Kann ich dir helfen?" Magdalenas Angebot klang aufrichtig, aber ich wollte sie nicht mit hineinziehen. Außerdem fürchtete ich, dass da mehr dahinter steckte, und wenn die Vögelei mit ihr auch ziemlich Spaß gemacht hatte, so hatte ich keine Lust auf eine Beziehung mit einer älteren Frau.

„Das muss ich erst einmal alleine machen", sagte ich und sprang aus dem Bett, um ihr keine Gelegenheit zu bieten, noch einmal über mich herzufallen.

Ich zog schnell meine zum Glück wieder trockenen Klamotten an, bedankte mich bei Magdalena und merkte nicht, wie mir, als ich meine Jacke anzog, die Kassetten, die ich in Hermias Wohnung eingesteckt hatte, aus der Tasche fielen.

„Du bist jederzeit hier willkommen!", sagte Magdalena zum Abschied süffisant. Ich nickte ihr zu und verließ die Wohnung.

7

Dieses Mal stand kein Polizist in der Nähe des Hauses. Schnell durchquerte ich die Altstadt und erreichte bald den Schillerplatz, wo ich in die Straßenbahn nach Hechtsheim stieg.

Den Schlüssel für den Wagen hatte ich, was mir allerdings fehlte, war der Schlüssel, um in die Tiefgarage zu gelangen. Also ging ich so unauffällig wie möglich in der Nähe der Ein- und Ausfahrt auf und ab, bis ich zehn Minuten später aus der Garage das Starten eines Motors hörte und nur wenig später das Ächzen des Rolltores. Als dieses vier Fünftel nach oben gefahren war, kam ein blauer Japaner aus der Tiefgarage auf die Auffahrt gefahren, hielt kurz an und startete dann mit quietschenden Reifen durch. Ich rannte die Rampe hinab und schlüpfte unter dem sich schon wieder schließenden Tor in die Tiefgarage hinein.

Mein Wagen stand am anderen Ende der langen Reihe von Parkbuchten und war von der Ausfahrt aus schon gut zu erkennen, was kein Wunder war, überragte er die anderen doch um ein ganzes Stück. Es war ein dunkelblauer Mercedes 350 SE aus dem Jahr 1975. Eine Investition und ein Spaßmobil, das als Oldtimer zugelassen war und mit dem wir bis zu Marios Weggang einigen Spaß hatten. Es war einfach geil, mit den acht Zylindern durch die Gegend zu cruisen, wir kamen uns vor wie zwei schwere Jungs aus einem amerikanischen Film. Und wir fielen mit der Kiste mehr auf als all die Idioten mit ihren modernen Sportwagen und Cabrios.

Zur Kontrolle ging ich einmal um das Auto herum. Offenbar hatte es die Zeit in der Tiefgarage gut überstanden. Nur eine dünne Staubschicht kündete von den vielen Wochen, die das Auto hier unten unbewegt verbracht hatte. Blieb zu hoffen, dass es auch ansprang und die lange Standzeit ihm keinen größeren Schaden zugefügt hatte. Zunächst aber öffnete ich den Kofferraum. In der Reserveradmulde hatte ich eine Tasche deponiert und in der war wiederum eine Plastiktüte eingelagert, in der ich mehrere Tausend Euro versteckt hatte. Ich nahm ein Bündel Scheine, etwa dreitausend Euro, heraus und steckte sie in die Innentasche meiner Jacke. Dann verstaute ich den Rest wieder an der ursprünglichen Stelle, schlug den Kofferraumdeckel zu und nahm hinter dem großen Volant Platz. Einige Minuten genoss ich dieses herrliche Gefühl, dann drehte ich den Zündschlüssel. Sofort erwachte der große Motor zum Leben und nach wenigen Stößen auf das Gaspedal lief die Kiste rund. Ich schob den Automatikwahlhebel auf D, löste die Handbremse und ließ das schwere Auto aus der Parklücke gleiten. Ein Druck auf einen Knopf in der Mittelkonsole und das Fenster auf der Fahrerseite setzte sich in Bewegung, durch das ich nach der von der Decke hängenden Schnur griff, und nach einem Ruck begann sich das Rolltor zu öffnen. Als es fast ganz aufgerollt war, nahm ich meinen Fuß von der Bremse, ließ den Wagen die Rampe hinauf bis zur Straße rollen und gab dann Gas. Keine zehn Minuten später befand ich mich auf der Autobahn in Richtung Frankfurt. Da der Berufsverkehr schon vorüber war, kam ich ohne Stau voran. Der Schnee vom Vortag war größtenteils schon wieder geschmolzen und als die Heizung warme Luft ins Innere blies, lehnte ich mich entspannt in den breiten weichen Sitz mit dem Karomuster zurück.

Zum ersten Mal, seit ich nach Mainz zurückgekommen war, fand ich etwas Ruhe, war nicht mehr so gehetzt. Ich würde nach Darmstadt fahren, weil ich mich dort auskannte, nachdem ich ein knappes Jahr lang mit einer Kollegin, die dort wohnte, zusammen gewesen war. War allerdings schon eine Weile her und, wenn ich mich richtig erinnerte, meine längste Beziehung gewesen. Und wie alle, ob mit Kolleginnen oder nicht, gescheitert.

Die Fahrt gab mir Zeit zum Nachdenken, denn einen richtigen Plan hatte ich nicht. Ich brauchte unbedingt neue Klamotten und vor allem musste ich mir ein Handy beschaffen, das nicht registriert war, da die Polizei mit Sicherheit in der Zwischenzeit meine Handynummer herausgefunden hatte und mich darüber würde orten können. Für einen Moment war meine Ruhe dahin. Was, wenn sie mir schon auf der Spur waren? Ich blickte in den Rückspiegel. Nichts. Dennoch nahm ich die nächste Abfahrt von der Autobahn und fuhr in eine Tankstelle, parkte etwas abseits und warf mein Handy auf die Ladefläche eines Kleintransporters. Es lohnte sich doch, ab und zu fernzusehen, dachte ich im nächsten Moment, hatte aber gleich auch wieder Zweifel, ob ich nicht übereilt und zu panisch gehandelt hatte.

Magdalena hatte ich gesagt, dass ich mit Menschen, die Hermia kannten, sprechen wollte. Aber wer waren diese? Mir fiel niemand ein. Erst recht niemand, dem ich vertrauen konnte. Viele in dem Metier waren Kaliber wie Kitty; Jerry war ein schon viel zu guter Mensch. Von Hermia gar nicht zu reden.

Ich verfluchte mich, dass ich mich auf die Vögelei mit Magdalena eingelassen hatte. Wer wusste denn, ob sie nicht doch zur Polizei rennen würde, spätestens dann, wenn ich das nächste Mal nicht mehr mit ihr in die Kiste steigen wollte. Ich musste es wie in meinem alten Beruf machen: eine professionelle Distanz wahren zu den Menschen, mit denen ich zu tun hatte.

Gegen Mittag stellte ich den Benz in einem Parkhaus in der Darmstädter Innenstadt ab und fragte in mehreren Handyläden in der Fußgängerzone nach einem Prepaid-Handy. Doch überall erhielt ich die gleiche ernüchternde Antwort: Auch ein solches Telefon musste angemeldet werden und dafür war die Vorlage eines Ausweises notwendig. Wütend und frustriert über diesen Rückschlag machte ich mich daran, wenigstens mein Bekleidungsproblem zu lösen, und kaufte einen gefütterten Kurzmantel, neue

Hosen, ein Hemd und einen Pullover. Einige Meter weiter fand ich ein Schuhgeschäft. Endlich hatte ich auch Schuhe, die der Jahreszeit angemessen waren. An einem Kiosk besorgte ich mir alle Tageszeitungen, die ich bekommen konnte, und bepackt mit den Tüten und Zeitungen betrat ich ein Café, das ziemlich voll und laut war, gut für einen wie mich, der in der Menge unsichtbar werden musste. Einige der Leute an den Tischen hoben kurz den Kopf und sahen zu mir herüber, wandten sich dann aber gleich wieder ab. Ich suchte mir einen abgelegenen Tisch in einer Ecke und bestellte mir einen Kaffee und ein Croissant.

Zunächst blätterte ich die Zeitungen oberflächlich durch, doch eines fiel mir dabei gleich auf: Es wurde zwar über Hermias Ermordung berichtet, aber prominenter gesetzt waren, vor allem in den beiden Mainzer Zeitungen, die Artikel über den toten Peter Paul Maser, den Mann, wegen dessen Beerdigung ich gestern in einen Stau geraten war. Die Polizei stand offensichtlich vor einem Rätsel, denn für einen Mord an dem prominenten Politiker gab es keinen Hinweis. Selbstmord wurde aber auch ausgeschlossen, und dass Maser, der als ebenso gesunder wie gründlicher Mensch galt, der keine unnötigen Risiken einging, versehentlich aus dem Gebäude gestürzt war, konnte sich niemand vorstellen, war aber schließlich die offizielle Todesursache. Normalerweise können die Fenster in den Türmen nicht geöffnet werden, aber wegen der Renovierungsarbeiten waren sie teilweise herausgenommen worden. Die Beerdigung war ein großes Ereignis gewesen, Minister aus Rheinland-Pfalz und Hessen, zwei Bundesminister und Mitglieder des Bundesvorstandes seiner Partei hatten an der Beisetzung teilgenommen. Zwei Stockwerke in dem Bau, aus dem er gestürzt war, wurden gerade sehr aufwendig umgebaut, damit in ihnen eine Kunstsammlung vorübergehend Platz fände, die später einmal in ein eigenes Haus wandern sollte. Diese Ausstellung war nun durch den Tod Masers zu seinem Vermächtnis geworden, schrieb ein Journalist.

Ich wandte mich den Artikeln zu, die sich mit dem Tod der Pornofilmdarstellerin Regine Müller, genannt Hermia, beschäftigten.

Zwischen den Zeilen waren Häme und Herablassung ebenso wie Sensationslust herauszulesen. Es wurden einige ihrer Filme zitiert und ein Blatt scheute sich auch nicht, Bilder aus den Filmen, die Hermia in eindeutigen Posen abbildeten, zu zeigen. Die entscheidenden Details natürlich durch schwarze Balken verdeckt. Ich wurde namentlich als der Hauptverdächtige genannt, als arrogant beschrieben, ein Star der Szene, der viel Geld damit gescheffelt hatte, indem er tagaus, tagein Frauen sein Ding reinschob und andere versaute Dinge mit ewig geilen Weibern machte, von denen die meisten Männer nur träumten.

Ein plausibler Grund, warum ich Hermia umgebracht haben sollte, wurde nirgendwo genannt. Es wurden mir Eifersucht, Drogen oder Gier unterstellt. Eine Zeitung entblödete sich auch nicht, einen frühen Film, in dem Hermia und ich zusammen gearbeitet hatten, haarklein nachzuerzählen. Das Foto von mir, das in allen Zeitungen abgebildet war, war aus einem Film herauskopiert, schon älteren Datums und von so schlechter Qualität, das es mich nicht sehr beunruhigte. Wer mich nicht kannte, würde mich anhand dieses Bildes nur schwerlich erkennen. Aber die Beschreibungen trafen mich da schon besser und ich überlegte, was ich dem entgegensetzen konnte.

Dazwischen konnte ich immerhin auch brauchbare Informationen herauslesen. Hermia war mit zwei Stichen umgebracht worden. Der erste war nicht tödlich, der zweite nicht sofort. Sie musste danach noch eine Zeitlang gelebt haben. Ich rechnete nach. Wäre ich eine Viertelstunde früher gekommen, vielleicht hätte ich sie retten können. Mir krampfte sich das Herz zusammen, aber ich versuchte, mich zur Distanziertheit zu ermahnen, schließlich war Hermia tot und ich musste jetzt meinen Kopf retten. Weiter schrieb eine Zeitung, dass es Spuren eines Kampfes in der Wohnung gab. Die Art der Stiche, Stoffpartikel unter Hermias Fingernägeln und die Unordnung in der Wohnung deuteten darauf hin. Des Weiteren ging die Polizei davon aus, dass die Tote ihren Mörder gekannt hatte. An der Tür fanden sich keine Spuren eines Einbruchs. Das sprach wieder gegen mich, den Hermia nur zu gut kannte, sogar möglich, so wurde gemutmaßt, dass ich aufgrund unserer jahrelangen Bekanntschaft einen Schlüssel zu ihrer Wohnung besaß.

Ich rutschte immer tiefer in die Scheiße. Die Polizei hatte offenbar so wenige Anhaltspunkte wie ich selbst, außer denen natürlich, die auf mich als den Täter verwiesen. Eine andere Spur wurde nicht einmal ansatzweise erwähnt.

Aber wer konnte ein Interesse an Hermias Tod haben? War sie irgendwem gefährlich geworden? Wusste sie etwas über Geschäfte im Milieu, das nicht an die Öffentlichkeit dringen durfte? Oder war es ein Freier oder ein Fan, ein Stalker, der einer Pornodarstellerin nachstellte, weil er sich unsterblich in sie verliebt hatte?

Ich verwarf all diese Begründungen. Wenn Hermia etwas beherrschte, dann war es die Fähigkeit, mit Leuten umgehen und sie einschätzen zu können. Betrug, Beschiss, Erpressung, all diese Sachen waren nicht ihr Ding.

Dachte ich bis dahin. Aber – was wusste ich wirklich von dieser Frau? Klar, ich kannte ihren Body ganz gut, wusste, was sie, trotz aller Professionalität, erregen konnte, wie ich sie auf Touren bringen konnte. Ich wusste, dass sie mit Jerry befreundet war, angeblich auch mal vor vielen, vielen Jahren eine kurze und temperamentvolle Beziehung mit ihm hatte und dass sie als eine der wenigen Frauen aus dem Milieu einigermaßen sie selbst geblieben war. Aber über die Zeit, als sie noch keine Pornos drehte, ihre Jugend, ihre Schulzeit, ihre ersten Freunde, darüber wusste ich nichts, außer dass sie irgendwo aus der Provinz im Norden kam und auch in einem so bigotten Elternhaus wie ich aufgewachsen war, dass sie es auf die gutbürgerliche Tour versucht hatte, aber gescheitert war. Was mich an diesem Vormittag in dem vollen und lauten Café in der Darmstädter Innenstadt besonders befremdete, war, dass mir dieses Nichtwissen jetzt erst so richtig auffiel. War es überhaupt Freundschaft, was mich und Hermia verbunden hatte? Mit einem Mal war so vieles in Frage gestellt. Ich wusste eigentlich nichts. Ich musste jemanden finden, der diese mir scheinbar unbekannte Frau besser kannte.

„Hast du mal ne Zigarette?"

Ich schrak zusammen. Ich war so sehr in meine Gedanken versunken gewesen, dass ich die Frau, die vor mir stand, nicht bemerkt hatte. Ich sah auf und blickte in das erwartungsvolle Lächeln einer Frau mit glatten blonden Haaren, die ich nicht älter als zweiundzwanzig oder dreiundzwanzig schätzte. Ich wollte schon dem Impuls, aufzustehen und wegzugehen, nachgeben, da wurde mir klar, dass sie einfach nur mit mir ins Gespräch kommen wollte. Das alte Männchen-Frauchen Spiel.

„Tut mir leid, nein", sagte ich abwehrend und versuchte, dabei so unfreundlich wie möglich zu sein. Aber die Kleine war hartnäckig. Sie schien darauf zu warten, dass ich ein Gespräch begann, aber ich nahm eine der Zeitungen und begann demonstrativ zu lesen. Sie blieb noch ein paar Sekunden stehen, bevor sie sich davonschlich, nicht ohne mir noch einmal einen zornigen Blick zuzuwerfen.

Ich blickte ihr kurz nach, um zu sehen, was sie tat. Sie setzte sich zu einer anderen jungen Frau an den Tisch und begann kopfschüttelnd zu erzählen. Wahrscheinlich, was für ein arroganter Arsch ich sei.

Ich konzentrierte mich wieder auf meine Suche nach einem Bekannten von Hermia. Endlich, nach langem Überlegen und mehreren Tassen Kaffee, fiel mir Maurice ein. Ich kannte seinen Nachnamen nicht, wusste nur, dass er in Frankreich geboren war, in Wiesbaden eine ebenso teure wie gut gehende Boutique betrieb, aus einer reichen Familie stammte und früher mal mit Hermia zusammen gewesen war. Das hatte sie mir einmal lachend erzählt, als wir nach einem Sechs-Stunden-Dreh völlig übermüdet und überdreht essen gegangen waren und uns danach einige Cocktails reingezogen hatten.

Das war es aber auch schon. Jedoch dieses Wenige reichte mir, zu wissen, dass Maurice ihr viel bedeutete. Ich hatte ihn nur einmal von Weitem gesehen, mehr zufällig, als er Hermia zu ihrem obligatorischen monatlichen Essen abgeholt hatte und ich verspätet aus dem Haus kam, in dem unsere Studios untergebracht waren. Sie sprach von Maurice mit einem Respekt, den sie keinem anderen Menschen entgegenbrachte, auch mir nicht. Ich beschloss, Maurice noch an diesem Abend aufzusuchen und zu sprechen und ich wusste auch, wo ich ihn treffen konnte.

Bis dahin musste ich mir aber die Zeit vertreiben. Ich trank noch ein Wasser, zahlte, suchte einen Friseur auf und ließ mir meine dunklen Haare blond färben und sehr kurz schneiden. Als ich mich zum ersten Mal so im Spiegel sah, erschrak ich richtig, aber die andere Haarfarbe veränderte mich so stark, dass es mir ein Gefühl der Sicherheit gab. In dem Parkhaus setzte ich mich in meinen alten Benz, fuhr den Rest des Nachmittags ziellos in der Gegend umher und nutzte eine Toilette auf einem Autobahnparkplatz dazu, mir die neuen Klamotten anzuziehen.

8

Es war schon dunkel, als ich am Abend gegen sechs in Wiesbaden einrollte. Maurices Boutique lag in der Nähe des Landtags, einem Viertel mit engen Gassen, das einige sehr teure Geschäfte beherbergte.

Ich stellte den Wagen in einem nahe gelegenen Parkhaus ab und schlenderte langsam zu dem Laden, dessen Fensterfront nicht besonders groß war. Doch die Auslage verriet sogleich, dass die Ware sehr hochwertig, exklusiv und teuer war. Ein kleines Schild am rechten unteren Rand der Tür zeigte an, dass das Geschäft bis sieben Uhr geöffnet blieb. Ich trat einen Schritt näher an das Schaufenster heran und erkannte im Innern einen Mann, der Maurice sein musste. Er stand im Profil zu mir und unterhielt sich mit einem Paar, das gerade auf eine Jacke zeigte, die er vom Kleiderständer nahm und präsentierte. Um nicht aufzufallen, ging ich um den Block herum und versuchte herauszufinden, ob es einen Hintereingang zu dem Geschäft gab, konnte aber keinen entdecken. Als ich wieder an das Schaufenster trat, war Maurice noch immer mit den beiden Kunden im Gespräch. Eine weitere Person war hinzugekommen. Ich sah auf meine Uhr. Es war kurz nach halb sieben. Bis zum Geschäftsschluss wollte ich nicht vor dem Laden warten. Ich sah mich um und entdeckte nicht weit entfernt mehrere freie Parkplätze. Ich eilte zurück zum Parkhaus, in dem mein Wagen stand, zu schnell, wie ich mich ermahnen musste, denn ich hatte Zeit und durfte nicht auffallen. In dem Moment wurde ich mir nochmals gewahr, in welcher Situation ich steckte. Ich wurde von der Polizei als Mörder gesucht, dazu hatte ich einen wütenden Pornofilmproduzenten am Hals, der mir seine Schergen hinterherhetzte. Alles, was ich im Moment besaß, war das, was ich bei mir trug, und ein recht auffälliges Auto, in dessen Kofferraum sich eine größere Summe Bargeld befand. Und ich hatte niemanden, dem ich vertrauen konnte, allenfalls eine nymphomane ältere Frau, von der ich so gut wie nichts wusste. Maurices Leumund war Hermia und wenn jemand mir weiterhelfen konnte, dann er. Ich musste das Risiko eingehen und mich ihm anvertrauen, wenn ich der Wahrheit über Hermias Tod einen Schritt näherkommen wollte.

Ich stellte den großen Wagen an einer Stelle ab, von der aus ich die Eingangstür zu der Boutique gut im Blick hatte. Kurz nach sieben verließ Maurice sein Geschäft. Er war ein groß gewachsener, schlanker Mann, der selbst auf diese Entfernung eine würdevolle und elegante Erscheinung abgab. Er trug einen schmal geschnittenen dunklen Mantel, der ihm bis über die Knie reichte. Ich startete den Motor und ließ den Wagen langsam hinter Maurice herrollen. Als ich ihn erreicht hatte, bremste ich auf sein Schritttempo ab und ließ die Scheibe auf der Beifahrerseite elektrisch herabgleiten. Ohne das geringste Anzeichen von Überraschung beugte sich Maurice ein wenig vor und blickte in das Innere des Wagens, nickte mir beiläufig zu, und als ich das Auto zum Stehen gebracht hatte, stieg er ohne Aufforderung und ohne zu zögern ein.

„Reza, nicht wahr?“, sagte er freundlich, aber ernst. Dabei musterte er mich sehr genau.

Ich nickte und er reichte mir die Hand.

„Fahren Sie los!“, forderte er mich nach der Begrüßung auf.

Ich ließ den Wagen wieder anrollen. Die nächsten Minuten schwiegen wir. Erst als wir die Wilhelmstraße erreicht hatten, sagte er mit leichtem Spott: „Es passiert eigentlich selten, dass man einen Menschen bei der ersten persönlichen Begegnung besser nackt als angezogen kennt.“

Ich musste kurz grinsen und bekam eine Ahnung davon, was Hermia an diesem Mann fasziniert hatte. Trotzdem spürte ich in mir ein Gefühl der Unbehaglichkeit. Es war der Blick, mit dem mich dieser Mann immer wieder ansah.

Er wurde gleich wieder ernst. „Die Polizei ist schon bei mir gewesen und hat mir von Regines Tod erzählt.“

Obwohl Maurice das in einem sehr nüchternen, fast neutralen Ton sagte, war der Schmerz in seinen Worten nicht zu überhören. Ich wusste nichts zu erwidern und schwieg.

„Die Polizei hält Sie für den Mörder“, sagte der Mann neben mir schließlich, in dessen Aussprache nicht die leiseste Andeutung seiner französischen Herkunft herauszuhören war.

„Ich war in der Wohnung und habe sie gefunden.“

„Warum sind Sie weggelaufen?“

Maurices Fragen klangen nicht anklagend, sondern interessiert. Trotzdem antwortete ich nicht sofort. „Panik! Angst! Hermia lag hinter dem Sofa. Zuerst habe ich gar kein Blut gesehen und dann habe ich das Messer entdeckt. Und es dummerweise angefasst. Dann kam da ein Mann in die Wohnung und rief ihren Namen.“

„Haben Sie den Mann erkannt?“

„Nein, noch nie gesehen.“

„Der Mörder?“

Ich schüttelte den Kopf. „Nein“, sagte ich und fügte hinzu: „Glaube ich nicht. Er war es nicht. Er war blind.“

„Blind?“, fragte Maurice.

„Ein Farbiger“, fügte ich hinzu.

Aus dem Augenwinkel bekam ich mit, dass Maurice leicht seinen Kopf bewegte. „Ein blinder Farbiger?“, sagte er schließlich, aber ich konnte aus diesen Worten nicht heraushören, ob er den Mann kannte.

„Kennen Sie den Mann?“, fragte ich schließlich.

Ein knappes „Nein“ war die Antwort.

„Meine Fingerabdrücke sind auf dem Messer. Und dazu habe ich meine Tasche mit meinen Papieren in der Wohnung liegen lassen.“

„Sozusagen auf dem Präsentierteller.“

Ich nickte. Wir fuhren über den ersten Ring stadtauswärts.

„Fahren Sie da vorne rechts“, forderte mich Maurice auf. „Später können Sie mich zu meinem Wagen bringen.“

„Wurde Hermia bedroht?“, fragte ich und sah kurz zu Maurice hinüber, der aber starr geradeaus auf die Straße blickte und einige Sekunden schwieg, bevor er antwortete. Ich konzentrierte mich auf die Straße, die in Serpentinen bergauf führte, und ich fürchtete, dass sie noch glatt war.

„Reza, Sie wissen, dass ich mit Regine zusammen war?“ Es war mehr eine Feststellung als eine Frage. Ich reagierte nicht. „Ich hätte diese fantastische Frau sofort geheiratet.“ Maurice machte eine Pause. Seine Stimme war belegt. Er klang bewegt, so als ob diese nicht zustande gekommene Verbindung ihm noch immer zu schaffen machte.

Wir hatten die Stadt hinter uns gelassen und fuhren in Richtung Platte, ein Naherholungsgebiet am Rande des Taunus. Das vergrößerte meine Sorge, dass der Boden gefroren sein könnte. Der schwere Wagen war mit den Sommerreifen nicht sonderlich wintertauglich. Es waren kaum Autos unterwegs, die Lichtstrahlen der Scheinwerfer fraßen sich durch die Dunkelheit.

„Sie hat abgelehnt. Wissen Sie warum? Weil ich bisexuell bin! Regine konnte es nicht ertragen, dass ich auch mit Männern ins Bett gehe. Mit anderen Frauen war es ihr egal. Sagte sie zumindest. Aber mit Männern ...? Das ist doch wirklich pervers!“

Ich wusste nicht, was er damit meinte – seine Bisexualität oder Hermias Sicht der Dinge. Doch bevor ich weiter darüber nachdenken konnte, musste ich den Wagen wieder auf Kurs bringen, denn in einer Kurve hatte ich zu viel Gas gegeben und das Heck war ausgebrochen. Nicht schlimm, aber genug, dass ich zusammenfuhr und gegenlenken musste, um das Auto wieder einzufangen. Maurice schien das nicht aufzuregen. Er reagierte nicht, sondern saß weiterhin ruhig neben mir und blickte durch die Windschutzscheibe in die schneebedeckten Bäume rechts und links der Fahrbahn.

„Aber Sie haben doch noch Kontakt zu ihr gehabt?" Meine Hoffnung, irgendetwas von Maurice über Hermia zu erfahren, das mich zu ihrem Mörder führen könnte, schwand.

„Wir sind erwachsene Leute. Und wissen Sie, Reza, man findet im Leben nur wenige wirklich wichtige Menschen. Um die es sich zu kämpfen lohnt. Regine gehört für mich dazu. Ich habe ihren Entschluss respektiert. Wir sind Freunde geblieben."

„Haben Sie sie denn in den letzten Wochen gesehen?"

Wir hatten die Platte erreicht. „Fahren Sie da vorne rechts rein", forderte Maurice mich auf. Ich steuerte auf einen schmalen Weg, der zu einem dunklen Parkplatz führte. Ich stellte den Wagen ab und wir gingen schweigend zu dem nicht weit entfernten Gasthaus. Der Weg war nur spärlich erleuchtet. Links von uns wurden die Umrisse des Jagdschlosses sichtbar. Ein kalter Wind pfiff uns um die Ohren.

In der Gaststätte umfing uns eine angenehme Wärme. Höchstens die Hälfte der Tische war von zumeist älteren Leuten besetzt. Es herrschte eine gedämpfte und ernste Atmosphäre in dem Restaurant. Mir war das recht, denn so wurden wir kaum beachtet, während wir uns für einen Tisch an einem der Fenster entschieden und uns setzten. Ein Kellner kam mit überraschtem Gesichtsausdruck an unseren Tisch.

„Monsieur Azama", begrüßte er Maurice mit gedämpfter Stimme. „Ein ungewohntes Bild?"

Ich sah die beiden fragend an.

Maurice klärte mich auf. Er sprach so leise, dass der Kellner ihn nicht verstehen konnte. „Hier sind Regine und ich manchmal eingekehrt, wenn wir uns spontan zu einem Spaziergang getroffen haben. Hier hatten wir vor vielen Jahren unser erstes Treffen, nachdem wir uns kennengelernt hatten."

Er wandte sich dem Kellner zu. „Madame ist heute leider verhindert."

Maurice drehte sich wieder von ihm weg. Er hatte Tränen in den Augen. Der Kellner war feinfühlig genug, sich mit dieser Antwort zufriedenzugeben und zu gehen, nachdem Maurice für sich ein Glas Silvaner, für mich ein Wasser und für jeden von uns einen Teller Petersilienwurzelsuppe bestellt hatte. Ich sagte nichts und ließ Maurice einige Minuten alleine mit seinen Erinnerungen.

„Reza, haben Sie eine Ahnung, wer Regine umgebracht hat?", fragte er schließlich. Es war ungewohnt für mich, dass jemand Hermia so konsequent Regine nannte.

„Nein! Deshalb habe ich Sie ja aufgesucht. Ich hatte gehofft, dass Sie einen Anhaltspunkt haben. Dass Hermia Ihnen irgendetwas erzählt hat. Ich weiß nur, dass sie sich bedroht fühlte ..." Ich machte eine kurze Pause. Mir schienen die Worte nicht richtig gewählt, zu hart. „... bedroht ist vielleicht zu viel gesagt. Sie war beunruhigt. Das hat sie mir am Telefon mitgeteilt, deshalb bin ich nach Mainz gekommen."

Maurice sah mich nachdenklich und streng an.

„Unter anderem", fügte ich hinzu.

Maurices Augen füllten sich wieder mit Tränen. „Entschuldigen Sie bitte", sagte er, „aber mir ist etwas sehr Wichtiges in meinem Leben genommen worden."

Ich nahm mein Glas in beide Hände, trank einen Schluck und stellte es nicht ab. Ich fühlte mich unsicher und wusste nicht, was ich sagen sollte.

Der Kellner brachte die Teller mit der Suppe, die wir schweigend aßen.

Es war schließlich Maurice, der das Gespräch wieder in Gang brachte.

„Vor vier Tagen waren Regine und ich zu unserem traditionellen Essen verabredet, wie jeden Monat, aber zwei Stunden vor dem Treffen hat sie abgesagt. Meiner Meinung nach unter fadenscheinigen Gründen. Aber ich habe nicht nachgefragt. Das war ein Fehler. Ein Riesenfehler."

„Hat sie denn keine Bemerkung gemacht", hakte ich nach, „aus der Sie im Nachhinein eine Information herauslesen könnten?"

Maurice dachte nach. Er schüttelte den Kopf.

„Nein. Als wir uns das letzte Mal getroffen hatten, war sie wie immer. Fröhlich, lachte und ließ sich spöttisch über ihre Kollegen aus. Sie kennen das ja wahrscheinlich auch."

Ich sah den Mann, der mir gegenüber saß, an. Es war ihm mit jeder Faser anzumerken, dass er Hermia geliebt, ja dass er sie richtiggehend verehrt hatte. Und ich hatte das nicht gewusst.

„Sie ausgenommen", sagte er schließlich und ich verstand nicht sofort.

„Regine hat Sie von ihren Spötteleien ausgenommen", klärte er mich auf.

Ich verzog meinen Mund zu einem schmalen Grinsen. Innerlich freute mich diese Aussage sehr.

„Übrigens", sagte er, überraschend das Thema wechselnd, „Ihre Haare sind doch gefärbt, oder?"

Ich nickte.

„Um nicht erkannt zu werden, nehme ich an. Wenn diese ganze schaurige Geschichte vorüber ist, sollten Sie wieder zu Ihrer dunklen Farbe zurückkehren."

Ich nickte erneut. „Gibt es einen Menschen", fragte ich, um wieder auf das eigentliche Thema unseres Treffens zurückzukommen, „mit dem Hermia regelmäßig Kontakt hatte? Ich meine jemanden, der mehr von ihrem alltäglichen Leben mitbekam?"

Maurice schloss die Augen. Als er sie wieder öffnete, nannte er den Namen von Rafaela Gatusso. „Regine hat in letzter Zeit öfters mit Rafaela zusammengearbeitet. Sie haben sich wohl ganz gut verstanden. Rafaela ist einige Jahre jünger als Regine. Sie haben diese Rollenspiele durchgezogen, wissen Sie: reife Frau, junges Ding. Stehen wohl viele Männer drauf."

„Man bedient mit einem Film gleichzeitig zwei verschiedene Männertypen", klärte ich ihn auf.

„Kennen Sie Rafaela?“, fragte mich Maurice.

„Den Namen habe ich schon gehört. Aber ich habe sie nie kennengelernt. Oder mit ihr zusammengearbeitet.“

Maurice musste plötzlich lachen. Es wirkte sehr unwirklich. „Es ist interessant, wie sich das bei Ihnen anhört: zusammenarbeiten.“

„Es ist ein Job und nur so zu ertragen. Ist doch in jedem Job so, dass man ihn sich erträglich macht, oder?“, sagte ich kurz, vielleicht etwas zu schnippisch.

„Ich wollte Sie nicht beleidigen“, beschwichtigte Maurice schnell.

Ich nickte. „Schon gut.“

Maurice trank einen Schluck von seinem Wein, bevor er weitersprach. „Rafaela wohnt in einem Vorort von Mainz, soviel ich weiß. Warten Sie!“, sagte er und zog seine Brieftasche aus dem Jackett, aus der er ein sehr kleines Notizbüchlein fingerte und darin blätterte. Auf einem der Bierdeckel, die in der Mitte des Tisches standen, notierte er Adresse und Telefonnummer dieser Rafaela.

„Das liegt, wenn ich mich recht erinnere, in Weisenau“, fügte er hinzu.

Ich bedankte mich bei Maurice, der aus dem Fenster sah. „Ich glaube, es fängt wieder an zu schneien. Wir sollten besser zurückfahren.“

Maurice zahlte die Rechnung und wir gingen nach draußen zum Wagen, auf den sich tatsächlich schon eine dünne Schneeschicht gelegt hatte.

Während wir zurück nach Wiesbaden fuhren, sagte Maurice: „Setzen Sie mich bei meiner Boutique ab. Ich habe mein Auto in der Nähe stehen.“

Schweigend fuhren wir bis zu dem angegebenen Ziel.

„Brauchen Sie Geld?“, fragte mich Maurice, bevor er ausstieg.

„Vielen Dank. Das ist nett. Aber Geld habe ich noch genug.“

„Haben Sie eine Möglichkeit zum Übernachten?“

Ich dachte an Magdalena und überlegte kurz, ob ich so ihren Nachstellungen entkommen könnte. Ich sah zu Maurice hinüber und fing seinen Blick auf. ‚Vom Regen in die Traufe', schoss es mir durch den Kopf. Ich stand überhaupt nicht auf Männer und hatte beim Film entsprechende Angebote immer ausgeschlagen, auch als man mir sehr hohe Summen dafür bot.

„Vielen Dank, aber ich habe eine sichere Unterkunft", erwiderte ich und sah Maurice dabei nicht an. Der nahm eine Visitenkarte aus seiner Tasche und schrieb auf die Rückseite eine Nummer. „Wenn Sie Probleme haben, Reza, rufen Sie mich unter dieser Nummer an. Die kennt kaum ein Mensch."

Ich nahm die Karte, drückte seine Hand und nickte dem Mann dankbar zu. Eine Frage wollte ich noch loswerden. „Sie sprechen perfekt deutsch. Man hört nicht den leisesten Hauch Ihrer französischen Herkunft."

Maurice lächelte mich an. „Ich habe den größten Teil meines Lebens in Deutschland verbracht. Und ich bin zweisprachig aufgewachsen."

Bevor ich mehr erfahren konnte, ließ er mich stehen und verschwand schnell um die nächste Ecke.

9

In der Stadt hatte es schon wieder aufgehört zu schneien, aber weil eine dünne weiße Schneeschicht noch die Straßen bedeckte, fuhr ich sehr vorsichtig nach Mainz zurück. Ich hatte beschlossen, Rafaela Gatusso sofort und ohne Ankündigung aufzusuchen, da es erst kurz nach zweiundzwanzig Uhr war. Ich hoffte, dass sie Verständnis hatte für meinen späten Besuch. Entgegen Maurices Behauptung wohnte sie nicht in Weisenau, sondern in Laubenheim, einem südlichen Vorort von Mainz, am Rhein gelegen. Nach kurzem Suchen in den engen Straßen des Ortskerns fand ich ein altes Fachwerkhaus, auf dem die von Maurice notierte Hausnummer angebracht war. Ich stellte den Benz zwei Straßen weiter ab und ging den Weg zu Fuß zurück.

An der Klingel stand ‚Beyer-Gatusso'. Auf mein Klingeln öffnete ein drahtiger Mann, ein paar Jahre älter als ich. Er trug eine ausgewaschene Jeans und ein weites Langarmshirt, beides mit Farbflecken übersät. Seine kurzen Haare waren schon sehr stark angegraut. Er sah mich kurz an.

„Sie sind bestimmt Reza", sagte er und mir musste meine Verblüffung überdeutlich im Gesicht gestanden haben. „Kommen Sie rein. Rafaela hat Sie schon erwartet."

Meine Verblüffung wuchs weiter.

Ich folgte dem Mann durch die offene Tür in das Haus, das im Innern überaus liebevoll restauriert war. In den Wänden waren die Balken herausgearbeitet worden, die Holzdielen auf dem Boden schienen sehr alt zu sein. Die Einrichtung war diesem Stil angepasst. Der Mann führte mich durch den Flur in die sehr große Küche, die von einem ausladenden Tisch dominiert wurde. An den Wänden standen Küchenmöbel im Landhausstil. Mir kam der Gedanke, dass ich hier falsch sein musste, doch der Mann, der mir die Tür geöffnet hatte, schien meine Gedanken zu erraten.

„Sie sind schon richtig hier. Rafaela ist meine Frau. Ich bin Jörg. Und damit gar keine Missverständnisse aufkommen: Ich weiß, was meine Frau arbeitet, ich weiß, was Sie gearbeitet haben, und ich weiß, dass Sie beide noch keinen gemeinsamen Dreh hatten." Dabei grinste er mich frech an und rief den Namen seiner Frau.

„Ihnen ist wahrscheinlich nicht zum Spaßen zumute. Wir wissen, was passiert ist. Auch, dass die Polizei Sie für den Mörder von Hermia hält."

„Und Sie?", fragte ich den mir fremden Mann.

„Ich glaube keiner sogenannten Autorität. Da kommt Rafaela."

Eine gut aussehende Frau mit dunkelroten Haaren und sehr schmaler Figur betrat den Raum. Sie hatte ein fein geschnittenes Gesicht, in dem ihr großer Mund wie ein Fremdkörper wirkte. Ich schätzte sie nicht älter als fünfundzwanzig.

„Hallo! Reza, nicht wahr?", begrüßte sie mich und gab mir förmlich die Hand. „Ich bin Rafaela, das ist mein Mann Jörg. Wir können du sagen, oder?"

„Gerne“, antwortete ich und setzte mich auf eine stumme Aufforderung von ihr an den Tisch. Jörg nahm eine Flasche Rotwein aus einem Regal, entkorkte sie und stellte drei Gläser auf den Tisch.

„Nein, danke“, lehnte ich ab, „ich muss einen klaren Kopf behalten.“

Jörg ließ das nicht gelten. „Ein Glas. Reza. Das ist ein St. Laurent. Sehr gut. Lass dir das von einem bis vor kurzem Bier trinkenden Nordlicht gesagt sein. Das tut gut und ist gesund.“

Ich gab nach und nickte. Nachdem er den Rotwein in die Gläser eingeschenkt hatte, prosteten wir uns zu und tranken. Rafaela sah mich dabei ernst an, bevor sie zu sprechen begann.

„Als wir die Nachricht von Hermias Tod bekommen haben und man sagte, dass du der Mörder bist, habe ich gewusst, dass du mich über kurz oder lang aufsuchen würdest.“

„Ich war es nicht!“, beeilte ich mich zu sagen.

„Das denke ich mir.“ Sie machte eine kurze Pause. „Hermia hat mir viel von dir erzählt ...“, sagte sie nachdenklich.

Jörg hörte unserem Gespräch zu und trank ab und zu einen Schluck Wein.

„Hast du lange mit Hermia zusammengearbeitet?“, fragte ich Rafaela.

„Vor zwei Jahren das erste Mal. Wir kommen aus Hamburg, da habe ich schon gedreht, aber da wurde es immer härter, Akkordficken haben wir das genannt. Kennst du ja. Es wurden keine Geschichten mehr erzählt, das Set war ein Bett oder sonst eine Rammelwiese. Einfach drauf los. Als Jörg dann in Frankfurt einen Job bekommen hat, sind wir hierher gezogen. Eine Bekannte hatte mir von Jerry erzählt. Ich habe mich bei ihm vorgestellt und war wieder im Geschäft. Es war ein Glück, dass ich da zuerst Hermia kennenlernte. Es war ein guter Einstieg.“

Rafaela zündete sich eine Zigarette an und hielt mir die Schachtel fragend entgegen. Ich verneinte.

„Nichtraucher?“, fragte sie.

Ich nickte.

„Löblich!“ Sie nahm einen tiefen Zug aus ihrer Zigarette. „Wir haben sieben oder acht Mal zusammen gedreht. Hermia hatte eine gute Einstellung. Wegen ihrem Alter sagte sie mir einmal, dass das auch sein Gutes habe – sie dürfe jetzt ruhig ein paar Pfund mehr haben. Als reife Frau, die junge Kerle verführe, käme das gut.“

Rafaela lachte ein tiefes, kehliges Lachen. Doch sofort wurde sie wieder ernst. „Weißt du, wer sie umgebracht hat, Reza?“, fragte sie mich.

„Deshalb bin ich hier. Ich hatte gehofft, dass du mir weiterhelfen kannst. Hermia hat mich vor einigen Tagen angerufen und gesagt, dass sie sich vor irgendetwas fürchtete oder bedroht fühlte. Aber ich weiß nicht, vor was oder vor wem. Hat sie dir irgendwas gesagt oder Andeutungen gemacht?“

Rafaela dachte nach und zog dabei mehrmals an ihrer Zigarette.

„Der Film …“, warf Jörg ein.

„Stimmt“, bestätigte Rafaela. „Der Film.“

Ich sah fragend zwischen den beiden hin und her.

„Hermia und ich hatten vor etwa einer Woche beide einen Dreh, nicht zusammen, aber wir waren gleichzeitig fertig und haben beschlossen, noch einen trinken zu gehen. Das übliche Runtertrinken, um sich wieder sauber zu fühlen. Aber Hermia war an diesem Abend nervös. Ich habe es nicht sofort bemerkt. Sie ist eigentlich eine gute Zuhörerin, aber an diesem Abend war sie oft abwesend, hat zweimal fast ihr Glas umgeschmissen, Namen durcheinander geworfen. Sachen, die nicht zu ihr passten. Den anderen passiert das ständig, aber nicht Hermia. Das fand ich auch immer so toll an ihr. Das sie sich so viel Würde und Selbst bewahrt hat. Keine Drogen und der ganze Scheiß, der die Girls irgendwann alle einfach kaputt macht.“

„Du hast damit ja offenbar auch keine Probleme?“ Ich sah Rafaela an. Sie wirkte clean.

„Dank Jörg“, antwortete sie. „Ohne ihn wäre ich sicher auch irgendwann in der Gosse gelandet. Er hat in Hamburg als Kameramann gearbeitet. Da haben wir uns kennengelernt. Bei einem

Dreh sagte der Regisseur, dass wir mal was Verrücktes machen sollten. Da bin ich zu Jörg, der erst ganz erschrocken geschaut hat, hab ihm die Hose aufgemacht und ihm einen geblasen. Er hatte mir immer schon gut gefallen. Da war's passiert."

„Klingt nach einem ziemlichen Klischee", warf ich ein. „Und der Film?"

„Ich habe weiter gedreht. Ein richtiger Gonzo-Einsatz. So sagt man doch in der Branche, oder?"

Ich nickte. Gonzo bezeichnet genau das: Wenn zum Beispiel der Kameramann oder der Regisseur beim Pornodreh ins Geschehen eingreifen, mit Worten oder auch körperlich.

„Mein erster und mein letzter Einsatz als Darsteller. Wenn das mein jetziger Arbeitgeber wüsste …", fügte Jörg noch hinzu und lachte laut.

Rafaela lachte auch und dabei sahen sich die beiden so verschmitzt an, dass ich nicht wusste, ob sie sich einen Spaß mit mir erlaubten und diese Geschichte nur erfunden, vielleicht schon zigmal auf Partys zum Besten gegeben hatten.

Rafaela wurde wieder ernster. „Durch Jörg habe ich gelernt, den Job professionell zu sehen. Weißt du, so von neun bis fünf und fertig und ab in meine eigene Welt. Und die ist doch ganz schön, oder?" Sie sah sich um und ich folgte ihrem Blick.

„Stimmt!", bestätigte ich.

„Von Hermia habe ich gelernt, keine Angst vor dem Alter zu haben. Das ist es doch, was die anderen Mädels fürchten. Die erste Falte, ein Gramm zu viel, nicht mehr topfit. Und zehn Jüngere, noch mehr Geliftete, Gestraffte, Operierte warten schon. Ein Scheiß-Job. Die Kohle verdienen wieder nur irgendwelche Typen."

Ich hatte jetzt keine Lust, über die Eigenheiten unseres Geschäfts zu sprechen. Ich hatte ja schon einen Schlussstrich gezogen. Obwohl – jetzt hatte mich meine Vergangenheit doch wieder eingeholt.

„Hast du Hermia gefragt, warum sie an dem Abend nervös war?"

„Ja“, antwortete Rafaela. „Sie sagte, dass sie sich in den Arsch beißen könnte. Jahrelang hebt man irgendwelchen Kram auf, der einem nur in den Füßen rumliegt, und wenn man sich endlich dazu aufgerafft hat, ihn wegzuschmeißen, braucht man ihn prompt.“

„Hat sie gesagt, was das war?“

Rafaela nickte. „Der Film.“

„Film?“, wiederholte ich.

„Ja, irgendein Film, eine Videokassette, die sie wohl erst vor kurzem weggeschmissen hatte und die sie brauchte, aber die war dann schon weg.“

„Hat Hermia denn gesagt, was auf dem Film war oder wer ihn haben könnte? Irgendetwas?“

Rafaela schüttelte den Kopf. „Sie hatte den Film einfach in die Mülltonne geschmissen und weg war er. Sie sagte, dass sie ihn einen Tag vorher weggeschmissen hatte.“

„Was könnte das für ein Film sein?“ Ich fluchte. „Das wäre vielleicht ein Anhaltspunkt.“

„Später, als wir etwas mehr getrunken hatten“, führte Rafaela fort, „bekam sie so sarkastische Anwandlungen und sagte, wenn sie die ganze Sache überleben werde, dann würde das der Höhepunkt ihrer Memoiren werden.“

Ich sah Rafaela an. Sie missverstand mich. Weniger, dass sie vom Überleben gesprochen hatte, als vielmehr von Hermias Memoiren, erregte meine Aufmerksamkeit.

„Ich dachte, jetzt übertreibt sie. Wir hatten ja schon einen im Tee. Deshalb habe ich das mit dem Überleben auch nicht ernst genommen. Mehr so wie irgendeine unangenehme Sache überstanden. Verstehst du?“

Ich schwieg. Mir ging ein Gedanke durch den Kopf. Die Kassetten, die ich neben Hermias Leiche gefunden hatte. Ihr Leben, das sie auf Band gesprochen hatte und zusammen mit einem Freund aufschreiben wollte. Wieso hatte ich das vergessen? Wo hatte ich die Kassetten hingetan? Hatte ich sie verloren? Ich biss mir auf die Lippen. Vielleicht lagen sie im Auto. Oder ich hatte sie bei

Magdalena in der Wohnung liegen lassen. Dann musste ich doch zu ihr zurück. Was das für mich bedeutete – ich wollte mir das im Moment nicht vorstellen.

„Da fällt mir noch was ein", sagte Rafaela plötzlich. „In der Kneipe lief die ganze Zeit ein Fernseher. Und dann kam die Nachricht, dass ein Mainzer Politiker, schon ein alter Kerl, bei einem Unfall umgekommen ist … wie hieß der denn noch mal …"

„Maser?", fragte ich aus einer Eingebung heraus dazwischen.

„Ja, genau, mit so einem altmodischen Vornamen, Peter Paul. Und als die gesagt haben, dass der bei einem Unfall aus einem Hochhaus gefallen ist, da ist sie aufgestanden und hat geschrien, dass das eine Lüge ist, dieser Maser wäre umgebracht worden. Die anderen Leute in der Kneipe haben gelacht. Aber ich habe an Hermias Gesicht gesehen, dass es ihr verdammt ernst war."

„Wie kam sie darauf, dass Maser umgebracht worden ist?"

Rafaela kniff die Lippen zusammen. „Tut mir leid. Ich habe das damals nicht so ernst genommen und nicht nachgefragt. Ich war ja froh, dass sie aufgehört hat damit. Die Leute haben schon dumm geguckt."

Ich hatte das erste Mal bei meinen Nachforschungen das Gefühl, ein Stück weitergekommen zu sein. Es waren keine richtigen Anhaltspunkte, aber eine Spur, eine Gewissheit, dass tatsächlich Dinge vorgefallen waren, die Hermia Angst gemacht und sie in Gefahr gebracht hatten. Ich lief keinem Hirngespinst mehr hinterher.

„Was denkst du?", fragte mich Jörg.

„Ich überlege, was ich als nächstes machen soll. Wisst ihr jemanden, der mir weiterhelfen könnte?"

Jörg und Rafaela sahen sich an.

„Ja, da ist jemand …", sagte die Frau zögerlich, „…jemand … ein Mann. Also, ich glaube, Hermia hatte sich verliebt. Ist noch recht frisch, wenn ich sie richtig verstanden habe. Auf jeden Fall ist da ein Mann, mit dem sie öfters ins Kino gegangen ist, hat sie gesagt. Ich sollte aber niemandem davon erzählen. Er hat irgendwelchen Ärger mit der Polizei oder der Ausländerbehörde."

„Weißt du, wie er heißt?“, fragte ich, obwohl ich die Antwort schon wusste.

„Nein, hat sie nicht gesagt.“

„Und wo er wohnt?“

„Fehlanzeige“, sagte Rafaela.

Ich trank mein Glas in einem Zug leer.

Jörg schenkte nach und ich ließ ihn gewähren.

Wir saßen einige Minuten schweigend an dem großen Tisch, Rafaela rauchte eine weitere Zigarette, Jörg und ich nippten an unserem Rotwein.

„Ihr wart gut befreundet, ich meine, du und Hermia?“, fragte Rafaela schließlich.

Ich dachte nach. Viele unserer Kollegen hatten eine Zeitlang gedacht, wir wären ein Paar, aber wir verstanden uns einfach nur gut. Vielleicht gab es zwischen ihr und mir so eine bestimmte Art von Gefühl, das man auch Liebe nennen konnte, aber es war nicht das, wie es zwischen richtigen Paaren ist, mit Verliebtsein, Aufgeregtsein. Abgesehen vom Altersunterschied, der mir ganz sicher mehr ausmachte als ihr, hatten wir ein viel zu professionelles Verhältnis zu unseren Körpern.

„Ja, wir haben uns gut verstanden. Am Anfang, als ich neu im Geschäft war, haben wir viel zusammen rumgehangen, später war es dann sporadischer. Aber wir hatten Vertrauen zueinander.“

„Sie hat von dir immer anders als von den anderen Kerlen gesprochen. Sie war wohl deshalb auch so verwundert darüber, weil du so viel hübscher bist als die anderen, die sich immer für wer weiß wen halten.“

Ich kannte diese Sprüche. Dennoch schmeichelte es mir. Ich wollte aber nicht von mir sprechen.

„Und sie fand es gut, dass du ausgestiegen bist, um dein Ding zu machen, auch weil dir diese Geschichte mit dem Mädchen ziemlich nahegegangen ist, wie Hermia sagte“, fügte sie hinzu.

Darüber wollte ich jetzt nicht reden und ärgerte mich, dass Hermia jemand anderem das erzählt hatte. Ich wechselte schnell das Thema. „Wie ist das denn bei euch? Ich meine, du arbeitest doch noch vor der Kamera?" Ich sah zwischen den beiden hin und her. „Macht dir das nichts aus, dass deine Frau mit anderen Kerlen vor der Kamera rumvögelt?"

Jörg schwieg einen Moment und ich fürchtete schon, mit meiner Frage etwas losgetreten zu haben, was ich nicht wollte und das mir jetzt auch zu viel geworden wäre.

„Nein, ich wusste ja, was sie arbeitet, und hatte Rafaela lange genug dabei zugesehen. Als es zwischen uns gefunkt hat und wir ein Paar wurden, da habe ich anfangs schon gedacht, dass ich das nicht will, dass sie weiter vor der Kamera arbeitet, aber sie hat mir klargemacht, dass das ihr Job ist, dass sie da mehr Kohle als in sonst einem Job bekommt. Und sie macht nur die Sachen, die sie will."

Ich sah zu Rafaela. Sie nickte zustimmend.

„Wir haben wunderbaren Sex", sagte Rafaela.

„Und ich muss sagen, dass ich so pervers bin, dass ich mich manchmal mit Filmen, in denen Rafaela mitspielt, antörne. Abartig, oder?"

Rafaela warf ihrem Mann einen Kuss zu. Er lachte.

„Und außerdem", fügte er dann, noch immer lachend, hinzu, „wollen wir eine Weltreise machen. So richtig lange, ohne Eile und Hektik. Überall so lange bleiben, wie wir Lust haben und es uns gefällt."

„Und dafür braucht man schon ein wenig Geld", ergänzte Rafaela.

„Ein Traum. Unser Traum", sagte Jörg und sah mit verklärtem Blick zu seiner Frau hinüber.

Ich beneidete die beiden. Ich war von so einem Traum meilenweit entfernt.

Wir unterhielten uns noch ein paar Minuten, bis ich mein Glas geleert hatte, dann verabschiedete ich mich von Rafaela und Jörg und machte mich auf den Weg in die Mainzer Innenstadt.

Ich musste in den sauren Apfel beißen und zu Magdalena gehen.

10

Den Wagen hatte ich in der Nähe der Uniklinik auf einem gebührenfreien Parkplatz abgestellt und war den Weg in die Altstadt zu Fuß gegangen, hatte den Kragen meines Mantels hochgeschlagen und den Blick meistens nach unten auf den Boden gerichtet.

Magdalena öffnete die Tür und sah mich überrascht an.

„Bist du in einen Farbeimer gefallen?", fragte sie und ich musste sie verständnislos angeschaut haben, denn sie deutete mit dem Zeigefinger auf meine Haare.

„Tarnung", sagte ich.

„Ich hoffe, dass der wirkliche Mörder bald gefunden wird", sagte sie. „Damit du wieder deine alte Haarfarbe tragen kannst."

„Gut", entgegnete ich, „wenn ich jetzt aber reinkommen dürfte?"

Magdalena trat zur Seite und ich schlüpfte an ihr vorbei in die Wohnung. Im Wohnzimmer standen wir uns gegenüber. Sie trug einen Morgenmantel, unter dem die Spitzenunterwäsche deutlich zu erkennen war. Ihre Augen sprachen eine deutliche Sprache. Und ich muss zugeben, dass mich das auch ein wenig erregte. Gegen meinen Willen.

„Komm rein!", forderte sie mich auf.

Ich folgte ihr ins Schlafzimmer, wo sie den Morgenmantel fallen ließ und in all ihrer weiblichen Pracht vor mir stand.

Ganz so leicht wollte ich es ihr aber auch nicht machen. „Habe ich heute Morgen bei dir ein paar Kassetten vergessen?", fragte ich.

Magdalena grinste mich an. „Ja."

„Kann ich die mal haben?"

„Die musst du dir verdienen."

Das hatte ich befürchtet.

„Erst die Ware …", sagte ich.

„Nichts da", erwiderte die Frau, die noch immer in ihrer, das muss ich zugeben, sehr schönen Unterwäsche vor mir stand. Es hatte keinen Sinn, mich zu verweigern.

„Warte mal“, forderte sie mich auf und ging zu dem Kleiderschrank. Sie wühlte kurz in dem für mich nicht einsehbaren Inneren herum und kam mit einem Armvoll Kleidung, auf dem obenauf eine Polizeimütze lag, zurück.

„Zieh das an!“, sagte sie herrisch.

„Was soll das denn?“, fragte ich verständnislos.

„Wir spielen ‚Die Bullenrute‘ nach.“

Ich verstand nur Bahnhof.

„Kennst du deine eigenen Filme nicht mehr?“

Ich war so perplex, dass ich gar nichts mehr verstand.

„‚Die Bullenrute‘“, erklärte Magdalena, „ist ein Film, in dem du einen Polizisten spielst, einen Vertelsbutze, der die Damen im Revier beglückt. Manche machen willig mit, bei den anderen muss er ein wenig nachhelfen. Aber am Ende sind sie froh, dass er energisch auf seinem Willen bestanden hat.“

„Ach du Scheiße!“, fluchte ich.

„Komm, das macht Spaß und ist geil.“

Magdalena war es auch schon ohne die Uniform. Wozu also dieser Mummenschanz? Während ich mir die braune Hose und die grüne Jacke überzog, versuchte ich mich an alle die Filme zu erinnern, in denen es Ansätze einer Handlung und von Rollen gab. Jerry hatte immer darauf bestanden, anders als viele seiner Kollegen. Mir wurde schlecht.

Als ich die Uniform endlich angezogen und die Mütze – das war Magdalena besonders wichtig – keck auf meinem Kopf sitzen hatte, musste ich vor die Schlafzimmertüre gehen und klopfen. Sie war plötzlich ein verschüchtertes Hausfrauchen, das gar nicht wusste, was die Polizei ausgerechnet bei ihr wollte, bis der Herr Polizist ihr seinen Knüppel zeigte. Eben diese billige Pornoscheiße. Aber Magdalena fuhr darauf ab und als wir so richtig bei der Sache waren und die Uniform und das Rollenspiel nicht mehr so wichtig waren, kam auch ich ganz schön in Fahrt. Es war wie verflixt. Ich stand nicht auf diese Frau, auf diese Frau mit ihren großen Brüsten, dem breiten Becken, und doch brachte sie mich auf Touren.

Mit einem Mal gab sich Magdalena natürlich nicht zufrieden, aber bei der zweiten Nummer musste ich mich wenigstens nicht verkleiden.

Dann endlich kam ich zu meinen Kassetten. Zusammen mit zwei Gläsern Cognac brachte Magdalena sie mir ins Schlafzimmer, aber meine Enttäuschung war groß, als ich feststellen musste, dass es keine normalen Kassetten für ein ganz normales Tapedeck waren, sondern solche kleineren, wie man sie für Diktiergeräte in Büros verwendete. Und natürlich besaß Magdalena ein solches nicht, dafür aber einen umso größeren sexuellen Appetit. Und mit dem Cognac war sie auch nicht geizig.

Es war spät geworden in dieser Nacht und als ich am nächsten Morgen wach wurde, hatte ich einen pelzig-schalen Geschmack im Mund. Ich schlich mich aus dem Bett und ging leise ins Bad, wo ich mir zuerst einmal den Mund so lange ausspülte, bis ich das Gefühl hatte, mich nicht gleich erbrechen zu müssen. Dabei stellte ich fest, dass der blaue Fleck an meinem Oberschenkel, wo das Auto mich berührt hatte, nicht mehr ganz so blau war. In der Küche setzte ich die Kaffeemaschine in Betrieb, und während die ihre Arbeit verrichtete, sah ich nach Magdalena. Sie schlief tief und fest. Ich zog mich leise an und füllte mir dann eine Tasse mit dem Kaffee.

Ich war aufgeregt. Bald würde ich die Kassetten von Hermia abhören können und ich war mir sicher, dass sie mir neue Erkenntnisse über die Hintergründe ihres Todes liefern würden. Nach zwei Tassen Kaffee spürte ich die Bitterstoffe. Mein Magen hatte am gestrigen Abend doch mehr gelitten, als ich mir das eingestehen wollte. Ich würde auf dem Gang zu einem Kaufhaus oder einem Schreibwarengeschäft einen Bäcker aufsuchen.

Doch meine Pläne wurden zunichte gemacht, als ich aus dem Haus in die Augustinergasse treten wollte und zwei Polizisten sah, die in der Nähe standen und sich unterhielten. Damit war meine Lust sowohl auf einen Einkaufsbummel als auch auf Croissants vergangen. Schnell zog ich mich wieder in die Wohnung zurück, wo ich eine müde ausschauende Magdalena in der Küche vorfand, die sich gerade Kaffee in einen Becher füllte.

„Guten Morgen“, grüßte sie mich gähnend. „Wolltest du dich französisch verabschieden? Ich weiß da was Besseres auf französisch.“ Dabei kam sie mir bedenklich nahe. Heute Morgen aber wollte ich standhaft bleiben und die Kassetten abhören. Das dazu nötige Gerät sollte mir Magdalena besorgen und gleich auch noch ein Prepaid-Handy mitbringen.

Dieses Mal konnte ich mich durchsetzen. Nachdem sie geduscht und sich angezogen hatte, ging Magdalena in die Stadt. Ich gab ihr eine der Kassetten mit, damit sie auf jeden Fall das richtige Abspielgerät kaufte, und wies sie mehrmals darauf hin, die Kassette ja nicht zu verlieren.

„Wenn du das noch einmal sagst, nehme ich dich hier auf der Stelle dermaßen ran, dass du das Wort Kassette nicht mehr fehlerfrei buchstabieren kannst“, sagte sie leicht verärgert und ging dann aus der Wohnung. Ich trank einen dritten Kaffee und wartete auf die Frau und das Gerät.

Eine knappe Stunde später kam Magdalena von ihrer Einkaufstour zurück. Sie schwenkte siegesgewiss eine Tüte in ihrer rechten Hand. „Was bekomme ich dafür?“, fragte sie lächelnd.

Ich trat auf sie zu, griff ihr mit einer Hand in den Schritt und entwand ihr mit der anderen blitzschnell die Tüte. Magdalena protestierte gegen diese unfairen Methoden, aber ich blieb hart.

Um meinen noch immer unruhigen Magen zu beschwichtigen, aß ich eines der Brötchen, die sie mitgebracht hatte, dann packte ich das Diktiergerät aus der Schachtel und überflog die Gebrauchsanweisung. Während ich das tat, wurde ich immer nervöser. Einmal ließ ich das Gerät sogar fallen. Es landete zum Glück weich auf einem Teppich und trug keinen Schaden davon.

Hermia war immer ein ordentlicher Mensch gewesen und hatte die Kassetten durchnummeriert. In der Küche ließ ich mir von Magdalena ein Stück Papier und einen Stift geben, legte das Band mit der Nummer eins ein und stellte den kleinen Apparat auf den

Tisch. Magdalena hatte sich neben mich gesetzt. Auf diesem ersten Band beschrieb Hermia die wichtigsten Stationen ihrer Kindheit und Jugend.

Hermia wird Ende der fünfziger Jahre als Regine Müller auf dem platten Land im Norden Deutschlands geboren, irgendwo zwischen Hannover und Hamburg. Schon früh stören sie der Mief und die Bigotterie der Provinz in jenen Jahren, die einem frühreifen pubertierenden Mädchen nicht viel Raum zur Entfaltung lassen. Ihr Vater ist Alkoholiker und seine Sucht wird von Jahr zu Jahr schlimmer, aber nach außen hin wird sie verleugnet. Regines Mutter erträgt den Suff und die Schläge ihres Mannes und entschuldigt seine Taten gegenüber der Tochter immer wieder. Ihren fast ein Jahrzehnt älteren Bruder hat sie da kaum mehr gesehen. Er ist früh weggegangen oder besser geflohen und meldet sich nie mehr. Erst viel später erfährt Regine, dass er auf einem Frachtschiff angeheuert und sich bei einem Landgang in Südostasien eine ansteckende Krankheit zugezogen hat, die ihn nach einer langen Leidenszeit dahinrafft.

Jungs sind früh eine große Leidenschaft von Regine, die einzige Abwechslung, die das eintönige Land bietet. Discos wie in späteren Jahren gibt es noch nicht und die nächste Stadt ist weit entfernt. Als sie beim Trampen einen hübschen Studenten aus München kennenlernt, ergreift sie sofort ihre Chance. Noch in der gleichen Nacht packt sie einige Kleidungsstücke in eine Tasche und verlässt ihr Elternhaus, und sie wird es erst einige Jahre später zur Beerdigung ihrer Mutter wieder betreten.

Regine ist sechzehn, als sie in München mit dem Studenten namens Klaus ankommt. Sie zieht in seine WG, lernt das Kommunenleben ebenso wie Drogen kennen, hat mehrere Beziehungen und trifft zwei Jahre später mit einem Maler aus Frankfurt zusammen, der in München ausgestellt hat. Sie sind sofort Feuer und Flamme füreinander und Regine folgt ihm an den Main, doch bald entpuppt sich der Maler als nicht besser als ihr Vater. Er säuft und schlägt sie. Regine ist gewarnt, wie ihre Mutter will sie nicht enden. Sie verlässt den Maler, bleibt aber in Frankfurt, wo sie einen Job in einer Buchhandlung bekommt, der ihr viel Spaß macht, ihr die Lust am Lernen wiedergibt und sie mit dem politischen Gedankengut der Zeit bekannt macht. Regine ist tatkräftig, hat gelernt, sich zu artikulieren und ihre Wünsche zu äußern. Sexuell ist sie sehr aktiv, hat mehrere Freunde, aber nach den Enttäuschungen in München und Frankfurt die Schnauze voll von einer festen Beziehung. In der Buchhandlung beginnt sie schließlich eine Lehre.

Hier endete das erste Band.

Magdalena war so feinfühlend, dass sie mich zunächst in Ruhe meinen Gedanken nachhängen ließ. Kaum etwas von dem, was Hermia hier erzählte, kannte ich und auch die Geschichte mit ihrem Bruder und die Drogengeschichten waren mir neu. Mir wurde erneut klar, wie wenig man von anderen Menschen weiß, egal wie nahe sie einem stehen.

Magdalena war aufgestanden und hantierte an der Kaffeemaschine. Sie sah mich fragend an. Ich nickte und wartete, bis der Kaffee durchgelaufen war.

Mit zwei gefüllten Bechern setzte sich Magdalena wieder an den Tisch. „Wusstest du das?“, fragte sie und zeigte auf das Diktiergerät, in das ich schon die zweite Kassette eingelegt hatte.

„Teils, teils, in groben Zügen schon“, antwortete ich, den Wahrheitsbegriff weit dehnend. Ich drückte, bevor sie weiterfragen konnte, die Playtaste.

Regine ist zweiundzwanzig, als sie beschließt, das Abitur nachzumachen. Ihren Unterhalt verdient sie sich weiter in der Buchhandlung, hat Kontakt zu vielen Leuten, ist gesellig, nimmt ihre Ausbildung aber ernst und ist abends oft zu Hause, um zu lernen. Als eine der Besten verlässt sie die Abendschule, kündigt in der Buchhandlung und macht einen eigenen Laden, eine Modeboutique, in Frankfurt-Bockenheim auf. Sie erkennt, dass es neben der gängigen Mode jener Zeit auch ein Bedürfnis nach fraulicherer Kleidung gibt. Ihr Geschäft geht nach einer Durstphase bald so gut, dass sie von den Einkünften leben kann, und es dauert nicht lange, bis sie es zu einem gewissen Wohlstand gebracht hat. Regine kauft sich ein Auto und mietet eine Dreizimmerwohnung, die sie ganz nach ihrem Geschmack einrichtet.

Dann begeht sie einen verhängnisvollen Fehler, der ihr ganzes Leben umschmeißt und verändert. Sie verliebt sich in ihren Steuerberater, doch der will nicht nur ihren Körper, sondern auch ihr Geld. Nach einem halben Jahr ist Regine pleite. Der Steuerberater hat sie völlig abgezockt und sie kann nichts dagegen tun. Ihr Geschäft, das sie alleine aufgebaut hat und das ihr Ein und Alles ist, will sie unbedingt halten. Sie macht Schulden, aber sie kann sich aus ihren Verpflichtungen nicht lösen und muss das Geschäft doch aufgeben. Ihre Möbel werden gepfändet, die Räumungsklage steht ihr ins Haus.

Hermias Stimme hatte sich im Verlauf dieses zweiten Bandes verändert. Analog zu dem Niedergang ihres Geschäftes und dem Verlust ihrer Träume wurde ihre Stimme immer belegter und bekam einen traurig-resignativen Unterton. So viele Jahre nach dem Geschehen ging ihr das noch immer nahe. Was wurde damals zerstört, ging es mir durch den Kopf. Und umso bewundernswerter war, dass Hermia sich nicht aufgegeben und eine starke menschliche Seite bewahrt hatte. Aber vielleicht waren auch genau diese Erfahrungen die Basis dazu.

„Wie ist sie zum Pornofilm gekommen?“, fragte Magdalena, die Hermias Ausführungen ebenso gespannt gelauscht hatte wie ich. Die Frage war mir unangenehm. Denn ich wusste es nicht.

Magdalena lächelte nachsichtig. „Leg das dritte Band ein!“, forderte sie mich sanft auf.

Ich wechselte die Kassette und lehnte mich in meinem Stuhl zurück.

Regine trinkt jetzt ziemlich viel. Sie wohnt in einer WG im Nordend. Eine Mitbewohnerin, die als Gelegenheitsprostituierte arbeitet, bringt sie dazu, auch auf den Strich zu gehen. Dabei lernt sie einen gewissen Robert Wombach, den alle nur ‚Shark' nennen, kennen. Er ist ein Zuhälter, der zwei Bordelle im Mainz-Wiesbadener Raum betreibt. Er sieht Regines Qualitäten, er nennt sie ein Naturtalent, wie Hermia in ihren Aufzeichnungen ausführt, obwohl sie nicht mehr die Allerjüngste ist. Es entsteht so etwas wie eine Partnerschaft. Das Wort Freundschaft meidet Hermia. Er zwingt Regine dazu, mit dem Saufen aufzuhören. Das ist ein harter Prozess, der sie mehr als einmal aneinandergeraten lässt, aber ihre Beziehung festigt. Dann fängt sie im ‚Titania', einem seiner Bordelle, an, für ihn zu arbeiten. Sie nennt sich nun Elena. Von Anfang an bedient sie nicht nur die Kunden, sondern kümmert sich auch um die Organisation des Betriebs. Das macht sie so gut, dass Shark sie bald schon zur Geschäftsführerin von einem der beiden Betriebe macht. Elena trifft nur noch sehr ausgesuchte und betuchte Kunden.

An dieser Stelle drückte ich die Stopptaste und bat Magdalena um ein Glas Wasser. Während sie zum Kühlschrank ging, fragte sie mich, ob ich das gewusst hatte.

„Ganz allgemein. Sie hat es mal erwähnt, aber so, wie man über Jugendsünden spricht. Lange her, nicht wichtig und so."

„Klingt anders, finde ich", war Magdalenas Kommentar. „Wusstest du, dass sie sich damals Elena nannte?"

Ich schüttelte den Kopf.

Ich trank das Glas in einem Zug leer, dann startete ich das Diktiergerät erneut.

In jener Zeit, so führte Hermia weiter aus, es war zu Beginn der neunziger Jahre und kurz nach dem Fall der Mauer und der Öffnung der Grenzen im Osten, kommen sehr viele Frauen von dort nach Deutschland. Sie werden mit falschen Versprechungen gelockt, manche auch von der Versuchung durch das schnelle Geld, nicht wenige werden zur Prostitution gezwungen. Auch in Sharks Betrieben arbeiten Frauen aus Osteuropa, zudem ist der Konkurrenzkampf sehr hart und gute Verbindungen zur Politik und zur Justiz werden überlebenswichtig.

Shark, erzählte Hermia weiter, kam auf die Idee, einen aufstrebenden Politiker, von dem ihm bekannt ist, dass er des Öfteren Bordelle aufsucht, in eine so verfängliche Situation zu bringen, dass er ihn für immer in der Hand hat. Dieser Politiker steht noch am Anfang seiner Karriere und wird von einem hohen Tier protegiert.

Hermia nannte ihn auf der Kassette nicht namentlich, sondern gab ihm wegen seiner Vorliebe für Gewalt gegen Prostituierte den Namen Manson.

Dieser Manson wird ihr im ‚Titania' zugeführt mit dem Versprechen, dass er den ultimativen Sex erleben werde mit einer Frau, die total darauf stünde, wenn man ihr Gewalt antue. Manson ist begeistert und willigt ein. Hermia, so war die Absprache, solle so tun, als fahre sie tatsächlich auf Mansons verbale und körperliche Attacken ab, errege sich dann aber so stark dabei, dass sie einen Herzanfall erleidet und in Mansons Beisein stirbt. Shark ist sofort zur Stelle, um dem Politiker aus der Notlage zu helfen. Er beseitigt die Leiche und sorgt dafür, dass Manson unbehelligt verschwinden kann. Ihm wird erzählt, dass die Tote aus Osteuropa stamme und von niemandem vermisst werde. Hermia hat sich dafür eigens einen osteuropäischen Akzent antrainiert.

Weiter passiert zunächst nichts, da es Shark nicht um eine Erpressung, sondern um eine Lebensversicherung für Notsituationen geht.

Hermia beschreibt Shark als einen Mann, der sich im Milieu nach oben gekämpft hat, einen loyalen Menschen, der sein Wort hält, der aber als harter und unnachgiebiger Kämpfer gilt, wenn man ihm ans Bein pisst. Er ist ein strategisch denkender Kopf, der weit im Voraus plant und alle Eventualitäten in seine Gedankenspiele mit einbezieht.

Hermia berichtet weiter, dass sie nach dem Erlebnis mit Manson genug von der Arbeit in dem Bordell hat. Durch die Frauen aus Osteuropa verändert sich das Klima. Das Geschäft ist härter geworden. Sie ahnt, dass Shark illegal Mädchen gegen deren Willen nach Westeuropa schleust. Ihm das offen zu sagen, traut sie sich nicht, aber sie will aussteigen. Mit Shark einigt sie sich gütlich und er verschafft ihr Kontakte in die Pornoindustrie, wo sie, auch wieder trotz ihres Alters, unter ihrem neuen Künstlernamen Hermia schnell zu einiger Bekanntheit gelangt.

Dann kommt es zu einem konzertierten Schlag der Polizei gegen die Bordelle im Rhein-Main-Gebiet, um der Zwangsprostitution und des damit verbundenen Menschenhandels Herr zu werden. Sharks beide Häuser stehen auch auf der Liste. Man wird bei ihm fündig, aber schwerer wiegt, dass sich Shark, als die Polizei bei ihm auftaucht, den Weg freischießt und ein Beamter dabei schwer verletzt wird. Warum er so überreagiert hat, weiß Hermia nicht zu erklären.

Ich machte eine Pause und bat Magdalena um ein weiteres Glas Wasser.

„Wer ist dieser Politiker?", fragte mich Magdalena.

„Ich weiß es nicht", antwortete ich.

Ich startete das Gerät erneut.

Hermia hat noch einmal Kontakt zu Shark. Sie treffen sich, weil er noch etwas bei ihr deponiert, bevor er verschwindet.

Kurz darauf wird seine Leiche gefunden. Schlimm zugerichtet. „Gefoltert" schreiben die Zeitungen. Man hat ihn nur an dem Rest seiner Kreditkarte und der Waffe, mit der der Beamte bei der Flucht während der Razzia angeschossen worden ist, identifizieren können.

Damit ist für Hermia das Kapitel Bordell endgültig abgehakt und sie widmet sich fortan ihrer Karriere im Pornofilm.

Ihr Produzent ist Jerry, der im Rhein-Main-Gebiet ein Studio betreibt und bekannt ist für Filme, die nicht, wie es in vielen anderen geschieht, explizit Gewalt zeigen und gewalttätig sind. Jetzt nennt sie sich Hermia, weil sie auf der Schule mal in einer Aufführung des Sommernachtstraums von Shakespeare diese Rolle gespielt hatte und sie etwas von der Unschuld dieser Zeit in den neuen Job herüberholen will. Außerdem ist es eine Erinnerung an Shark, der sich ihr gegenüber fair verhalten hatte, und das ‚Titania', das ja auch nach einer Figur aus dem Sommernachtstraum benannt war.

Hermia musste erst sterben, damit ich erfuhr, warum sie diesen Namen trug. Wie bitter! Ich lauschte weiter den Aufzeichnungen. Hermia sprach nochmals über diesen Manson, aber nach wenigen Sätzen brach das Band ab. Ein weiteres gab es nicht.

Ich war ratlos. Magdalena schwieg.

Hermia hatte in dem Bericht viele Anekdoten und Geschichten eingeflochten, aber es war auffällig, wie ausführlich sie die Erpressung des Politikers mit dem Tarnnamen Manson beschrieb. Es war auch das einzige Verbrechen, das als solches bezeichnet werden konnte, welches in ihren Aufzeichnungen vorkam. Dieses war jedoch in dem Moment belanglos, in dem der Initiator, dieser Shark, gestorben war. Welches Interesse sollte dieser ‚Manson' haben, Hermia umzubringen? Oder hatte sie ihn erneut erpresst, weil sie Geld brauchte? Weil sie Manson als eine Art Altersversorgung sah? Hermia ging auf die fünfzig zu, da wurden die Filmangebote mehr als rar und Oma-Sex-Filme wurden nicht in Massen gedreht. Aber ich konnte mir das nicht vorstellen. Es passte einfach nicht zu Hermia. Was war aber mit dem Film, von dem Rafaela gesprochen hatte? Der Film, den sie weggeworfen hatte und den sie so plötzlich und dringend wieder brauchte? Rafaela war der Meinung gewesen, dass dies der Grund für Hermias Nervosität bei ihrem Treffen gewesen war.

„Man müsste wissen, wer dieser Politiker ist", unterbrach Magdalena meine Gedanken. „Zumindest hätte man jemanden, den man fragen könnte."

„Wenn er nicht selbst in die Sache verwickelt ist", gab ich zu bedenken.

„Das ist ungefähr fünfzehn Jahre her", erwiderte Magdalena.

„Vielleicht lebt der auch nicht mehr. Oder ist nicht mehr in der Politik."

„Sie nennt ihn Manson, weil er auf Gewalt steht", dachte ich laut nach. „Man könnte die Zeitungen der letzten zwanzig Jahre durcharbeiten und suchen, ob man auf einen Politiker aus dem Raum trifft, der in eine solche Sache verwickelt war."

„Das ist sehr mühsam." Magdalena hielt nichts von dieser Vorgehensweise, und sie hatte recht. Zumal wir nicht wussten, ob diese Spur überhaupt Erfolg versprechend war.

„Ich muss noch mal in die Wohnung von Hermia", sagte ich schließlich. „Es gibt vielleicht noch mehr Kassetten."

„Das würde ich nicht tun", widersprach Magdalena. „Das ist zu gefährlich. Und wenn es die Bänder gibt, hat die Polizei sie wahrscheinlich gefunden und mitgenommen."

„Ich muss das riskieren", sagte ich. „Ich sehe da im Moment die einzige Chance, weiterzukommen."

„Dann mache ich das. Ich kann mir ja eine schöne Geschichte überlegen, zum Beispiel, dass sie mir Geld geschuldet hat, falls die Polizei mich erwischt."

Ich brauchte nicht nachzudenken, um diesen Vorschlag abzulehnen. „Danke, aber das muss ich alleine machen. Ich will nicht, dass du da mit reingezogen wirst."

„Ich bin da zwar anderer Meinung, aber … sein Wille ist des Herrn Himmelreich. Du willst aber bestimmt nicht am Mittag in die Wohnung einsteigen, oder?", fragte sie.

„Natürlich nicht", antwortete ich, ohne nachzudenken, und sah meinen Fehler zu spät ein.

„Dann haben wir ja noch Zeit zum Spielen", erklärte sie mit einem Siegerlächeln im Gesicht. „Erinnerst du dich an deine Rolle in ‚Der Einstecherkönig'?"

Ich habe mir die dumm-banalen Titel all der Streifen, für die ich vor der Kamera stand, nicht gemerkt. Ich war mir nicht einmal sicher, ob Magdalena die nur erfand.

„Du bist der Einbrecher und wirst von der Frau des Hauses überrascht. Die ist zu Tode erschrocken, will die Polizei rufen, da verführst du sie und sie wird so fantastisch durchgevögelt, dass sie den Einbrecher gar nicht mehr gehen lassen will und ihm am Ende für eine weitere Nummer all ihr Geld und ihren Schmuck freiwillig gibt."

„Ist ja eine tolle Geschichte!", kommentierte ich.

Ich suchte nach einer Ausflucht, aber so nett und entgegenkommend und hilfsbereit Magdalena sonst auch war, wenn es darum ging, einen Mann, vielleicht auch nur mich, ins Bett zu kriegen, war nicht mit ihr zu verhandeln. So verbrachten wir den Tag mit einigen schauspielerischen Übungen, die immer auf sehr ähnliche Weise endeten. Aber das ist ja bei allen Filmen mehr oder weniger so, und ein Pornofilm, kam mir der Gedanke, ist die konsequente Zuspitzung aller Dramaturgien.

Als es dämmerte, sprang ich schnell aus dem Bett und unter die Dusche. Zurück im Schlafzimmer, lag Magdalena noch immer auf der Matratze und hatte wieder diesen gewissen Blick, aber ich nahm meine Klamotten und zog mich an.

„Woher kennst du eigentlich die ganzen Filme mit mir?", fragte ich sie dabei.

Magdalena dachte einen Moment nach, rollte sich auf den Bauch und sah mir beim Anziehen zu, während sie erzählte.

„Ich war fast zwanzig Jahre verheiratet. Das Übliche. Anfangs ging's ab im Bett, dann wurde es immer weniger, am Ende haben wir vielleicht alle drei Monate miteinander gevögelt und dann wollte er es schnell hinter sich bringen. Außerdem hatten wir uns auch sonst nichts mehr zu sagen. Bis ich dahinter kam, dass er mit einer Frau in seinem Betrieb ein Verhältnis hatte. Da habe ich ihm den Laufpass gegeben. Danach hatte ich ein paar Freunde, aber ich merkte immer schnell, dass die ganz gut fürs Bett waren, aber nicht fürs Leben. Einer war dabei, Georg, mit dem hielt ich es ein wenig länger aus, war ein großer, starker Kerl. Der sah gerne Pornos, das törnte ihn an. Ich fand es meist langweilig, bis er das erste Mal einen Film mitbrachte, in dem du mitspieltest. Da war ich auch angetörnt. Von da an habe ich die Filme besorgt, was Gerorg erst ganz gut gefiel, weil er glaubte, eine Partnerin gefunden zu haben, mit der er Filme anschauen konnte. Bis er merkte, dass ich auf dich im Film und nicht auf ihn abfuhr. Da bekam er keinen mehr hoch. Ich war natürlich schuld und er ging. War auch besser so."

„Das ist nicht dein Ernst?", fragte ich.

„Natürlich", entgegnete Magdalena, „aber live ist es viel besser, als dir zuzuschauen."

„Vielen Dank!", entgegnete ich ironisch und sah zu, dass ich meine Hose angezogen bekam, denn Magdalena sah mich schon wieder mit diesem begehrlichen Blick an, der nur eine unnötige Zeitverzögerung bedeutete. Ich bat sie, vor der Tür nachzuschauen, ob die Luft rein war, dann verschwand ich, nicht ohne ihr versprechen zu müssen, nach dem Einstieg in Hermias Wohnung wieder zu ihr zurückzukehren.

11

Draußen umfing mich die Dunkelheit eines Februarabends. Im Vergleich zu den letzten Tagen war es an diesem Mittwoch wieder wärmer geworden. Und statt des Schnees nieselte es feine Regentropfen. Ich zog den Kragen meiner Jacke hoch und schlich an den Hauswänden entlang durch die Altstadt und über den Kästrich zu der Stelle, an der ich den Benz abgestellt hatte. In Wiesbaden fuhr ich zweimal an Hermias Haus vorbei, weil ich mich vergewissern wollte, dass dort niemand auf mich wartete. Ich sah auf meine Uhr. Es war kurz vor sieben und einfach noch zu früh für den Einstieg. Ich fuhr zu einem Imbiss auf dem 2. Ring und aß eine Currywurst mit Pommes rot-weiß. Auf dem Rückweg in die Innenstadt sah ich am Straßenrand ein Internet-Café. Ich stellte den Benz in der Nähe ab und ging in den Laden. Alle waren so auf ihre Screens konzentriert, dass niemand von mir Notiz nahm. Ich recherchierte ungestört die nächsten drei Stunden nach dem Politiker, den Hermia in ihren Aufzeichnungen erwähnt hatte, aber wie ich es befürchtet hatte, wurde ich nicht fündig.

Um halb elf verließ ich das Café, drehte nochmals eine Sicherheitsrunde um Hermias Haus und parkte den Wagen schließlich mehrere Blocks entfernt. Mario, der Mitbesitzer des Autos, war ein etwas anderes Kaliber als ich. Er hatte schon ein paar krumme Dinger gedreht, war aber noch nie überführt worden. Ich wusste, dass er in dem kleinen Werkzeugset im Kofferraum einige Einbruchsutensilien versteckt hatte. Nach einem unserer gemeinsamen Züge durch die Mainzer Kneipen hatte Mario mir gezeigt, wie man mit einem Dietrich umgeht und wie man welche Schlösser so knackt, dass es nachher nur einem geübten Auge auffällt. Damals hielt ich das für einen Spaß und war entsprechend locker bei der Sache, doch Mario bestand darauf, dass ich das richtig übte, denn er sagte, dass man nie wisse könne, wofür man solche Fertigkeiten eines Tages noch brauchte. Wie recht er hatte! Zu dem Bund mit den Dietrichen steckte ich eine Taschenlampe ein.

Die Haustür stand offen. Schnell stieg ich die Treppenstufen ins letzte Stockwerk hinauf, wo die Tür zur Wohnung mit einem Siegelstreifen gesichert war. Ich versuchte, mich ganz auf meine Aufgabe zu konzentrieren, um nicht nervös zu werden. Wie ich das in Filmen gesehen hatte, durchtrennte ich mit einem schnellen Schnitt mit Hilfe eines Dietrichs das Siegel und rief mir Marios Anweisungen in Erinnerung. Er war offensichtlich ein guter Lehrmeister gewesen, denn in weniger als drei Minuten hatte ich die Tür geöffnet. Mir gab dieser Erfolg die nötige Ruhe für die weiteren Schritte.

Die Luft in der Wohnung war schlecht und abgestanden und überlagerte den Rosenduft fast gänzlich. Mit der Taschenlampe ging ich durch alle Räume, um mich zunächst einmal zu vergewissern, dass ich auch wirklich alleine war. Licht zu machen, traute ich mich nicht. Die Inspektion der Zimmer unterbrach ich mehrmals, um ans Fenster zu gehen und einen Blick auf die Straße zu werfen. Dort blieb alles ruhig. Zuletzt musste ich ins Wohnzimmer, den Raum, in dem ich die Kassetten gefunden hatte. Und die tote Hermia. Das ließ mich stocken und es kostete mich Überwindung, einzutreten. Aber Pietät war hier ebenso fehl am Platz wie falsche Ehrfurcht, wenn ich Hermias Mörder finden wollte.

Ich stellte mich in die Mitte des Zimmers und drehte mich langsam im Kreis, dabei mit der Taschenlampe systematisch den Raum absuchend. Alles war noch so wie bei meinem letzten Besuch. Nur da, wo ich Hermia liegend gefunden hatte, waren jetzt die Konturen ihres leblosen Körpers mit weißer Farbe nachgezogen. Im Licht der Taschenlampe wirkte das seltsam gruselig. Ich bewegte den Strahl von dem Umriss weg. Wo könnten die Kassetten sein, wenn es noch welche gab? Ich hatte die drei anderen auf dem Boden neben der Leiche gefunden. Der Mörder hatte ihnen keine Bedeutung beigemessen – es sei denn, ich hatte ihn überrascht. Er hatte Hermia möglicherweise dabei angetroffen, als sie die Bänder abhörte oder weiter besprach.

Zunächst suchte ich an der Stelle, wo ich die anderen drei Kassetten gefunden hatte, aber entweder hatte ich keine übersehen oder die Polizei hatte sie mitgenommen. Als nächstes öffnete ich die Türen der Kommode, die an der Wand stand, fand dort aber ausschließlich Geschirr und einen großen Schuhkarton, darin einen Fotoapparat und ein Bündel Fotografien. Es waren alte Bilder, teilweise schwarzweiß, die eine Hermia zeigten, die ich so nicht kannte, die aber unverkennbar sie war.

Obwohl ich nicht länger als nötig in der Wohnung bleiben durfte, musste ich mir die Bilder anschauen. Ich sah mir jedes einzelne kurz an, bis ich zwei Fotos fand, auf denen auch ich abgebildet war, im Aufenthaltsraum eines Studios, in dem wir auf den nächsten Dreh warteten. Mir schien das wie aus einer weit entfernten Galaxie, dabei hatte ich erst vor einem halben Jahr aufgehört. Ich ermahnte mich zur Eile und warf auf jedes der folgenden Bilder einen schnellen Blick. Ich wollte jeden Anflug von Nostalgie und Sentimentalität vermeiden und konzentrierte mich darauf, auf einem der Bilder eine Person zu erkennen, die mir weiterhelfen könnte, aber nach einer Viertelstunde legte ich die Fotos ergebnislos zurück in den Schuhkarton.

Ich ging noch einmal ins Schlafzimmer. Hier hatte Hermia einen kleinen antiken Schreibtisch stehen. Ich zog nacheinander die wenigen Schubfächer auf, doch außer einigen Schmuckstücken und ein paar Stiften und losen Blättern kam nichts zum Vorschein. Mehr zufällig fiel mein Blick auf die Stereoanlage, die neben dem Bett in einem Hi-Fi-Rack stand. Neben den Elektronikgeräten war ein kleiner, schwarz glänzender Karton in das Regal geschoben worden. Darin befanden sich, offenbar achtlos hineingeworfen, CDs und Audiokassetten. Ich schüttete den gesamten Inhalt auf den Boden, besah mir kurz jedes Band und dann hielt ich tatsächlich eine Kassette in der Hand wie die, die ich beim letzten Mal im Wohnzimmer gefunden hatte. Ich wurde nervös, hatte mit einem Mal Angst, dass jemand in die Wohnung kommen könnte, und ließ beim Öffnen der Hülle die Kassette auf den Boden fallen. Ich kniete nieder und entdeckte zu meiner Erleichterung, dass nichts kaputtgegangen war. Im Strahl der Taschenlampe erkannte ich einen Papierstreifen, der quer über die Kassette geklebt war. Darauf stand ein Wort in so kleiner Schrift, dass ich ein zweites und drittes Mal auf den Papierstreifen schauen musste, um sicher zu sein, dass ich richtig gelesen hatte: ‚Manson', die Buchstaben eindeutig von Hermia, klein und akkurat. Ich atmete laut durch. Ich hatte gehofft, genau dies zu finden, war aber sehr pessimistisch gewesen. Umso mehr freute ich mich jetzt, das kleine Band in der Hand zu halten. Doch meine Freude währte nur so lange, bis mir einfiel, dass ich das Diktiergerät nicht bei mir hatte, dass es noch in Magdalenas Wohnung war. Ich verfluchte mich für meine Blödheit, es nicht mitgenommen zu haben, doch es machte jetzt keinen Sinn, mich länger über mich selbst zu ärgern. Ich nahm die kleine Kassette an mich und schob sie in meine Socke, fast bis in die Schuhe. Dann ging ich noch einmal durch die Wohnung und durchsuchte jedes Zimmer. Doch mehr als diese eine Kassette konnte ich nicht finden. Aber die war mehr, als ich erhofft hatte. Viel mehr.

Mit der gebotenen Vorsicht verließ ich die Wohnung, trat schnell in den Flur, zog die Tür hinter mir zu und eilte hastig nach unten bis zur Haustür. Ich wartete einen kurzen Moment, bevor ich auf die Straße trat. Doch kaum hatte ich einen Fuß auf den Bürgersteig gesetzt, wurde ich von mehreren kräftigen Armen gepackt und, viel zu überrascht und geschockt, um irgendeine Form von Widerstand zu leisten, zu einem nur wenige Meter entfernt stehenden Auto gezerrt und in das Innere gestoßen. Rechts und links von mir nahmen zwei Personen Platz, die sofort meine Arme festhielten. Mit dem Zuschlagen der Türen fuhr der Wagen los, ordnete sich in den wenigen Verkehr ein, hielt an der nächsten Ampel, beschleunigte bei Grün und fuhr, soweit ich das erkennen konnte, über die Biebricher Allee stadtauswärts. Vorne saßen zwei weitere Männer, aber weder sie noch die beiden Kerle neben mir sprachen ein Wort und auch ich hielt den Mund. Ich versuchte mich zu konzentrieren, was mir sehr schwer fiel. Wer waren diese Männer? War der Mörder von Hermia dabei? Wussten sie von der Kassette? War einer von ihnen Manson? Was würden sie mit mir machen? Ich wurde aus diesen unkoordinierten Gedanken gerissen, als der Wagen mit so hoher Geschwindigkeit in eine Seitenstraße abbog, dass ich gegen einen meiner beiden Nebenleute fiel. Kurz darauf wurde das Auto abrupt abgebremst und angehalten.

Die vier Männer schwiegen. Ich versuchte, ihre Gesichter zu sehen, aber es war zu dunkel, um mehr als Schemen zu erkennen. Dann wurde die hintere Tür auf der Beifahrerseite geöffnet und die Männer stiegen alle aus. Auf den Platz rechts neben mir setzte sich eine Person.

„Hallo Reza“, grüßte mich eine vertraute Stimme, „ich wusste gar nicht, dass du jetzt unter die Einbrecher gegangen bist.“

Ich fuhr herum. Neben mir saß Jerry und sah mich mit einem feist-jovialen Lächeln an.

„Verbrecher kehren immer an den Ort ihres Verbrechens zurück – so heißt es doch, nicht wahr, mein lieber Reza. Ich wundere mich, dass das tatsächlich stimmt. Dachte immer, dass das so ein dummer Spruch ist, an den sich spätestens, seit er bekannt ist, keiner mehr hält. Oder wolltest du besonders schlau sein und hast dir gedacht: Keiner denkt, dass ich so blöde bin, an den Tatort zurückzukehren?“

Ich saß in der Scheiße. Ich kannte Jerry und wusste, dass er, wenn er so gewollt witzig daherkam, besonders mies drauf war und dass dies nichts Gutes versprach.

„Jerry“, versuchte ich ganz sanft zu sprechen, „es ist alles ganz anders, als du denkst.“

„So?“, antwortete der und schwieg. Jerry beherrschte die Kunst des beredten Schweigens, das dem Gegenüber immer unangenehmer wurde. Ich dagegen hatte das Bedürfnis zu reden, um mich und meine Situation zu erklären, aber ich wusste zu genau, dass das jetzt der falsche Ansatz wäre. Weil alles, was ich sagen würde, falsch war. Und Jerry nur darauf wartete, dass ich etwas Falsches sagte.

Endlich waren die Schweigeminuten um. „Reza! Was habe ich nicht alles für dich getan? Habe ich dir nicht einen sehr gut bezahlten Job gegeben, bei dem du auch noch eine Menge Spaß hattest? Du hattest die besten Mädels, hast die meiste Kohle bekommen, konntest deine Drehs selbst aussuchen. War das nicht so?“

Ich nickte resigniert.

„Reza?! Ich habe nichts gehört. Ist das nicht so?“

„Ja, Jerry, dafür bin ich dir auch sehr dankbar.“

„Du hast aber eine sehr seltsame Art, mir das zu zeigen.“

„Jerry, ich werde dir …“

Mit einer herrischen Geste schnitt er mir das Wort ab.

„Reza, wir haben noch was offen. Du weißt, was ich meine. Diese Geschichte hier, ich meine den Tod von Hermia, da weiß ich, dass du das nicht warst, obwohl mich sehr interessieren würde, was du eben in ihrer Wohnung gesucht hast. Ich meine, in einer versiegelten Wohnung, in einer von der Polizei versiegelten Wohnung einer ermordeten Frau, für deren Mörder die Polizei dich hält. Was soll ich davon halten, Reza? Mal ganz ehrlich!“

„Ich suche den Mörder von Hermia“, sagte ich lakonisch und ließ das so im Raum stehen.

Jerry puffte mich so stark mit seinem Ellenbogen in die Rippen, dass es schmerzte.

„Willst du Witze machen, Reza?! Erstens ist so was nicht deine

Sache, bist doch gar nicht der harte Typ, und zweitens solltest du, bevor du neue Aufgaben übernimmst, deine alten Verpflichtungen erfüllen."

Mir ging dieses Gerede ziemlich auf den Sack und ich war so wütend geworden, dass ich jede Vorsicht fahren ließ. „Ich habe verdammt noch mal keine Verpflichtungen, Jerry. Ich habe meinen Vertrag erfüllt. That's it!"

Ich hatte noch nicht ganz zu Ende gesprochen, da schlug mir Jerry ansatzlos und brutal mit der flachen Hand ins Gesicht. Das schmerzte höllisch und ich sackte kurz zusammen. Jerry packte mich unter dem Kinn und zwang mich, ihn anzuschauen. Seine Hand hielt dabei mein Kinn fest im Griff.

„Reza! Ich wünsche mir, dass mein Bild von dir keinen noch größeren Schaden nimmt. Du hast Verpflichtungen! Und ich würde dir raten, sie anzuerkennen. Dann kommst du nämlich vielleicht mit heiler Haut aus dieser ganzen Sache raus. Du weißt, dass ich dich gut leiden kann, und du warst jahrelang mein bestes männliches Pferd im Stall. So was merke ich mir und bin auch bereit, mich dafür erkenntlich zu zeigen. Aber ich erwarte auch, dass du dich mir gegenüber genauso fair verhältst. Um uns jetzt zu viel Gerede zu ersparen, mein lieber Reza, schlage ich dir einen Deal vor."

Ich sah den Mann neben mir gespannt an. Was hatte Jerry jetzt ausgeheckt? Wollte er mich linken? Oder witterte seine libanesische Kaufmannsseele nur ein gutes Geschäft?

„Reza, du weißt, dass du in großer Gefahr schwebst?"

Ich musste über diese Frage lachen. Jerry sah mich erstaunt an.

„Was gibt es da zu lachen?"

„Das fragst du mich?", antwortete ich.

Jerry sah mich sehr eindringlich an.

„Es ist wirklich sehr ernst, Reza", sagte er. „Es gibt da außer der Polizei und mir noch jemanden, der dich sucht. Und ich glaube, im Gegensatz zur Polizei und mir bist du diesem Menschen sehr, sehr egal. Er sucht etwas, und ich weiß nicht, was es ist. Aber dieser Mensch glaubt, dass du es besitzt."

Ich sah Jerry fragend an.
„Was soll das sein?"
„Das wiederum weiß ich nicht, Reza. Ich dachte mir, dass du mir das sagen kannst."
„Wer ist denn dieser Mensch?"
Jerry sah mich scharf von der Seite an. Ich spürte, wie er in seinem Kopf hin und her überlegte, ob er mir glauben sollte oder nicht, dass ich die Person, von der er sprach, nicht kannte.
„Er nennt sich Anton Müller. Klingelt es jetzt?"
„Ehrlich, Jerry, ich kenne keinen Menschen mit diesem Namen und ich weiß auch nicht, was er sucht. Daher ist es völlig blödsinnig, dass er mich sucht. Woher weißt du das denn?"
„Gute Kontakte, Reza. Immer ein offenes Ohr. Das ist meine Lebensversicherung. Dieser Müller beziehungsweise seine Leute haben Erkundigungen über dich eingezogen, fragen nach dir, wollen wissen, wo du bist." Jerry sah mich ernst an. Ich schüttelte nur leicht den Kopf. Dieser Name sagte mir wirklich nichts, ich hatte ihn noch nie gehört. Jerry wechselte das Thema. „Was hast du denn in Hermias Wohnung gesucht? Vielleicht ist das ja genau das, was auch dieser Müller sucht."
„Ich habe nichts Bestimmtes gesucht. Mir geht wie dir der Tod von Hermia an die Nieren. Ich habe sie gemocht, sie stand mir nahe …"
Jerry unterbrach mich mit einem fiesen Grinsen. „Das kann man bei euch beiden so sagen."
Ich wollte mich nicht aus der Ruhe bringen lassen.
„Außerdem hält die Polizei mich für ihren Mörder und es spricht einiges für diese Vermutung. Ich will einfach herausfinden, wer Hermia wirklich umgebracht hat. Und da habe ich gehofft, in ihrer Wohnung einen Hinweis zu finden."
„Und", fragte Jerry, jetzt ohne bösen Unterton, „hast du was gefunden?"
Ich schüttelte meinen Kopf. Ich dachte an die Kassette in meinem Strumpf und hoffte inständig, dass Jerry nicht auf die Idee kam, mich durchsuchen zu lassen.

„Was willst du jetzt machen?"
Ich zuckte mit den Schultern. Jerry ließ sich Zeit, bevor er wieder sprach. „Ich kann dir sagen, was du jetzt machen wirst, Reza! Und wenn du dies zu meiner Zufriedenheit erledigst, dann bist du auch aus deinen Verpflichtungen mir gegenüber entlassen."

Jerry machte eine Pause, bevor er weiterredete. „Finde für mich heraus, welche Kontakte dieser Anton Müller hat und wen er geschmiert hat."

Jerry sah mich an und wartete eine Reaktion ab. Als ich nicht antwortete, beugte er sich ein Stück zu mir herüber.

„Reza, dieser Müller hat Geld in mein Studio gesteckt. Über Mittelsmänner."

„Na und?", fragte ich, weil ich nicht verstand, worauf Jerry hinauswollte.

„Reza, so wie ich Filme mache, das ist altmodisch, verstehst du. Das ist nur noch ein kleiner Teil des Marktes. Das große Geld verdienst du damit nicht mehr. Gewalt verkauft sich, Kinder sind ein Renner, diese ganze Scheiße. Internet. Immer stärkere Kicks. Real-Life and Death. Aber dafür bin ich nicht zu haben."

„Dann lass es doch sein!" Ich verstand immer noch nicht, was Jerry wollte.

„Reza. Ich bin fast pleite. Ich brauchte Geld. Dieser Müller hat es, hat sich in meine Firma eingekauft und jetzt will er, dass ich diese Gewalt- und Kinder-Scheiße produziere."

„Warum hast du ihn in deine Firma gelassen? Du hättest dir doch einen anderen Partner suchen können?"

„Reza, wie naiv bist du? Was glaubst du denn, wie das vor sich geht? Wir leben im einundzwanzigsten Jahrhundert. Dieser Müller ist über eine Kapitalanlagegesellschaft eingestiegen ..."

Ich verstand gar nichts.

„Die Kapitalanlagegesellschaft gehört ihm. Er sammelt Geld von Leuten und verspricht ihnen eine hohe Rendite. Wo die herkommt und wo ihr Geld arbeitet, ist den Leuten egal. Ob Lebensmittel, Arznei, Waffen oder Porno – scheißegal. Hauptsache, nachher gibt es fett Kohle. Rendite!"

„Warum hast du dir kein Geld bei der Bank geliehen?" Ich war verblüfft, weil ich bis dahin geglaubt hatte, dass Jerry gerade in Gelddingen ein Fuchs war.

Jerrys Stimme bebte. Es ging ihm wirklich nicht gut. „Meinst du, das hätte ich nicht versucht? Ich habe keines bekommen. Die haben gesagt, dass ich mit meinem Angebot nicht marktgerecht arbeite."

„Die Bank?"

„Ja, die Bank. Nicht so direkt. Aber durch dic Blume. Du glaubst doch nicht, dass die besser sind als dieser Müller."

„Warum soll ich das machen, Jerry?"

Der Mann neben mir lachte laut auf.

„Weil du, mein lieber Reza, endlich einmal lernen musst, dass man im Leben nicht alles geschenkt bekommt. Du hast schon viel zu viel geschenkt bekommen und ich fürchte, dass du deshalb auch glaubst, einfach so aus deinem Vertrag mit mir aussteigen zu können."

Mir war klar, dass ich keine Chance hatte, ohne Zusage mit einigermaßen heilen Knochen aus diesem Wagen herauszukommen.

„Okay!", willigte ich ein. „Wie komme ich an den Mann heran?"

„Deine Aufgabe, Reza!"

„Das ist nicht viel, Jerry", entgegnete ich. „Ihr in der Filmbranche wisst doch immer alles voneinander."

„Normalerweise schon", antwortete Jerry und er klang, was ich eigentlich nicht von ihm kannte, ein wenig resigniert. „Aber eine Kapitalanlagegesellschaft ist etwas sehr Anonymes und Müller hat sich mir persönlich nicht vorgestellt. Und deshalb beunruhigt mich dieser Kerl und deshalb will ich wissen, was er vorhat. Und du hilfst mir dabei. Ich habe so eine Ahnung, dass es ihm um etwas ganz anderes geht."

„Ein Anhaltspunkt?", fragte ich.

„Mein Bauch", erwiderte Jerry. „Und auf den konnte ich mich bis jetzt immer gut verlassen."

„Wie sieht er aus?“

Jerry schüttelte den Kopf. „Männlich.“

„Ist nicht viel.“

Jerry lachte so plötzlich auf, dass ich erschrak. „Stimmt. Ist nicht viel. Aber du sollst es ja auch nicht so einfach haben, Reza. War doch für dich bis jetzt immer einfach. Und dann kommen ein paar jüngere Burschen, die dem Platzhirschen den Rang streitig machen, und schon haut Reza schmollend ab. Redet von Selbstverwirklichung. So eine Scheiße, Reza! Du bist nicht mehr der Jüngste. Sieh das ein. Du wirst noch ein paar gute Jahre haben, aber du bist nicht mehr unter den Top Ten. Und du solltest dich vielleicht mal fragen, was du mit dem Tod der Kleinen zu tun hast?“

Jerrys Moralgesülze ging mir auf den Geist und ich wechselte das Thema. „Und wenn dieser Müller mir ans Leder will?“

„Ich werde ein Auge auf dich haben, lieber Reza.“ Jerry stieg aus und gab seinen Männern, die in ein paar Metern Entfernung standen und rauchten, ein Zeichen, zum Wagen zu kommen. Sowie alle saßen, wurde der Motor gestartet und das Auto setzte sich in Bewegung. Schweigend fuhren wir zurück in die Wiesbadener Innenstadt.

Der Mann zu meiner Linken öffnete die Tür auf seiner Seite, stieg aus und ließ mich aus dem Wagen. Kaum war ich ein Stück zur Seite getreten, raste das Auto auch schon davon und ich sah ihm einige Sekunden nach. Ich stand alleine in der Stadt. Und fühlte mich alleine. Ich überlegte ernsthaft, alles stehen und liegen zu lassen, mich in meinen Wagen zu setzen und nach Berlin zurückzufahren, unterzutauchen und von all dieser Scheiße und diesen Toten und diesen Geschäften nichts mehr hören zu wollen. Innerhalb weniger Stunden hatte sich mein Leben völlig geändert. Welch eine Ironie, da ich mein Leben ja wirklich ändern wollte, aber nicht in diese Richtung, als von der Polizei gesuchter Mörder und mit einem gewissen Müller im Nacken, dessen Namen ich bis vor wenigen Minuten noch nicht einmal gehört hatte. Ich lief Gefahr, die Initiative zu verlieren und mir von anderen den Fortgang des Geschehens diktieren zu lassen. Ich sah auf meine Uhr. Es war schon nach zwei. Ich blickte um mich, aber es war ruhig. Mit weit ausholenden Schritten ging ich zu meinem Wagen. Ich musste nachdenken und eine Entscheidung treffen.

12

Die wurde mir wider Erwarten leicht gemacht. Irgendwann zwischen halb drei und drei saß ich im Benz und lenkte ihn stadtauswärts auf die Autobahn. Ich hatte Magdalena zwar versprochen, zu ihr zurückzukommen, aber ich musste in erster Linie an mich denken, an meine Zukunft und meine Sicherheit. Um drei wurden Nachrichten gesendet. Zunächst war ich so mit meinen Gedanken beschäftigt, dass ich nicht richtig hinhörte, doch dann fiel Hermias Name. ... im Fall der ermordeten Pornofilmdarstellerin Regine Müller hat die Polizei bislang noch keine Spur von dem tatverdächtigen Ignatius G., genannt Reza. Die Ermittler gehen davon aus, dass der Flüchtige sich nach Berlin abgesetzt hat, wo er nach neuesten Ermittlungen das letzte halbe Jahr verbrachte. Dort war G. nach Streitereien mit einem seiner ehemaligen Arbeitgeber untergetaucht ... Berlin war auch nicht mehr sicher und ich konnte nicht ewig untergetaucht leben. Hatte Jerry der Polizei das mit dem Streit gesteckt? Wohl kaum. Aber so was spricht sich in der Szene schnell rum. Ich fuhr auf die A67 in Richtung Darmstadt, ließ die Stadt rechts liegen und hielt erst auf dem nächsten Rastplatz an. In der Raststätte kaufte ich mir einen Kaffee und ein belegtes Brötchen. Außer mir waren nur zwei kräftige Männer in Lederjacken und ein junges Pärchen in dem Bistroraum. Sie nahmen keine Notiz von mir. Ich setzte mich an einen der Plastiktische. Die Idee, nach Berlin zurückzukehren, war passé, ich würde weiter versuchen, den Mörder Hermias zu finden. Nur so hatte ich eine Chance, aus der ganzen Sache rauszukommen. Jerry und dieser Müller schienen mir im Moment das geringere Problem, Jerry hatte genug am Hals, um das er sich kümmern musste. Wie sehr ich mich in beiden Punkten täuschte und besonders in Bezug auf Jerry, sollte ich, vorerst zu meinem Glück, am nächsten Tag merken. Als ich den Kaffee ausgetrunken hatte, spürte ich, wie die Müdigkeit mit einem Mal meinen Körper überkam. Am liebsten hätte ich meinen Kopf auf den Tisch gelegt, aber ich raffte mich auf, ging zurück zu meinem Wagen und kurbelte die Rückenlehne des Vordersitzes nach hinten. Keine zwei Minuten später war ich eingeschlafen.

Trotz des Lärms der ankommenden und abfahrenden LKWs um mich herum und der Kälte, die im Laufe der Nacht ins Innere des Autos gezogen war, schlief ich bis fast neun Uhr. Mit steifen Knochen quälte ich mich nach draußen und ging in das Rasthaus, um mich mit einem Kaffee aufzuwärmen. Nach einer Viertelstunde fühlte ich mich schon ein wenig besser. An dem Verkaufsstand in der Raststätte besorgte ich mir eine Zahnbürste und ging auf die Toilette, um mich wenigstens notdürftig frisch zu machen. Nach einem weiteren Kaffee setzte ich mich ins Auto und fuhr nach Darmstadt, wo ich mir in einem Kaufhaus ein Diktiergerät und einen Kopfhörer kaufte, mit dem ich mich in ein Café setzte.

Ich war so aufgeregt, dass ich mehrere Versuche benötigte, um die Batterien in das Diktiergerät einzulegen und endlich den Startknopf drücken zu können. Als ich nach einigen Sekunden Rauschen dann Hermias Stimme hörte, zitterten meine Hände dermaßen, dass ich die Tasse Kaffee, die ich gerade zum Mund führen wollte, wieder absetzen musste. Ich hätte wohl keinen Schluck mehr darin vorgefunden, wenn ich die Tasse länger in der Hand gehalten hätte.

Hermia nannte auf dem Band den Politiker weiterhin Manson, aber sie gab biografische Hinweise. Sie nannte sein Geburtsjahr, 1960, geboren als jüngstes von drei Kindern eines Finanzbeamten und einer Volksschullehrerin, berichtete weiter, dass er in Mainz Jura studierte, danach kurz als Anwalt arbeitete, bevor er in die Mainzer Lokal-, dann in die Landespolitik wechselte, und sie betonte mehrmals seine Tätigkeit für einen Ausschuss für Wirtschaft und Verkehr. Sie nannte Manson einen Opportunisten, der frühzeitig zum Protegé des angesehenen und einflussreichen Politikers Dr. Peter Paul Maser geworden war, der seine Karriere maßgeblich mit beeinflusste. Dann erwähnte sie sehr ausführlich, dass Maser und mit ihm dieser Manson schon seit Jahren den Bau eines Museums für die umfangreiche Kunstkollektion einer reichen Sammlerin betrieben hatten. Dieses Vorhaben, das immer wieder verschoben werden musste, würde bald einen vorläufigen Abschluss in der Präsentation eines Teils der Sammlung finden. Als Ort der Präsentation nannte Hermia einen der beiden Bonifaziustürme, das Gebäude, aus dem Maser zu Tode gestürzt war.

Ich unterbrach an dieser Stelle die Aufnahme und spulte zurück, um zu kontrollieren, ob ich etwas verpasst hatte, als Hermia über Masers Tod gesprochen hatte. Ich hoffte auf Hinweise, wie sie zu der Rafaela gegenüber geäußerten Ansicht gekommen war, dass dieser Mann ermordet worden war. Aber dazu machte sie leider keine Angaben.

Im Weiteren wies Hermia auf Mansons Vorliebe für gewalttätigen Sex hin. Sie hatte mit mehreren Frauen gesprochen, die zum Teil üble Narben zurückbehalten hatten. Dennoch wurde nie Anzeige gegen Manson erhoben. Offenbar hatte er es mit seinem Einfluss und mit Geld geschafft, die Frauen und ihre Zuhälter davon abzuhalten. Am Schluss sprach Hermia auch die Vermutung aus, dass Manson sich selbst mittels Kapitalbeteiligungen in das Geschäft mit der Prostitution eingeklinkt hatte.

Das waren erste Anhaltspunkte, mit deren Hilfe ich die wahre Identität von Manson herausfinden konnte. Ich verließ das Café und suchte einen Internet-Laden, um sogleich mit den weiteren Nachforschungen zu beginnen. Auffällig war, dass dieser Maser schon wieder auftauchte, nun zum vierten Mal. Er schien bei der ganzen Sache eine zentrale Rolle zu spielen. Das erste Mal war ich dem Namen begegnet, als ich auf dem Weg nach Finthen wegen der Beerdigung dieses Mannes in einen Stau geriet, dann, als ich in der Zeitung von den merkwürdigen Umständen seines Todes las. Rafaela hatte mir erzählt, dass Hermia, als sie die Todesnachricht hörte, empört ausgerufen hatte, dass man Maser umgebracht hatte, und nun bezeichnete sie ihn als den Gönner des Mannes, den sie Manson nannte.

Das Internet ist ein Segen, ebenso der Umstand, dass sich heute alle Behörden, Organisationen und Verbände dort vorstellen. Ich begann auf den Seiten der Stadt Mainz und wechselte dann auf die des Landes Rheinland-Pfalz. Die Mitglieder der Ausschüsse, Fachgremien und Fraktionen waren alle mit Bild und biografischen Angaben aufgelistet, auch Maser wurde dort trotz seines Todes noch geführt. Ich rief Zeitungsartikel auf und war nach einer Stunde sicher, dass nur eine Person in Frage kam, Manson zu sein, vorausgesetzt, Hermias Angaben waren richtig. Es gab jemanden, der Masers ständiger politischer Begleiter war und seine rechte Hand. Der Mann war Landtagsabgeordneter, Mitglied verschiedener Ausschüsse und hatte mehrere Vorstandsposten inne. Daneben wurde er als toller Familienvater, engagierter Bürger und hilfsbereiter Mensch beschrieben. Ich druckte mir einige der Seiten mitsamt einem Foto dieses Politikers aus. Sein Name war Wolfgang Anstett.

Ich lehnte mich im Stuhl zurück und betrachtete die Aufnahme des Gesichtes eines knapp fünfzigjährigen Mannes im Halbprofil. Er hatte etwas Hartes an sich, das auch nicht von dem Anflug des Lächelns, das um seine schmalen Lippen lag, völlig verdeckt werden konnte. Seine Haare trug er kurz. Auffallend waren seine klaren Augen. Ich konnte mir vorstellen, dass er mit denen ziemlich Eindruck machen konnte.

Ich sah eine ganze Weile auf das Bild. Hier hatte ich den Mann gefunden, der vor über fünfzehn Jahren von Hermia und diesem Shark erpresst worden war. Oder konkreter: erpresst werden sollte. Aber was war damals genau geschehen? Was hatten dieser Mann und der tote Dr. Maser damit zu tun? Gab es eine Verbindung zu Hermias Tod?

Da ich im Augenblick ratlos war, beschloss ich, nach Mainz zurückzufahren und mir diesen Anstett mal genauer anzuschauen. Mit meiner neuen Haarfarbe schien mir das angesichts der schlechten Fotos, die von mir existierten, kein zu großes Risiko zu sein.

Am Eingang des Landtags im Deutschhaus fragte ich den Pförtner, ob der Abgeordnete Wolfgang Anstett im Hause sei. Der Mann hinter der Glasscheibe teilte mir mit, dass der Abgeordnete nicht da sei und ich es im Abgeordnetenhaus versuchen solle, das sich nur wenige Meter entfernt in der Kaiser-Friedrich-Straße befand. Ich dankte dem Mann und verließ das Deutschhaus. Den Mann im schwarzen Anzug, der nicht weit entfernt von der Pförtnerloge stand, nahm ich nur kurz wahr und beachtete ihn nicht weiter. Ich eilte über den weiten kopfsteingepflasterten Parkplatz vor dem Deutschhaus zur Großen Bleiche. Von da waren es nur wenige Meter zum Abgeordnetenhaus. Der Pförtner sah mich herablassend an und sagte, ohne auf meine Frage einzugehen, dass ich mir im Vorzimmer von Herrn Anstett einen Termin geben lasse müsse. Ich bat um das Telefon, doch ohne aufzuschauen, erklärte mir der Pförtner, dass Herr Anstett im Moment bei einem Termin mit dem Bürgermeister im Rathaus sei.

Ich ging mit schnellen Schritten zu meinem Wagen und fuhr die kurze Strecke bis zu der Tiefgarage unter dem Rathaus. Wenig später stand ich im Foyer des irgendwann in den siebziger Jahren hochgezogenen Gebäudes. Der Pförtner hier war wenigstens nicht so überheblich wie der im Abgeordnetenhaus. Er bat mich, zu warten, und verschwand in einen hinteren, für mich nicht einseh baren Teil der Pforte. Als er nach einer Minute noch nicht wieder herausgekommen war, wurde ich nervös, weil ich fürchtete, dass er mich erkannt und die Polizei gerufen hatte. Doch diese Angst war unberechtigt. Eine halbe Minute später kam er mit einem Blatt Papier in der Hand zurück.

„Herr Anstett ist in einer Besprechung. Das kann noch etwas dauern, bis er da fertig ist. Darf ich wissen, um was es geht?"

Ich überlegte einen Moment, ehe ich die Frage verneinte. „Was ich Herrn Anstett sagen möchte, muss ich ihm persönlich mitteilen."

„Dann müssen Sie sich leider gedulden", erwiderte der Pförtner, setzte sich auf seinen Stuhl und widmete sich dem Papierberg, der vor ihm lag. Ich war unsicher, was ich tun sollte. Ich wollte mich nicht zu lange hier aufhalten und diesem Anstett ja auch nicht direkt begegnen. Ich wollte ihn mir nur anschauen, mir ein Bild von ihm machen, Informationen sammeln.

„Haben Sie eine Ahnung, wie lange die Sitzung denn dauert?", störte ich den Pförtner bei seinem ‚Aktenstudium'. Er sah auf. „Mindestens zwei Stunden", antwortete er und senkte sofort wieder den Blick.

Ich dankte kurz und verließ das Rathaus. Hier zu warten, schien mir zu gefährlich, unverfänglicher war es, ein wenig durch die Gegend zu fahren. Ich lief die breite Treppe in die Tiefgarage hinunter und hatte fast meinen Wagen erreicht, während ich in meiner Hosentasche nach dem Schlüssel suchte, da näherte sich mir ein Lieferwagen. Ich registrierte, dass er unmittelbar hinter mir anhielt und dann ging alles verdammt schnell. Im Umdrehen hörte ich das Öffnen einer Tür und wurde dermaßen heftig von hinten gestoßen, dass ich ohne jede Gegenwehr in den offenen Laderaum knallte. Von drinnen griffen mich Hände und zerrten mich ins Innere des Wagens, dann wurde die Tür zugeschlagen und um mich herum war es mit einem Mal völlig dunkel. Mein Arm schmerzte von dem Aufprall, aber ich war so panisch, dass ich nicht darauf achtete und über den Boden zu einer Seitenwand robbte und mit dem Kopf dagegenstieß. Während ich mir benommen die schmerzende Stelle rieb, wurde eine Taschenlampe angeknipst und der Strahl auf mein Gesicht gerichtet. Ich versuchte, dem Lichtstrahl auszuweichen, und spürte im nächsten Augenblick zwei feste Schläge im Gesicht. Ich schrie auf. Meine Nase schmerzte heftig. Warmes Blut lief mir über den Mund. Der andere Schlag hatte meine Augenbraue getroffen. Ich sackte zusammen.

Bis zu dem Zeitpunkt, als die Schiebetür des Lieferwagens wieder geöffnet wurde und Licht ins Innere drang, klafft eine große Lücke. Ich habe keine Erinnerung mehr daran, was geschehen ist, ob ich nochmals geschlagen wurde, was mir durch den Kopf ging, ob ich meine Nachforschungen verfluchte oder ob ich in meinen Entführern Jerrys Schergen zu identifizieren versuchte. Nur an den Geruch von altem Fleisch erinnere ich mich. Aber vielleicht ist das auch nur Einbildung. Sowie es wieder hell war in dem Laderaum, kletterte ich über den kalten Metallboden des Autos zur Tür, schnitt mir an einem vorstehenden Blechteil in den Finger und spürte draußen als Erstes den kalten Wind, der mir ums Gesicht wehte. Zwei Männer in schwarzen Anzügen und mit dunklen Sonnenbrillen standen über mir, zerrten mich heraus und stießen mich von dem Auto weg.

Mein linkes Auge war zugeschwollen. Trotzdem versuchte ich, mich zu orientieren, was mich aber große Anstrengung kostete. Dazu brummte mein Schädel gewaltig. Ich erkannte in einiger Entfernung eine hohe Felswand, im Hintergrund war das Rauschen von schnell fahrenden Autos zu hören. Doch bevor ich diese Einzelinformationen zu einem Bild über meinen Standort zusammenfügen konnte, hatte einer der beiden Männer mich unter den Armen gepackt und hochgerissen, während der andere sich vor mich stellte und mir erst mehrmals mit der flachen Hand ins Gesicht schlug, bevor er genüsslich ausholte und mir einen so brutalen Schlag in den Magen versetzte, dass ich zusammenklappte und auf die Knie sackte. Mir wurde augenblicklich kotzübel. Ich bekam keine Luft mehr und röchelte. Das schien die beiden aber nicht zu beeindrucken. Sie stießen mich auf den Boden und versetzten mir mehrere Fußtritte. Ich versuchte, ihnen Zeichen zu geben, damit aufzuhören, aber mir fehlte die Kraft dazu. Zusammengekrümmt lag ich vor ihnen und ließ die Tritte über mich ergehen. Wann sie aufhörten, weiß ich nicht mehr. Irgendwann hörte ich Worte, die ganz nahe gesprochen wurden.

„Er ist nicht verreckt! Hält nur nichts aus, das Bürschelchen."

Es folgten zwei Klapse auf meine rechte und linke Wange. Ich öffnete die Augen.

„Also, wer sagt es denn?! Der Bursche ist zäher, als er aussieht!"

Durch einen Blutschleier blickte ich in das mich feist anstarrende Gesicht von einem der beiden Männer, der mich am Kragen packte und nahe an sein Gesicht heranzog. „Hör mal zu, du Arschloch! Du willst doch bestimmt lebend hier rauskommen, oder …?"

Der andere unterbrach ihn von hinten. „Mach nicht wieder so leere Versprechungen", sagte er und lachte.

Der Erste ging nicht darauf ein. „Wen suchst du, Bursche? Was hast du am Rathaus gemacht?"

„Ich habe …", sagte ich und wollte mich ein Stück aufrichten. Das verstand der Mann vor mir falsch oder wollte es falsch verstehen, auf jeden Fall schlug er sofort zu und zückte eine Pistole, die er mir auf die Stirn setzte. „Langsam, Bursche, keine falschen Bewegungen. Und jetzt beantwortest du meine Fragen, klar!"

Ich nickte vorsichtig.

„Also?!", forderte er, als ich nach ein paar Sekunden noch nicht geantwortet hatte. Immerhin schlug er nicht gleich zu.

„Ich habe jemanden gesucht …"

Der Mann grinste mich an. „Persönlich oder geschäftlich?"

„Geschäftlich", stammelte ich. Ich hatte den Geschmack von Blut im Mund. Das Sprechen fiel mir sehr schwer. Das Denken allerdings noch mehr.

„Und um welche Art von Geschäft ging es dabei?"

„Hausbau", antwortete ich.

„Hausbau", wiederholte der Mann.

„Der verarscht uns doch!", sagte der andere aus dem Hintergrund. „Versetz ihm eine, aber richtig!"

„Brutal, mein Kollege, nicht wahr? Aber es geht doch sicher auch so?!"

Ich nickte beflissen. Zu schnell, denn sofort drehte sich alles in meinem Kopf und ich glaubte mich übergeben zu müssen.

„Wehe, du beschmutzt meinen schönen Anzug!"

Ich atmete tief und gleichmäßig durch, um den Brechreiz in den Griff zu bekommen.

„Mach schneller", sagte der andere. „Müller wartet schon auf uns. Frag ihn nach dem Film!"

„Wo ist der Film?“, kam der Angesprochene der Aufforderung sogleich nach.

Auch wenn es mir sauschlecht ging, der Brechreiz noch nicht völlig weg war und mein Kopf unglaublich pochte, so hatte ich den Namen doch verstanden. Also hatte Jerry recht gehabt. Es gab einen Menschen namens Müller, der hinter mir her war.

Der im Hintergrund lachte und zog ebenfalls eine Waffe. „Lass ihn uns fertig machen. Die Sau weiß schon viel zu viel.“ Er richtete seine Waffe auf mich.

In diesem Moment übertönte ein Schuss den Lärm der vorbeifahrenden Autos. Ich ließ mich einfach zusammensacken und kroch millimeterweise davon. Zu mehr hatte ich keine Kraft.

Einer meiner Entführer schrie auf. „Meine Schulter. Scheiße, meine Schulter hat's erwischt.“

Der andere versuchte, zu mir zu kommen, aber das verhinderten die nächsten Kugeln. Dann hörte ich den Diesel des Lieferwagens aufheulen und die Reifen auf dem losen Untergrund durchdrehen. Ich rollte mich zur Seite. Gerade rechtzeitig, denn der Wagen raste nur wenige Zentimeter an mir vorbei. Dann war es, bis auf den Lärm der Autos im Hintergrund, still im Gelände.

Ich blieb auf dem Boden liegen und wartete, auf eine Stimme, einen Schuss, einen Schmerz. Aber es passierte nichts. Ich wagte lange nicht, meinen Kopf zu heben und als ich es schließlich tat, blickte ich in karge, blattlose Büsche. Mein Kopf schmerzte noch immer, alles drehte sich und ich musste mich übergeben. Als sich mein Magen und mein Hirn endlich ein wenig beruhigt hatten und ich ausgestreckt auf dem Boden lag, hörte ich hinter mir das Knirschen von Schritten auf den Steinen. Ganz langsam drehte ich mich um und hob den Kopf. Kaum zwei Meter vor mir stand Jerry mit einer Pistole in der Hand, deren Lauf auf den Boden gerichtet war, neben ihm ein Mann mit einem Gewehr, auf das ein Zielfernrohr geschraubt war.

„Probleme, Reza?“, fragte Jerry mit zynischem Unterton.

Ich sah hinauf zu den beiden Männern und versuchte, meine letzte mir verbliebene Kraft zu mobilisieren.

„Das mit dem Schutz war auch nur so dahergesagt, oder?“, forderte ich ihn heraus. Das Sprechen schmerzte, ich hatte das Gefühl, dass mein Rachen von dem Würgen und Erbrechen ganz rau war.

Jerrys Blick verfinsterte sich. „Wer waren diese Kerle?“, fragte er ernst. Ihm war nicht zum Scherzen zumute.

„Gib mir was zu trinken“, bat ich.

Jerry schüttelte den Kopf.

„Erst antwortest du!“

Mir klebte die Zunge am Gaumen. Es war ungeheuer schwer, ein Wort zu formen. Ich sammelte Speichel im Mund und befeuchtete mit der Zunge meinen Gaumen. Der Geschmack der Kotze verstärkte sich dadurch.

„Müllers Leute“, sagte ich knapp.

„Woher weißt du das?“

„Haben sie gesagt.“

Jerry dachte nach.

„Du wolltest mir nicht glauben, dass dieser Müller gefährlich ist.“ Er gab seinem Mann ein Zeichen, mir beim Aufstehen zu helfen. Zusammen schleppten sie mich zu Jerrys Wagen. Bevor ich einsteigen durfte, musste sein Mann allerdings eine Decke aus dem Kofferraum holen, damit ich im Inneren nichts mit meinem Blut beschmutzen konnte.

Entschuldigend hob Jerry die Arme. „Neuer Wagen, Reza. Lexus, mit Hybridantrieb. Toller Wagen. Und so zeitgemäß.“

Nachdem die Decke ausgebreitet war, durfte ich mich auf den Sitz fallen lassen. Jerry nahm neben mir Platz und gab dem Fahrer ein Zeichen, den Wagen in Bewegung zu setzen.

„Die Polizei ist hinter dir her, Reza!“

Ich nickte müde.

„Ich könnte dich jetzt dort abliefern. Ich fürchte nämlich, dass du es ernst meinst mit deinem Entschluss, nicht mehr für mich zu arbeiten.“

„Was hättest du davon?“, erwiderte ich matt. „So wie ich aussehe!“

Er antwortete nicht. Stattdessen stellte er mir eine Frage. „Was weißt du, Reza? Bitte eine ehrliche Antwort und keine Ausflüchte."

Der andere Mann reichte von vorne eine Wasserflasche. Jerry drehte den Verschluss auf und gab sie an mich weiter. Das Schlucken tat zwar sehr weh, aber ich fühlte mich gleich besser.

„Ich weiß nichts. Außer dass …" Ich stockte und wusste nicht, ob ich Jerry von Anstett und der alten Geschichte erzählen sollte. Aber ich hatte mich schon zu sehr verplappert.

„Also!", forderte Jerry.

Ich wartete noch einen Moment, um mich zu sammeln. Das Sprechen fiel mir nicht leicht, mir schien, dass mein Körper ein einziger Schmerz war, und mich beruhigte allein, dass offenbar nichts gebrochen war. Wahrscheinlich hatte meine gut ausgebildete Muskulatur innere Verletzungen verhindert. Mit leiser Stimme und stockend erzählte ich Jerry von Hermias Aufzeichnungen und ihrer Behauptung, dass dieser Dr. Maser umgebracht worden war, von der Intrige, die Hermia vor fünfzehn Jahren mit einem gewissen Shark, der mittlerweile tot war, gegen einen Politiker namens Wolfgang Anstett ausgeheckt hatte. Und ich erzählte ihm, dass ich klären wollte, wie dies mit dem Tod Hermias zusammenhing, denn dass es einen Zusammenhang gab, dessen war ich mir sicher. „Darum wollte ich mir diesen Anstett anschauen. Das haben die beiden Herren verhindert", beendete ich meine Ausführungen.

„Und was war das damals für eine Intrige?"

Ich erzählte ihm die wichtigsten Fakten, nachdem ich nochmals aus der Flasche getrunken hatte. Jerry ließ seinen Kopf nach hinten sinken und dachte nach.

Dann nahm er ein Stofftaschentuch, breitete es aus, benetzte es mit dem Wasser aus der Flasche und reichte es mir herüber. „Mach dir dein Gesicht sauber!", sagte er streng.

Das kühle Wasser auf den Wunden tat mir gut.

„Ich habe auch nur spärliche Informationen", sagte Jerry, „aber vieles weist darauf hin, dass dieser Müller versucht, auf verschiedenen Baustellen mitzumischen. Aber was genau, das habe ich auch noch nicht herausgefunden. Und du offenbar auch nicht … Schau dich mal in dieser Richtung um", forderte er mich auf. „Ich will alles über diesen Müller wissen."

Mir war zwar nicht zum Lachen zumute, trotzdem musste ich es jetzt tun.

„Jerry, was verlangst du? Schau mich doch an. Soll ich darauf warten, dass mich seine Männer beim nächsten Mal totschlagen oder erschießen?"

Der Angesprochene blieb unbeeindruckt.

„Du willst doch aus deinem Vertrag raus, oder, Reza? Finde raus, was dieser Müller will, wo er seine Finger drin hat. Wo du jetzt doch sowieso schon Detektiv spielst. Ich muss wissen, mit wem ich es zu tun habe und was dieser Mensch vorhat."

Wir hatten über die Rheinallee das Rathaus erreicht. Der Lexus hielt auf der Busspur vor der Rheingoldhalle. Der Fahrer stieg aus und hielt mir die Tür auf. Jerry verabschiedete sich mit einem Lächeln und einem knappen „Bis bald".

Mit einem Mal wurde mir bewusst, dass ich Jerry zu keinem Dank verpflichtet war. Das Schwein musste meine Entführung beobachtet haben und war erst eingeschritten, als es fast zu spät war. Ich konnte mir richtig den Spaß vorstellen, den er dabei gehabt hatte, während mir der Arsch auf Grundeis ging. Er hätte viel früher eingreifen und mir so eine Menge Schläge und Schmerzen ersparen können. Ich rief ihm einen Fluch nach, den er aber nicht mehr hören konnte.

Ich humpelte zur Ampel und spürte mit einem Mal wieder die Schmerzen in meinem Gesicht und auf meinem Körper.

13

Während ich an der Straße entlang zu der Tiefgarage unter dem Rathaus humpelte, um zu meinem Wagen zu gelangen, fiel mir ein, dass die beiden Männer mich vorhin, direkt bevor der Schuss fiel, nach einem Film gefragt hatten. Das hatte ich in der ganzen

Aufregung völlig vergessen. Ein Film! Auch Rafaela hatte von einem Film gesprochen. Meinten sie beide denselben Film …? Ich hatte die Einfahrt zur Tiefgarage erreicht, da fielen mir die Kerle von diesem Müller ein. Würden sie wieder dort auf mich warten? Das Gehen fiel mir sehr schwer, mit jedem Schritt schmerzte mein Körper mehr und auch die Übelkeit war wieder da. Ich brauchte Ruhe und die würde ich nicht in meinem Wagen auf irgendeinem Rastplatz finden. Und in ein Hotel konnte ich im Moment auch nicht gehen. Als einziger einigermaßen sicherer Rückzugsort fiel mir Magdalenas Wohnung ein.

„Wie siehst du denn aus?“, fragte sie mich genauso überrascht wie entsetzt, nachdem sie auf mein Klingeln hin die Tür geöffnet hatte. Sie führte mich ins Schlafzimmer, wo ich mich gleich aufs Bett fallen ließ. Magdalena kam mit einem Verbandskasten und begann, mich erst zu säubern und dann meine Wunden mit Jod zu desinfizieren. Danach tastete sie meinen Körper ab. Ich fürchtete schon, dass dies der Auftakt zu einem neuen Rollenspiel werden würde - Krankenschwesternfilme erfreuen sich in meinem Metier ja einer gewissen Beliebtheit -, aber sie blieb ganz keusch.

„Alles okay“, stellte sie abschließend fest.

„Das heißt?“, fragte ich und spürte, dass ich kurz vor dem Einschlafen war.

„Dass du keine inneren Verletzungen hast. Aber Ruhe brauchst.“

„Aha“, sagte ich und offenbar klang das so skeptisch, dass sie mir erklärte, dass sie Krankenschwester sei und mittlerweile als Ausbilderin in diesem Beruf arbeite. Das nahm ich noch zur Kenntnis, ihre Frage, was denn passiert sei, nur noch ansatzweise, dann war ich eingeschlafen.

Magdalenas Nachsicht mit mir hielt nur bis zum nächsten Mittag. Nach dem Aufwachen fühlte ich mich schon viel besser, und nachdem ich eine große Portion Rührei gegessen und ihr dabei erzählt hatte, wie ich zu meinen Verletzungen gekommen war und was ich über den Politiker, den Hermia Manson nannte, herausgefunden hatte, schlug sie das ‚Auf-der-Flucht'-Spiel vor. Sie war dieses Mal sehr vorsichtig und zügelte ihr Temperament, so dass ich noch die Muße hatte, über ihre Erklärung nachzudenken, was es mit dem ‚Auf-der-Flucht'-Spiel auf sich hatte. Sie hatte behauptet, dass dies die sehr vage Rahmenhandlung eines Filmes war, in dem ich vor vielen Jahren mitgewirkt hatte. Ein Knacki war auf der Flucht und wollte Rache an seiner ehemaligen Geliebten nehmen, die ihn an die Polizei verraten hatte, um alleine im Besitz der Beute zu bleiben. Um ihr Versteck zu finden, musste der Knacki – ganz sinnigerweise – bei vielen ihrer Freundinnen nachforschen. Diese Nachforschungen hatten einen sehr körperlichen Charakter. Magdalena kannte die Geschichte sehr gut und hätte, wenn ich nicht so lädiert gewesen wäre, sicher alle weiblichen Rollen gespielt.

Ich musste wieder eingeschlafen sein, denn als ich aufwachte, konnte ich durch das Fenster sehen, dass es draußen schon dunkel war. Mein Körper schmerzte zwar immer noch an vielen Stellen und mein Auge und meine Nase waren weiterhin geschwollen, aber ich fühlte mich wieder halbwegs wie ein Mensch.

„Ausgeschlafen?", hörte ich Magdalena.

Ich wendete meinen Kopf in Richtung der Stimme. Sie kam von der Tür.

„Siehst schon viel besser aus. Was so eine Therapie doch bewirkt!"

Ich kommentierte das nicht.

„Etwas zu trinken? Ein Bier? Oder einen Saft?", fragte sie.

„Gerne", antwortete ich und ließ mich wieder zurückfallen.

Zehn Minuten später rief Magdalena, dass ich zu ihr kommen solle. Ich zog mir eine Unterhose und ein T-Shirt an und schlurfte in die Küche, wo auf dem Tisch zwei Biergläser sowie ein mit Orangensaft gefülltes Glas standen. Während ich Magdalena dankend zunickte und mir ein Bierglas griff, schob sie mir die Tageszeitungen herüber. Beim Trinken warf ich einen Blick auf das obere Blatt und sah mein Gesicht. Daneben stand „Porno-Mörder noch immer auf freiem Fuß – Polizei ratlos".

„Die Polizei ist noch zweimal hier gewesen“, sagte Magdalena, nachdem ich den Becher wieder abgestellt hatte.

Ich sah sie erschrocken an.

„Sie waren im ganzen Haus, haben jeden noch zweimal befragt.“

„Und?“, fragte ich.

„Ich habe ihnen gesagt, dass du ein fantastischer Liebhaber bist, viel besser als in deinen Filmen – steht übrigens auch einiges darüber in den Zeitungen –, und dass ich dich nie und nimmer verraten würde.“ Sie grinste mich an.

Immerhin besaß die Frau Humor und eine Portion Selbstironie. Das war viel wert. Mit Menschen, die diese Gabe besaßen, war ich meist ganz gut gefahren.

„Sag mal“, wollte sie wissen, nachdem sie mich sehr genau gemustert hatte, „in der Zeitung steht, dass du eine Pistole hast. Stimmt das?“

Aus einem ersten Reflex heraus wollte ich das verneinen, dann fiel mir die Waffe ein, die ich Kitty in ihrer Wohnung abgenommen hatte und die ich noch immer besaß. Ich musste einen Moment nachdenken, bevor mir einfiel, dass ich die Pistole, als ich das erste Mal bei Magdalena war, im Schlafzimmerschrank versteckt hatte. Dort wühlte ich sie hinter den Handtüchern hervor und legte sie auf den Küchentisch vor Magdalena, die erschrocken zurückwich, bevor ich ihr mit ruhigen Worten erklärte, wie ich bei Kitty in deren Besitz gekommen war. Danach saßen wir eine Weile schweigend am Tisch.

„Hast du einen Computer?“, unterbrach ich die Stille, die mir unangenehm wurde. Bisher war mir noch kein solches Gerät in der Wohnung aufgefallen.

Wortlos verließ Magdalena das Zimmer und stand kurz darauf mit einem Laptop in der Hand vor mir. Sie forderte mich auf, ihr zu folgen. Wir gingen ins Wohnzimmer, wo sie das Gerät auf den Tisch stellte und aus dem Schrank mehrere Kabel nahm, die sie an den Computer anstöpselte. Weiterhin wortlos gab sie auf der Tastatur einige Befehle ein, stand dann auf und gab mir ein

Zeichen, Platz zu nehmen, bevor sie selbst den Raum verließ.

Ich surfte eine Stunde im Internet, merkte aber bald, dass ich zu müde und zu erschöpft war, um mich richtig zu konzentrieren. Ich beschloss, die Recherche am nächsten Morgen fortzusetzen, und legte mich auf die weiße Couch, die mir schon bei meinem ersten Besuch aufgefallen war und auf der ich wenige Augenblicke später einschlief.

Am nächsten Morgen wachte ich sehr früh auf und setzte mich gleich an den Rechner. Als ich Magdalena später in der Küche an der Kaffeemaschine hantieren hörte, hatte ich bereits die ersten Erfolge bei meinen Nachforschungen vorzuweisen.

Der Schlüssel zu der Geschichte und letztlich auch zu dem Mord an Hermia lag in der Vergangenheit, dessen war ich mir sicher. Ich suchte nach Berichten über diesen Shark, der damals mit Hermia zusammen den Politiker Wolfgang Anstett mittels eines fingierten Todes erpressen wollte. Ich fand heraus, dass dieser Mann ein kleines, aber feines Haus für gehobene Ansprüche am Stadtrand von Wiesbaden geführt hatte, das ‚Titania' hieß. Die Zahl der Freier hielt er bewusst begrenzt. Kunden wurden ihm hauptsächlich durch Mundpropaganda empfohlen. Das machte die Sache zwar etwas teurer, garantierte dafür aber Exklusivität. Fast kein Wunsch musste abgeschlagen werden. 1990 eröffnete Shark sein zweites Haus nahe einem kleinen Ort zwischen Hochheim und Frankfurt. Daneben hatte er einige Immobilien erworben, die er verwaltete und vermietete. Anfang der neunziger Jahre wurden der Polizei Hinweise zugespielt, dass in Sharks Bordellen Frauen aus Osteuropa arbeiteten, die zu ihrer Tätigkeit gezwungen wurden. Im Rahmen einer groß angelegten Razzia im Rhein-Main-Gebiet im Frühjahr 1993 wurden auch seine Etablissements durchsucht. Als die ersten Polizisten bei ihm im ‚Titania' auftauchten, trat Shark ihnen mit der Waffe entgegen und verletzte einen Polizisten dabei schwer. Er selbst konnte entkommen. In dem Haus wurde ein umfangreiches Waffenlager gefunden. Mehr zufällig stießen die Beamten in einem abgetrennten, gefängnisartigen Kellerteil auf mehrere sehr junge Frauen aus Rumänien und Bulgarien ohne Aufenthaltsgenehmigung und Papiere, fast alle noch unter sechzehn Jahre alt. Wie sich später herausstellte, waren sie aus ihren Heimatdörfern entführt und über Mittelsmänner nach Deutschland verkauft worden. Shark selbst ließ diese Frauen in seinen Häusern nicht arbeiten, sie hatten nicht in sein Konzept gepasst, aber er verkaufte sie mit großem Gewinn weiter. Nach seiner Flucht verschwand Shark spurlos. Polizei und Staatsanwalt waren schon davon ausgegangen, dass er sich mittels einer neuen Identität erfolgreich abgesetzt hatte, da wurde seine übel zugerichtete und fast gänzlich verbrannte Leiche gefunden. Die genauen Umstände seines Todes konnten niemals festgestellt werden. Ich versuchte, weitere Informationen über dieses ‚Titania' zu finden, aber mehr, als dass das Haus nach der Razzia eine lange Zeit leer stand, bevor ein Frankfurter Geschäftsmann darin eine Sauna installierte, die sich bald aber als Swingerclub herausstellte, gaben meine Recherchen nicht her. Eine Gasexplosion, bei der niemand verletzt wurde, zerstörte weite Teile des Gebäudes. Es konnte nicht geklärt werden, ob diese Explosion ein Unfall oder ein Anschlag war. Danach fand sich kein neuer Besitzer.

„Nichts von diesem Anstett, absolut nichts!" Diese Informationen brachten mich keinen Schritt weiter.

„Ist doch logisch", sagte Magdalena, die sich gegen acht Uhr neben mich gesetzt hatte. „Wenn sein Name da auftauchen würde, hätte er wohl keine Karriere als Politiker gemacht." Sie dachte kurz nach. „Hast du mal diesen Müller eingegeben?"

Ich musste einige Momente nachdenken, bevor mir sein Vorname Anton einfiel. Ich tippte ‚Anton Müller' in das Suchfeld auf der Seite der Tele-Auskunft ein und kombinierte ihn mit Mainz, Wiesbaden und anderen geografisch nahe gelegenen Orten. Es erschienen mehrere Anton Müllers, aber wie sollte ich da wissen, ob der Richtige dabei war? Oder ob dies sein richtiger Name war?

Mein einziger Anhaltspunkt blieb Anstett, aber wie konnte ich mich ihm nähern, ohne in Gefahr zu kommen, wieder von irgendwelchen Dunkelmännern entführt zu werden? Oder hatte der Politiker etwas mit meiner Entführung zu tun? Ich las mir noch einmal die Einträge auf den Seiten des Landtags und einige Zeitungsberichte über ihn durch. Sie zeigten das Bild eines tadellosen Mannes, der seine Familie verehrte und sich für das Wohl der Allgemeinheit aufopferte. Neben seinen politischen Tätigkeiten war er auch in verschiedenen Vereinen und Wohltätigkeitsverbänden engagiert. Zusammen mit seinem langjährigen Mentor und politischen Weggefährten Dr. Peter Paul Maser trieb er den Umbau des Römisch-Germanischen Zentralmuseums zur neuen Ausstellungshalle für die Kunstsammlerin Veronika Geisler voran, die ihre Sammlung hochwertiger Werke der Nachkriegsmoderne an die Stadt vermacht hatte unter der Bedingung, dass diese die Sammlung in einem von der Stadt finanzierten Haus der Öffentlichkeit zugänglich machte. Da das Römisch-Germanische Zentralmuseum erst in den nächsten Jahren in eine neue Heimstatt umzog und damit die Räume im Kurfürstlichen Schloss erst dann für die Sammlung der Geisler frei werden würden, sollten bis dahin Teile der Sammlung in einer Ausstellung in einem der Bonifaziustürme in der Nähe des Hauptbahnhofs gezeigt werden, deren weihevolle Eröffnung mit viel Prominenz in wenigen Wochen bevorstand.

Während ich versuchte, all die vielen Informationen in einen Zusammenhang zu stellen, fiel mir mein Wagen ein, der noch immer in der Tiefgarage unter dem Rathaus stand. Das Auto war zu auffällig, als dass ich es zu lange dort stehen lassen konnte, und als Magdalena um kurz vor neun sagte, dass sie zum Bäcker gehen würde, bat ich sie, den Benz abzuholen und an einem anderen Ort abzustellen. Ich überreichte ihr den Schlüssel und das Parkticket. Sie zog sich einen Mantel über und verließ die Wohnung. Ich war fast ein bisschen überrascht darüber, dass sie so schnell gegangen war, ohne die obligatorische Gegenleistung zu verlangen. Vielleicht hatte sie aber auch gespürt, dass ich im Moment nicht in der Stimmung dazu war.

Ich grübelte noch eine Zeitlang vor mich hin, aber ohne ein Ergebnis, das mich auch nur ein klein wenig weitergebracht hätte.

Ich hatte viele kleine Puzzlestücke, von denen ich ahnte, dass sie zusammengehörten, aber ich fand die entscheidenden Teilchen nicht, die zu dem vollständigen Bild nötig waren. Vollbracht fiel mir ein. Der Mann war Journalist und müsste doch über die Mittel und Möglichkeiten verfügen, mehr als ich herauszufinden.

Nach mehrmaligem Klingeln meldete sich die bekannte tiefe Stimme. Der Journalist schien nicht sonderlich erstaunt zu sein, meine Stimme zu hören.

„Und, Gumbrich, schon was Neues?“, fragte er. „Sie scheinen der Polizei ja ein schönes Schnippchen zu schlagen. Was wollen Sie von mir? Mir exklusiv Ihre Geschichte erzählen, bevor Sie sich stellen?“

„Ich bin kein Mörder!“, entgegnete ich schnell.

„Das haben Sie schon beim letzten Mal gesagt, Gumbrich, und ich bin geneigt, Ihnen das zu glauben. Aber die Polizei scheint da anderer Meinung zu sein, wenn ich die richtig verstehe. Die scheinen Sie noch nicht von Ihrer Unschuld überzeugt zu haben!“

„Haben Sie mit der Polizei gesprochen?“, fragte ich erschrocken.

„Natürlich, Gumbrich. Was glauben Sie denn, wie lange die brauchen, bis sie erfahren, dass Sie sich bei mir vorgestellt haben? Und dann? Was sage ich dann? Nichts mehr! Meine Papiere kann ich mir dann abholen.“

„Was haben Sie gesagt?“

Vollbracht ließ sein kehliges Lachen hören, bevor er antwortete. „Was wohl? Das Sie hier waren und sich als Journalist vorgestellt haben.“

„Sonst nichts?“

„Doch! Dass Sie mich angerufen und Ihre Unschuld beteuert haben.“

„Vollbracht!“, rief ich entsetzt, beruhigte mich aber gleich wieder. „Was war die Reaktion?“

„Keine erkennbare. Ich würde Ihnen raten, sich zu stellen und zusammen mit der Polizei Ihre Unschuld zu beweisen.“

„Nein!“, lehnte ich diesen Vorschlag kategorisch ab. „Ich muss das aufklären, Vollbracht. Ich!“ Ich sah keine Veranlassung, den Journalisten förmlich anzusprechen, wenn er das auch nicht machte. „Das ist aber ganz und gar nicht ungefährlich und ich habe auch schon ziemlich was auf die Fresse gekriegt. Da hängt eine größere Geschichte dran.“

„Und die wollen Sie mir jetzt verticken?“

„Auch. Aber zunächst einmal brauche ich Ihre Hilfe!“

Ein sekundenlanges Schweigen war die Antwort.

„Erzählen Sie, was passiert ist, Gumbrich!“, forderte mich Vollbracht schließlich auf.

„Das kann ich Ihnen jetzt am Telefon nicht alles erzählen.“

„Sie machen es aber spannend. Wenn Sie sich nur interessant machen wollen, dann haben Sie bei mir ausgeschissen, damit das klar ist. Also ...?!“

„Ich bin da einer großen Sache auf der Spur ...“

„Das höre ich jeden Tag, mein lieber Gumbrich ...“

„Nein, wirklich, Vollbracht, und ich brauche Ihre Hilfe.“

„Ohne dass ich weiß, worum es geht?“

Ich konnte den Mann verstehen, aber ich wollte ihm jetzt nichts erzählen. Zum einen, weil es einfach zu lange dauern würde, ihm alles von Beginn an darzulegen, zum anderen, weil ich mir nicht ganz sicher war, ob er die Geschichte nicht selbst an die große Glocke hängen würde oder ob er nicht mit dem Wissen zur Polizei ginge, um mich zu verpfeifen.

„Sie bekommen die Geschichte, Vollbracht, versprochen, aber nicht jetzt. Jetzt müssen Sie mir einfach vertrauen.“

„Das fällt mir nicht leicht“, erwiderte er und schwieg.

Schließlich räusperte er sich. „Sorry, ich kann nicht gegen das journalistische Ethos verstoßen, das ich ständig von meinen Mitarbeitern einfordere. Ich begebe mich schon in Teufels Küche, dass ich der Polizei nichts von unseren Gesprächen sage. Ich rate Ihnen, sich zu stellen.“

Ich antwortete nicht.

„Gumbrich, geben Sie mir mehr Informationen und ich werde sehen, wie ich Ihnen helfen kann.“

„Ich werde es mir durch den Kopf gehen lassen“, sagte ich enttäuscht.

„Wie Sie wollen, Gumbrich.“ Er klang verärgert und machte eine Pause. Ich glaubte, durch die Leitung spüren zu können, wie er nachdachte. „Und denken Sie an die Kamera. Klein und am besten eine mit einem Chip mit großem Speicher“, sagte er schließlich, nicht ohne Sarkasmus.

Wir verabschiedeten uns. Ich war mir nicht sicher, ob es richtig gewesen war, mich bei Vollbracht zu melden. Aber, beruhigte ich mich, er hatte nichts in der Hand und konnte der Polizei nicht mehr mitteilen als das, was er ihr schon gesagt hatte, und vielleicht, dass ich mich noch in Mainz aufhielt. Aber selbst das konnte er nicht mit Sicherheit wissen.

Ich verspürte Hunger, und da Magdalena noch nicht mit den Brötchen vom Bäcker zurück war, bereitete ich mir aus dem Vorhandenen ein Frühstück. Die Waffe aus Kittys Wohnung lag noch immer vor mir auf dem Tisch. Sie wirkte auf mich in diesem Moment nicht fremd. Nach dem Frühstück döste ich auf dem Küchenstuhl ein, die Schläge forderten ihren Tribut. Als ich nach eineinhalb Stunden wach wurde, war Magdalena noch immer nicht zurück. Ob sie mit dem Wagen nicht klargekommen war? Ich wusste ja noch nicht einmal, ob die Frau einen Führerschein hatte, und musste mir eingestehen, dass es ein Fehler gewesen war, sie zu bitten, das Auto aus der Tiefgarage zu fahren, und ich begann mir nun Sorgen zu machen. Sie war jetzt schon über zwei Stunden fort.

Eine weitere halbe Stunde später war Magdalena noch immer nicht aufgetaucht. Es war mittlerweile zwölf Uhr und ich begann, mir nun wirklich Sorgen um sie zu machen. Ich zog mir Schuhe und Jacke an, nahm mir den Ersatzschlüssel für die Wohnung, steckte die Pistole in die Tasche meiner Jacke und verließ die Wohnung. Doch als ich gerade die Haustüre einen Spalt weit geöffnet hatte, erkannte ich zwei Polizisten, die auf das Haus zukamen. Schnell ließ ich die Tür wieder zufallen und zog mich in das Innere von Magdalenas Wohnung zurück. Hinter der Tür stehend lauschte ich, ob sie in dieses Haus wollten. Fünf Minuten stand ich so da, ohne dass etwas geschah. Ich setzte mich in die Küche auf einen Stuhl. Meine Hände zitterten ein wenig und ich fragte mich, ob ich die ganze Geschichte nicht anders angehen musste. Irgendwie kam ich mir fast lächerlich vor auf meiner Flucht, mit meinen gefärbten Haaren, mit meinen Nachforschungen und vor allem jetzt mit der Waffe in der Tasche. Doch dann sagte ich mir, dass ich schon einiges herausgefunden hatte, auch wenn es sich noch nicht zu einem logischen Bild zusammenfügte. Und was wäre die Alternative? Zur Polizei gehen und mich stellen, wie Vollbracht mir nahegelegt hatte, in der Hoffnung, dass man mir glauben oder zumindest in eine andere Richtung ermitteln würde? Was, wenn das nicht geschehen würde? Wenn ich ohne Chance auf die Wahrheit im Knast landen würde? Mir blieb nichts anderes übrig, als selbst die Wahrheit herauszufinden. Für Hermia. Und für meine Zukunft, wenn ich denn eine hatte, als Journalist.

Aber zunächst musste ich wissen, warum Magdalena so lange ausblieb. Hatte sie vielleicht Gefallen an dem Wagen gefunden und fuhr damit durch Rheinhessen? Konnte ich mir nicht vorstellen. Ich wurde so unruhig, dass ich jetzt alle Vorsicht fallen ließ und mich auf den Weg zu der Tiefgarage machte, nachdem ich mich vergewissert hatte, dass sich kein Polizist in der Nähe des Hauses aufhielt.

14

Um halb eins näherte ich mich von der Rheinseite aus der Tiefgarage und ging, so schnell ich konnte, zu dem Parkdeck, auf dem ich meinen Wagen abgestellt hatte. Schon von Weitem konnte ich das Heck des Autos erkennen. Magdalena hatte ihn also nicht von hier weggefahren. Wo war sie nur? Jetzt machte ich mir wirklich Sorgen.

Als ich den Benz erreicht hatte und in meine Tasche griff, um den Schlüssel herauszunehmen, fiel mir ein, dass ich den Magdalena gegeben hatte und keinen Ersatzschlüssel besaß. Stattdessen hörte ich plötzlich hinter mir ein Klimpern. Ich schrak zusammen. Ich hatte keine Schritte gehört und auch keinen Menschen in der Nähe des Wagens gesehen. Ich drehte mich um und sah vor mir das kantige Gesicht eines Mannes in einem schwarzen Anzug und einem schwarzen Übermantel. Einer von den Typen, die mit einem Blick befehlen können. Er trug Lederhandschuhe und in seiner rechten Hand hielt er einen Schlüssel, den er in Augenhöhe leicht hin und her wedelte. Es war mein Wagenschlüssel, das konnte ich an dem Anhänger, einem silbernen Mercedes-Stern, erkennen. Einer von Müllers Männern?, schoss es mir gleich durch den Kopf. Ob Jerry wieder in der Nähe stand und die Chose genüsslich beobachtete? Wie richtig und wie falsch ich lag, sollte ich ebenso bald wie grausam erfahren.

„Wo haben Sie den her?", fragte ich den Mann zornig.

Der Mann in Schwarz reagierte nicht, sondern zog mit der anderen Hand aus seiner Manteltasche eine Schusswaffe gerade so viel heraus, dass ich sie erkennen konnte, und versenkte sie gleich wieder, aber so, dass der Laufe in der Manteltasche auf mich gerichtet blieb. Mit der Hand, in der er den Schlüssel hielt, gab er mir stumm ein Zeichen, mich umzudrehen. Langsam folgte ich seiner Anweisung. Als ich mit dem Rücken zu ihm stand, stieß er mich so heftig gegen das Auto, dass ich mit dem Kopf gegen die Dachkante knallte. Im gleichen Moment spürte ich seine Hände meinen Körper abtasten. Kittys Pistole hatte er schnell gefunden. Dann schloss er die Fahrertür auf.

„Reinsetzen!", befahl er mir kurz angebunden.

Ein Mann und eine Frau traten aus einem der Treppenhäuser und gingen an uns vorbei in einen anderen Teil des Parkhauses, ohne uns zu beachten. Ich war unfähig, in irgendeiner Weise zu reagieren, und setzte mich auf den Fahrersitz. Der Mann im schwarzen Anzug ging um das Auto herum und nahm neben mir Platz. In der rechten Hand, die auf seinem Schoß ruhte, hielt er meine Pistole. Er schob den Schlüssel ins Zündschloss.

„Losfahren!"

Als ich an dem Ticketautomaten vor der Schranke an der Ausfahrt hielt, griff er in die Brusttasche seines Jacketts und reichte mir den Schein.

„Nach rechts!“, diktierte er, als wir das Parkhaus verlassen hatten und vor der nächsten Ampel standen.

„Was ist mit Magdalena?“, fragte ich, ohne den Mann dabei anzusehen.

„Schnauze!“, war die kurze Antwort.

Nur mit den nötigsten Worten dirigierte er mich aus der Stadt. Ich musste die Rheinallee in Richtung Mombach fahren. Von da dirigierte er mich weiter nach Budenheim. In dem kleinen Ort überlegte ich, den Benz gegen einen der am Straßenrand parkenden Wagen zu fahren, aber als hätte er meine Gedanken gelesen, sagte der Mann neben mir trocken: „Keine unüberlegten Sachen. Egal, was mir passiert, du gehst auf jeden Fall mit drauf!“

Ich verwarf meinen Plan und fuhr weiter, am Sportplatz am Ortsausgang von Budenheim vorbei. Hinter dem Ort war die Bundesstraße rechts und links von Wald begrenzt. Bald hatten wir den Abzweig zum Schloss Waldthausen erreicht, aber ich musste weiter in Richtung Heidesheim fahren, vorbei am ‚Rotkäppchen‘, bis mein Beifahrer mich kurz danach und sehr plötzlich anwies, nach links in einen Feldweg zu fahren. Ich musste stark bremsen, geriet ins Schleudern, fing den Wagen ab und rollte langsam in den vom Schneefall der letzten Tage aufgeweichten Weg. Rechts und links standen dicht die Bäume. Der schwere Wagen rutschte auf dem matschigen Untergrund hin und her. Als wir so weit den Weg entlang gefahren waren, dass er von der Straße aus nicht mehr einsehbar war, forderte der Mann mich auf, anzuhalten.

„Aussteigen!“

Der Fremde wartete, bis ich vor die Motorhaube getreten war, dann kam auch er heraus und gab mir ein Zeichen, zum Kofferraum zu gehen.

„Aufmachen!“, befahl er und sah mich kalt an. Ich hatte noch nie so blaue Augen gesehen.

Ich drückte auf den Entriegelungsknopf, hob den Deckel an

und taumelte einen Schritt zurück. Vor mir lag gefesselt, geknebelt und zusammengekrümmt Jerry und stierte mich aus weit aufgerissenen Augen an.

Der Mann im schwarzen Anzug grinste, als er meinen Schrecken sah. Völlig ungerührt trat er einen Schritt vor und feuerte aus Kittys Pistole zwei Schüsse in Jerrys Kopf. Den kurzen Blick der Erkenntnis in Jerrys Augen werde ich nie vergessen. Ich war so geschockt, dass ich in den nächsten Sekunden nicht reagieren konnte, als der Mann sich neben mich stellte, mich mit einem Ruck zu sich heranzog, mir die Pistole in die Hand drückte, auf Jerry zielte und noch zweimal den Abzug drückte. Dann nahm er mir die Waffe wieder ab und legte sie neben den Toten auf den Kofferraumboden. Er knallte den Kofferraumdeckel zu. Ich war noch immer wie paralysiert, unfähig zu irgendeiner Reaktion, und starrte den Mann an.

„Mörder!", zischte er, an Zynismus nicht mehr zu überbieten. „Die Waffe hast du einer jungen Dame gestohlen. Die hat bereits Anzeige erstattet. Ist schon dein zweiter Mord. Man muss richtig Angst vor dir haben." Der Mann lachte über seinen eigenen schlechten Scherz.

Er befahl mir, wieder in das Auto einzusteigen, aber ich war unfähig zu einer Reaktion. Erst ein heftiger Stoß in meinen Rücken, der mich gegen die Wagentür warf, riss mich aus meiner Erstarrung.

Der Mann öffnete die Tür und stieß mich ins Wageninnere. „Losfahren!", befahl er. Ich war noch so daneben, dass ich viel zu viel Gas gab und den Wagen fast gegen einen Baum gesteuert hätte. Erst nach mehreren vergeblichen Versuchen fanden die Reifen festen Halt. Langsam rollte ich bis zur Straße.

„Nach links!", lautete der nächste Befehl.

Ich gab Gas und überlegte, was ich machen konnte. Einfach Gas geben und gegen den nächsten Baum fahren? Der Mann neben mir war nicht angeschnallt.

„Keine Dummheiten, verstanden?!", sagte er herrisch.

Wir fuhren auf der Bundesstraße weiter und erreichten Heidesheim. Ich wusste kaum, wie ich den großen Wagen ohne Unfall durch den Ort steuern sollte. Abwechselnd links und rechts parkten Autos und der Gegenverkehr zwang mich immer wieder zu millimetergenauen Manövern.

Mein Beifahrer dirigierte mich nach Ingelheim, wo ich hinter einem Kreisverkehr eine Straße befuhr, an der rechts und links Industriebetriebe lagen. Irgendwann musste ich nach rechts in einen nicht asphaltierten Weg abbiegen, dem wir folgten, bis wir eine Wellblechhalle erreicht hatten. Weit und breit war kein Mensch zu sehen.

„Aussteigen!“

Ich öffnete die Tür und wartete, was als nächstes kommen würde. Ich wusste nicht, was ich tun sollte. Dieser Verrückte hatte vor meinen Augen Jerry erschossen. War ich der nächste? Bevor ich weiterdenken konnte, drückte er mir seine Waffe ins Kreuz und dirigierte mich um die Halle, bis ich vor einem dunkelroten Ford Scorpio stand.

„Stehen bleiben!“, lautete der Befehl, als wir den Kofferraum des Wagens erreicht hatten, den der Mann mit seiner freien Hand öffnete.

Aus dem Augenwinkel konnte ich erkennen, dass zwei Männer, ebenfalls mit schwarzen Anzügen bekleidet, aus dem Schatten der Halle traten. Einer von ihnen trug seinen Arm in einer Schlinge. Das waren die Männer, die mich erst gestern brutal zusammengeschlagen hatten. Mein Entführer, der Mörder von Jerry, ging ein Stück auf sie zu. Und wie sie ihn ansahen und seinen Worten, die ich nicht verstehen konnte, lauschten, war mir mit einem Mal klar, wer der Mann war, der Jerry erschossen hatte. Dieser Mann mit dem schwarzen Anzug und den stahlblauen Augen musste Anton Müller sein. Die beiden nickten eifrig und kamen dann auf mich zu, während Müller verschwand. Hatten sie von ihm den Auftrag erhalten, mich umzubringen? Ich war Zeuge von Jerrys Erschießung, also eine Gefahr. Sie mussten mich umbringen. Ein Scheiß-Gefühl! Aber warum hatte Müller das nicht gleich getan? Was hatte er vor? Warum der Mord mit gestohlener Pistole, mit meinen Fingerabdrücken darauf? Diese Fragen schossen mir völlig wirr durch den Kopf, als suchte ich Indizien dafür, dass ich nicht erschossen werden müsste, aber Jerry war abgeknallt worden, vor meinen Augen, einfach so, und er hatte mich angeschaut … Dieses Bild stand so mächtig vor mir, dass ich nicht klar denken und darauf auch nur ansatzweise eine Antwort finden konnte. Außerdem kam auch schon einer der beiden Männer auf mich zu, fesselte meine Hände, schob mir dann einen Knebel in den Mund und zeigte auf den Kofferraum des dunkelroten Scorpio.

Ich wollte „Nein!" brüllen, aber mehr als ein Röcheln brachte ich nicht zuwege. Drohend hob der Mann seine Waffe und richtete sie auf meinen Unterleib. Widerwillig kletterte ich in den Kofferraum, legte mich auf den Boden und wartete auf den Schuss. Stattdessen beugte sich einer der beiden Männer über mich, wickelte mir ein Tuch über die Augen und schob einen Kopfhörer über meine Ohren, der so konstruiert war, dass er nicht von meinem Kopf rutschen konnte. Gleich darauf knallte über mir der Kofferraumdeckel ins Schloss. Um mich herum war völlige Dunkelheit und ich wusste, dass es dieses Mal keinen Jerry mehr gab, der mich retten konnte. Wie recht er gehabt hatte, dass er diesen Müller gefürchtet und mich vor ihm gewarnt hatte.

Kurz darauf wurde der Motor gestartet und der Wagen setzte sich in Bewegung. Ich versuchte mir vorzustellen, wohin er fuhr, aber schon nach kurzer Zeit hatte ich jede Orientierung verloren und mir wurde übel: von der Luft in dem engen Gefängnis, der Dunkelheit, dem Geruch nach Öl und Reinigungsmitteln, der Angst und der immer weniger werdenden Luft und der Furcht, zu ersticken. Und das elende Gefühl, außer meinem Geruchssinn völlig ohne Kontrolle meiner Umwelt zu sein, nichts zu hören, nichts zu sehen, nichts zu wissen und meiner Todesangst total ausgeliefert zu sein.

Warum hatte dieser Kerl, der Müller sein musste, Jerry umgebracht? Was war mit Magdalena passiert? Hatte dieser Kerl sie genauso eiskalt abgeknallt wie Jerry? Wie lange wir umherfuhren, kann ich nicht mehr sagen. Ich versuchte, durch die Konzentration auf solche Fragen und gleichmäßiges Atmen zu verhindern, dass ich mich übergeben musste. Irgendwann kam der Wagen zum Stehen und der Motor wurde ausgeschaltet. Zweimal ertönte die Hupe, dann war es gespenstisch still. Kein Laut drang bis zu mir in den Kofferraum. Die Angst, wie Jerry einfach abgeknallt zu werden, wich der Angst, dass man mich einfach in dem Auto liegen und verrecken ließ.

Ich zuckte heftig zusammen, als der Kofferraum dann doch geöffnet und ich an beiden Armen ergriffen und herausgerissen wurde. Ich stieß mit Kopf und Körper gegen das Metall des Kofferraumdeckels. Die fremden Arme stellten mich aufrecht auf den Boden. Hätte ich mich nicht in dem festen Griff befunden, wäre ich auf der Stelle zusammengesackt. Dann ging alles ganz schnell. Die fremden Arme zerrten mich mit sich und schleiften mich über einen schwankenden Boden, bevor ich abrupt gestoppt wurde und der Boden unter mir zu zittern anfing. Ich benötigte einige Sekunden, bis ich begriff, dass ich in einem Aufzug stand. Als das Zittern aufhörte, erhielt ich einen Stoß gegen meine Schulter und stolperte gegen eine Treppenstufe. Dies alles gefesselt und mit verbundenen Augen und der Angst, dass irgendetwas Unerwartetes passieren würde. Ich musste eine Treppe hinaufgehen und da ich jeden Schritt ertasten musste und das meinen Begleitern zu langsam ging, wurde ich ständig weitergeschubst, wodurch ich mehrmals stolperte, was stets von einem Fluchen der Männer um mich herum kommentiert wurde. Dann fassten die Hände meine Oberarme. Ich blieb stehen und wartete, hörte sich entfernende Schritte, stand völlig orientierungslos da und hatte keinen blassen Schimmer, wo ich war und ob sich noch jemand in meiner Nähe aufhielt. Diese Ungewissheit war schlimmer als die Schläge.

Irgendwann näherten sich Schritte, dann wurde mir das Tuch von den Augen gerissen. Aus einem Reflex heraus schloss ich meine Augen, weil ich fürchtete, dass die Helligkeit mich blenden würde, aber ich musste erkennen, dass es um mich herum ziemlich düster war. Plötzlich wurde mir der Kopfhörer so heftig heruntergerissen, dass ich glaubte, mein rechtes Ohr bliebe daran hängen. Der Schmerz machte mich gleich wieder taub.

Als ich endlich zu mir kam und sich meine Augen an die Lichtverhältnisse gewöhnt hatten, erkannte ich, dass ich alleine war. Ich drehte meinen Kopf ein wenig zur Seite, um mich zu orientieren. In meiner Nase hatte sich der Geruch von trockenem Staub festgesetzt. Ich erkannte die Konturen eines großen Raumes. Säulen strukturierten diese Halle, die Fenster an den Seitenwänden mussten verklebt sein, nur durch sehr wenige undichte Stellen drangen schwach dünne Lichtstrahlen in den Raum.

Schritte näherten sich von hinten. Ich drehte mich um, spürte im gleichen Moment einen Schlag im Gesicht und wurde auf einen Stuhl gepresst. Sekunden später wurden meine Hände auf der Rückseite des Stuhls gefesselt.

Ich blickte auf eine Säule, die mal weiß gewesen war, von der aber ein Großteil der Farbe abgeblättert war. Der Stuhl wurde herumgerissen. Vor mir standen die zwei Männer in den schwarzen Anzügen. Wenn die Situation nicht so elend beschissen gewesen wäre, wäre mir irgendein blödsinniger Gedanke über wunderbare Vermehrungen gekommen, so merkte ich nur die Beschleunigung meines Herzschlags in der Vorahnung unangenehmer Dinge. Einer der Männer ging um mich herum und stellte sich hinter mich. Derjenige, der vor mir stand, beugte sich ein kleines Stück zu mir herunter.

„Wo ist der Film?", fragte er.

Der Film. Immer wieder der Film. Warum war er so wichtig?

„Der Film?", fragte er nochmals und versetzte mir einen Tritt gegen das Schienbein. Ich schrie auf und spürte augenblicklich einen Faustschlag im Gesicht.

„Der Film?", wiederholte er noch einmal.

Ich keuchte und brauchte ein paar Sekunden, um meinen Atem so weit unter Kontrolle zu bringen, dass ich einigermaßen normal sprechen konnte.

„Welcher Film?", fragte ich langsam.

„Ein cleveres Bürschchen", sagte der, der vor mir stand, zu seinem Kumpel hinter mir. „Welcher Film?", äffte er mich nach.

„Ich glaube, der Kerl hält uns für bescheuert."

„Nein!", sagte ich schnell, um einem möglichen Schlag zuvorzukommen. Der kam von hinten, mit der flachen Hand auf meinen Schädel.

Der Kerl vor mir griff in seine Tasche und zog mehrere Fotos heraus. Eines davon hielt er mir vor das Gesicht. Ich konnte erst nichts erkennen, weil ich feuchte Augen hatte.

„Und?", sagte der hinter mir.

Ich konzentrierte mich, dennoch dauerte es eine Zeitlang, bis ich erkannte, dass auf diesem Foto ich selbst zu sehen war, wie ich Hermias Haus mit einer Tüte in der Hand verließ.

„Du hast da was bei der schönen Hermia mitgehen lassen", sagte der vor mir ganz neutral, „und das trägst du in dieser Tüte aus ihrer Wohnung fort. Und genau das hätten wir gerne."

Ich verstand nicht.

Er zeigte mir ein weiteres Bild. „Na, dämmert's jetzt?"

Auf dem Foto hob ich gerade die Kassetten auf, die mir aus der Tüte gefallen waren.

„Der Film!", raunzte der Typ mich an und machte einen kleinen, bedrohlichen Schritt auf mich zu. „Der Film, der da in der Tüte ist, den wollen wir!"

„Da war kein Film drin", beeilte ich mich zu sagen. „Ehrlich!"

„Sollen wir einem Mörder glauben? Einem, der die Frau ermordet hat, die er schon so oft gevögelt hat? Sie soll ja sehr gut gewesen sein. War sie das? Sag schon!"

Ich wusste nicht, was ich sagen sollte. Ich wusste nur, dass alles, was ich sagen würde, verkehrt wäre und neue Schläge bedeuten würde. Mein ganzes dreißigjähriges Leben war ich von Schlägen verschont geblieben, die Abreibungen durch meinen Vater nicht gezählt, und nun holte ich in wenigen Tagen alles dermaßen nach, dass es für den Rest meines Lebens reichen würde, sollte ich hier lebendig herauskommen. Und die Schläge prasselten von hinten auf mich ein, nicht hart und nicht platziert, einfach willkürlich. Ich sackte nach vorne, und nur meine hinter der Stuhllehne gefesselten Hände verhinderten, dass ich auf den Boden fiel.

„Der Film! Wo ist er?“, hörte ich eine Stimme wie aus weiter Ferne. Ich wollte einfach nur schlafen, nicht da sein, aber erneute Schläge machten mir unmissverständlich klar, dass dem leider nicht so war. Ich war hier, in dieser Halle, mit diesen Kerlen, die einen Film von mir haben wollten, von dem ich nichts wusste, außer, dass ich ihn selbst gerne gehabt hätte, da ich annehmen musste, dass es auch der war, den Hermia weggeschmissen und dann gesucht hatte. Weil dieser Müller und seine Schläger sich auch nicht so einfach von ihr hatten abspeisen lassen? Dann hätten sie Hermia auf dem Gewissen. Aber was hatte es mit dem Film auf sich, dass eine Frau dafür sterben musste, wahrscheinlich auch Jerry, und als nächster wahrscheinlich ich? Was, verdammt noch mal, war da gefilmt worden?

„Ich …“, sagte ich und musste heftig einatmen. Der Mann vor mir trat einen Schritt zurück.

„Ja?“, fragte er erwartungsvoll.

„Ich weiß, wo der Film ist.“

„So! Und wo ist er?“

„Hermia hat ihn weggeschmissen. Ehrlich, wirklich!“, sagte ich schnell, weil ich wusste, dass sie mir nicht glauben würden.

„Weggeschmissen?“ Und mit der Frage bekam ich einen solchen Schlag verpasst, dass ich mit dem Stuhl umkippte und benommen liegen blieb. Kurz darauf klingelte ein Handy.

15

Wie durch einen Schleier bekam ich mit, dass ich mit dem Stuhl wieder aufgerichtet wurde, man mir die Fesseln abnahm, ein Tuch um meinen Kopf und meine Augen band und mich dann aus dem Raum schleifte. Ich registrierte benommen, dass ich eine Treppe abwärts und dann durch einen langen Gang gehen musste, bevor eine Tür geöffnet wurde und ich einen Stoß gegen meinen Rücken erhielt, der mich nach vorne taumeln ließ. Ich versuchte, mein Gleichgewicht zu halten, was misslang, und schlug auf dem

Boden auf. Hinter mir wurde die Tür zugeworfen. Ich war eingesperrt und lag regungslos da. Einem ersten Impuls folgend, wollte ich mir die Binde vom Kopf zerren, um zu sehen, wo ich mich befand, aber dann überkam mich eine panische Angst, dass dies eine Falle war, dass da jemand in der Nähe war, der nur darauf wartete, dass ich dies machte und er mir seinerseits etwas antun konnte. Oder dass ich Magdalena finden würde, ermordet, verstümmelt, was weiß ich, was mir in diesem Moment durch den Kopf schoss. Wirre Bilder, alle voller Gewalt, Blut und Schreien.

Nach einiger Zeit ließen die Schmerzen nach. Mir war noch schwindelig und ich richtete mich sehr langsam auf. Alles, was ich hören konnte, war mein Atmen, das von Minute zu Minute ruhiger wurde. Schließlich hielt ich die Ungewissheit nicht mehr aus, führte meine Hände an den Kopf, ließ sie dort, tat nichts und wartete. Als eine Reaktion ausblieb, zog ich mir die Binde von den Augen. Es war genauso dunkel wie vorher. Man hatte mich in einen völlig abgedunkelten Raum geworfen. Da aber nichts passiert war, fasste ich neuen Mut und krabbelte herum. Bei jeder Bewegung schmerzte mein Körper. Trotzdem erkundete ich den Raum weiter, biss die Zähne zusammen und unterdrückte den Schmerz, tastete mich weiter, spürte eine kühle Wand, drehte mich um, krabbelte weiter, um nur wenig später wieder gegen eine Wand zu stoßen. Am Ende musste ich mir eingestehen, was ich vorher schon geahnt hatte – ich war eingesperrt und wenn jemand dies wollte, konnte er mich in diesem Loch verrecken lassen. Und niemand würde es merken, niemand würde mich vermissen, mich, einen gesuchten Mörder. Jerry und Hermia, die von meinem Aufenthalt in Mainz wussten, waren tot, und wahrscheinlich auch Magdalena, und Vollbracht würde denken, dass er doch recht gehabt hatte, als er mich für einen Aufschneider hielt, und einen völlig unzuverlässigen noch dazu.

Dennoch war ein kleiner Funke Hoffnung in mir. Wenn man mich loswerden wollte, warum hatte man mich dann nicht auf dem Feldweg, wo Jerry erschossen wurde, umgebracht, oder bei der Wellblechhalle? Warum dieses Spiel bei der Ermordung von

Jerry? Um mich einzuschüchtern, um mich zum Reden zu bringen? Sie wollten diesen Film von mir. Ich hatte nicht den blassesten Schimmer, was der Film zeigen könnte. War er Müller gefährlich? Kompromittierte er ihn? Müller und seine Leute glaubten, dass ich den Film aus Hermias Wohnung mitgenommen hatte. Aber ich hatte die Kassetten mit ihren Lebenserinnerungen gefunden. Verwechselte Müller da was? Was, wenn es tatsächlich die kleinen Kassetten waren, die er suchte: Was war da so Wichtiges drauf, dass er vor Mord nicht zurückschreckte? Hermias Leben konnte es nicht sein. Wenn, dann musste sie etwas wissen, das nicht an die Öffentlichkeit dringen durfte. Anstett! Ja, dieser Politiker war das einzig Relevante in ihren Aufzeichnungen. Hatte sie das, was sie auf die kleinen Kassetten gesprochen hatte, auch als Film aufgenommen? Er musste um seine Karriere fürchten, wenn diese Aufzeichnungen an die Öffentlichkeit kämen. Aber, entkräftete ich mir gleich selbst dieses Argument, das, worüber Hermia auf der Kassette sprach, lag fünfzehn Jahre zurück und es war die Behauptung einer Prostituierten und Pornofilmdarstellerin – wer würde ihr glauben? Und wenn es doch einen Film gab: Warum besaß Hermia ihn dann? Hatte sie ihn gedreht? Oder hatte sie ihn zugespielt bekommen? Und letztlich blieb die Frage, warum Müller unbedingt in den Besitz dieses Filmes kommen wollte.

Ich fand keine Antworten auf all diese Fragen und quälte mich zudem damit, ob diese Gedanken überhaupt noch Sinn machten. Würde man mich nicht in jedem Fall umbringen? Egal, ob ich den Film besaß oder nicht, egal, ob ich ihn herausrückte oder nicht?

Ich war so mit meinen Gedanken beschäftigt, dass ich erst gar nicht wahrnahm, dass ein Schlüssel in das Schloss gesteckt und die Tür geöffnet wurde. Der Lichtschein, der in den Raum fiel, wurde immer größer. Ich hielt eine Hand vor meine Augen und blinzelte zwischen den Fingern hindurch. Im Türrahmen konnte ich im Gegenlicht den Schattenriss eines Mannes erkennen. Er kam näher und blieb vor mir stehen.

„Aufstehen!“, befahl er.

Ich erhob mich, so schnell ich konnte, aber das war dem Mann noch zu langsam.

„Geht's nicht schneller!?"

Ich bemühte mich, aber es fiel mir schwer.

Kaum stand ich aufrecht, trat der Mann einen Schritt vor, packte mich am Arm und stieß mich durch die Tür.

„Weiter!", wies er mich an, und ich stolperte durch einen weiß gestrichenen schmalen Gang.

„Stehen bleiben!", befahl er und öffnete eine Tür mit einem Schild, auf dem ‚Reinigungspersonal' stand. „Da rein!"

Hinter der Tür lag ein Räumchen, in dem ein schmales Regal mit verschiedenen Putzutensilien untergebracht war. Der Mann packte das Regal und schob es ein Stück zur Seite. Dahinter war eine weitere Tür, die auf den ersten Blick nicht zu erkennen gewesen war und die in ein Treppenhaus führte. Ich ging die Treppenstufen hinab, und weil es dem Mann hinter mir nicht schnell genug ging, knurrte er ständig „Schneller, schneller!" Auch dieser Gang war weiß gestrichen und wirkte völlig steril. Dann standen wir in einem Raum, der ein etwa vier mal vier Meter breites Quadrat bildete und in dessen Mitte ein Tisch mit vier Stühlen stand. An dreien der Seitenwände gab es Türen, die alle geschlossen waren. Die Wände in diesem Raum waren kahl bis auf die Leuchten, die mit verchromten Haltern befestigt waren. Auf dem Tisch standen eine Schüssel mit Wasser, eine Karaffe mit Fruchtsaft, ein Glas und eine Rolle Küchenpapier.

„Setzen und saubermachen!"

Ich sah den Mann verständnislos an.

„Guck dich doch nur an", erklärte er gehässig und zeigte auf den Tisch. Jetzt entdeckte ich einen kleinen Spiegel, der neben der Schüssel lag.

„Los!", forderte er mich noch einmal auf.

Ich setzte mich an den Tisch und blickte in den Spiegel. Dieses Mal hatte ich von den Schlägen keine offenen Wunden davongetragen und die alten waren auch nicht aufgeplatzt. Aber mein Gesicht war sehr dreckig, voller dunkler Flecken. Ich reinigte mich mit einem Stück Papier von der Küchenrolle, das ich in das Wasser tauchte. Anschließend trocknete ich mich ab und trank in einem Zug ein Glas Saft leer.

Der Aufseher hatte mich währenddessen nicht aus den Augen gelassen und öffnete, als ich mit meiner Reinigung fertig war, eine der drei Türen. Aus dem dahinterliegenden Raum drang Licht, das wärmer war als das in diesem Raum. Ich stand auf. Mein Aufseher gab mir ein Zeichen, in den Raum einzutreten. Zögernd und langsam ging ich zu der Tür. Die Wände hatten einen Farbton, der zwischen Rot und Orange changierte und waren mit Bildern bestückt, in der Art, wie Kandinsky gemalt hatte. Sie bildeten einen harten Kontrast zu dem hell gefliesten Boden. Links stand eine Kamera auf einem Stativ.

Dann sah ich auf der anderen Seite das französische Bett, auf dem Magdalena lag, die mich mit großen und erschreckten Augen anblickte. Sie trug ziemlich ordinäre Reizwäsche und extrem hohe High Heels. Als sich unsere Blicke trafen, versuchte sie ein Lächeln, aber es wirkte grotesk verzerrt.

Am liebsten wäre ich zu ihr hingesprungen, um sie zu umarmen, so froh war ich, dass sie noch lebte. Ich wusste nicht, ob es ihre seltsame Maskierung, der Raum oder der Mann hinter mir waren, die in mir eine Sperre aufgebaut hatten.

„Du willst doch wieder hier raus oder nicht, was?“, meldete sich eine Stimme hinter mir.

Ich sah mich um und blickte in eine feist und dreckig grinsende Visage. Mein Aufseher war verschwunden. Dafür stand ein anderer Typ hinter mir, nicht kräftig, eher schmal, mit einer schiefen Fratze. Immerhin ließ das Brummen von den Schlägen in meinem Kopf nach.

„Die Freiheit ist doch eine gute Gage oder nicht, was? Besser als alles, was du jemals verdient hast, kleiner mieser Ficker!“

„Was soll das?“, fragte ich und meiner Stimme war die totale Verunsicherung anzumerken. Magdalena starrte mich noch immer so seltsam an. Sie wirkte phlegmatisch, als ob man ihr etwas gegeben hätte, das sie willenlos machte.

„Ist doch ganz einfach, Ficker! Oder nicht, was?“, sagte der Kerl und grinste mich an. Mir schien, als ob ihm der Sadismus ins Gesicht eintätowiert worden wäre.

Er ging nicht auf meine Frage ein. „Da ist die frustrierte Ehefrau, ist seit ewigen Zeiten nicht mehr richtig durchgenudelt worden. Dann kommst du, ihr Lover, ihr kommt in Fahrt, fickt da rum und dann komme ich, der gehörnte Ehemann. Ich bedrohe euch mit der Waffe“, er zog eine Pistole aus der Tasche und zeigte damit auf uns, „aber ihr seid so geil, dass ihr das nicht ernst nehmt, und das macht mich so geil, dass ich mitmache. Ein flotter Dreier, ist doch gut oder nicht, was? Geile Geschichte. Wir werden alle unseren Spaß haben und ihr lasst so richtig schön die Kasse klingeln.“

Ich sah den Mann an. Das klang alles so was von Scheiße, dass ich mir am liebsten in die Hose gemacht hätte. Ich kannte das Metier viel zu gut, um zu wissen, dass sie weder mich noch Magdalena für so eine abgehalfterte Pornostory brauchten. Diese Geschichte war schon zehntausend Mal und mehr gedreht worden. Hier war noch was anderes im Spiel. Eine ganz große Verarsche. Eine endgültige Verarsche.

Noch immer blickte mich Magdalena so lethargisch an. Was hatte sie nur? Da war nichts mehr von der energiegeladenen Frau, die ich kennengelernt hatte. Realisierte sie überhaupt, was hier abging?

Ich hörte ein Knacken hinter mir und drehte mich um. Ich konnte gerade noch sehen, wie der Mann das Magazin seiner Waffe überprüfte, und da war mir mit einem Schlag klar, was hier abging: Die wollten einen Snuff-Film drehen. Die Dreckskerle würden Magdalena und mich miteinander ficken lassen und dieser Kerl würde auch mitmachen, uns quälen und am Ende würde er uns erschießen. Real erschießen! Wirklich erschießen! Vor der Kamera! Und damit würden sie ein Schweinegeld verdienen. Mit solchen Snuff-Filmen, in denen Menschen wirklich umgebracht werden, ermordet werden, vor laufender Kamera, mit denen wird die richtig fette Kohle verdient. Das, was Jerry nie gewollt hatte und warum er diesen Müller nicht in seinem Laden haben wollte.

Die würden uns hier umbringen und noch dazu verdammt viel Kohle mit unserem Tod verdienen. Welch ein Scheiß-Zynismus!

Ich musste etwas tun! Aber was? Magdalena warnen? Aber wie? Sie sah aus, als ob sie überhaupt nicht raffte, was um sie herum passierte. Sie blickte immer noch starr und leer in den Raum. Ich glaubte, dass sie nicht einmal registriert hatte, dass ich mich in ihrer Nähe befand. Und ich war auch nicht der Fitteste. Weglaufen? Ein paar Meter allenfalls.

Ich musste in Magdalenas Nähe gelangen und ihr sagen, was hier abging. Ich verdrängte die Schmerzen, die mir noch immer in den Knochen steckten. Ich knöpfte meinen Mantel auf und tat so, als wollte ich gleich loslegen. Dabei ging ich, so schnell ich nur konnte und ohne dass es allzu albern aussah, auf Magdalena zu. Das kam so überraschend, dass ich tatsächlich einen kleinen Vorsprung gegenüber dem Kerl hinter mir herausholen konnte, und schnell umarmte ich Magdalena, die mich verständnislos anschaute.

„He, warte mal! Dass dich die Alte so geil macht, verdammt …!"

Ich brachte meinen Mund neben Magdalenas Ohr in Position. Dabei fasste ich an ihre Brüste, um den Kerl abzulenken. Doch bevor ich ihr meine schlimme Ahnung zuflüstern konnte, war er schon bei mir, packte mich an den Schultern und riss mich zurück.

„Deine Geilheit kannst du dir noch aufheben! Erst mal muss der Kameramann kommen. Also nicht so schnell, du obergeiler Omaficker!"

Der Mann nahm ein Walkie-Talkie und sprach etwas hinein, das ich nicht verstehen konnte. Zwei Minuten später kamen zwei Männer in den Raum. Ohne mich anzuschauen, ging der eine zur Kamera, während der andere sich auf den Boden an die Wand setzte und an einem Gerät hantierte, das er aus seiner Umhängetasche genommen hatte.

Magdalena saß noch immer ungerührt auf dem Bett und stierte mit ihrem leeren Blick an mir vorbei. Nur als die Männer hereingekommen waren, war eine kleine Bewegung in ihr gewesen. Was hatten sie mit ihr gemacht? Was hatten sie ihr gegeben, dass sie so vollkommen apathisch wirkte? Ich hatte nicht viel Hoffnung, hier herauszukommen, aber in ihrem Zustand schien mir das unmöglich. Sollte ich ohne sie fliehen? Was dann? Sie später zu befreien versuchen? Ich wusste es nicht, war hilflos und wollte dennoch nicht so einfach aufgeben. Ich konzentrierte mich auf das, was um mich herum geschah.

Der Kameramann gab dem Kerl mit der schiefen Fratze ein Zeichen. Der nickte zur Antwort. „Wir können loslegen“, rief er mir zu.

Von Magdalena schien er gar nicht zu erwarten, dass sie zu einer Reaktion fähig war.

„Du kommst durch die Tür rein, schaust dich kurz um, siehst die Alte, guckst sie geil an und sagst so was wie ‚Ich habe deinen Mann am Bahnhof in einen Zug steigen sehen. Ich besteige da doch lieber dich‘. Verstanden? Du gehst auf sie zu und machst dabei deine Hose auf. Und du“, er wandte sich an Magdalena und stellte sich neben sie, „lächelst ihn an, so, als ob du es gar nicht erwarten könntest, dass er dich endlich fickt. Klar!“ Er hatte sich etwas vorgebeugt und sprach eindringlich auf Magdalena ein. Die grinste ihn blöde an.

„Hast du das verstanden?“, brüllte er sie an.

Magdalena schreckte zurück, senkte den Kopf und nickte.

„Schön.“ Der Kerl tätschelte Magdalena leicht die Wange und ging dann aus dem Zimmer in den Vorraum. Der Kameramann gab ihm ein Zeichen, dass alles in Ordnung war und der Dreh beginnen konnte.

„Komm her!“, forderte der Kerl mich auf. Mit seiner Pistole, die er die ganze Zeit in der Hand hielt, machte er mir ein entsprechendes Zeichen.

„Noch ein Stück!“, sagte er, als ich dem nachgekommen war, „man sieht dich noch! Und besorge es ihr! Aber richtig, du bist ja Profi. Das ganze Programm. Kurz bevor du kommst, komme ich, klar.“ Er lachte über seinen billigen Kalauer. „Und dann machen wir sie zusammen fertig oder nicht, was.“ Er lachte dreckig und mir wurde noch übler, als es mir ohnehin schon war.

Ich musste alles riskieren, eine andere Chance hatte ich überhaupt nicht. Wie ich das aber anstellen sollte, davon hatte ich nicht den blassesten Schimmer, zumal ich Magdalena irgendwie mit rausschleifen musste. Ich gegen drei Mann. Meine Hoffnung war, dass der Kameramann und sein Helfer nur ihren Job machten und ihnen alles andere egal war. Wenn der Kerl aber wirklich vorhatte, was ich befürchtete, dann war das allerdings auch nur eine Illusion. Ich stand in dem hellen, kalten Flur, wartete und hatte Schiss.

„Und Action!“, kam die Stimme aus dem Zimmer.

Ich atmete einmal tief durch und trat in den Raum ein. Dabei zog ich den Reißverschluss an meiner Hose auf.

„Stopp!“, schrie der Kerl in meinem Rücken. „Es soll doch ein wenig echt aussehen oder nicht, was?! Wir wollen unseren Kunden doch was bieten und nicht so eine unechte Scheiße drehen. Also, mit einem Spruch eintreten. Du bist geil auf die Alte und ihr Alter ist für ein paar Tage weg. Klar!“

Ich nickte ihm zu und ging wieder in den hellen Flur zurück. Magdalena hatte noch immer in der gleichen Position auf dem Bett gehockt wie vorhin und durch mich hindurchgeschaut.

„Action!“, kam es aus dem Zimmer.

Ich trat in die Tür und blickte zu Magdalena, die wie gehabt starr vor sich hinglotzte. „Ich habe deinen Mann gesehen. Er ist für ein paar Tage weg. Jetzt können wir ...“ Das Ganze klang völlig holzern.

„Stopp!“ Der Kerl zielte mit der Pistole auf mich.

„Du kannst das viel besser. Das habe ich doch schon gesehen. Du bist ein Star. Da kann ich schon ein wenig mehr verlangen als so eine heruntergeleierte Scheiße! Also noch mal von vorne. Und jetzt richtig. Wir haben nicht ewig Zeit.“

Ich ging wieder in den Flur zurück. Drinnen brauchten sie etwas länger als die vorherigen Male, um die Kamera drehbereit zu machen. Während ich mir einen Spruch überlegte, sah ich mich in dem Flur um. Dabei entdeckte ich, dass die Tür, die in das Zimmer mit dem Bett führte, nur außen einen Griff hatte. Drinnen fehlte der, die Tür musste von dort mit einem Schlüssel geöffnet werden. Ich wusste nicht, ob das dem Kerl klar war. Einen Moment lang war ich verführt, die Tür zuzuschlagen und Magdalena erst einmal ihrem Schicksal zu überlassen. Da kam der Ruf aus dem Zimmer. „Action! Und mit Lust!"

Ich trat in das Zimmer, blieb kurz stehen, sah Magdalena an, versuchte ein Lächeln, sagte „Du geile Sau, dein Mann ist weggefahren" und ging auf die Frau zu, die mich weiterhin völlig verständnislos ansah. Das würde die Kamera nicht zeigen, ihre Augen waren das Allerunwichtigste. Ein Blödsinn, den aber fast alle Pornomacher glauben. Mir haben schon so viele Leute, Männer wie Frauen, gesagt, dass sich die Lust in den Augen zeigt, und wenn sie das sehen, werden sie auch richtig aufgegeilt. Aber Produzenten wie Regisseure denken, Arsch, Titten, Schwanz und ein paar rhythmische Bewegungen würden als Anmache ausreichen. Allerdings würde ein Blick in die Augen auch verraten, dass in den seltensten Fällen richtige Lust im Spiel war. Eher nackte Leere, wie ich mal irgendwo gelesen hatte. Pornografie! Nackte Leere! Das traf es ziemlich genau.

Ich verlangsamte meinen Schritt und öffnete die Hose, als ich vor Magdalena stand.

„Sehr gut!", sagte der Kameramann, viel zu laut, ein Missgeschick, das er gleich selbst bemerkte, aber da war es schon zu spät. Ich sah zu den beiden hinüber.

„Mist!", brüllte der Tonmann und stieß den Kameramann an. „Kannste nicht leise sein, Idiot?"

Der beleidigte Kameramann stänkerte zurück. Wenn die Situation nicht so ernst gewesen wäre, hätte ich gerne gelacht und gefeixt, so aber lauschte ich nur diesem schwachsinnigen Disput. Plötzlich kniff mich etwas. Ich drehte mich erschrocken um und blickte in Magdalenas Gesicht, das von meinem Körper so verdeckt war, dass es von den anderen Männern im Raum in diesem Moment nicht gesehen werden konnte. Sie verzog den Mund zu einem Lächeln und zwinkerte mir zu. Im nächsten Moment verfiel sie wieder in ihr stumpfsinniges Starren.

Ich brauchte ein paar Sekunden, um zu kapieren, dass Magdalena nur spielte. Sie spielte die stumpf Blödsinnige.

„Los, noch mal, und jetzt mit voller Konzentration."

Ich ging wieder nach draußen. Als ich vor der Tür stand und ins Zimmer blickte, kniete Magdalena auf dem Bett, ihr Blick war wieder völlig apathisch und stumpf und ihre ganze Körperhaltung drückte ein willenloses Wesen aus.

„Action avanti!", kam es von der Kamera.

Ich wiederholte meinen Auftritt von vorher, sagte mein Sprüchlein und stand kurz darauf mit offener Hose vor Magdalena. Ich musste meinen Mund in die Nähe ihres Ohres bringen. „Lass mich deine geilen Titten lecken!", sagte ich laut und beugte mich zu ihr runter. Ich küsste sie auf den Hals und wanderte mit meiner Zunge zu ihrem Ohr. Von den Kerlen kam kein Einwand. Ich drehte mich ein wenig zur Seite, so dass sie meinen Mund nicht sehen konnten; damit die Kamera aber was zu filmen hatte, massierte ich ihre Brüste.

„Die wollen uns erschießen! Das ist ein Snuff-Film!", flüsterte ich in ihr Ohr. „Die Waffe von dem Kerl ist echt und das ist kein Spiel. Auf mein Kommando rennen wir raus!"

„Cut!", rief der Kerl. „Man sieht viel zu wenig. Du bist doch ein Profi." Er klang echt sauer und angefressen. „Du musst doch wissen, dass du mit deinem Körper nichts verdecken darfst. Wir sind doch hier nicht in so einem behinderten Soft-Porno."

„Andere Größe", sagte er zu dem Kameramann. „Dann machen wir an dieser Stelle weiter. Und du lässt dir jetzt ganz gepflegt von der Dame des Hauses einen blasen, legst dabei ihre Titten frei. Und dann komme ich, wütend mit meiner Knarre, will euch erst umlegen, überlege es mir und mache dann mit und wir haben einen Höllenspaß. Okay?" Der Kerl mit der Pistole war in den Raum getreten und hatte sich bei der Tür postiert.

Ich brummte ein „Ja" und drehte mich ein wenig zur Seite.

„Und Action!", rief der Kerl, nachdem er sich wieder verzogen hatte.

Magdalena fummelte in meiner Hose und zerrte meinen Schwanz ziemlich unsanft heraus. Ich hoffte, dass ich auch wirklich einen hochbekam. Unter so einer Anspannung hatte ich noch nie gedreht. Aber Magdalena machte ihre Sache verdammt gut, blickte dabei aber weiterhin apathisch. Sie schmatzte extra laut, ich stöhnte auf und merkte, wie sich der Kerl in meinem Rücken auf den Weg zur Tür machte, um das Duo zu komplettieren. Magdalena war jetzt mit solcher Inbrunst bei der Sache, dass ich fürchtete, dass sie das Drumherum vergaß.

„Was ist denn hier los?“, hörte ich von der Tür die Stimme des Kerls. Seine Stimme klang so gekünstelt, dass ich mir lieber nicht vorstellen wollte, wie er vor der Kamera vögelte. Der Hahn der Waffe knackte. Mir wurde mulmig. Ich musste im richtigen Moment und vor allem schnell handeln. Und Magdalena musste sofort reagieren. Zunächst aber verrichtete sie mit Hingabe ihren Blow-Job und ich musste mich auf die langsam näherkommenden Schritte in meinem Rücken sehr konzentrieren.

Dann spürte ich das kalte Metall in meinem Nacken. „Was machst du mit meiner Frau?“, fragte die Stimme.

„Ich, ich …“, stammelte ich, „ich wusste nicht, dass …“

Magdalena erwachte plötzlich zum Leben. Sie stieß mich ein Stück zur Seite und griff in den Schritt des Kerls. „Du hast mich vernachlässigt!“, sagte sie dabei.

Es war schlechteste Schmiere.

„Meine eigene Frau“, sagte er und stöhnte auf. Magdalena hatte etwas fester zugegriffen. Ich verstand, worauf sie hinauswollte. An ihrem verbissenen Gesichtsausdruck erkannte ich, dass sie alle ihre Kräfte mobilisierte, um so fest sie konnte zuzupacken. Mit einem weiteren Schrei ging der Mann in die Hocke. Der Kameramann und sein Assistent verstanden gar nichts, beobachteten nur stumm dieses Schauspiel. Ich rammte dem Kerl vor mir mit aller Gewalt mein Knie gegen die Schläfe und wollte seine Waffe greifen, aber die war ihm schon aus der Hand auf den Boden gefallen und unter das Bett gerutscht. Stattdessen packte ich Magdalena am Handgelenk, riss sie vom Bett hoch und mit mir durch die

Tür, die in den hellen Flur führte. Ich stieß sie von mir, schmiss die Tür zu und drehte den Riegel zweimal um. Als ich mich von der Tür abwandte, lehnte Magdalena an der Wand.

„Scheiße, das war knapp!", sagte sie, während ich den Reißverschluss meiner Hose zuzog.

In dem Raum hämmerten die Kerle gegen die Tür. Wir mussten machen, dass wir so schnell wie möglich wegkamen. Die Treppe, die nach oben führte, fanden wir schnell. Die Kerle waren sich offenbar ihrer Sache und unseres Todes so sicher gewesen, dass sie keinerlei Vorsichtsmaßnahmen getroffen hatten. Auch von dem Mann, der mich hier heruntergeführt hatte, war nichts zu sehen. Völlig unbehelligt erreichten wir die Putzkammer. Um ganz korrekt zu sein, schoben wir das Regal wieder vor die Wand und richteten alles so her, dass es aussah, als sei niemand hier gewesen.

Die Tür in den Flur war nicht verschlossen. Ich zog sie einen Spalt weit auf und stellte fest, dass der Gang dahinter menschenleer war. Irgendwoher kamen Stimmen, die ich nicht orten konnte, aber sie waren so leise, dass die dazugehörenden Personen nicht in unmittelbarer Nähe sein konnten. Ich atmete ein paar Mal tief ein, bevor ich in den Gang trat und Magdalena ein Zeichen gab, mir zu folgen.

Die ersten beiden Türen, deren Klinken ich langsam und leise herunterdrückte, waren verschlossen. Erst die dritte ließ sich öffnen. Ich wusste nicht, was oder wer sich in dem dahinterliegenden Raum befand. Als ich die Tür einen halben Meter weit aufgeschoben hatte und aus dem Inneren nur ein gleichmäßiges Brummen vernahm, steckte ich meinen Kopf durch den Spalt. Ich rechnete mit allem Möglichen, dass mich jemand hereinzog, dass mir ein Gegenstand über den Schädel geschlagen wurde, aber es geschah nichts. Der Raum war abgedunkelt, ein sehr warmes, indirektes Licht ließ mich einen Tisch erkennen, auf dem mehrere Monitore standen, die eine Art Testbild zeigten. Ich wagte einen Schritt vor, hinter mir drängte sich Magdalena an meinen Rücken. Plötzlich hörten wir Stimmen. „Weg!", zischte Magdalena, drückte mich in das Zimmer und verschloss sogleich die Tür. Die Stimmen kamen näher, wurden lauter, aber ich konnte nichts von dem verstehen, was sie sagten. Dann wurden sie wieder leiser. Ich lehnte mich gegen die Wand in meinem Rücken, atmete auf und spürte, wie sehr die Aufregung und die Flucht mich angestrengt hatten. Die Schläge hatte ich noch nicht verwunden und ich rutschte einfach an der Wand entlang auf den Boden.

Magdalena sah mich nur kurz an, dann durchquerte sie den Raum und ging zu einem der Fenster, die mit Jalousien vor dem Licht von draußen geschützt waren. Sie zog zwei Lamellen auseinander und schaute hinaus.

„Reza!", rief sie und forderte mich auf, zu ihr zu kommen. Es kostete mich eine große Anstrengung, aus dem Sitzen wieder hochzukommen und mich zu ihr hinüberzuschleppen. Am Fenster drückte Magdalena die Lamellen noch weiter auseinander, damit ich einen besseren Blick hatte. Der Raum lag ebenerdig, vor dem Fenster war ein vielleicht drei oder vier Meter breiter, akkurat geschnittener Rasen, der mit einem niedrigen Holzzaun von einem Fußweg getrennt war. Dahinter war eine Straße und auf der anderen Straßenseite eine fensterlose Lagerhalle. Bevor ich einen weiteren Gedanken fassen konnte, hatte Magdalena das Fenster geöffnet und kletterte auf das Fensterbrett.

„Komm!", sagte sie kurz und reichte mir die Hand. Es bereitete mir große Mühe, ihr zu folgen, und als ich es endlich geschafft hatte, musste ich wieder ein paarmal durchatmen.

Dann sprang Magdalena auf das Wiesenstück und ich hinter ihr her. Mich umzuschauen, traute ich mich nicht und rechnete jeden Moment damit, dass jemand unsere Flucht bemerkte und uns verfolgte. Aber es blieb erstaunlicherweise ruhig, nur ein entferntes Hämmern war zu hören.

Magdalena war schon über den Holzzaun gestiegen und drehte sich zu mir um. Erst jetzt fiel mir auf, dass sie noch immer mit der Reizwäsche und den High Heels herumlief. Ich streifte meinen Mantel ab, ging zu ihr hin und reichte ihn ihr. Sie warf ihn schnell über, dankte mit einem kurzen Blick, fasste meine Hand und zog mich mit sich von dem Gebäude weg und so schnell wie möglich um die nächste Ecke und aus der Sichtweite der Männer in dem Haus, in dem wir eben so knapp unserer Ermordung entkommen waren.

Wir mussten uns in einem Industriegebiet befinden, denn die meisten Gebäude, an denen wir vorbeikamen, waren Lagerhallen, mal größer, mal kleiner, und an einer Stelle waren zwei LKWs abgestellt. Irgendwann drängte mich Magdalena zur Seite in eine Nische, zog sich zuerst meinen Mantel richtig an, trat dann nahe vor mich und umarmte mich mit festem Griff. Ich wusste nicht, ob sie weinte, ich hielt sie einige Augenblicke in meinen Armen, bis wir uns voneinander lösten und unsere Flucht fortsetzten.

Einige Minuten später hatten wir eine breite, vierspurige Straße erreicht, in deren Mitte Straßenbahnschienen verlegt waren. Ich sah mich noch einmal um und erkannte, dass wir uns in Hechtsheim, auf der Rheinhessenstraße, befanden. Nicht weit entfernt war eine Straßenbahnhaltestelle.

16

Am Bahnhof stiegen Magdalena und ich aus der Straßenbahn. Wir hatten uns ganz nach hinten gestellt, Magdalena mit dem Rücken in Fahrtrichtung, sodass sie mich verdeckte und man von ihr nur den Mantel, der ihr bis kurz über die Knie reichte, und die High Heels sah. Ich sah auf eine der Uhren am Bahnhofsgebäude. Sie zeigte halb sechs. Ich konnte nicht glauben, dass erst fünf Stunden vergangen waren, seit ich Magdalenas Wohnung verlassen hatte. Mir kam das, was ich heute erlebt hatte, wie eine Ewigkeit vor.

Uns war klar, dass wir nicht zu Magdalena gehen konnten. Müller oder wer immer uns in diesem perversen Snuff-Film umbringen wollte, kannte mit Sicherheit ihre Adresse. Den ganzen Tag mit der Bahn rumfahren konnten wir aber auch nicht. Also stiegen wir aus und liefen in die Neustadt, in die Boppstraße, bogen in die Adam-Karrillon-Straße ein, eilten von dort in die Hindenburgstraße und durch die Josefsstraße, über den Gartenfeldplatz, ziel- und planlos. Die Gehwege waren schon wieder fast trocken, von dem Schnee war kaum noch etwas übrig geblieben und die Sonne suggerierte Frühling, aber so warm war es noch nicht. Ohne meinen Mantel begann ich zu frieren. Jetzt, wo ich mich ein wenig ruhiger fühlte und die unmittelbare Gefahr vorüber war, wurde ich von einem Gefühl der vollkommenen Unsicherheit ergriffen. Es gab keinen Rückzugsort mehr. Ich hatte kein Geld und mein Wagen war auch weg. Und dazu machte sich eine große Müdigkeit in meinem Körper breit. Überall schmerzte es mich. Jeder Schritt war eine enorme Anstrengung. Am liebsten hätte ich mich einfach auf die Straße fallen und alles mit mir geschehen lassen, was immer auch gekommen wäre, wenn ich nur meine Augen hätten schließen können.

Magdalena riss mich aus meiner Lethargie. „Lass uns da reingehen!“ Sie zeigte auf ein Eckcafé. Ohne meine Antwort abzuwarten, trat sie ein und hielt mir die Tür auf. Die wenigen Besucher, die an der Theke und an den Tischen saßen, blickten uns neugierig an. Besonders Magdalena erregte im wahrsten Sinne des Wortes die Aufmerksamkeit der Männer. Wir verzogen uns an einen Tisch in einer Nische, wo wir vor allzu direkten Blicken geschützt waren. Ich bestellte uns zwei Milchkaffee, während Magdalena die Taschen meines Mantels entleerte. Darin befand sich ein Teil der dreitausend Euro, die ich mir aus dem Versteck im Kofferraum genommen hatte, viele Scheine und dazwischen auch etwas Münzgeld. Zwischen den Scheinen fingerte Magdalena ein kleines Stück Papier hervor und betrachtete es sehr genau.

„Wer ist Maurice Azama?“, fragte sie.

Im ersten Moment verstand ich nicht, was sie wollte, bis ich kapierte, dass dies Maurices Visitenkarte war, die er mir gegeben hatte, als wir uns verabschiedet hatten.

„Maurice“, entgegnete ich einfach nur. Ein kleiner Funke Lebenskraft kehrte in meinen Körper zurück und ich streckte die Hand aus, um die Karte entgegenzunehmen.

Als die junge Bedienung uns die Tassen mit dem Milchkaffee brachte, fragte ich sie nach einem Telefon. Sie bat mich, an die

Theke zu kommen, wo sie den Apparat aus einem Regal holte und vor mich stellte. Von der Visitenkarte las ich die handgeschriebene Nummer ab und wählte. Es dauerte lange, bis jemand abnahm, ohne seinen Namen zu nennen.

„Maurice?“, fragte ich unsicher.

Einen Moment war es still in der Leitung, bevor die fragende Antwort kam.

„Reza?“

„Ja, Maurice, ich brauche Ihre Hilfe!“

„Was ist passiert, Reza? Wo sind Sie? Haben Sie etwas herausgefunden?“

„Das ist schwierig ...“

„Sie können nicht sprechen?“

„Ja. Ich bin in einem Café in Mainz und ...“ Ich überlegte, wie ich Maurice den Ernst meiner Lage klarmachen konnte, ohne den neugierigen Lauschern um mich herum allzu viel zu verraten.

„... in einer Notlage?“, ergänzte Maurice.

„Sehr genau beschrieben.“

„Soll ich Sie abholen?“

„Das würde mir sehr helfen.“

„Wo ist das Café?“

Ich fragte die Bedienung, die gerade einen Kaffee aufschäumte, nach der Adresse und gab die Auskunft an Maurice weiter. Er versprach, in der nächsten halben Stunde vorbeizukommen.

Ich ging zurück zu dem Tisch, an dem Magdalena in meinem Mantel mit dem Rücken zur Wand saß. Mit beiden Händen hielt sie ihre Tasse umklammert und sah mich an. Ich konnte ihren Blick nicht einschätzen und trank einen Schluck von meinem Kaffee. Er war noch so heiß, dass ich mir die Zunge verbrannte.

„Wie geht es dir?“, fragte ich die Frau, die mit dem hoch geknöpften Mantel mir gegenübersaß und mich unentwegt ansah.

Sie ließ sich Zeit mit einer Antwort und trank selbst von ihrem Kaffee.

„Die Kerle haben mir nichts getan.“ Sie machte eine Pause. „Als ich bei deinem Wagen war, hat mich jemand plötzlich von hinten gegriffen und in einen Lieferwagen geschubst. Völlig dunkel da drin. Irgendjemand hat mir was vors Gesicht gehalten und ich bin gleich eingeschlafen."

Sie führte die Tasse zu ihrem Mund.

„Dann bin ich auf diesem Bett aufgewacht. In den Klamotten, die ich noch anhabe." Der Anflug eines spöttischen Lächelns umspielte ihren Mund.

„Und keiner hat ...?", fragte ich und traute mich nicht, konkret zu werden.

„Mich vergewaltigt ...? Nee, denen war ich so was von egal. Die wollten dich und diesen Film. Einmal kam ein Typ und hat mich gefragt, ob ich weiß, wo der Film ist. Aber ich habe so getan, als wäre ich immer noch von der Betäubung benebelt."

„Und dann?"

„Sie haben sich gegenseitig angemacht. ‚Du hast zu viel von dem Zeug draufgemacht', hat der eine gesagt, ‚die hängt da nachher wie tot', und dann hat der andere gelacht."

„Und die Betäubungsnummer hast du durchgezogen?"

Magdalena nickte und lächelte dabei sogar für einen Moment. „Nicht schlecht, oder?"

Ich nickte ebenfalls und lächelte zurück.

„Was ist mit diesem Film?", wollte Magdalena wissen. Ich erzählte ihr von meiner Entführung und hatte plötzlich wieder das Bild von der Ermordung Jerrys vor meinen Augen. Ich benötigte einige Momente, bevor ich Magdalena davon erzählen konnte. Erschrocken und sprachlos hörte sie mir zu. Erst nach einer längeren Pause konte ich ihr berichten, dass Müllers Männer beobachtet hatten, wie ich mit einer Tüte Hermias Haus verließ, und dass sie glaubten, dass in dieser Tüte ein Film sei, und ich legte ihr meine Fragen und Vermutungen dar, was aber am Ende darauf hinauslief, dass ich nichts Genaues wusste, nur dass dieser Film, wenn wir ihn hätten, uns sehr weiterhelfen würde.

Magdalena nickte, sagte aber leise, kaum verständlich: „Wenn es das alles wert ist?"

Maurices Zeitangabe war sehr optimistisch gewesen. Erst fünfzig Minuten später betrat er das Café, kam auf uns zu und reichte uns beiden die Hand. So viel Zeit musste für ihn auch in einer solchen Situation sein. Dabei sah er Magdalena lange und intensiv in die Augen; diese erwiderte den Blick, bis er sagte: „Ich nehme an, Sie wollen nicht länger als unbedingt nötig hierbleiben?“, und ohne die Antwort abzuwarten, drehte er sich um, ging zur Theke und zahlte unsere Getränke.

Maurice hatte seinen Wagen eine Straße weiter abgestellt. Wir legten den Weg dorthin schweigend zurück. Ich setzte mich mit Magdalena auf den Rücksitz. Bevor wir losfuhren, schaltete Maurice die Musikanlage an und sanfte Klavierklänge erfüllten den Wagen.

Ohne ein Wort zu wechseln, fuhren wir über den Rhein nach Wiesbaden und von dort in einen Vorort, den ich nicht kannte. Dort hielt der Wagen vor einem großen schmiedeeisernen Tor, das sich langsam öffnete. Sobald es weit genug offen stand, ließ Maurice das Auto auf einer Kies-Einfahrt bis vor eine Villa rollen. Er öffnete die Fondtüren, erst auf Magdalenas Seite, dann auf meiner, und wir stiegen aus. Ich sah mich um. Zwischen dicht stehenden Büschen erkannte ich in einiger Entfernung das große Tor, das schon wieder geschlossen war. Rechts von der Villa stand ein hölzernes Nebengebäude mit einem großen Holztor.

„Kaum jemand weiß, dass dieses Haus mir gehört“, erklärte Maurice. „Meist bin ich in meiner Stadtwohnung. Hier sind Sie beide sicher!“, sagte er und ging zum Eingang des Hauses. Wir folgten ihm in das Innere der großzügigen Villa.

Obwohl mir meine Augen fast zufielen, war ich erstaunt über die schlichte Eleganz der Einrichtung. Sparsam waren der Raum, in den wir zuerst kamen, und das daran anschließende Zimmer eingerichtet. Alte Möbel, aber ohne jede Schwere. Auf dem Boden lag helles, kleinteiliges Parkett.

„Setzen Sie sich doch!“, forderte uns Maurice auf und wies mit einer knappen Handbewegung zu dem langen Holztisch in der Mitte des Raumes.

„Möchten Sie etwas trinken?“, fragte er.

Magdalena und ich nickten synchron.

Maurice verschwand aus dem Zimmer und kam kurz darauf mit einem Tablett zurück, auf dem drei Gläser und eine Karaffe, die mit Orangensaft gefüllt war, standen.

Sowie ich mein Glas ausgetrunken hatte, spürte ich die Leere in meinem Kopf.

Maurice deutete meinen Zustand richtig. „Oben sind die Schlafzimmer“, sagte er. „Dort können Sie sich hinlegen. Ich muss noch einmal weg und werde erst spät wiederkommen. Das Wochenende beginnt. Morgen früh können Sie mir alles erzählen.“

Wir folgten Maurice in das obere Stockwerk, das ähnlich geschmackvoll wie das Parterre eingerichtet war. Sowie er aus dem weiträumigen Schlafzimmer gegangen war, ließ ich mich aufs Bett fallen und streckte mich.

Magdalena zog meinen Mantel aus und riss sich dann ihre Unterwäsche förmlich vom Leib. „Weg damit!“, sagte sie böse. Es waren ihre ersten Worte, seitdem Maurice uns in dem Café abgeholt hatte. Die High Heels pfefferte sie in eine Ecke des Raumes und verfehlte dabei nur knapp ein Fenster. Nackt stand sie vor mir. „Endlich!“, seufzte sie und ließ sich neben mich auf die Matratze fallen. Ich quälte mich noch einmal hoch, zog mich ebenfalls aus und legte mich nackt neben die Frau, die aber schon eingeschlafen war. Ich war hundemüde, jede Faser meines Körpers schrie nach Schlaf und Erholung, aber in meinem Kopf schwirrten noch so viele wirre Gedanken, dass es einige Zeit dauerte, bis ich endlich wegdöste.

Als ich aufwachte, lag Magdalena nicht mehr neben mir. Es war hell in dem Zimmer und ich fühlte mich verwirrt. Auf dem Nachttisch neben dem Bett stand ein Wecker. Acht Uhr zwanzig zeigte er an. Ich hatte die ganze Nacht durchgeschlafen. Trotzdem fühlte ich mich nicht erholt. Ich setzte mich aufrecht mit dem Rücken gegen das hölzerne Kopfteil des Bettes. Auf einem Stuhl neben der Badezimmertür erkannte ich einen dunkelgrauen Anzug. Ich blieb liegen und versuchte, mich zu orientieren.

Mir kam es vor, als wäre ich aus Raum und Zeit gebeamt worden. Es war nichts mehr da, an das ich mich halten konnte. Wenn ich überlegte, dass ich vor wenigen Tagen erst nach Mainz gekommen war, um ein paar banale Dinge zu erledigen und mich mit einer alten Bekannten zu treffen, dann kam mir das, was seitdem geschehen war, wie ein riesiger, unfassbarer und monströser Albtraum vor. Auch wenn ich in einem Metier gearbeitet hatte, in dem Gewalt kein Fremdwort war, so übertraf das bisher Geschehene meine Vorstellungskraft doch enorm. Meine alten Freunde ermordet und ich selbst war dem Tod nur knapp entronnen. Dazu suchte mich die Polizei als den Mörder von Hermia und nun wahrscheinlich auch als den von Jerry, den beiden einzigen Menschen, die ich hier gekannt hatte und die meine Verbindung zur Vergangenheit waren. Was blieb mir außer mir selbst: Maurice und Magdalena? Würde ich mit der Hilfe von den beiden heil aus dieser Sache herauskommen? Sollte ich nicht lieber meine Sachen packen, Hermias Tod akzeptieren, welche Gründe auch immer dahinter stecken mochten, und machen, dass ich von hier wegkam? Irgendwohin, wo mich niemand kannte. Weit weg. Ich würde schon irgendwo unterkommen. Da konnte ich mich auf mein Aussehen verlassen, wenigstens dann, wenn ich mich ein paar Tage ausruhte. Aber ich konnte nicht weg. Diese Geschichte und der Verdacht würden mich immer wieder einholen. Ich musste da durch, musste den wahren Mörder von Hermia finden und beweisen, dass dieser Müller Jerry umgebracht hatte.

Ich stand auf und ging quer durch das Zimmer zu dem Stuhl, auf dem außer dem Anzug noch ein langärmeliges schwarzes Polo-Shirt sowie Unterwäsche und Socken lagen. Auf dem Boden standen dunkle Sneakers. Alles in bester Qualität. Nachdem ich geduscht hatte, zog ich die Kleider an. Sie passten perfekt. Maurice hatte einen guten Blick – für Größen und den passenden Stil. Und offenbar eine Menge Geld. Sehr viel Geld.

Unten saßen Magdalena und Maurice an dem Tisch, an dem wir gestern Abend den Saft getrunken hatten. Vor ihnen war ein reichhaltiges Frühstück aufgebaut. Magdalena trug einen weiten Rock und eine dunkle Strickweste. Ihre Haare waren noch nass und nach hinten gekämmt. Als die beiden mich sahen, verstummte ihr Gespräch.

„Toll!", sagte Magdalena. „Da kommt ein anderer Mensch. Du siehst sehr gut aus. Steht dir außerordentlich gut."

„Dem kann ich nur zustimmen", ergänzte Maurice. „Wenn ich bedenke, an was für Leute ich oft meine Kleider verkaufe, ist es einfach wundervoll, sie auch mal an einem richtigen Körper getragen zu sehen."

Ich wusste nicht, wie zweideutig Maurice das meinte, und überging die Bemerkung einfach. „Vielen Dank!", sagte ich, den Mann anblickend. Er nickte zurück.

„Greifen Sie zu!", lud er mich zum Frühstücken ein. Ich hatte wirklich einen Bärenhunger. Maurice stand auf und bereitete im Nebenraum einen Kaffee zu. Die Geräusche der Maschine waren nicht zu überhören.

Nach dem Frühstück setzten wir uns zusammen, um zunächst Maurice zu berichten, was in den letzten Tagen passiert war und was ich bisher herausbekommen hatte. Maurice war sichtlich geschockt über das, was man uns antun wollte und schon angetan hatte.

Er lehnte sich zurück und verschränkte seine Hände hinter dem Kopf. „Klingt kompliziert", stellte er fest und schloss für eine kurze Zeit die Augen, bevor er weitersprach. „Es sind viele Fragen offen. Wer ist dieser Müller? In welchen Geschäften hat er sein Geld stecken? Was hat dieser Anstett mit all dem zu tun?"

Ich unterbrach Maurice: „... und dieser Maser, der aus dem Fenster dieses Turms gefallen ist. Hermia hat das für einen Mord gehalten."

Maurice nickte verständig und führte weiter aus: „Was ist das für ein Film? Was zeigt er? Warum will Müller ihn so unbedingt? Und wie hängt Masers Tod mit all dem zusammen?"

„Wenn wir das alles wissen, dann sind wir auch der Frage, wer

Hermia ermordet hat und warum, sicher ein gutes Stück nähergekommen“, fügte ich bedächtig hinzu. Ich beugte mich vor. „Keine leichte Aufgabe.“

„Besonders dann, wenn offenbar nicht nur dieser Müller, sondern auch die Polizei hinter einem her ist. Haben Sie Erkundigungen über diesen Müller eingezogen?“

Ich schüttelte den Kopf. „Einmal gegoogelt, aber es gibt einige Anton Müllers im Rhein-Main-Gebiet und wenn er tatsächlich so ein schlimmer Finger ist, dann wird er seine Spuren zu verwischen wissen. Wo soll ich also anfangen zu suchen?“

Maurice stimmte mir zu. „Das ist wahrscheinlich schwer. Aber wir könnten ja versuchen, an etwas intimere Informationen über diesen Anstett und diesen Maser zu kommen. Mehr als in den Computern steht. Vielleicht findet sich ja da was.“ Maurice lächelte süffisant. Ich verstand ihn falsch. „Nichts Schlüpfriges, Puffbesuche und so. Konkretes. Geschäfte. Finanzen.“

„Und wie sollen wir das machen?“, fragte ich verwundert.

„Ich bin mit einigen Politikern gut bekannt, zum Teil sind sie meine Kunden, zum Teil haben sie sehr ähnliche Neigungen wie ich, von denen die Öffentlichkeit aber nichts weiß. Und da ist einer dabei, der sich besonders im Bausektor sehr gut auskennt.“

Ich sah den Mann befremdlich an, während Magdalena gleich Feuer und Flamme war. „Das klingt sehr gut.“

Maurice trank noch einen Espresso, dann erhob er sich. „Es wird wahrscheinlich spät werden, da ich meinen ‚Kunden‘ erst heute Abend treffen werde. Samstagabend-Sauna in der Kaiser-Friedrich-Therme. Übrigens, die Tageszeitungen liegen im Flur. Steht auch etwas über Sie drin, Reza. Und“, fügte er noch hinzu, „im Nebengebäude ist ein Erste-Hilfe-Kasten. In der Packung für das Pflaster ist ein Schlüssel für das Haus. Falls Sie sich ausschließen sollten. Der Garten steht Ihnen natürlich zur freien Verfügung. Er kann von außen nicht eingesehen werden.“ Lächelnd winkte er uns zum Abschied zu. „Au revoir.“

Dann hatte Maurice das Haus verlassen.

„Wir sind alleine, haben ein großes Haus mit einem tollen Bett, also warum sollen wir es uns nicht gut gehen lassen?", fragte Magdalena so aufreizend wie provozierend. Ich war erstaunt, wie wenig die Erlebnisse vom gestrigen Tag sie mitgenommen hatten. Zumindest nach außen. Vielleicht war es ihre Therapie dagegen? Oder sie empfand tatsächlich sehr viel mehr für mich? Sollte ich ihr klar machen, dass ich nicht so empfand? Oder würde ich damit ihrem Elan bei unseren Nachforschungen einen Dämpfer versetzen?

Als sie mir am Nachmittag eine Pause gönnte und selbst in einen Dämmerschlaf fiel, ging ich wieder nach unten und setzte mich mit den Zeitungen an den Tisch. Die Berichte unterschieden sich nicht wesentlich von den vorangegangenen. Wie es Müller vorhergesagt hatte, hielt die Polizei mich aufgrund der Waffe, die man bei der Leiche des Toten gefunden hatte, auch für den Mörder von Jerry. Es war bekannt, dass ich diese Waffe bei Kitty entwendet hatte, sie hatte schließlich Anzeige gegen mich gestellt und es wurden darauf meine Fingerabdrücke gefunden, die man mit denen in Hermias Wohnung, am Messer und meinen Ausweispapieren, verglichen hatte. Hinzu kam, dass die Polizei mittlerweile wusste, dass ich mit Jerry wegen einer Vertragsangelegenheit im Streit gelegen hatte. In einem Kommentar wurde die Befürchtung geäußert, dass die Toten möglicherweise Opfer eines Verteilungskampfes im Milieu waren, eines Milieus, das die Öffentlichkeit bislang in dieser Stadt und dieser Region nicht wahrgenommen hatte. Ein anderer Kommentartor fragte, wie es möglich sein konnte, dass ein Mörder so lange frei herumlief, und daran Vorwürfe an die Polizei und ihre Ermittlungsarbeit knüpfte. Von Müller, Anstett oder Maser stand keine einzige Zeile in irgendeiner der Zeitungen. Das machte mich mit einem Mal so wütend, dass es mich nicht mehr im Haus hielt und ich nach draußen ging, um mich mit einem Spaziergang über das riesige Grundstück abzureagieren, das zum Teil noch unter einer weißen Schneedecke lag. In einiger Entfernung, hinter ein paar dicht stehenden Bäumen, war ein Teich. Ich setzte mich an den Rand und konnte unter dem Eis die rot leuchtenden Fische erkennen, die bewegungslos auf dem Grund standen.

Irgendwann erhob ich mich und wanderte weiter auf dem Grundstück umher. Es war, wie Maurice gesagt hatte, nirgends von außen einzusehen. Eine Mauer und die hohen und dicht stehenden Bäume und Sträucher davor verhinderten dies. Auf der Südseite war ein Kräutergarten angelegt, ein Stück davon entfernt ein Steingarten. Als ich das Nebengebäude erreicht hatte, konnte ich meine Neugier nicht zügeln und drückte die Klinke des großen hölzernen Tores nieder. In diesem wohl ehemaligen Schuppen, der jetzt großzügig ausgebaut war, standen mehrere Autos, darunter ein alter Ferrari und ein Maserati Quattroporte, der sicherlich schon vierzig Jahre alt war. Zwei neue Wagen italienischer Herkunft vervollständigten das Ensemble.

Woher hatte Maurice so viel Geld? Ich konnte mir nicht vorstellen, dass sein Geschäft bei aller Exklusivität von Ware und Kundschaft so viel abwarf. Hermia hatte mir etwas von einer Erbschaft erzählt. Oder machte er ganz andere Geschäfte? Kurz kam mir sogar der Gedanke, dass er selbst in diese ganze Geschichte verwickelt war, aber das erschien mir doch zu absurd. Ich durfte jetzt nicht paranoid werden!

Ich zog das Tor hinter mir zu und ging in die Villa zurück, setzte in der Küche einen Kaffee auf, bevor ich nach oben ging, um Magdalena von meinen Entdeckungen zu erzählen, doch sie stand gerade unter der Dusche. Sie lud mich ein, zu ihr zu kommen, doch ich rief ihr zu, dass ich unten auf sie warten würde, froh, einem neuerlichen Überfall auf meine körperliche Unversehrtheit entgangen zu sein.

Eine Viertelstunde später saß Magdalena mit mir am Küchentisch und wir verbrachten den Rest des Nachmittags und den Abend mit Spekulationen und Mutmaßungen, die uns aber keine neuen Erkenntnisse bescherten.

Es war schon lange dunkel, als wir draußen einen Wagen hörten. Kurz darauf stand Maurice vor uns. Er hatte einen zufriedenen Gesichtsausdruck, grüßte uns ausgelassen und verschwand dann durch eine schmale Tür im Flur. Als er ein paar Minuten später wiederkam, hatte er eine Flasche Wein in der Hand.

„Haben wir was zu feiern?", fragte Magdalena erwartungsvoll, aber Maurice winkte ab.

„Beim Erzählen sollten wir es uns doch gut gehen lassen, oder?"

Er entkorkte die Flasche, roch an dem Korken und machte ein zufriedenes Gesicht. Aus einem Schrank nahm er drei große Weingläser, schenkte uns ein und nach dem obligatorischen Anstoßen begann er zu berichten, was er heute herausgefunden hatte.

„Maser und Anstett haben jahrelang sehr eng zusammengearbeitet. Beide genießen einen außerordentlich guten Ruf, sogar über Parteigrenzen hinweg. Sie kennen sich schon sehr lange. Anstett hat als Wahlkreismitarbeiter für Maser begonnen, für kleines Geld, hat darüber sein Studium schleifen lassen, hat irgendwann und irgendwie sein zweites juristisches Staatsexamen geschafft …"

„Woher wissen Sie das?", unterbrach ich Maurice erstaunt. „Davon habe ich nichts im Internet gefunden."

„Anstett hat sicher kein Interesse daran, dass jeder weiß, dass er ohne Maser nichts geworden wäre. Und das Internet ist nicht alles. Ich habe andere Quellen. Wie gesagt: Er hat sein Staatsexamen geradeso geschafft, hat als festangestellter Anwalt gearbeitet. Da wird man nicht reich. Und dann hat Maser ihn als Fraktionsmitarbeiter zu sich geholt. Höherer Dienst, mehr Geld, Aussicht auf Karriere. Und diese Chance hat Anstett genutzt. Dafür hat er seinem Mentor oft den Rücken freigehalten, die Klein- und Wühlarbeit geleistet. Masers Wort hatte Gewicht und sein Einfluss war enorm. Anstett ist über die Landesliste in den Landtag eingezogen und in mehreren Fachausschüssen tätig, darunter auch in dem von Maser geleiteten Fachausschuss für Wirtschaft und Verkehr. Sie waren, wie man hier so schön sagt, ein Kopp und ein Arsch. Aber in der letzten Zeit", so führte Maurice weiter aus, „muss sich ihr Verhältnis merklich abgekühlt haben. Sie haben auf einer Sitzung des Landtages sogar coram publico gestritten. Das ist umso auffälliger, weil die beiden, wenn sie jemals verschiedener Meinung gewesen sein sollten, dies niemals in der Öffentlichkeit gezeigt hatten. Es galt immer als ausgemacht, dass Anstett seinem Mentor nach dessen Pensionierung auf die Stelle als Leiter des Fachausschusses für Wirtschaft und Verkehr im Landtag sowie auf einige Vorstandsposten folgen würde. Das kann Maser zwar nicht selbstherrlich bestimmen, aber er kann Voraussetzungen, Stimmungen, wie immer man es nennen möchte, dafür schaffen. Das Abkühlen ihrer Beziehung muss laut meinem Informanten mit dem Bau des Museums und der Stiftung zusammenhängen, doch das sind alles nur Gerüchte." Was Maurice jetzt erzählte, kannte ich in groben Zügen schon, aber er wusste dazu einige intimere Details. „Eine reiche Unternehmerswitwe, Veronika Geisler", so erklärte Maurice weiter, „hat ihre sehr umfangreiche und wertvolle Kunstsammlung der Stadt Mainz übergeben, allerdings mit der Auflage, dass diese als Gegenleistung die Sammlung der Öffentlichkeit in einem Museum zugänglich macht. Die Finanzierung dieses Museums muss die Stadt leisten. Eine Stiftung, von der Sammlerin mit einer stattlichen Summe ausgestattet, würde den Unterhalt des Museums finanzieren. Dies hatte die Sammlerin allerdings an die Bedingung geknüpft, dass der Bau bis 2010 vollendet sein müsse. Sollte bis dahin das Museum nicht stehen, würde die Sammlung an Wiesbaden fallen, da darunter auch nicht wenige Exponate sind, die dem Fluxus zugerechnet werden, einer Kunstrichtung, für die die hessische Landeshauptstadt in den sechziger Jahren eine bedeutende Rolle gespielt hat. Da die Stadt Mainz aufgrund von Finanzproblemen und Schwierigkeiten beim Erwerb eines entsprechenden Grundstücks in Zeitverzug gekommen ist, war man, wieder auf Initiative von Maser, auf folgende Idee gekommen: Das Römisch-Germanische Zentralmuseum, das zum Kurfürstlichen Schloss gehört, würde bis spätestens 2012 ein neues Domizil in der Altstadt erhalten. In das dann leerstehende Gebäude würde die Sammlung von Veronika Geisler nach entsprechender Restaurierung einziehen können. Da dann aber das zeitliche Limit verstrichen wäre, sollte die Sammlung oder Teile davon zunächst in zwei leerstehenden Stockwerken in einem der Bonifaziustürme gezeigt werden, eine Lösung, der der Stiftungsrat nach dem Tod der Sammlerin zugestimmt hatte."

„Was hat das aber mit all den Toten zu tun?", unterbrach ich Maurices Ausführungen.

Bevor er fortfuhr, trank Maurice von seinem Wein. „Ich weiß es nicht. Aber das lange Jahre funktionierende Verhältnis zwischen Maser und Anstett scheint Risse bekommen zu haben, wie die Gerüchteküche weiß. Maser soll Anstett nicht mehr für einen ‚würdigen' Nachfolger für seine Posten gehalten haben." Maurice betonte nochmals, dass sein Gewährsmann das Wort ‚würdig' benutzt hatte. „Und Maser hat, nach dem, was mein Informant mir sagte, intensiv daran gearbeitet, Anstett aus allen Gremien, die mit dem Museumsbau und der Stiftung zu tun haben, zu entfernen."

„Und jetzt ist Maser tot", stellte Magdalena fest.

„So ist es", bestätigte sie Maurice und schenkte ihr ein Lächeln. „Das Zerwürfnis scheint tief gewesen zu sein, aber den Grund dafür konnte ich nicht erfahren." Dann wurde es aber erst richtig interessant. „Es gibt tatsächlich einen Anton Müller, und der ist ein erfolgreicher Bauunternehmer und Immobilienmanager aus dem Ruhrgebiet, der vor etwa fünfzehn Jahren ins Geschäft eingestiegen ist und sehr schnell ein Vermögen gemacht hat. Er gilt als geschäftstüchtig, manche halten ihn für gerissen, dabei aber wohl auch eloquent und verbindlich." Was er aber genau in Mainz vorhatte, darüber hatte Maurice keine Informationen bekommen können.

Immerhin wussten wir dank Jerry, dass dieser Müller über eine Kapitalanlagegesellschaft Teilhaber an Jerrys Filmproduktion geworden war.

„Wir haben einiges", kommentierte ich die Ausführungen von Maurice, „aber wie die Einzelteile zusammengehören, das wissen wir noch nicht. Auch nicht, welche Rolle dieser Müller darin spielt."

„Und auf den Bändern war nichts gewesen, kein Hinweis, so etwas?", fragte Maurice.

Ich verneinte. „Sie brachen mit dem Beschiss von Anstett ab, über den sie ein eigenes Band besprochen hatte. Aber auch darauf gab es keinen Hinweis."

„Und Rafaela Gatusso?", hakte Maurice weiter nach.

„Wusste auch nichts, nur, dass Hermia behauptet hatte, dass Maser nicht durch einen Unfall zu Tode gekommen war, sondern ermordet wurde."

„Von wem?"

„Hat sie nicht gesagt."

„Wer könnte noch etwas wissen? Wenn Regine umgebracht wurde, weil sie zu viel gewusst hat und weil sie jemandem gefährlich werden konnte, Anstett, Müller oder sonst wem – wem könnte sie sich anvertraut haben?"

Wir saßen am Tisch und grübelten. Ratlosigkeit machte sich breit. Wir schwiegen und Maurice füllte die Gläser.

Ich schloss meine Augen und ging noch einmal im Geiste durch die Wohnung von Hermia. Ich ließ meinen Blick durch die Räume streifen, in der Hoffnung, etwas zu finden, das ich bislang übersehen hatte. Lange lief ich erfolglos umher, aber durch diesen virtuellen Aufenthalt kam mir jener Nachmittag wieder so nahe, an dem ich Hermia tot hinter dem Sofa gefunden hatte, dass ich gegen meinen Willen den Ablauf wie in einem Film an mir vorbeiziehen sah. Und dann hatte ich sie gefunden, die Person, die uns weiterhelfen konnte. Die Person, die mehr wissen konnte, weil sie Hermia sehr nahe gestanden hatte. Es war ihr Freund, der Mann, in den sie sich verliebt hatte, wie Rafaela erzählt hatte, der Mann, mit dem sie ins Kino gegangen war. Wie sollte ich auch darauf kommen? Mit einem blinden Mann ins Kino gehen, das konnte nur Hermia einfallen. Dieser blinde Mann, der in der Wohnung war, der Mann, der mich überrascht hatte, der Farbige, er war Hermias Geliebter. Seine Stimme klang noch in meinem Ohr nach. Mir war damals schon aufgefallen, wie zärtlich und vertraut sie klang, als sie Hermias bürgerlichen Namen rief, aber ich hatte dem keine Bedeutung zugemessen.

„Was ist los, Reza?", hörte ich Magdalenas Stimme.

„Haben Sie eine Idee, Reza?“, fragte gleich darauf Maurice.

Ich öffnete verwundert meine Augen. Beide sahen mich erwartungsvoll an.

„Man konnte dir richtig ansehen, wie du nachdenkst und wie du auf etwas gestoßen bist. Also ...!“

Ich brauchte einen kurzen Moment, um meine Gedanken zu sortieren, dann teilte ich den beiden meine Überlegungen mit. „Das ist doch immerhin etwas“, sagte Maurice. „Und es würde auch zu Regine passen – mit einem blinden Mann ins Kino zu gehen und Händchen zu halten.“ Er grinste und wurde gleich wieder ernst. „Dieses Verrückte fehlt mir sehr“, sagte er, und die große Zuneigung in seiner Stimme war nicht zu überhören.

Schließlich war es Magdalena, die unser Schweigen mit kühler Stimme brach. „Seltsam ist doch, dass dieser Anstett als Saubermann gilt, nach Hermias Aussagen aber eine ziemliche Drecksau ist, wenn ich das mal so salopp sagen darf.“

„Richtig“, stimmte ihr Maurice zu. Er sah wieder gefasster aus. „Und wir sollten versuchen, noch mehr darüber herauszubekommen, worüber sich Anstett und Maser entzweit hatten und was das mit diesem Museum zu tun hat. Und wir brauchen mehr Informationen über diesen Müller.“

„Vollbracht!“, warf ich ein. Ich hatte den Namen so in den Raum geworfen, weil er der Einzige war, der professionell Nachforschungen anstellen konnte, der die Möglichkeiten und Verbindungen dazu hatte. Und das Wissen, die Erfahrung, das Knowhow. „Wenn, dann kann er da was rausbekommen.“

Erst jetzt fiel mir Maurices fragender Blick auf und ich klärte ihn über die Person Vollbracht und seine Rolle auf. Danach reichte Maurice mir das Telefon herüber. Ich wählte, aber es nahm niemand ab. Ich sah auf die Uhr, die über der Tür hing. Es war schon fast Mitternacht.

„Zu spät“, sagte ich. „Die vierte Gewalt muss auch mal schlafen. Ich werde es gleich morgen früh versuchen.“

Wir saßen noch eine Weile zusammen und Maurice erzählte Magdalena, wie er Hermia kennen- und lieben gelernt hatte und warum ihre Beziehung auseinandergebrochen war. Weit nach Mitternacht gingen wir in die Schlafzimmer. Ich lag schon im Bett, als Magdalena sich auf den Rand setzte und keine Anstalten machte, sich auszuziehen. Sie sah mich einen Moment lang sehr intensiv an und ich überlegte, welch kuriose Filmidee sie dieses Mal umsetzen wollte. Doch sie begann mich nach Hermia und ihrer Beziehung mit Maurice auszufragen und ob ich wüsste, wie sehr er noch an dieser Frau hing. Ich erklärte ihr, dass Maurice Hermias Beweggründe für die Trennung akzeptiert hatte, dass er aber sehr großen Respekt vor ihr habe und dass sein Gefühl für sie nicht Liebe, sondern tiefe Zuneigung war.

Ob das so stimmte, wusste ich nicht, aber ich war sehr müde und wollte einfach nur schlafen. Bald waren mir die Augen zugefallen und ich bekam nicht mehr mit, was Magdalena noch tat. Nur als ich in der Nacht einmal wach wurde, sah ich sie vor dem Fenster sitzen und nach draußen in die Dunkelheit schauen.

17

Um neun Uhr am nächsten Morgen erreichte ich Vollbracht in seinem Büro. Er klang noch mürrisch. „Sie scheinen ja wirklich ein Optimist zu sein, Gumbrich. Haben Sie auf den Kalender geschaut?" Der Journalist wartete meine Antwort nicht ab. „Es ist Sonntag und dazu noch ziemlich früh", fügte er schnell hinzu.

„Scheint ja mein Glückstag zu werden", erwiderte ich spöttisch. „Und vielleicht können Sie ja zu seiner Vollendung beitragen, indem Sie mir helfen. Es spricht alles gegen mich, Vollbracht, und ohne Ihre Hilfe bleibt das auch so. Ich bin aber unschuldig."

„Es ist schwer, Ihnen das zu glauben", entgegnete Vollbracht. „Haben Sie nichts, keine Winzigkeit, die mir ein Indiz für Ihre Unschuld sein könnte? Ich frage das auch, um einen plausiblen Grund zu haben, Ihnen zu helfen, schließlich muss ich mich auch absichern. Wenn herauskommt, dass ich Ihnen einfach so geholfen habe, weil Sie ein netter Mensch mit einem hübschen Gesicht sind, dann reißt man mir hier den Kopf ab. Das wäre ein glatter Verstoß gegen meine Sorgfaltspflicht als Journalist."

Ich überlegte. Dann hatte ich eine Idee. „Wo hat man den Wagen mit dem toten Jerry gefunden?", fragte ich.

„In einem Industriegelände bei Ingelheim", antwortete Vollbracht.

„Richtig", bestätigte ich. „Die Reifen müssen aber voller Matsch gewesen sein."

„Das weiß ich nicht", gestand der Journalist.

„Hören Sie zu, Vollbracht. Jerry wurde nicht in diesem Industriegebiet umgebracht, sondern in einem Waldstück vor Heidesheim. Nicht weit hinter dem Rotkäppchen geht es links in einen völlig vermatschten Feldweg. Da ist es passiert. Vielleicht habe ich Glück und es sind noch Spuren da. Von dem Wagen und dem Kerl in dem schwarzen Anzug, der mich entführt und dann Jerry erschossen hat. Ich war dabei, aber ich war nicht alleine dort. Weiß die Polizei das?"

„Keine Ahnung, Gumbrich."

„Die Waffe, mit der ich angeblich Jerry erschossen haben soll – wo ist die gefunden worden?"

„Soviel ich weiß, im Kofferraum. Neben der Leiche."

„Warum sollte ich die dahin gelegt haben? Um mich als Mörder zu präsentieren? Mal ehrlich, Vollbracht, warum sollte ich das tun? Halten Sie mich für so blöde? Und warum, verdammt noch Mal, sollte ich Hermia umbringen? Eine Freundin und Kollegin."

Der Journalist schwieg.

„Vollbracht? Sind Sie noch dran?"

Ein unwirsches „Ja, ja", war die Antwort, dann folgte wieder ein Schweigen.

„Vollbracht?", fragte ich nochmals.

„Geben Sie mir etwas Zeit, Gumbrich, okay? Was Sie sagen, ist nicht von der Hand zu weisen."

„Werden Sie sich direkt an die Polizei wenden?"

„Vielleicht."

„Will die nicht wissen, woher Sie die Informationen haben?"

„Natürlich!“
„Und?“
„Sage ich nicht!“ Er lachte dunkel und dreckig.
„Wie machen wir weiter?“, fragte ich, froh, dass Vollbracht angebissen hatte.
„Rufen Sie mich heute Nachmittag an, vielleicht weiß ich dann mehr.“

Um zehn Uhr kam Maurice in die Küche. Er fragte nach Magdalena, aber ich konnte ihm keine Antwort geben, da sie am Morgen, als ich aufwachte, nicht in meinem Zimmer gewesen war. Sie setzte sich etwas später zu uns an den Tisch und sagte, dass sie draußen gewesen wäre. Ich erzählte den beiden von meinem Telefonat mit Vollbracht, dann bot Maurice sich an, Rafaela und Kitty aufzusuchen, um Hinweise auf Hermias Freund zu bekommen. Nach dem Frühstück fuhr er davon und Magdalena und ich waren wieder in dem riesigen Haus allein. Ich war verwundert, dass sie keine Anstalten machte, mich ins Schlafzimmer zu locken. Vielleicht, so mutmaßte ich, hatte das Erlebnis in dem Keller doch mehr bewirkt, als ich und sie selbst auch annahm.

Ob sie nicht arbeiten müsse, fragte ich sie, weil mir jetzt erst auffiel, dass Magdalena immer Zeit hatte, während wir noch am Küchentisch saßen und eine weitere Tasse Kaffee tranken. Sie hatte mir zwar erzählt, dass sie als Ausbilderin von Krankenschwestern arbeitete, aber ich hatte nicht den Eindruck, dass sie ihren Beruf ausübte. Mit einem schelmischen Lächeln erklärte sie mir, dass sie die letzten beiden Wochen Urlaub gehabt hatte und jetzt krank gemeldet war. Ich war verwundert über die Selbstverständlichkeit, mit der sie das sagte.

Um zwei Uhr versuchte ich, Maurice auf seinem Handy zu erreichen. Ich war neugierig zu erfahren, ob er die Identität des Freundes von Hermia hatte aufklären können, doch ich erreichte ihn nicht. Zu diesem Zeitpunkt machte ich mir deswegen aber weder Gedanken noch Sorgen.

Eine Tasse Kaffee später rief ich Vollbracht an. Er sagte mir, dass er mir helfen würde, vorausgesetzt, dass ich ihm alles erzählen würde, was ich bislang herausgefunden hatte. Das versprach ich ihm und wollte von dem Journalisten wissen, was seinen Gesinnungswandel bewirkt hatte, ob er mit der Polizei gesprochen und ob die dem Hinweis mit dem Feldweg hinter Heidesheim nachgegangen war. Darauf gab er mir keine Antwort, versuchte stattdessen erneut, mich dazu zu überreden, mich zu stellen. Er versprach, mir dabei zu helfen, meine Unschuld zu beweisen.

Ich lehnte ab, weil mir das Risiko, zu schnell als der Schuldige akzeptiert zu werden, zu groß war.

„Wenn ich Ihnen aber helfe, Gumbrich, will ich die ganze Geschichte kennen", forderte der Journalist wieder, „und zwar jetzt."

Ich schlug Vollbracht vor, dass wir uns treffen sollten und ich ihm dann die ganze Geschichte, meine Geschichte, erzählen würde. Den Treffpunkt bestimmte aber ich, es gab da bei mir immer noch ein Restmisstrauen. Wir vereinbarten, dass er mit seinem Wagen über die Saar- und die Kaiserstraße in die Mainzer Innenstadt fahren und sein Handy eingeschaltet lassen sollte. Dabei sollte er darauf achten, dass niemand ihm folgte. Vollbracht akzeptierte und sagte, dass er sich sofort auf den Weg machen würde.

„Was hast du vor?", fragte Magdalena, die gerade in den Raum getreten war und sich eine Tasse mit Kaffee füllte.

„Vollbracht macht endlich mit. Wir werden ihn treffen."

„Wo?"

„Ich dachte an eine Stelle auf dieser Rheinseite. Vollbracht kennt den Treffpunkt noch nicht. Ich werde ihn mit dem Handy dorthin lotsen."

„Wohl zu viele Krimis gesehen ...", kommentierte Magdalena schnippisch.

Wir tranken unseren Kaffee aus und verließen das Haus. In dem Anbau musste ich mich für einen Wagen entscheiden. Meine Wahl fiel auf einen dunkelgrauen Lancia Thesis.

„Ist der nicht zu auffällig?“, fragte Magdalena.

„Schau dich mal um“, entgegnete ich. „Da ein Ferrari, dort ein Iso Rivolta, ich glaube, die sind etwas auffälliger.“

Magdalena sah mich schräg an, willigte aber ein. Was ich ihr nicht sagte, war, dass dieses Auto der Lieblingswagen von meinem Freund und ehemaligen Kollegen Mario, der viel für Autos übrig hatte, war; er hielt ihn für ein Designsahnestückchen in all dem mobilen Einheitsbrei. So erwies ich dem Abwesenden meine Referenz.

Wir fuhren aus der Parkanlage auf die Straße, nachdem sich das Tor automatisch geöffnet hatte, und folgten den Wegweisern in die Wiesbadener Innenstadt. Ich versuchte, mir die Straßen zu merken, um später wieder hierher zurückzufinden. Ich reichte Magdalena das Handy und bat sie, Vollbrachts Nummer zu wählen. Dann gab sie mir den kleinen Apparat zurück.

„Gumbrich hier!“, meldete ich mich. „Wo sind Sie?“

„Ich fahre gerade die Saarstraße hinunter. Ein Auffahrunfall, deshalb dauert es etwas länger.“

„Gut. Dann fahren Sie runter bis zur Rheinstraße und halten sich auf der linken Spur in Richtung Theodor-Heuss-Brücke.“

Wir hatten die Wilhelmstraße erreicht. Über eine Ausfallstraße zur Autobahn verließen wir die Innenstadt. Kurz bevor die Abfahrten zu den Autobahnen kamen, rief ich Vollbracht an und dirigierte ihn weiter zu dem von mir vorgesehenen Treffpunkt.

„Können wir ihm vertrauen?“, fragte mich Magdalena.

„Was bleibt uns anderes übrig? Ich glaube aber, dass er in Ordnung ist.“

Eine Viertelstunde später sahen wir den Mann, den ich schon im Sender kennengelernt hatte, zum Treffpunkt kommen. Trotzdem blieben wir erst einmal in Deckung und beobachteten Vollbracht einige Minuten lang, ob er auch wirklich alleine gekommen und niemand ihm gefolgt war. Dann gingen wir zu ihm, ich stellte Magdalena vor und machte den Vorschlag, ein wenig am Rheinufer spazieren zu gehen. An diesem Sonntagnachmittag waren nicht mehr viele Spaziergänger unterwegs und wir blieben ungestört. Auf der anderen Rheinseite waren das Schloss und der Landtag zu erkennen, weiter links der Brand mit dem Rathaus, und die Türme des Doms überragten alles.

Nachdem ich Vollbracht dargelegt hatte, wie es dazu hatte kommen können, dass man mich für den Mörder von Hermia und Jerry hielt, berichtete ich ihm vom bisherigen Stand meiner Nachforschungen. Dabei schob ich Anstett in den Mittelpunkt, weil er meiner Meinung nach in die ganze Geschichte sehr stark involviert und derzeit die einzige Person blieb, die für uns greifbar war.

„Sie wissen", begann Vollbracht, nachdem er einige Sekunden nachgedacht hatte, „dass dieser Anstett ein sehr angesehener Bürger mit überaus guten politischen und gesellschaftlichen Kontakten ist. Der wird sich zu wehren wissen, wenn Sie ihn zum Mittelpunkt irgendwelcher nicht beweisbarer Verdächtigungen machen."

„Ich weiß", unterbrach ich den Journalisten schnell. „Das habe ich im Moment auch gar nicht vor. Im Gegenteil. Wir müssen so viel wie möglich über ihn erfahren. Ebenso über diesen Anton Müller, dessen Rolle in dem ganzen Spiel mir noch völlig unklar ist. Wenn wir genug Material zusammen haben, können wir versuchen, Anstett aus der Reserve zu locken. Nicht über die Öffentlichkeit, sondern dadurch, dass er mitbekommt, dass jemand hinter ihm herrecherchiert."

Ich unterbrach meine Ausführungen und wartete auf eine Antwort Vollbrachts, doch der ließ sich wieder Zeit.

„Im Prinzip bin ich d'accord mit Ihnen. Und ich nehme an, dass mein Part sein soll, meine Fühler auszustrecken, um mehr über Anstett und diesen Müller zu erfahren?"

„Ja", bestätigte ich kurz.

„Da wäre das Problem Ihrer Beschäftigung ..." Vollbrachts Stimme war leiser und zurückhaltender geworden.

Ich unterbrach ihn sofort. „Ist mir nicht wichtig. Ich will die Wahrheit wissen. Wir können es zusammen machen. Wie auch immer. Wenn wir erfolgreich sind, können wir ja weitersehen."

„Gut", willigte der Journalist ein.

„Eins noch, Vollbracht", sagte ich. „Angeblich hatte Hermia einen Freund, eine Beziehung. Wahrscheinlich ein Farbiger und blind ... Die Polizei müsste seine Identität kennen. Können Sie mal nachhorchen, wer das ist? Das ist der Mann, der mich damals in der Wohnung von Hermia überrascht hat."

„Warum?", war die knappe Frage Vollbrachts.

„Möglicherweise hat Hermia ihm erzählt, warum oder von wem sie sich bedroht fühlte oder er hat Dinge aus den letzten Wochen mitbekommen, die mit ihrem Tod in Zusammenhang stehen. Vielleicht weiß er auch mehr über diesen Film."

„Ich hake da nach. Aber ich kann nichts versprechen."

„Was meinen Sie, wie lange Sie brauchen werden?"

Vollbracht lachte wieder sein kehliges Lachen.

„Weiß ich nicht. Rufen Sie mich morgen an. Wie kann ich Sie erreichen?"

Ich zögerte, ihm meine Nummer zu geben, was eigentlich Blödsinn war. Wenn er mich hätte hereinlegen wollen, hätte er das schon längst machen können. Vorsicht war mittlerweile ein Reflex von mir geworden, wahrscheinlich ein überlebensnotwendiger. Magdalena sah mich etwas überrascht an und nickte mir zu. Ich nannte Vollbracht die Handynummer.

Er wiederholte noch einmal seine Forderung, dass ich mir eine Kamera und zwar eine mit herausnehmbaren Chip besorgen sollte.

„Vielen Dank", sagte ich beim Abschied und war wirklich sehr erleichtert, diesen Mann als Mitstreiter gewonnen zu haben.

Gegen halb sechs waren wir zurück in Maurices Anwesen, aber der Hausherr war noch nicht da und auch weiterhin mobil nicht zu erreichen. Magdalena rief in seiner Boutique an, aber dort nahm, wie wir erwartet hatten, niemand ab.

„Ob ihm etwas zugestoßen ist?", fragte Magdalena.

Ich wollte diese Frage nicht zulassen, weil sofort eine Menge unangenehmer Bilder in mir hochkamen, und griff gleich zum Telefon, um Rafaela anzurufen. Sie bestätigte mir, dass Maurice bei ihr gewesen war, aber das war noch vor Mittag gewesen und er wollte, laut Rafaela, gleich weiter zu Kitty. Ich vergaß zu fragen, ob sie ihm hatte weiterhelfen können.

Den Anruf bei Kitty übernahm Magdalena, da zu befürchten war, dass die Frau, sowie sie meine Stimme erkannte, alles Mögliche tun und sagen, aber ganz bestimmt nicht uns helfen würde. An Magdalenas Gesichtsausdruck während des Telefonats konnte ich erkennen, dass Kitty sich nicht geändert hatte. Die Frage, ob Maurice sie besucht habe, beantwortete sie ganz offensichtlich nicht. Schließlich legte Magdalena wütend auf.

„Blöde Kuh. Die hat schnell gemerkt, dass es auch um dich geht. Sie scheint dich ja richtig zu lieben."

Bis kurz nach acht am Abend versuchten wir noch mehrmals, Maurice zu erreichen, stets ohne Erfolg. In einem Notizbuch fanden wir die Nummer seiner Stadtwohnung, aber da meldete sich nur der Anrufbeantworter. Wir beschlossen, das Risiko einzugehen und Kitty zu besuchen.

Es war kaum noch Verkehr an diesem Sonntagabend, als wir nach Mainz fuhren. Maurices Auto hatten wir in einiger Entfernung von dem Haus, in dem Kitty wohnte, abgestellt. Da dort die Haustür offen war, gingen wir gleich nach oben und klingelten an Kittys Wohnungstür. Sie öffnete uns im Morgenrock und sah uns überrascht an. Sie hatte wohl jemand anderen erwartet. In der Hand hielt sie einen A4-großen braunen Umschlag, den sie gerade öffnen wollte. Mit ihrem Körper blockierte sie die Tür, aber Magdalena drückte sie resolut zur Seite und trat ein. Ich folgte ihr und war verwundert, dass Kitty, die ich ganz anders kannte, sich so schnell den Schneid abkaufen ließ.

Im Flur schob Kitty das A4-Kuvert beiläufig in eine Schublade.

„Was wollt ihr?", fauchte sie mich an.

„Wir suchen einen Mann, der heute zu dir kommen wollte, um dich was zu fragen“, antwortete ich ruhig.

„Einen Mann? Davon habe ich genug.“

„Scheiße, Kitty!“ Ich regte mich auf. „Es ist wichtig. Es geht darum, den Mörder von Hermia und Jerry zu finden.“

„Du Arschloch!“, schrie sie mich an. „Bist du nicht der Mörder? Steht doch in allen Zeitungen!“

„Bin ich nicht, Kitty, und das will ich beweisen.“

„Dass ich nicht lache. Deine Fingerabdrücke waren auf dem Messer und auf meiner Pistole.“ Sie wurde immer hysterischer. „Jerry wurde mit seiner eigenen Waffe umgebracht.“ Sie lachte überdreht.

Magdalena behielt einen kühlen Kopf.

„Wieso mit seiner eigenen Waffe?“, fragte sie.

„Wieso, wieso? Weil er sie mir geschenkt hat!“

Plötzlich ging mir ein Licht auf. „Du warst mit Jerry liiert?!“

„Ja, liiert, zusammen, ein Paar, verheiratet, Reza, verdammt noch Mal, und zwar schon ein paar Jahre und jetzt ist er tot.“

Ich dachte an all die jungen Mädels, mit denen Jerry was am Laufen hatte. Kitty erriet meine Gedanken. „Du verdammter blöder Spießer! Er hat halt mal die jungen Dinger gebraucht. Aber mit mir war er zusammen. Wir sind verheiratet! Verstehst du? Mann und Frau! Haben es nur nicht an die große Glocke gehängt!“

Ich hatte mit vielem gerechnet, aber nicht damit. Jetzt war mir auch klar, warum sie mich an ihn verraten hatte. Welch eine grausame Ironie, dass er mit der Waffe, die er ihr zu ihrem Schutz geschenkt hatte, selbst erschossen worden war.

Kitty war einem Zusammenbruch nahe. Ich gab Magdalena ein Zeichen, sich um sie zu kümmern und sie abzulenken, während ich in den Flur ging und den Umschlag aus der Schublade der Kommode zog. Er war ganz dünn. Ich riss die Lasche vollständig auf und zog ein Foto heraus. Was ich da sah, verschlug mir den Atem. Jemand hatte die Erschießung von Jerry mitsamt dem Täter fotografiert und dieser Täter war eindeutig nicht ich. Ich war auf dem Bild überhaupt nicht zu sehen. Der Bildausschnitt war so gewählt, dass nur Müller in seinem schwarzen Anzug aufgenommen war, wie er in den Kofferraum schoss. Erst danach hatte er mir die Waffe in die Hand gedrückt. Müllers Gesicht war, wenn auch nicht sehr deutlich, zu erkennen. Ich überlegte, wo der Fotograf gestanden haben könnte. Ich hatte nichts bemerkt, aber das war auch kein Wunder gewesen. Trotzdem war es mir ein Rätsel, wie jemand uns unbemerkt hatte folgen können. Als wir aus dem Waldstück zurück auf die Straße fuhren, war mir kein Auto aufgefallen.

Aber eine andere Frage war viel drängender: Woher hatte Kitty dieses Bild? Wer hatte ihr das geschickt? Ich drehte es um. Auf der Rückseite stand in neutraler Schrift: „Wollen Sie wissen, wer Jerry umgebracht hat?“; sonst nichts, keine Unterschrift.

In diesem Moment kam Kitty aus dem Wohnzimmer in den Flur geschossen und riss mir Bild und Umschlag aus der Hand. „Was machst du da?“, schrie sie mich an und drückte die Fotografie an ihren Körper. „Was machst du mit meinen Sachen?! Raus mit euch, los raus!!“

„Wer hat dir dieses Bild zugespielt?“ Ich versuchte, gegen ihre laute Stimme anzukommen, aber auch wenn mir dies gelungen wäre, Kitty war in diesem Moment völlig unfähig, irgendetwas anderes als sich selbst und ihren Schmerz wahrzunehmen. Und sie hielt mich noch immer für Jerrys Mörder. Ich versuchte trotzdem, gegen sie anzukommen, schrie zurück, dass auf dem Foto in diesem Umschlag der wahre Mörder abgebildet wäre, aber sie bekam davon nichts mit. Stattdessen schlug sie wahllos und in wilder Wut auf mich und Magdalena ein und drängte uns mit solchem Ungestüm aus der Wohnung, dass wir ihr nichts entgegenzusetzen hatten. Sie schmiss die Tür hinter uns zu und verriegelte sie sofort. Ich klingelte, doch Kitty reagierte nicht.

Als die ersten Bewohner auf den Flur traten, zog Magdalena mich die Treppe hinunter zum Ausgang.

„Wir können nicht riskieren, dass die Leute die Polizei rufen“, sagte sie.

Das war aber schon passiert, denn kaum hatten wir die Haustür geöffnet, flackerte uns in einiger Entfernung das Blaulicht der anrückenden Polizeiwagen entgegen. Wir sprangen schnell auf den Bürgersteig und legten die Arme umeinander. Zwei Streifenwagen passierten uns und aus dem Augenwinkel konnte ich erkennen, dass die Insassen zu uns herübersahen. Als sie vorbei waren, gingen wir noch schneller, doch da hörten wir schon das Quietschen von Reifen. Ich sah mich kurz um. Die Polizeiwagen hatten angehalten und die Türen standen offen. Im gleichen Moment rief jemand: „Bleiben Sie mal stehen!"

Wir rannten augenblicklich los und machten uns dadurch total verdächtig. An der nächsten Querstraße bogen wir ab. Mit hohem Tempo kam ein Wagen hinter uns hergefahren. Das heisere Röcheln des Motors klang allerdings überhaupt nicht nach Polizei. Noch einmal röhrte der Motor auf, dann brüllte hinter uns eine Stimme: „Los, springt rein!"

Ich brauchte zu lange, um zu realisieren, wer das war. Magdalena war mal wieder schneller. „Maurice!", rief sie und rannte zum Wagen, ich folgte ihr. Ich schmiss mich auf den vorderen, sie sich auf den hinteren Sitz. Sofort gab Maurice Gas. Ich drehte mich um. Zwei Polizisten kamen gerade um die Ecke, wahrscheinlich zu spät, um das Kennzeichen zu entziffern.

„Das war knapp!", sagte Maurice und grinste mich an.

„Woher haben Sie gewusst ...", fragte Magdalena von hinten.

„Intuition? Nein, ich stand ein paar Meter von dem Haus weg und wollte gerade zu Kitty gehen, da kamen Sie raus und die Polizei an."

„Maurice, wo waren Sie heute?" Ich hatte keine Lust auf Späße. „Wir haben seit Stunden versucht, Sie zu erreichen."

„Olala", sagte er, „das Vergnügen darf nicht zu kurz kommen, oder? Ich glaube, Sie und Magdalena leben auch nach diesem Motto, wenn ich Ihre Aktivitäten in meinem Haus richtig verstehe. Und da Sie, Reza, mir keine Chance geben, muss ich andere nutzen. So ist das!"

„Und die Chance war wichtiger, als den Mörder von Hermia zu finden?" Ich war wirklich erbost.

„Reza, bitte!“ Es war Magdalena, die mich zu beschwichtigen versuchte, dabei klang ihre Stimme nicht fest, eher so, als müsste sie sich zu Gefasstheit durchringen.

Aber ich war in Fahrt. „Das ist was anderes. Es ist nicht nur wegen Hermia. Wir haben uns auch Sorgen um Sie gemacht. Wir haben den ganzen Tag gewartet und angerufen und gewartet …“

„Es war aber auch sehr unvorsichtig, das Haus zu verlassen und hierher zu kommen“, entgegnete Maurice, wiegelte dann aber gleich ab. „Gut, ich entschuldige mich. Ich habe einen sehr netten Kerl kennengelernt, übrigens im Rahmen meiner Recherchen, da konnte ich nicht widerstehen.“ Er sagte das so ironisch, dass ich in dem Moment nicht wusste, ob er nur spielte.

„Und waren Ihre Recherchen wenigstens erfolgreich?“ Ich wollte gehässig klingen, aber es gelang mir nicht so recht.

„Ja, sehr erfolgreich. Was den jungen Mann angeht, aber auch, was sein Wissen betrifft. Und wer weiß, ob ich an das eine ohne das andere herangekommen wäre.“

Magdalena schwieg. „Jetzt sagen Sie schon, Maurice, was Sie herausgefunden haben!“, forderte ich ihn auf.

Wir waren auf der Schiersteiner Brücke und statt auf meine Frage zu antworten, ließ Maurice den Achtzylinder-Motor seines Maserati aufheulen.

Wir sprachen erst wieder, nachdem Maurice den Wagen im Nebengebäude abgestellt hatte und wir im Haus um den Tisch herum saßen. Der Hausherr hatte dieses Mal einen Weißwein aus seinem Keller geöffnet, den er uns als einen im Barrique ausgebauten rheinhessischen Chardonnay vorstellte. Müde prostete ich ihm zu, während er bester Laune zu sein schien und den Wein offensichtlich sehr genoss. Magdalena lag auf der Lauer, um sofort bei einem neuen Ausbruch unseres Streites zu vermitteln.

„Also“, fragte ich gereizt, „was haben Sie herausgefunden?“

Maurice wartete mit der Antwort. Die Provokation, die er auf den Lippen hatte, war ihm anzusehen. Er entschloss sich aber, auf sie zu verzichten.

„Ich war bei Rafaela, eine wirklich sehr aparte Person."
„Bitte, Maurice!", drängte ich den Mann, der keine Eile zu haben schien.
„Sie erzählte mir, was sie Ihnen auch schon gesagt hatte: Regine hat den Film weggeschmissen und am gleichen Tag oder einen Tag später, sie wusste es nicht mehr so genau, brauchte sie ihn wieder …"
Ich unterbrach ihn. „Hat sie gesagt, warum sie den Film so plötzlich brauchte?"
Maurice schüttelte seinen Kopf. „Nein. Aber ich habe Rafaela gebeten, sehr genau nachzudenken, ob Regine vielleicht noch etwas gesagt hatte, das im ersten Moment unwichtig klang."
„Und?", fragte Magdalena, die auch unruhig wurde.
„Erst fiel ihr nichts ein, aber dann sagte sie, dass im Hinterhof von Regines Haus ein junger Typ wohnt, ein Künstler, der von der Hand in den Mund lebt. Regine mochte ihn nicht. Warum auch immer. Den hatte sie schon öfters beobachtet, wie er in den Mülltonnen rumwühlte. Zu Rafaela hat sie gesagt, dass sie vermutet, dass dieser Künstler sich den Film genommen hat. Vielleicht, um ihn zu Geld zu machen. Für Rafaela klang es aber eher so, als ob dieser Künstler das Ventil war, an dem sie ihre Wut ablassen konnte."
„Und dann?"
„Ich bin zu diesem Künstler gefahren. Zu dem Haus, in dem Regine wohnte. Der Junge war auch da und er war wirklich jung und auch sehr … sehr apart."
„Und Sie haben mit ihm rumgebumst?"
„Reza!", sagte Maurice pikiert.
„Reza!", sagte Magdalena entrüstet.
„Entschuldigung. Mich interessiert, ob Maurice etwas herausgefunden hat, das uns weiterbringt."
„Das ist aller Ehren wert, lieber Reza", entgegnete Maurice, „aber Sie müssen verstehen, dass ich nicht mehr der Jüngste bin und auch auf gewisse Vergnügungen stehe."
Ich nickte, obwohl ich keine Lust hatte, mir das anzuhören.

„Aber, um Ihre Bedürfnisse zu befriedigen, lieber Reza: Aron hat …"

„Aron?", unterbrach ich ihn.

„Das ist der junge Mann", erklärte Maurice genervt und fuhr fort: „Er hat den Film tatsächlich aus der Tonne genommen."

„Und das hat er Hermia nicht gesagt? Vielleicht wäre sie dann jetzt noch am Leben."

„Sie hat ihn nicht gefragt. Wie gesagt, die beiden pflegten eine gewisse Antipathie zueinander."

„Hat er sich denn den Film angeschaut?", fragte Magdalena.

Maurice nickte. „Ja, Sex, ein Typ, der eine Frau ziemlich runtermacht, sie schlägt und beleidigt …"

„Kannte er den Mann?"

„Nein, aber die Frau. Es war Regine. Allerdings ist sie in dem Film noch jünger. Aron war ziemlich angewidert. Er steht nicht auf Heterosex, und diese Gewaltscheiße interessiert ihn überhaupt nicht. Am Schluss, hat er gesagt, sind noch zwei andere Typen in dem Zimmer gewesen."

Mit war gleich klar, wer die zweite Person auf dem Film war, der Mann, der Hermia geschlagen hatte. Dieser Shark hatte seinerzeit die Szene gefilmt, als Hermia so tun sollte, als würde sie beim Sexspiel mit Anstett umkommen, um ihn so noch mehr in der Hand zu haben. In meinem Kopf ratterte es. Woher wusste Müller von der Existenz des Filmes? Und was wollte er mit dem Film? Anstett erpressen? Nach über fünfzehn Jahren? Und wusste Anstett von dem Film? Wollte er verhindern, dass Müller in seinen Besitz gelangte, und hatte er deshalb Hermia ermordet?

Ich teilte den anderen meine Gedanken mit. Sie wussten auf meine Fragen auch keine Antwort.

„Was hat dieser Aron mit dem Film gemacht?", fragte ich Maurice.

„Er hat ihn bei eBay versteigert …"

„Darf man denn solche Filme versteigern?", fragte Magdalena.

„Nein", antwortete Maurice. „Sein Angebot musste er auch rausnehmen, aber da hatte sich schon jemand bei ihm gemeldet.

Der kam vorbei und hat den Film abgeholt."
„Wer war das?"
„Weiß Aron nicht. Ein Künstler, der mit sogenanntem Found Footage arbeitet, fremde Filme, die er auseinandernimmt und in einem neuen Kontext zeigt oder mit anderem Material mischt."
„Und dieser Aron hat überhaupt keine Ahnung, wer dieser Künstler ist?"
„Das habe ich ja schon gesagt: Nein!"
„Bringt uns das alles weiter?", fragte ich und wusste die Antwort.
Magdalena beantwortete sie: „Nein, nicht entscheidend."
„Kitty war übrigens mit Jerry verheiratet, deshalb hat sie mich auch an ihn verraten", klärte ich Maurice auf. „Ihr ist ein Foto zugespielt worden, das die Ermordung von Jerry zeigt. Nicht, als mir die Waffe in die Hand gedrückt wurde, sondern als Müller schoss. Auf der Rückseite von dem Foto stand: ‚Wollen Sie wissen, wer Jerry umgebracht hat?'"
„Von wem hat sie das bekommen?"
„Diese Frage konnte ich Kitty leider nicht stellen."
„Was bedeutet das?"
„Dass ich nicht der Mörder sein kann", warf ich schnell ein.
„Stimmt", sagte Maurice, „das auch. Aber dafür müssten wir in den Besitz des Bildes kommen. Ich meine aber noch etwas anderes!"
Wir sahen uns an. Magdalena kapierte zuerst. „Dass es bald noch mehr Tote geben wird."
„Das sehe ich auch so", stimmte ihr Maurice zu.
„Können wir das verhindern?", fragte ich.
„Schwer. Wer könnte dahinterstecken?"
Ich schüttelte den Kopf. Das war mehr ein Ausdruck meiner Verzweiflung als eine Antwort.
Maurice fragte weiter: „Wer hat etwas davon, wenn Kitty diesen Müller umbringt? Wer will ihn aus dem Weg räumen?" Er verfiel ins Grübeln. „Anstett", sagte er leise, mehr zu sich als zu uns.
„Anstett?", hakte ich nach.

„Regine: tot. Dieser Shark: tot. Maser: tot. Jerry: tot. Müller: möglicherweise bald tot. Anstett: lebt noch. Er ist der Einzige aus diesem Kreis, der noch lebt, außer Kitty, die allerdings aufpassen muss, dass Müller nicht schneller ist als sie. Wir müssen herausfinden, was Anstett mit diesem Müller verbinden könnte. Da liegt die Lösung, dessen bin ich mir ganz sicher. Denn, das haben Sie vorhin richtig gesagt, Reza, woher sollte Müller von dem Film Kenntnis haben?"

„Wir müssen warten, was Vollbracht herausfindet."

„Vollbracht?", fragte Maurice erstaunt und mir fiel ein, dass wir ihm noch nicht von unserem Treffen erzählt hatten und dass der Journalist jetzt mit an Bord war. „Er versucht, mehr über Anstett, Müller und seine Kapitalanlagegesellschaft herauszukriegen", schloss ich meinen kurzen Bericht ab. Ich erwähnte noch, dass Vollbracht mich aufgefordert hatte, eine Kamera zu kaufen, woraufhin Maurice den Raum verließ um mit einer sehr kleinen Kamera zurückzukommen. „Etwa so ein Modell?", fragte er.

Ich nickte und nahm sie an mich.

„Weiß Rafaela etwas über den Freund von Hermia?", fragte Magdalena, während ich mich mit der Kamera vertraut machte.

„Sie kennt weder seinen Namen noch seine Adresse noch sonst etwas", erklärte Maurice.

„Die Polizei könnte es wissen …", warf Magdalena ein

„Aber wer soll die fragen? Und meint ihr, die sagen uns das?"

Mir kam ein Gedanke und es war mir ein Rätsel, warum ich nicht schon früher darauf gekommen war. „Wenn der Freund blind ist und er taucht einfach so in der Wohnung auf, ich meine, als ich Hermia gefunden habe, dann ist es doch gut möglich, dass er ganz in ihrer Nähe wohnt, vielleicht sogar im selben Haus …"

„Aron", unterbrach mich Maurice. „Ich könnte Aron fragen. Er bekommt alles mit, was im Haus passiert." Ich sah Maurices entzückt blitzende Augen und fand das keine gute Idee.

Magdalena sah ihn schwermütig an.

„Und wann gedenken Sie dann, wiederzukommen?" Ich konnte mir die freche Frage nicht verkneifen.

„Vielleicht gar nicht mehr", antwortete Maurice, aber er lachte mich dabei so entwaffnend an, dass ich nicht ernst bleiben konnte, und er zwinkerte Magdalena zu. „Ich mache mich gleich auf den Weg und bin spätestens morgen früh wieder da. Vorher können wir sowieso nichts machen. Und Sie können auch Ihrem Vergnügen nachgehen, ganz ohne schlechtes Gewissen."

Magdalena lachte zwar, aber es wirkte mehr freundlich als begeistert. Trotzdem forderte sie mich auf, mit ihr nach oben zu kommen, als Maurice zehn Minuten später das Haus verlassen hatte. Ich wollte aber noch nachdenken und blieb im Wohnzimmer sitzen, wo ich irgendwann einschlief.

18

Als ich am nächsten Morgen gegen neun Uhr aufwachte, saßen Maurice und Magdalena bereits über ihre Kaffeetassen gebeugt am Esstisch. Sie sahen auf, als ich zu ihnen trat. Nach einer kurzen Begrüßung fragte ich Maurice, ob er in der vergangenen Nacht erfolgreich gewesen war. Einen süffisant-zweideutigen Unterton konnte ich mir dabei nicht verkneifen, für den ich von Magdalena sofort mit einem ernsten Blick zurechtgewiesen wurde.

Maurice schmunzelte. „Wie man es nimmt", antwortete er mit einem schelmischen Lächeln.

Dieses Mal war ich ausgeruht und ließ ihm den Spaß. „Da der Erfolg auf dem einen Feld mit dem Erfolg auf dem anderen auf das Engste verknüpft ist, war es außerordentlich wichtig, dass Aron sich über meinen Überraschungsbesuch sehr freute."

Er hielt inne und sah mich an. Ich ging davon aus, dass er etwas herausbekommen hatte, sonst würde er nicht zu solchen Späßen bereit sein. Bevor er weitersprach, schenkte er allerdings Magdalena einen langen Blick. „Der Erfolg auf dem zweiten Feld ist ein doppelter und gleichzeitig jedoch nur ein teilweiser", dämpfte er sogleich meinen Optimismus und sah mit einem Mal sehr ernst aus.

„Ja?", fragte ich ebenso erwartungsvoll wie verwirrt.

„Die erste, die gute Nachricht ist", begann Maurice, „dass ich wahrscheinlich den Namen des Künstlers habe, der den Film besitzt, den Aron in der Mülltonne gefunden hat. Er wohnt irgendwo im Rheinhessischen bei Wörrstadt."

„Und die zweite Nachricht, die schlechte?", forderte Magdalena neugierig.

„Sie ist nur zum Teil schlecht. Ich weiß jetzt, wer der Geliebte von Regine ist."

Ich sah Maurice gespannt an, forderte ihn mit meinen Blicken auf, endlich weiterzusprechen.

„Ein gewisser Nigel. Britischer Staatsbürger, die Mutter ist Nigerianerin. Er ist Musiker und blind."

„Das ist doch ein Erfolg", wandte ich ein.

„Langsam, Reza!", dämpfte mich Maurice. „Es kommt noch der schlechte Teil. Nigel ist verschwunden."

„Wie? Verschwunden?"

„Aron hat ihn seit Tagen nicht mehr gesehen und die Polizei weiß auch nicht, wo er ist."

„Woher wissen Sie das?"

„Die Polizei hat alle Bewohner des Hauses und in der Umgebung nach ihm befragt."

„Vielleicht macht er auch einfach nur Urlaub und hat sich nicht abgemeldet?", warf ich ein.

„Das hat Aron auch gesagt, dass er ab und zu seinen Rappel bekommt und für ein paar Tage untertaucht, um dann zurückzukommen, als sei nichts gewesen."

„Wenn er Musiker ist, dann muss es doch Leute geben, mit denen er zusammen Musik macht. Vielleicht können wir die ausfindig machen und über sie einen Kontakt zu Nigel herstellen", schlug Magdalena vor.

Dieser Vorschlag leuchtete uns ein und Maurice bot sich auch gleich an, nochmals zu Aron zu fahren, um ihn in dieser Richtung zu befragen.

Ich gebot ihm Einhalt. „Maurice, Sie haben doch bestimmt

Arons Telefonnummer. Rufen Sie ihn doch an. So können wir eine Menge Zeit sparen", sagte ich bewusst zweideutig.

„Ich hatte auch nichts anderes vor", erwiderte Maurice und sah dabei zu Magdalena hinüber.

Aron konnte ihm nur die Adresse eines Produzenten, für den Nigel manchmal als Studio-Musiker arbeitete, nennen. Der Produzent, ein gewisser Arne Dorffer, hatte sein Studio in Drais, einem Vorort von Mainz. Nigel komponierte für ihn die Hintergrundmusik für Hörbücher, die der Produzent mit Schauspielern aus dem Rhein-Main-Gebiet und Sprechern, die für das ZDF und den SWR arbeiteten, aufnahm. Er war allerdings nicht gewillt, uns weiterzuhelfen. Wütend knallte Maurice das Telefon auf den Tisch und sprang auf. So hatte ich ihn noch nicht gesehen und dieses Verhalten passte so gar nicht zu seiner sonst sehr distinguierten Art.

„Ich fahre zu diesem Arschloch", sagte er, bevor er Zimmer und Haus verließ und wir kurz darauf das Geräusch der durchdrehenden Räder auf dem Kies der Zufahrt hörten.

Ich nutzte die Zeit bis zu Maurices Rückkehr, um mich bei Vollbracht zu erkundigen, ob er schon Ergebnisse hatte. Eine weibliche Stimme vertröstete mich, dass Herr Vollbracht noch nicht im Büro sei und sie auch nicht wisse, wann er ‚einlaufe'. Ich bedankte mich übertrieben nett und kündigte an, es in einer halben Stunde nochmals zu versuchen.

Eine Stunde später hatte ich Vollbracht endlich an der Strippe. „Ich habe schon gehört, dass Sie es zweimal versucht haben, Gumbrich", sagte er mit seiner tiefen Stimme, die noch etwas kehliger als sonst klang.

„Schwere Nacht?", fragte ich.

„Ja, wir mussten den Beitrag eines Kollegen, der nicht wasserdicht war, komplett neu schneiden. Überlegen Sie es sich also, ob Sie hier arbeiten wollen." Er machte eine Pause. Ich vernahm durch den Hörer das Glucksen in seiner Kehle. „Sie wollen bestimmt wissen, ob ich schon was herausgefunden habe, nicht wahr?"

„Ja", sagte ich und versuchte aus seinem Tonfall eine Tendenz zu interpretieren.

„Ich muss Sie enttäuschen. Ich habe meine Fühler ausgestreckt, aber noch keine Rückmeldung erhalten. Rufen Sie mich doch am Nachmittag an. Ich muss jetzt erst einmal an den Text und dann zu meinem Chef. Bis später, Gumbrich."

Ich sah zu Magdalena hinüber und schüttelte enttäuscht den Kopf. „Ich soll es heute Nachmittag noch einmal probieren, hat er gesagt. Hat Stress im Büro."

Wir tranken unseren Kaffee und warteten auf Maurice. Der kam um ein Uhr unüberhörbar vor das Haus gefahren und bremste derart heftig auf dem Kies, dass wir das Rutschen des schweren Wagens auf dem lockeren Untergrund bis ins Innere des Hauses deutlich hören konnten.

Außer Atem kam Maurice hereingelaufen. „Kommt mit!", rief er uns ohne weitere Erklärung zu und eilte ins Wohnzimmer, wo er einen altenglischen Schrank öffnete. Magdalena und ich waren hinter ihn getreten und beobachten den Mann dabei, wie er sich an einer Hi-Fi-Anlage zu schaffen machte. Kurz darauf war die Stimme eines Nachrichtensprechers zu vernehmen: „ … die Polizei hatte einen anonymen Hinweis erhalten, kam aber zu spät an den Tatort, wo sie den Bauunternehmer Anton Müller fand, getötet von drei Kugeln. Dringend tatverdächtig ist Annkathrin B., die in der Nähe des Tatortes festgenommen und bei der die Tatwaffe gefunden wurde. Bis jetzt schweigt sie zu der Tat. Annkathrin B. arbeitete als Darstellerin in den Pornofilmen des erst kürzlich ermordeten Filmproduzenten Rashid Jerry Mamoun. Die Polizei geht von einem Zusammenhang zwischen den beiden Todesfällen aus. Inwieweit der noch immer flüchtige Ignatius G., den die Polizei des Mordes an der Pornofilmdarstellerin Regine Müller und an dem Produzenten Mamoun verdächtigt, in diesen Mordfall involviert ist, ist zur Stunde noch unklar. Zurzeit versucht die Polizei zu klären, was Anton Müller in Mainz machte und in welcher Beziehung er zu Annkathrin B. stand. Müller ist Bauunternehmer aus Dorsten. Der leitende Staatsanwalt hat für den frühen Abend eine weitere Pressekonferenz angekündigt. Das war Martin Beckmühl aus Mainz." Ein alter Schlager heulte auf. Maurice drehte das Radio leise.

„Annkathrin Beimer ist Kitty!", sagte ich und sah in zwei erstaunte Gesichter, wobei es mir nicht anders erging. Das war schneller, als wir befürchtet hatten. Es war von einem anonymen Hinweis die Rede. Von derselben Person, die Kitty das Foto zugespielt hatte?

Maurice machte einen verstörten Eindruck. So hatte ich ihn noch nicht gesehen. „Steckt wirklich Anstett dahinter? Ein angesehener Bürger und Politiker? Korruption, ja. Puffgänger, ja. Von mir aus auch so Gewaltspiele, ja. Aber Mord und solche Intrigen? Das ist schon …" Er suchte nach Worten.

Wir saßen eine ganze Weile stumm zusammen und jeder von uns hing seinen Gedanken nach. Maurice erhob so plötzlich seine Stimme, dass Magdalena und ich zusammenzuckten. „Das habe ich vollkommen darüber vergessen. Nigel ist tatsächlich abgetaucht. Wahrscheinlich nach London."

Wir sahen den Hausherrn erst verwirrt und dann erwartungsvoll an.

„Ich habe ein wenig nachhelfen müssen, um diesen Produzenten zum Reden zu bringen." Maurice rieb seinen Zeigefinger am Daumen. „Nigel ist weg, ohne eine Nachricht zu hinterlassen, hat aber gestern angerufen, weil er Geld braucht und die nächste Zeit London nicht verlassen will."

„Mist!", fluchte Magdalena. „Dann kommen wir nicht an ihn heran." Sie klang resigniert.

Maurice beschwichtigte sie mit einer Geste seiner Hände. „Ich habe dem Produzenten eine finanzielle Hilfe für ihn und für Nigel in Aussicht gestellt, wenn er mich anruft."

„Und?", fragte ich, „ist er darauf eingegangen?"

„Er wartet auf Nigels Rückruf. Er will sich angeblich am Nachmittag melden."

„Und wir können jetzt nur hier sitzen und warten", sagte ich und fühlte mich elend. „Warten auf diesen Produzenten und Nigel und warten, dass die Polizei Informationen herausrückt, und warten auf Vollbracht, dass er endlich Zeit für seine Nachforschungen hatte."

Die nächsten Stunden verbrachten wir im Wohnzimmer. Das Radio lief, im Fernsehen hatten wir das lokale dritte Programm eingeschaltet und Maurice hatte auf dem niedrigen Tisch einen Laptop aufgestellt und suchte im Internet nach neuen Nachrichten. Ich wurde noch immer als Mörder von Hermia und Jerry gesucht und natürlich tauchte mein Name jetzt auch im Zusammenhang mit dem toten Anton Müller auf. Nur ein stichhaltiger Grund, was ich mit dem Tod von Müller zu tun haben sollte, wurde nicht genannt. Erstaunlich war zudem, dass in keiner Nachricht etwas von dem Foto gesagt wurde. Es würde mich zumindest von dem Verdacht des Mordes an Jerry freisprechen und einen Grund für Kittys Tat liefern. Stattdessen wurden der Polizei immer lauter Vorhaltungen gemacht, dass ein Mörder wie ich auch nach einer Woche noch frei herumlief.

Um fünf Uhr rief ich Vollbracht an. Er klang etwas aufgeregter als sonst.

„Was haben Sie mit dieser ganzen Geschichte zu tun, Gumbrich? Jetzt dieser Mord?", fragte er geradeheraus.

„Vollbracht, mir ist nicht zum Spaßen zumute. Ich hoffe, Sie verstehen mich?!"

„Sie müssen mich auch verstehen, Gumbrich", erwiderte der Journalist harsch. „Sie werden verdächtigt, diese Regine Müller umgebracht zu haben. Ebenso wie Rashid Mamoun. Dann soll ich für Sie unter anderem Informationen über einen Anton Müller besorgen. Und dieser Müller wird erschossen aufgefunden, von der Frau, die mit diesem Mamoun zusammen war und von der Sie die Waffe hatten, mit der Mamoun umgebracht wurde. Ein bisschen viele Tote, mit denen Sie in Kontakt standen, Gumbrich, oder täusche ich mich da?"

Ich musste schlucken. Ich hatte gehofft, dass ich Vollbracht von meiner Unschuld überzeugt hatte, aber wenn er noch immer Zweifel hatte, um wie viel mehr musste die Polizei von meiner

Schuld überzeugt sein. Wie lange würde ich mich noch verstecken können? Und vor wem? Die Polizei war der wahrscheinlich ungefährlichere Gegner. Sie würde mich ins Gefängnis stecken. Aber Anstett oder wer immer der wirkliche Mörder war konnte es nicht riskieren, mich am Leben zu lassen. Und ob Vollbracht mich nicht doch noch an die Polizei verpfiff …?

„Gumbrich, sind Sie noch dran?“, fragte der Journalist.

„Ja, ja“, antwortete ich hastig, aus meinen Gedanken aufgeschreckt.

„Ich hoffe, Sie wissen zu schätzen, was ich da für Sie tue … ich riskiere meinen Job ...“

„Ja“, antwortete ich schnell, „aber ich bin kein Mörder …“

„Das möchte ich Ihnen auch gerne glauben …“, antwortete Vollbracht und machte eine Pause. „Seien Sie vorsichtig, Mann!“ Er machte eine weitere Pause. „Hören Sie, Gumbrich, ich habe bis jetzt Folgendes herausgefunden: Dieser Müller, der heute tot aufgefunden wurde, ist möglicherweise über einen Mittelsmann, einen Anwalt aus Essen, mit dem er eine Kapitalanlagegesellschaft betreibt, an der Finanzierung dieses Museums beteiligt, das die Stadt bauen will.“

„Dann hat Jerry recht gehabt!“, warf ich ein, doch Vollbracht ging nicht darauf ein. „Müller selbst tritt an keiner Stelle offiziell im Zusammenhang mit dem Bau des Museums auf, aber er und dieser Anwalt haben mehrere Geschäfte miteinander laufen, auch Immobilien, alles sehr verschachtelt, so dass ich da mehr zufällig drauf gekommen bin …“

„Wie haben Sie das rausgefunden?“, warf ich ein.

Vollbracht lachte. „Sie müssen noch einiges lernen, Gumbrich, bevor Sie hier anfangen. Müller und der Anwalt sind durch Firmen miteinander verbunden, so viel kann ich Ihnen sagen. Aber das eigentlich Interessante ist, wenn es denn wahr sein sollte, denn dafür habe ich keinerlei Belege: Dieser Anstett, nach dem ich ja auch mal meine Fühler ausstrecken sollte, hängt irgendwie mit in dem Neubau.“

„Ja“, erklärte ich, „er ist von der Stadt der …“

Vollbracht ließ mich nicht aussprechen. „Nein, nein! Er hat da Geld reingesteckt. Privates Geld. In die Kapitalanlagegesellschaft von Müller und diesem Anwalt. Inoffiziell natürlich, über einen Strohmann. Ich kann das aber nicht beweisen. Wahrscheinlich hat auch er Müller nie zu Gesicht bekommen, sondern nur diesen Anwalt."

Ich pfiff durch die Zähne und wurde gleich wütend. „Warum weiß die Öffentlichkeit nichts davon?", fragte ich.

„Weil das so raffiniert gemacht ist, dass ihm nichts nachzuweisen ist. Und wie gesagt, ich habe meine Quellen. Aber keine Beweise."

„Und woher haben Sie so schnell die Informationen? Und warum passiert nichts? Warum gelangt nichts davon an die Öffentlichkeit?"

Ich fand es äußerst seltsam, dass ein Journalist wie Vollbracht diese Informationen in recht kurzer Zeit zusammentragen konnte, wenn er wollte, dass aber nichts davon an die Öffentlichkeit drang.

„Seien Sie nicht so naiv, Gumbrich!", entgegnete Vollbracht und klang enttäuscht. „Wer hat denn ein Interesse daran, dass das rauskommt? Der Mann verdient sich was dazu, macht doch jeder. An der Realisierung der Stiftung und des Museums haben Maser und Anstett fünfzehn Jahre lang gearbeitet. Wenn Anstett privates Geld in eine Kapitalgesellschaft reinsteckt, dann ist das ein vielleicht problematisches Verhalten. Er kann sich darauf hinausreden, dass er da nur Geld angelegt hat. Was diese Anlagegesellschaft damit macht, kann er nicht wissen. Und selbst, wenn es zu einem Skandal reichen sollte, Gumbrich, wer hat denn ein Interesse daran, so kurz vor der Eröffnung des Museums? Ein Bau, mit dem sich alle Parteien schmücken wollen. Ein Kleinod in dieser Stadt. Ein Vermögen an Kunstwerken. Im Moment reicht die Unruhe durch den Tod von Maser vollkommen. Wissen Sie, man hat eine renommierte Kunstwissenschaftlerin nach einigem Hin und Her als Direktorin für das Museum verpflichten können, man hat einen angesehenen Stiftungsbeirat und ein Kuratorium zusammenbekommen. Glauben Sie, Gumbrich, das will man sich jetzt, so kurz vor der Eröffnung, wo sich alle mögliche Prominenz angemeldet hat, kaputt machen lassen? Damit eine andere Stadt die Kunstwerke bekommt?“

„Aber wir können das doch nicht so auf sich beruhen lassen!“ Ich war richtig wütend. Hermia, Jerry und wer noch tot war – das sollte alles ungesühnt bleiben, wer immer auch im Einzelnen der Mörder war? Hatte Maser das auch herausbekommen und sich deshalb mit Anstett überworfen? War das der Grund, warum er sterben musste?

„Gumbrich“, sagte Vollbracht beschwichtigend, „ich sage nicht, dass man die Schuldigen nicht bestrafen soll, aber Sie brauchen dazu nicht nur Beweise, Sie brauchen auch den politischen und den gesellschaftlichen Willen dazu. Und Sie haben im Moment weder das eine noch das andere. Ich will Sie vor Illusionen bewahren.“

„Ich verstehe“, sagte ich, aber ich war noch immer wütend.

„Gumbrich, wenn Sie neue Informationen haben, melden Sie sich bei mir. Ich helfe Ihnen, aber die Sache muss Hand und Fuß haben. Ich selbst strecke auch weiter meine Fühler aus. Bleiben Sie dran!“

Nach der Pressekonferenz wurde in den Abendnachrichten gemeldet, dass die Polizei von einer Rachetat im Falle des Todes von Anton Müller ausging. In der Wohnung von Annkathrin B., die mit dem vor einigen Tagen erschossenen Rashid Mamoun, genannt Jerry, verheiratet gewesen war, war ein Foto gefunden worden, das die Erschießung von Mamoun zeigte. Auf die Rückseite waren die Worte ‚Wollen Sie wissen, wer Jerry umgebracht hat?‘ notiert. Im Moment werde das Foto erkennungsdienstlich untersucht. Folgendes konnte die Polizei zu diesem Zeitpunkt sagen: Der bislang verdächtige und noch immer flüchtige Ignatius Gumbrich, genannt Reza, ist möglicherweise nicht der Mörder des Pornofilmproduzenten Mamoun. Der Mann auf dem Foto, der auf Mamoun schießt, ist höchstwahrscheinlich der tote Müller. Wer das

Foto der Erschießung Mamouns geschossen hat und ob dieselbe Person es an B. geschickt hat, ist im Moment noch unklar.

„Kein Wort von Anstett", stellte Magdalena fest, als die Nachrichten beendet waren.

„Vollbracht hat wahrscheinlich recht. Und außerdem wird Anstett, wenn er wirklich in der ganzen Sache drinsteckt, es so clever anstellen, dass sein Name nirgends auftaucht und wir ihm nichts nachweisen können." Ich hätte vor Wut in die Tischkante beißen können.

„Beruhigen Sie sich, Reza!", ermahnte mich Maurice. „Immerhin sind Sie jetzt von dem Mordvorwurf an Jerry entlastet."

Das klang nicht wirklich beruhigend.

Das Telefon klingelte. Maurice nahm ab, lauschte und gab uns dann mit einem Handzeichen zu verstehen, dass er einen Stift benötigte. Magdalena und ich sahen uns hektisch um. Ich rannte in die Küche. Neben der Kaffeemaschine fand ich einen Kugelschreiber und brachte ihn Maurice. Der notierte eine Nummer auf einen kleinen Block und legte dann auf.

„Nigel hat kein Geld und will zurückgerufen werden", erklärte er, während er wählte.

Zwischen Deutsch und Englisch wechselnd, unterhielt er sich mit dem Musiker in London. Den genauen Inhalt des Gespräches bekamen wir zwar nicht mit, aber aus den Zwischenfragen von Maurice und seiner sichtbar steigenden Erregung war deutlich herauszuhören, dass Nigel wichtige Informationen hatte. Als das Gespräch beendet war, sahen Magdalena und ich Maurice erwartungsvoll an.

„Anstett!", sagte er. „Anstett steckt dahinter."

„Was hat Nigel erzählt?"

Maurice sammelte sich einen Moment. „Das ist unglaublich. Ein gewisser Anton Müller hat vor etwa einem halben Jahr Regine aufgesucht. Und", Maurice machte eine Kunstpause, wie um die Spannung zu steigern, und sein ganzer Ausdruck verriet, dass er jetzt wirklich eine Sensation hatte, „und Regine war mehr als überrascht von dem Besuch, denn", wieder unterbrach sich Maurice selbst, während Magdalena und ich ihn einfach anstarrten und warteten, „denn Müller ist Wombach alias Shark."

„Wie?", schrie ich auf. „Der Mann, der damals Anstett erpressen wollte? Aber der ist doch umgekommen?!"

„Genau das dachte Regine auch, sagte Nigel."

„Und weiter?", forderte ich Maurice auf. Ich konnte meine Aufregung nicht unterdrücken.

„Regine war geschockt, weil auch sie ja glaubte, dass Wombach nicht mehr lebte. Als sie sich von dem Schrecken erholt hatte, hat er ihr angeboten, mit ihm ins Geschäft zu kommen. Er wollte Anstett fertigmachen. So richtig fertigmachen, sagt Nigel. Er wollte ihn nicht umbringen, sondern seine Karriere so ruinieren, dass er sich eigentlich selbst umbringen musste, wenn er einen letzten Funken Ehrgefühl im Leib hätte, aber Müller alias Wombach alias Shark war sicher, dass er das nicht hatte. Shark hatte es mit seiner neuen Identität und der Hilfe seines Anwalts geschafft, Anstett zur Einlage von Geld in seine Kapitalanlagegesellschaft zu überreden. Das war nicht schwer, denn er hatte ihm eine fette Rendite versprochen. Anstett war ziemlich pleite, hatte sich irgendwo anders verspekuliert und außerdem waren seine sexuellen Eskapaden nicht gerade billig. Müller hat Anstett eine unverschämte Rendite gezahlt, aus der eigenen Tasche natürlich, sodass Anstett ihm bald blind aus der Hand fraß. Und Müller hat das Geld angelegt. In die Finanzierung des Museums und in Jerrys Studio, das kurz vor der Pleite stand, wie wir wissen. Und er hat das so gemacht, dass es später so aussehen würde, als hätte Anstett gewusst, wo sein Geld investiert wird und womit es die fette Rendite bringt. Nigel sagt, dass Müller wohl sogar den Eindruck erwecken wollte, dass in diesen Räumen, von denen Anstett wusste und an denen er finanziell beteiligt war, Pornos der übelsten Art gedreht wurden: Kinder, Snuff, Gewalt. Das hätte Anstett vollständig ruiniert. Auf jeder Ebene."

Magdalena und ich nickten gleichzeitig bei der Erwähnung des

Snuff-Films. Und wir wären der leibhaftige, nein, der tote Beleg dafür gewesen.

„Vielleicht hatte Shark … oder Müller … ja vor", warf ich schnell ein, „Anstett bei einem seiner Gewaltficks da unten umzubringen, nachdem er selbst seine Partnerin getötet hat …"

„Möglich." Maurice ging nicht weiter auf diese Überlegung ein.

„Und warum will sich Müller an Anstett rächen?" Magdalena stellte diese Frage.

„Das habe ich Nigel auch gefragt. Nach der Razzia Anfang der Neunziger wollte Müller, damals noch Wombach beziehungsweise Shark, Hilfe von Anstett. Der hat aber scheinbar einen Killer engagiert, der ihm Wombach vom Hals schaffen sollte. Wombach hat das mitgekriegt, seinerseits den Killer umgebracht und dessen Leiche als seine ausgegeben."

„Raffiniert", kommentierte ich. „Aber was wollte er jetzt von Hermia?"

„Die beiden hatten damals den Film gedreht, auf dem zu sehen ist, wie Anstett – angeblich – Regine umbringt. Von ihr wollte Müller jetzt den alten Film, den er damals während seiner Flucht bei ihr deponiert hatte, um ein weiteres Druckmittel gegen Anstett in der Hand zu haben und um zu zeigen, wie der persönlich auf die harte Nummer abging. Wer so was macht, dem ist die Beteiligung an einem Pornostudio allemal zuzutrauen. Regine hatte den Film aber nicht mehr, behauptete sie, und wir wissen, dass das auch stimmt. Sie hat ihn weggeschmissen, weil sie mit Nigel nach England wollte und weil sie glaubte, dass die ganze Geschichte viel zu lange her war. Müller hat ihr vielleicht geglaubt, vielleicht auch nicht, auf jeden Fall hat er ihr gedroht, sie umzubringen, wenn sie ihm den Film nicht gäbe. Und irgendwie hatte er auch mitbekommen, dass Regine mit Nigel zusammen war, diesem also möglicherweise alles, was er ihr gesagt hatte, verraten hat. Deshalb hat Nigel jetzt auch Angst und ist nach London gegangen."

„Und Maser?" Ihn brachte ich in dem Ganzen nicht so richtig unter.

„Nigel kann da auch nur mutmaßen. Er weiß lediglich, was Regine ihm erzählt hat, und die wiederum, was Müller ihr gegenüber verraten hat. Müller hat wohl nach und nach Informationen über Anstett an Maser durchsickern lassen. Der hat Anstett zur Rede gestellt, der hat seinerseits, natürlich, alles abgestritten, aber der Keim des Misstrauens war gesät. Das war auch der Grund für die Streitereien zwischen den beiden, von denen mein Informant erzählt hat. Ihr erinnert euch? Und Maser, wenn er der Moralist ist, als der er beschrieben wird, würde sicher keinen Mann wie Anstett auf seinen Posten lassen. Anstett sah seine Karriere bedroht und hat Maser aus dem Fenster von diesem Turm, wo sie die Ausstellung planten, geschmissen ...“

„Dann haben wir ihn. Jetzt haben wir ihn“, unterbrach ich Maurice, euphorisch, dass wir nun so weit gekommen waren, doch Maurice versetzte mir gleich einen Dämpfer. „Das Letzte ist eine Mutmaßung. Beweise haben wir noch keine. Wir haben eine Indizienkette, nach der Anstett der Mörder von Maser sein könnte, aber wer der Mörder von Regine ist, Müller oder Anstett, das wissen wir nicht.“

„Wieso Anstett?“, fragte Magdalena, die lange nur zugehört hatte.

„Er war auch bei Regine gewesen, sagt Nigel. Er musste ein genauso großes Interesse daran haben, an den Film zu kommen, wie Müller. Er muss irgendwie von der Existenz des Filmes erfahren haben, entweder von Müller oder durch Maser, nachdem der ihn zur Rede gestellt hatte. Und dann hat er eins und eins zusammengezählt, hat Regines Adresse herausbekommen und von ihr die Herausgabe des Films gefordert. Aber ihm konnte sie den Film ebenso wenig geben wie Müller, denn sie hatte ihn ja nicht mehr.“

„Und er hat sie umgebracht, als sie ihm den Film nicht gegeben hat? Das ist ein großes Risiko, zumal er dann immer noch nicht weiß, wo der Film ist.“

„Im Affekt, aus Wut, ein Versehen. Nigel hat keine Ahnung, wer es war. Er kam erst in die Wohnung, als sie schon tot war und eine Person sich in der Nähe der Toten aufhielt. Und das waren Sie, Reza. Und damit bleiben Sie verdächtig."

„Beide, Müller oder Anstett, können es gewesen sein", fasste Magdalena zusammen. „Müller, weil Hermia ihm den Film nicht rausrücken wollte oder weil er Anstett bei ihr gesehen hatte und glaubte, dass sie mit ihm unter einer Decke steckte, oder Anstett, der verhindern wollte, dass seine Karriere wegen dieser alten Geschichte ein abruptes Ende nimmt. Alles möglich. Alles Mutmaßungen."

Ich spürte eine große Erschöpfung und ich glaubte, den anderen erging es genauso. Wir lehnten uns zurück und schwiegen. Jeder von uns musste das Gehörte und die Mutmaßungen erst einmal verdauen.

Es war Magdalena, die die Schlussfolgerungen daraus formulierte. „Wir müssen herausfinden und beweisen, wer Hermia umgebracht hat. Anstett oder Müller? Damit Reza von diesem Verdacht freigesprochen wird. Und wir müssen einen Beweis für die Vermutung finden, dass Anstett Maser tatsächlich aus dem Fenster dieses Turms gestoßen hat."

Maurice und ich konnten ihr da nur zustimmen.

Es war schon einundzwanzig Uhr durch, als ich versuchte, Vollbracht zu erreichen, erfolglos. Maurice sah auf seine Uhr. „Ich werde heute Abend ausgehen. Mal sehen, wen ich treffe!" Er zog sich zurück und kam in einem eleganten dunkelblauen Anzug zurück.

„Kommst du heute Abend zurück?", fragte Magdalena, und sie klang besorgt. Ich hörte allerdings in der Hauptsache das „Du" und war verwundert über diese Vertrautheit.

„Mal schauen, was der Abend so …", begann Maurice seine Erwiderung mit der spöttischen Nuance, die er gerne benutzte, hielt dann aber inne und sagte, viel weicher nun und frei von jedem Unterton: „Ich weiß es noch nicht", verabschiedete sich sehr schnell und Magdalena und ich waren allein in dem großen Haus.

Ich zog mich zurück, schaltete den Fernseher in dem altenglischen Schrank ein, legte mich auf eine Couch und war bald eingeschlafen. Wenn Magdalena in dieser Nacht einen Versuch unternommen haben sollte, mich zu verführen, dann war ich so müde, dass ich davon nichts mitbekam. Dass sie vielleicht gar nicht mit mir vögeln wollte, kam mir nicht in den Sinn, so blind und versessen auf die Lösung des Falls wie ich war.

In der Nacht wachte ich auf und sofort war mein Kopf voll mit Gedanken über einen Weg, Anstett den Mord an Maser nachzuweisen. Meine Unschuld zu beweisen, war mir nicht vorrangig. Ich wollte Anstett drankriegen. Wenn wir ihn überführt hätten, war ich mir sicher, würde sich auch der Tod von Hermia viel leichter aufklären lassen. Irgendwann schlief ich wieder ein und als ich am Morgen aufwachte, war es draußen noch dunkel. Ich stand auf, ging in die Küche und brühte mir eine Tasse Kaffee, schäumte die Milch auf und überlegte dabei, was ich machen könnte. Ich war ungeduldig und wollte den Fall jetzt und sofort aufklären. Wir hatten schon so viel herausgefunden, dass ich nicht länger warten wollte. Im Wohnzimmer stand auf dem niedrigen Tisch noch Maurices Laptop, den wir gestern auszuschalten vergessen hatten. Ich tippte auf die Entertaste, und sogleich gab das Gerät einen aufheulend-summenden Ton von sich. Kurz darauf leuchtete das Display auf. Ich hatte Glück, Maurice hatte seinen Computer nicht mit einem Kennwort geschützt, sodass ich mich gleich ins Internet einwählen und beginnen konnte, herumzusurfen. Und während ich in die weite Welt des Internets eintauchte und nacheinander Begriffe und Namen wie Müller, Anstett, Maser, Stiftung, Veronika Geisler und Museum eingab und in den vielen Artikeln querlas, kam mir eine Idee.

Auf der Kommode im Flur fand ich eine Schirmmütze, die ich aufsetzte. Ich steckte Maurice Kamera ein und hinterließ ihm und Magdalena eine kurze handschriftliche Notiz, dass ich diesen Vormittag außer Haus sei, und nahm mir aus dem Nebengebäude den Lancia Thesis. Maurice hatte ihn, nachdem wir ihn nach unserer Flucht aus Kittys Wohnung in Mainz hatten stehen lassen müssen, abgeholt.

Zwanzig Minuten später war ich auf der anderen Rheinseite und fuhr über Gonsenheim nach Mombach und von dort an den Industriewerken vorbei in Richtung Neustadt. Es war erst halb sieben, sodass ich gut durchkam. Am Busdepot bog ich in den Kaiser-Karl-Ring ein, dem ich bis zur Boppstraße folgte, wo ich in der engen Straße fast mit einem entgegenkommenden Wagen kollidiert wäre. Neben der Kirche St. Bonifaz stellte ich den Thesis ab und ging langsam zu den beiden Bonifaziustürmen, die nicht zu übersehen waren, überragten sie doch mit ihren gut achtzig Metern alle anderen Gebäude der Stadt. Hier sollte also die Sammlung von Veronika Geisler bis zum Freiwerden und dem Umbau des Römisch-Germanischen Zentralmuseums untergebracht werden und hier war Peter Paul Maser aus dem Fenster gestürzt, unter, wie es hieß, ungeklärten Umständen.

Die Ausstellungsräume waren im achten und neunten Stock des sogenannten B-Turms. Wie ich bei meiner Internetrecherche hatte nachlesen können, waren in diesem Gebäude die Fenster allenfalls zu kippen, aber nicht zu öffnen. Aber ich erinnerte mich an den Zeitungsartikel, den ich in Darmstadt gelesen hatte. Darin hatte gestanden, dass die Fenster wegen der Renovierungsarbeiten teilweise herausgenommen worden waren. Jedes Stockwerk hatte über 500 Quadratmeter Fläche, so dass für die Ausstellung mehr als tausend Quadratmeter zur Verfügung standen, einschließlich eines Bistrobereichs und eines kleinen Buchladens. Zurzeit waren die Installationsarbeiten in vollem Gange, es mussten zusätzliche Toiletten eingebaut und das gesamte Ausstellungsareal behindertengerecht gestaltet werden. Das war eine der Bedingungen, von der Veronika Geisler ihre Zustimmung für diese Übergangslösung abhängig gemacht hatte. Zudem war aus versicherungstechnischen Gründen der Einbau einer Alarmanlage nötig gewesen.

Wegen dieser Bauarbeiten war ein Teil der Außenfläche vor dem Turm mit einem Bauzaun versehen, hinter dem einige Männer hin und her liefen.

Ich näherte mich langsam diesem Bauzaun, bis ich fand, wonach ich suchte. Ich aktivierte meine neue Kamera und nahm sie in die linke Hand, checkte kurz, dass ich die Linse nicht versehentlich mit einem Finger zudeckte, und betrat das kleine Containerhäuschen, auf dem das Werbeschild einer Security-Firma angebracht war. Ich sah mich um. Wenn man es darauf anlegte und einen günstigen Moment abwartete, konnte man an dem Wachmann vorbei unbemerkt in den Turm gelangen. Der, der jetzt in dem Cotaincr saß, sah aus, als ob er die ganze vergangene Nacht Dienst geschoben hätte. Seine Augen waren dünne Schlitze und die Tasse mit dem dampfenden Kaffee, die vor ihm stand, schien den Kampf gegen die Müdigkeit schon verloren zu haben.

„Ja, bitte?", fragte er mürrisch und sah mich völlig desinteressiert an.

„Krause", stellte ich mich kurz vor. „Können Sie mir sagen, wer am Abend und in der Nacht vom 27. auf den 28. Januar Dienst hatte?"

In dem Gesicht des Mannes zeigte sich keine Regung. Die tiefen Falten um seinen Mund blieben bewegungslos. Ich sah dem Mann in die Augen und versuchte so, seine Aufmerksamkeit auf mich zu lenken, damit er die Kamera in meiner linken Hand nicht bemerkte.

„Warum?", fragte er schließlich, um seine eigene Frage mit einer schnellen Handbewegung beiseite zu schieben und langsam aufzustehen. Er schlich sich mit gebeugtem Rücken zu einem schmalen Metallschrank, der an der Wand stand, und entnahm ihm ein schwarzes Buch, das er zurück an den Tisch trug. Er schlug es auf und sah hinein, blickte auf und fragte mich nach dem Datum. Ich wiederholte den Termin.

Sehr langsam blätterte der müde Wachmann die Seiten um, bis er innehielt und sich die aufgeschlagene Seite genau ansah. Dann griff er nach seiner Tasse, die nun nicht mehr so stark dampfte, und trank einen Schluck. Der Kaffee hatte keine augenscheinliche Wirkung.

„Warum?", fragte er nochmals und wischte wieder wie vor wenigen Minuten die eigene Frage weg. Ich hielt es dennoch für angebracht, seine Frage zu beantworten. „Mein Cabrio stand hier ganz in der Nähe und da hat so ein Idiot das Dach aufgeschlitzt. Vielleicht hat ja derjenige, der hier Dienst hatte, etwas gesehen."

„Wenn Sie meinen", sagte der Mann. „Hans Grams hatte Dienst. Grams mit ‚G'."

„Wohnt er in Mainz?", fragte ich und bekam ein mürrisches Geräusch zu Antwort, das ich mit viel gutem Willen als „Ja" verstehen konnte. Der Wachmann rieb sich mit der rechten Faust die Augen. „Er ist heute Abend wieder da. Was wollen Sie denn von ihm?", fragte er noch einmal. Langsam schaute der Wachmann auf, aber bis er seinen Kopf erhoben hatte, war ich schon aus dem Container getreten. Genau in dem Moment hielt ein dunkler Mercedes in der Zufahrt zu dem Turm, vielleicht fünf oder sechs Meter von mir entfernt. Hinter dem Steuer saß ein Mann, der zu mir herüberschaute. Unsere Blicke trafen sich. Instinktiv richtete ich die Kamera, die ich noch immer in der linken Hand hielt, auf den Wagen. Der Mann darin taxierte mich so beunruhigend auffällig, dass ich es vorzog, so schnell wie möglich die Umgebung des Bonifaziusturms zu verlassen, zum Thesis zu gehen und aus Mainz zu verschwinden.

Auf dem Weg zum Parkplatz sah ich mich mehrmals um, aber ich konnte weder den Mercedes noch den Mann sehen. Trotzdem war ich froh, als ich den Wagen erreicht hatte. Ich drückte mich tief in den Sitz und versuchte, mich zu erinnern, wo ich dieses Gesicht schon einmal gesehen hatte. Ich kam trotz intensiven Nachdenkens nicht darauf und spürte nur, dass sich mit diesem Bild kein gutes Gefühl verband. Bevor ich losfuhr, prüfte ich noch schnell die Kamerabilder. Meistens hatte ich den Wachmann nicht oder nur im Anschnitt erwischt, aber seine Stimme war gut zu verstehen. Die Kamera lief auch noch, als ich nach draußen ging, und so waren auch der Mercedes und sein Fahrer aufgenommen worden. Ich stoppte den Film und betrachtete das Standbild und den Mann, der zu mir herüberblickte, und mit einem Mal fiel es mir wie Schuppen von den Augen. Dieser Mann in dem schwarzen Mercedes war Anstett, der gleiche harte Blick, wie ich ihn auf den Abbildungen seines Gesichts in der Zeitung und im Internet gesehen hatte. Dort waren fast alle im Halbprofil aufgenommen, wodurch besonders der scharfe Schnitt von Nase und Kinn zur Geltung kam. Von vorn wie auf meiner Aufnahme wirkte sein Gesicht flächiger, fast etwas verschlagen.

So wie Anstett mich angeschaut hatte, musste ich befürchten, dass er mich erkannt hatte, trotz der Mütze und der blonden Haare, die ein wenig an der Seite heraushingen. Bilder von mir, wenn auch schlechte, waren ja oft genug gezeigt worden. Ahnte er von meinen Nachforschungen? Jetzt sicher, denn was hatte ich auf der Baustelle zu suchen? Wenn der Mann nur halb so gerissen war, wie ich vermutete, dann war es ihm ein Einfaches, eins und eins zusammenzuzählen und zu wissen, was ich hier gewollt hatte. Er musste nur diesen Wachmann fragen, wonach ich mich erkundigt hatte. Ich fluchte darüber, dass ich nicht vorsichtiger gewesen war. Was würde er machen? Was unternehmen? Bisher hatte er alle seine Widersacher überwinden und ausschalten können.

Ich fühlte mich mit einem Mal sehr unruhig und fuhr, so schnell ich konnte, aus der Neustadt in Richtung Rhein-Brücke und überlegte dabei meinen nächsten Schritt. Das Sicherste wäre jetzt, zurück in Maurices Haus zu fahren, aber ich würde viel Zeit verlieren, die ich nicht hatte. Statt zu Maurices Villa lenkte ich den Lancia gleich hinter der Schiersteiner Brücke nach Biebrich, einem Wiesbadener Vorort, und suchte dort ein Internet-Café.

An diesem Vormittag hatte ich eine richtige Glückssträhne. Fast zumindest. Erst fand ich sehr schnell ein Internet-Café und in dessen Nähe einen Parkplatz, doch dann las ich auf der Eingangstür, dass der Laden erst um neun Uhr öffnete. Ich hatte noch fast eine Stunde Zeit, die ich zum Teil in einer Bäckerei mit Stehcafé verbrachte. Als ich mich endlich an einen Rechner setzen konnte, fand ich schnell und ohne Mühe eine Telefonnummer auf den Namen ‚Grams' in Mainz. Und schließlich war der Anschluss tatsächlich auf den gesuchten Mann zugelassen. Die Kamera hielt ich im Aufnahmemodus neben den Hörer.

Zu meinem weiteren Glück war dieser Hans Grams nicht so müde wie sein Kollege im Container, aber das hieß mich auch vorsichtiger sein. Ich gab mich als Mitarbeiter einer Versicherung aus, die noch ein paar Fragen zu den Umständen des Todes von Peter Paul Maser hatte. „Formalkram", fügte ich hinzu, „wegen der Lebensversicherung. Da müssen wir einfach doppelt und dreifach nachfragen."

„Der Maser kam fast jeden Abend auf die Baustelle im Turm, oft spät, zehn, elf Uhr, blieb dann oft bis Mitternacht", erklärte Grams. „War so etwas wie sein Kind. Hat immer bei uns reingeguckt und einen guten Abend gewünscht. Dann hat er sich bei den Vorarbeitern nach dem Fortgang der Arbeiten erkundigt. War echt okay. Hat manchmal auch einen Kasten springen lassen. Anders als sein Wachhund. Ein Muffelkopp. Grüßt nicht, nur die Nase oben."

„Der Anstett?"

„Genau der!"

„Was hat der Dr. Maser so auf der Baustelle gemacht?"

„Ist rumgegangen. Hat sich alles ganz genau angeschaut. Dem war ganz wichtig, dass der Laden pünktlich fertig wird. Es heißt, wenn die Ausstellung nicht bis zum Sommer läuft, geht der ganze Kunstkram rüber nach Wiesbaden. Und diese Bilder und so sollen Millionen wert sein. Kann man also verstehen, wenn der da so hinterher ist. Der Doktor ist dann immer ans Fenster. Wissen Sie, da oben, wo die Ausstellung ist, kann man die öffnen. Und er hat dann über die Stadt geschaut. Ist auch von da alles gut zu sehen. Auch jetzt im Winter, wenn man sonst nichts richtig sehen kann."

„Konnten Sie das von unten mitkriegen?"

„Und ob! Wenn ich draußen stand, bei meinem Rundgang."

„War der Herr Dr. Maser denn an diesem Abend oder denen vorher anders als sonst?"

„Wie meinen Sie das?", fragte Grams zurück.

Ich überlegte. „Ich meine, wirkte er deprimiert, niedergeschlagen oder aufgedreht? Hat er sich so verhalten wie immer? Irgendwas anders gemacht?"

Einige Sekunden lang war es bis auf ein leises Atmen still in der Leitung. „Nein, wie immer war der Doktor, außer ..."
„Ja?"
„Am Abend vorher hatte ich auch Dienst, weil der Dieter ins Krankenhaus zu seiner Frau musste. Die hat ihr zweites Kind bekommen. Also, da war er auch da ..."
„Ja und?", drängte ich den Mann. Ich war aufgeregt.
„Er wollte die Schlüssel für die Kellerräume. Die wollte er sonst nie. Das hat ihn sonst überhaupt nicht interessiert."
„Was hat er da gesucht?"
„Keine Ahnung!"
„Und später? Hat er die Schlüssel wieder zurückgebracht?"
„Ja, natürlich, da hatte er irgendwelche Papiere dabei. Ich glaube, die hatte er nicht in der Hand, als er gekommen ist. Hatte er vielleicht aber auch einstecken gehabt. Vielleicht Bauzeichnungen. Keine Ahnung. Und die Schlüssel hat er dann abgegeben. Der Dr. Maser ist, äh, war ein ganz Korrekter. Der hätte die nie behalten."
„Und der Anstett ist das nicht?"
„Ich weiß nicht, obwohl ..."
„Ja?!"
„Der kam an dem Abend auch noch."
„An dem Abend, bevor Dr. Maser aus dem Fenster ...?"
„Ja. Das war schon seltsam. Er hat so herumgeredet, war ganz freundlich. Ganz ungewohnt für den Mann. Und dann hat er so nebenbei gefragt, ob der Doktor schon da gewesen war und was er so gemacht hat."
„Haben Sie ihm das mit dem Kellerschlüssel gesagt?"
„Ich weiß nicht, doch, ich glaube, ich habe es ihm gesagt. Ja, doch, auch das mit den Papieren. Ja, der Anstett hatte sogar danach gefragt, jetzt wo Sie mich so fragen."
„Und Herr Anstett, wie hat der reagiert?"
„Ja, wie hat der reagiert? Ich glaube, zuerst wollte er fluchen, aber dann hat er gelächelt und auf witzig gemacht. Sie wissen, so in der Art ‚Der Alte und sein Ordnungswahn'."

„Und dann ist er wieder weg?“

„Ja, er hat sich sogar bedankt und gemeint, ich brauche niemandem zu sagen, dass er da war.“

„Jetzt haben Sie es mir aber gesagt.“

„Was glauben Sie denn, was man den ganzen Tag gesagt bekommt, was man tun und lassen soll und was man sagen und nicht sagen soll. Wenn man sich immer daran hält, wird man ja verrückt. Die nehmen sich doch alle viel zu wichtig.“

„Und am nächsten Tag“, lenkte ich das Gespräch wieder auf das eigentliche Thema, „als der Dr. Maser von dem Bau gestürzt ist, war der Anstett da auch auf der Baustelle gewesen?“

„Nein!“, kam es wie aus der Pistole geschossen.

„Woher wissen Sie das so schnell?“

„Weil der Herr Anstett da auf einer wichtigen Tagung in Koblenz war.“

„Woher wissen Sie das denn so genau?“, fragte ich ihn und war wirklich verwundert.

„Weil ich, wie ich den Dr. Maser auf meinem Rundgang gefunden habe, zuerst natürlich die Polizei und den Notarzt gerufen habe. Und dann wollte ich den Anstett anrufen. Die beiden sind doch schon seit ewigen Zeiten ein Kopf und ein A…, ich meine, ‘tschuldigung, ein Gespann und das mit der Ausstellung und all dem haben die beiden doch zusammen … wie soll ich sagen … also nicht gebaut, aber … es war so ihre Idee und sie haben sich gekümmert und so.“

„Und Sie haben ihn nicht erreicht?“

„Nein, er hatte sein Handy ausgeschaltet. Wir haben ihn erst nachts gegen ein Uhr erreicht. So rum.“

„Und wann ist das mit Dr. Maser passiert?“

„Sie haben doch bestimmt den Polizeibericht vorliegen?“, sagte der Mann.

Ich beschwichtigte ihn. „Ja, ja, das ist auch so, aber ich muss das einfach noch mal gegenfragen. Das hat nichts mit Ihnen zu tun. Reine Formsache. Vorschriften.“

„Ja, die Vorschriften“, grummelte er. „Gegen elf muss das passiert sein. Ich glaube, so viertel nach elf. Der Anstett muss ganz fassungslos gewesen sein, als er das gehört hat. Mein Kollege hat gesagt, er hätte es von einem Bekannten bei der Polizei gehört, er hätte sogar geweint. Der Anstett, der eiskalte ... kann man sich nicht vorstellen."

Ich überlegte schnell, ob ich noch weitere Fragen hatte, doch mir fiel keine mehr ein. Ich bedankte mich bei Herrn Grams und legte auf. Das waren mehr als interessante neue Erkenntnisse.

Ich zahlte die Gebühren an der Theke und lief zum Wagen, um Magdalena und Maurice davon zu berichten. Doch als ich den Wagen aus der Parklücke lenken wollte, hatte ich eine andere Idee. Ich stieg wieder aus und lief die Straße entlang, bis ich einen Blumenladen entdeckte, in dem ich einen Strauß kaufte. Dann ging ich zum Auto zurück und gut zehn Minuten später überquerte ich erneut den Rhein und parkte in der Nähe des Abgeordnetenhauses.

Einen kurzen Moment kamen mir Zweifel, ob es nicht zu gefährlich war, was ich vorhatte, aber ich redete mir ein, dass ich jetzt schnell handeln und meinen Vorsprung gegenüber Anstett nutzen musste. Wenn er herausbekam, dass ich mit Grams gesprochen hatte, wäre es zu spät.

Am Besucherschalter im Foyer saß dieses Mal eine Pförtnerin. Sie begrüßte mich freundlich lächelnd. Ich beugte mich ein wenig vor. Gespannt sah die Frau mich an.

„Also", begann ich und überlegte einen kurzen Moment, um verlegen zu wirken, „ich war letzte Woche bei Herrn Anstett zu einem Termin im Büro. Und da haben mir Unterlagen gefehlt, also, ich habe keine Kopien gehabt, und da hat mir seine Sekretärin so geholfen, wissen Sie, und da wollte ich mich erkenntlich zeigen. Das gibt es ja heute nicht mehr so oft, dass einem geholfen wird."

Die Frau sah mich ernst an. „Da haben Sie so recht." Sie überlegte einen Moment. „Das ist die Frau Friedrich. Irene Friedrich. Eine wirklich nette Frau. Hat es sehr schwer gehabt. Ihr Mann ist vor zwei Jahren gestorben. Ist jetzt allein. Aber der Herr Anstett hat ihr sehr geholfen, wirklich. Manche reden ja über ihn, dass er so arrogant ist. Aber wissen Sie: Das ist mir egal, wenn einer in so einer Situation hilft."

„In der Not erkennt man die wirklichen Menschen ...", sagte ich.

„... und die wirklichen Freunde", ergänzte die Frau.

„Haben Sie die Privatadresse von Frau Friedrich?", fragte ich höflich.

Die Frau wiegte ihren Kopf hin und her. „Das geht nicht", wehrte sie ab, „auch wenn's für einen guten Zweck ist ... Sie können, wenn Sie etwas für Frau Friedrich haben, es gerne hier abgeben."

„Ich werde Frau Friedrich die Blumen auf anderem Wege zukommen lassen", lehnte ich das Angebot ab, bedankte mich sehr herzlich und machte, dass ich so schnell wie möglich zum Auto kam und Mainz wieder verließ.

19

Magdalena saß mit Sorgenfalten am Tisch, alleine. Maurice hatte die Villa schon früh verlassen, er musste an diesem Tag unbedingt in seinem Geschäft anwesend sein.

„Was ist?", fragte ich.

„Wo bist du denn so lange gewesen?", entgegnete sie gleichermaßen aufgeregt wie entrüstet. Ich sah auf die Uhr an der Wand. Sie zeigte viertel nach zehn an. „Wir haben uns Sorgen gemacht, ob du der Polizei oder, noch schlimmer, Anstett in die Hände gefallen bist."

Ich mochte es gar nicht, wenn man mir so kam. Es war zwar wirklich nicht ungefährlich gewesen, was ich unternommen hatte, und wie nahe ich Anstett dabei gekommen war, konnte Magdalena noch nicht einmal ahnen, dennoch ging es in der Hauptsache um mein Leben, meine Freiheit und meine Zukunft. Aber ich wollte die Angelegenheit nicht weiter eskalieren lassen.

„Ich hatte schlecht geschlafen, irgendwelche blöden Träume", begann ich meine Erklärung. „Und als ich heute früh alleine in der Küche saß, kam mir eine Idee und es war gut, dass ich so früh aufgebrochen bin.“ Ich fasste die Ergebnisse meines morgendlichen Forschungsunternehmens zusammen, bis auf meine Begegnung mit Anstett.

Magdalena hatte sich während meines Berichts beruhigt und das Erste, was sie tat, nachdem ich geendet hatte, war, Maurice anzurufen und Entwarnung zu geben. Sie war auch schlau genug, mir keine weiteren Vorhaltungen wegen meines Alleingangs zu machen. Ich legte ihr meinen Plan für das weitere Vorgehen dar. Zum einen würde ich Kontakt zu der Sekretärin aufnehmen und mir über sie einen Blick in Anstetts Terminkalender verschaffen, um zu sehen, ob er tatsächlich an der Tagung in Koblenz teilgenommen hatte. Denn wenn er dort gewesen war, hatte er ein Alibi für die Tatnacht und der Tod von Maser wäre ihm nicht anzuhängen. Zum anderen würde ich mich in Koblenz umsehen und herauszufinden versuchen, was Anstett in der Nacht, als Maser starb, dort tatsächlich gemacht hatte.

Magdalena hörte mir schweigend zu, nickte ab und zu, war ansonsten aber sehr ernst. Ich schrieb ihr Verhalten den Sorgen zu, die sie sich um mich gemacht hatte.

Nur einmal machte sie einen Einwand, und der war keine konkrete Einlassung oder Frage, sondern die Versicherung, dass wir am Abend, wenn Maurice wieder im Hause wäre, über das weitere Vorgehen sehr genau sprechen würden. Ich wäre am liebsten gleich losgefahren, sah aber ein, dass ich im Moment keine Veranlassung dazu hatte, und stimmte ihr zu.

Die Zeit bis zu Maurices Rückkehr nutzte ich damit, im Internet zu recherchieren, was für eine Tagung das gewesen war, die Anstett in Koblenz besucht hatte, wer sie ausgerichtet hatte und wer sonst so dort gewesen war. Magdalena saß während der ganzen Zeit in meiner Nähe und versorgte mich mit Getränken und Obst aus der Küche. Am Nachmittag hatte ich die nötigen Informationen zusammen und fühlte mich mit einem Mal so müde, dass ich mich ins Schlafzimmer zurückzog, um mich ein wenig hinzulegen. Falls Magdalena nachgekommen war und den Versuch unternommen haben sollte, mich zu wecken und zu erregen, so muss dieser Versuch - nun ja: kolossal in die Hose gegangen sein. Dass sie das gar nicht vorgehabt hatte, diese Idee kam mir wieder nicht in den Sinn.

Um neunzehn Uhr wachte ich auf. Ich machte mich frisch, zog mich an und hörte schon die erregten Stimmen von Magdalena und Maurice, als ich aus dem Schlafzimmer trat. Sie verstummten, als sie meiner gewahr wurden.

„Hallo Reza“, begrüßte mich Magdalena auffällig verhalten.

„Ausgeruht?“, fragte mich Maurice.

„Bestens!“, antwortete ich.

Sie boten mir ein Glas Wein an, das ich annahm; dann setzte ich mich zu ihnen an den Tisch.

„Was habt ihr besprochen?“, fragte ich in die Runde.

„Magdalena hat mir von Ihrem Ausflug heute Morgen erzählt, Reza“, erklärte Maurice, „ich finde es sehr gefährlich, wenn Sie sich dem Dunstkreis von diesem Anstett so weit nähern.“

„Es ist nichts passiert!“, entgegnete ich trotziger, als ich das vorhatte.

„Es hätte aber leicht etwas passieren können“, ergriff Magdalena das Wort. Sie klang besorgt.

Maurice pflichtete ihr bei. „Wenn dieser Anstett der ist, für den wir ihn halten, dann ist er äußerst gefährlich und er wird wissen, Reza, dass Sie den Film suchen, genauso wie er das tut.“

„Okay, ich werde in Zukunft vorsichtiger sein“, gab ich nach. „Aber ein wenig loben könntet ihr mich ja schon.“

„Ja, das war ganz toll“, sagte Magdalena und es klang zu viel Ironie durch, als dass es ehrlich gemeint sein konnte. Sie hob ihr Glas und prostete mir zu.

„Gut“, sagte Maurice, der sein Glas ebenfalls erhoben hatte, „lassen wir das jetzt. Ich möchte nur, dass wir unsere Aktionen miteinander absprechen. Dann können wir uns auch besser schützen. Jetzt müssen wir entscheiden, was wir mit unseren neuen Erkenntnissen anfangen. Wie können wir sie gegen Anstett in Stellung bringen?“

Ich hatte da so meine Vorstellungen. „Wir müssen zuallererst dieser Sache in Koblenz nachgehen“, sagte ich gleich.

Die beiden sahen mich fragend an.

„Überlegt mal“, argumentierte ich, „am Abend vor seinem Tod besichtigt Maser wie so oft die Umbauarbeiten in dem Turm, lässt sich den Kellerschlüssel geben, was er sonst nie gemacht hat, und kommt mit Papieren nach oben, die er vorher wahrscheinlich nicht bei sich hatte. Am gleichen Abend kommt, gegen seine Gewohnheit, Anstett und fragt nach Maser, freundlich, wieder gegen seine Gewohnheit. Am nächsten Tag fällt Maser aus dem Turm, während Anstett zur gleichen Zeit in Koblenz auf einer Tagung weilt. Ein perfektes Alibi. Aber er war genau für die Zeit, als Maser vom Dach stürzte, für den Wachmann telefonisch nicht zu erreichen. Erst gegen eins hat man ihn erreicht, genug Zeit, um von Mainz nach Koblenz zu fahren, wenn man nicht aufgehalten wird.“

Ich sah in die Gesichter von Magdalena und Maurice. Sie hörten mir konzentriert zu.

„Deshalb müssen wir nach Koblenz fahren, um bei anderen Teilnehmern der Tagung herauszufinden, ob jemand mitbekommen hat, dass Anstett weggefahren und, wenn ja, wie lange er genau weggeblieben ist.“

Maurice und Magdalena sahen sich an. Maurice beugte sich zu mir vor. „Ja, vielleicht haben Sie recht, Reza. Je mehr Zeit Anstett hat, auf unsere Nachforschungen zu reagieren, desto gefährlicher kann er uns werden und desto eher kann er Gegenmaßnahmen ergreifen. Wir müssen unseren Vorsprung nutzen. Das sollten Sie und Magdalena machen, und zwar gleich morgen früh.“

Als Maurice sein Plädoyer beendet hatte, sah er zu Magdalena, die zustimmend nickte. Dann führte er weiter aus: „Um wirklich keine Zeit zu verlieren, müssen wir eine Gelegenheit finden, mit der Sekretärin von Anstett ...“ Maurice sah mich fragend an und ich half ihm: „Frau Friedrich.“

„... ja, genau, Frau Friedrich. Mit ihr sollten wir auf jeden Fall sprechen. Ich schlage vor, dass ich das mache. Wenn Sie, Reza, dieser Dame den Hof machen, dann ist das zu auffällig."

„Und außerdem ist die Gefahr zu groß, dass Anstett dich sieht", warf Magdalena ein. Dabei sah sie Maurice mit einem Blick an, den ich nicht deuten konnte.

„Gut", stimmte ich zu und schlug vor, dass wir Vollbracht bitten sollten, sich in der Umgebung Kittys umzuhören, ob Anstett dort gesehen wurde. Wenn er Kitty und Müller eine Falle gestellt hatte, dann musste er sie auch irgendwie kontaktiert haben. Und wenn er keine Helfer hatte, dann musste er die beiden am helllichten Tag am Tatort angetroffen haben. Vielleicht, so schloss ich meine Ausführungen, gäbe es jemanden, der Anstett dort gesehen hatte.

Da alle einverstanden waren, wählte ich Vollbrachts Telefonnummer. Der Journalist war noch in seinem Büro.

„Glück gehabt, Gumbrich", erwiderte er meinen Gruß, „ich wollte gerade gehen." Er erzählte mir kurz von dem Stress mit seinem Kollegen wegen des Beitrages, dann lenkte ich das Gespräch auf Anstett und wollte beginnen, ihm die neuen Entwicklungen zu berichten, da schlug der Journalist ein Treffen vor; er zöge es vor, direkt mit mir zu sprechen. Um nicht wieder ohne Absprache mit den anderen zu handeln, gab ich mit zugehaltener Sprechmuschel den Wunsch an Magdalena und Maurice weiter, die sogleich nickten. Vollbracht versprach, sich sofort auf den Weg zu machen, nachdem ich ihm die Adresse genannt hatte.

Eine halbe Stunde später kam Vollbracht in der Villa an. Maurice und Magdalena überließen mir die Zusammenfassung der neuesten Rechercheergebnisse. Vollbracht erklärte sich bereit, die Überprüfung von Kittys Umgebung zu übernehmen. Wir saßen noch lange zusammen und Maurice musste mehrmals in den Keller gehen, um den Weinfluss nicht versiegen zu lassen, und als beim dritten Gang Vollbracht mit ihm ging, um sich den Weinkeller anzusehen und die beiden nach einer halben Stunde noch nicht wieder zurückgekehrt waren, begannen Magdalena und ich, angetrunken wie wir waren, unsere Vermutungen anzustellen. Bald darauf kamen die beiden jedoch wieder hoch und wie sich später herausstellte, war Vollbracht mindestens so heterosexuell wie ich, aber eben auch ein leidenschaftlicher Weintrinker, sehr zur Freude von Maurice.

„Unglaublich", sagte er, fast bestürzt über das Gesehene, „was da für Weine lagern. Schätze, wahre Schätze sind das!" Er musste tief durchatmen. „Aber fast nur Franzosen." Er sah sich nach Maurice um, der mit einer Flasche in der Hand hinter ihn getreten war. „Ich werde Ihnen, wenn wir die Zeit dazu haben, auch mal einige rheinhessische Schätze zeigen. Wir sind hier auch nicht ohne." Und der Journalist klang dieses Mal gar nicht sarkastisch. Und ich wunderte mich einmal mehr, wie es kam, dass Maurice so viel Geld besaß.

Am nächsten Morgen wachte ich früh mit starken Kopfschmerzen auf. Magdalena war schon in der Küche, wo mir der Duft von heißem Kaffee entgegenwehte. Vollbracht, der über Nacht geblieben war, und Maurice schliefen noch. Sie würden später mit ihren Nachforschungen beginnen. Nachdem ich eine Kopfschmerztablette genommen hatte, begann ich, meine Jacke so zu präparieren, dass ich die Kamera darin verstecken und gleichzeitig filmen konnte, danach verließen Magdalena und ich das Haus. Ich ließ den Lancia Thesis von Maurice im Standgas durch den Park rollen, doch sowie ich die Ausfahrt hinter mir gelassen hatte, beschleunigte ich die Limousine und sah zu, so schnell wie möglich die A 3 in Richtung Norden zu erreichen. In Limburg legten wir eine kurze Pause ein, setzten unsere Fahrt dann zügig fort und fuhren gegen acht Uhr über die Rheinbrücke in die Koblenzer Innenstadt. Die Rhein-Mosel-Halle, der Ort, an dem die Tagung stattgefunden hatte, befand sich gleich hinter der Brücke. Wir stellten den Wagen auf einem nahe gelegenen Parkplatz ab und machten uns auf den Weg zu der Hallenverwaltung. Dabei schaltete ich die Kamera ein, die ich in meiner Jacke versteckt hatte.

Ein noch junger, sehr freundlicher Mann, der sich als Martin

Krupka vorstellte, bat uns, in seinem Büro Platz zu nehmen. Magdalena und ich hatten verabredet, dass ich das Gespräch führen würde. Ich stellte uns beide als Thomas Krause und Thea Schuster vor und teilte Krupka mit, dass wir mit der Planung einer Tagung beauftragt seien. Von einem Bekannten in Mainz, der am 27. Januar hier selbst an einer Tagung teilgenommen hatte, war uns die Rhein-Mosel-Halle empfohlen worden.

Krupka nickte. „Das war eine sehr große Veranstaltung. Regierungsbeamte aus ganz Rheinland-Pfalz waren hier gewesen. Alle sehr zufrieden."

„Mundpropaganda ist das beste Werbemittel", führte ich weiter aus, „ich gebe darauf mehr als auf jede Werbebroschüre."

„Unser Bekannter war ganz begeistert von Ihrem Veranstaltungsort. Zudem liegt er verkehrsgünstig für alle Beteiligten", ergänzte Magdalena.

Krupka nickte zustimmend.

„Wie ist es mit den Übernachtungsmöglichkeiten?"

Der junge Mann lachte zufrieden. „Sie haben ja sicher das Hotel gesehen, das sich gleich neben der Rhein-Mosel-Halle befindet. Wir können Ihnen dort, vorausgesetzt, Sie geben uns die entsprechenden Zahlen rechtzeitig bekannt, jedes Kontingent reservieren lassen."

„Besteht eine direkte Verbindung von der Halle in das Hotel?", fragte ich weiter und entdeckte auf dem Gesicht meines Gegenübers eine Spur Verwunderung.

„Natürlich!", erwiderte Krupka, „hat Ihnen das Ihr Bekannter nicht gesagt?"

Ich setzte eine nachdenkliche Miene auf. „Ehrlich gesagt, ich weiß es nicht mehr", sagte ich. Ich schlug mir leicht an die Stirn. „Entschuldigen Sie meine nächste Frage, aber Halle und Hotel sind sicher? Die Eingänge videoüberwacht?"

Wieder sah Krupka mich verwundert an, aber ich erwiderte den Blick und versuchte so zu tun, als sei diese Frage das Natürlichste und Naheliegendste von der Welt.

„Die Tiefgarage ist überwacht", sagte er. „In der Halle selbst wird der Foyerbereich überwacht und im Hotel die Eingangshalle."

Ich lächelte erst meinem Gegenüber, dann Magdalena zu. „Das wird unseren Chef freuen! Er ist in solchen Angelegenheiten sehr penibel", sagte ich. „Befindet sich die Sicherheitszentrale auch hier im Haus?"

„Das Sicherheitspersonal, das die Videomonitore überwacht, sitzt in einem Bereich zwischen der Halle und der Tiefgarage. Er ist von beiden Seiten zugänglich."

„Könnten Sie uns den zeigen?" Bevor Krupka auf dumme Gedanken kommen konnte, fügte ich hinzu: „Damit unser Chef beruhigt ist. Bei der geplanten Tagung sind einige hochrangige Persönlichkeiten eingeladen und seine größte Angst ist, dass irgendetwas passiert, das man hätte voraussehen können. Sie verstehen?"

„Ja, natürlich. Es ist auch in unserem Interesse, dass sich unsere Gäste sicher fühlen. Wenn Sie keine Fragen mehr haben, würde ich Ihnen jetzt gerne unsere Videoüberwachung zeigen." Er sah auf seine Uhr. „Ich habe nämlich in fünf Minuten einen Termin und der ist leider sehr dringend."

Ich jubelte innerlich. Das passte mir sehr gut, aber ich ließ mir das nicht anmerken und schaute Krupka ernst an. „Ja, gut, wir können uns ja noch alleine umsehen, und wenn ich Fragen habe, rufe ich Sie an. Haben Sie eine Karte da?"

Krupka zog eine Schreibtischschublade auf und reichte mir das Gewünschte. Dann stand er auf und gemeinsam verließen wir das Büro. Er führte uns durch ein größeres Foyer in ein Treppenhaus. Zwei Stockwerke tiefer öffnete er eine Tür. Wir folgten ihm durch einen langen schmalen Gang bis zu einer weiteren Tür. Krupka drückte einen Klingelknopf und wartete, bis sich eine Stimme meldete und um Identifizierung bat. Krupka nannte seinen Namen und blickte nach oben. Ich folgte diesem Blick und erkannte unter der Decke eine Videokamera. Ein Summer ertönte und im nächsten Augenblick öffnete sich die Tür elektrisch. Wir befanden uns in einer Art Schleuse. Erst dahinter befand sich der eigentliche Überwachungsraum. Die der Tür gegenüberliegende Wand wurde völlig von Monitoren beherrscht. Ich schätzte, dass es mindestens fünfundzwanzig waren.

„Herr Schmid, das sind Herr Krause und Frau Schuster. Sie möchten die Halle für eine Tagung mieten und interessieren sich für die Sicherheitsvorkehrungen. Ich muss jetzt leider zu einem anderen Termin. Wenn Sie sich um sie kümmern könnten?"

Jens Schmid reichte erst Magdalena, dann mir die Hand und wenn nicht seine Statur in dem zu engen dunkelgrauen Anzug schon genug Hinweis darauf gewesen wäre, so machte der Druck seiner Rechten unmissverständlich klar, dass ich es mit einem ehemaligen Boxer zu tun hatte. Es schien Herrn Schmid Freude zu machen, zu beobachten, wie seine Gegenüber auf seinen Händedruck reagierten.

Freundlich bestätigte er, nachdem er mich aus seinem eisernen Griff entlassen hatte, die Bitte seines Chefs mit einem offenen „Natürlich!" und zeigte auf einen der Stühle, die vor der Videowand standen. Magdalena schien ihm sehr gut zu gefallen, denn die meiste Zeit starrte er sie unverhohlen an. Sie machte gute Miene zu dem Spiel. Je abgelenkter der Mann war, desto weniger kam er zum Nachdenken.

„Nehmen Sie doch Platz!", forderte er uns auf. „Kaffee?"

„Danke, gerne!", antwortete Magdalena und lächelte ihn an, und während er in einen Nebenraum ging, verabschiedeten wir uns von Krupka, der sogleich den Raum verließ.

„Milch, Zucker?", rief Schmid aus dem Nebenraum.

„Von beidem ein bisschen", rief ich zurück. „Und bitte ein Wasser, wenn das möglich ist." Ich spürte noch immer ein leichtes Brummen in meinem Kopf.

Kurz darauf kam der breitschultrige Mann mit drei Bechern und einer Flasche Wasser zurück und grinste uns jovial an.

„Beeindruckt?", fragte er.

Ich nickte und nippte an meinem Kaffee.

„Zweiunddreißig Monitore, achtundvierzig Kameras, davon die Hälfte von hier aus steuerbar", begann Schmid seine Erklärung und der Stolz, mit dem er das präsentierte, war nicht zu überhören.

„Und Sie haben damit Halle, Hotel und Tiefgarage im Blick?“, fragte Magdalena.

„Und die beiden Parkplätze vor der Halle. Seit wir dort die Kameras installiert haben, sind Überfälle auf dem Parkplatz und Autoaufbrüche fast gegen Null zurückgegangen.“

„Erste Sahne, Glückwunsch dazu!“, gratulierte ich.

„Sie wissen doch, wie das ist. Zuerst wollen die hohen Herren nicht, weil es angeblich zu teuer ist. Und nachher haben sie es immer schon gewusst, dass man die Kameras unbedingt anschaffen muss.“

„Da kann ich Ihnen auch Geschichten erzählen“, bestätigte ich ihm, „aber es ist überall das Gleiche. Was mich interessieren würde: Zeichnen Sie die Bilder auch auf oder werden sie gleich gelöscht?“

„Das ist ganz raffiniert“, begann Schmid, trank einen Schluck von seinem Kaffee und drehte seinen Stuhl ein Stück weiter zu mir herum. „Ein Teil der Kameras läuft auf Festplatten, die bleiben zwei Wochen gespeichert. Ein anderer Teil wird auf Endlosbänder aufgenommen, die etwa zwölf Stunden laufen. Das heißt, dass nach zwölf Stunden die alte Aufnahme automatisch überspielt wird. Und ein Teil läuft nur hier auf unseren Monitoren.“

„Und nach welchen Kriterien haben Sie die Aufteilung vorgenommen?“ Ich sprach knapp und schnell, um so den Eindruck zu vermitteln, dass ich wusste, wovon ich redete, und ein professionelles Interesse hatte.

„Die neuralgischen Punkte werden Langzeit aufgezeichnet …“

Magdalena unterbrach Schmid: „… die Ein- und Ausfahrt der Tiefgarage.“

„Sie wissen Bescheid!“, sagte Schmid anerkennend und lachte sie an.

„Sie sind der Fachmann“, gab sie das Lob zurück und es war nicht zu übersehen, wie anfällig der Mann für ihre Schmeicheleien war.

„Wenn ich also, sagen wir mal“, ich legte meinen Kopf zurück und tat so, als würde ich nach einem fiktiven Datum suchen, „zum Beispiel wissen wollte, welche Wagen am 27. Januar, so gegen“, wieder legte ich eine kurze Denkpause ein, „so gegen zweiundzwanzig Uhr die Tiefgarage verlassen haben – könnten wir jetzt diese Aufnahmen sehen?“

Schmid strahlte mich an. „Nichts leichter als das. Haben Sie noch Zeit?“

Ich sah auf meine Uhr und nickte ihm dann zu.

Sofort begann der Wachmann an den Hebeln und Knöpfen vor ihm zu hantieren. Knapp zwei Minuten später zeigte er auf den Monitor direkt über mir. „Da sehen Sie die Aufnahmen vom 27. Januar, ab einundzwanzig Uhr zweiundfünfzig.“

Ich verzog meine Lippen zu einer anerkennenden Miene. „Eins mit Sternchen“, lobte ich abermals und lächelte.

„Das ist ja irre“, fügte Magdalena hinzu und sie spielte ihre Begeisterung sehr überzeugend.

Ich wandte meine Augen gleich wieder dem Monitor zu. „War viel los an dem Abend?“, fragte ich.

Schmid hantierte wieder an seinem Computer. „Ganz wichtig“, sagte er und grinste vielsagend. „Viele wichtige Leute. Warten Sie!“ Er betätigte wieder die Knöpfe und Hebel, die Zeitanzeige lief zurück auf zehn Uhr dreizehn am Vormittag. In kurzen Abständen fuhren große Limousinen, meist Mercedes, BMW oder Audi, durch das Bild. Im Schnelllauf ließ Schmid weiterlaufen. Zehn vor elf versiegte der Strom der PS-starken Autos.

„Das drückt wohl genug die Wichtigkeit der Besucher an diesem Tag aus. Sie haben aber auch genau das richtige Datum erwischt. Das ist doch kein Zufall, oder?“ Schmid grinste mich an.

Ich wusste nicht, ob das ein Spiel von ihm war oder Ernst.

„Gibt es Zufälle?“, fragte ich.

„Ich sage Nein und meine Frau sagt Ja. Wer hat da recht?“, antwortete der Wachmann sybillinisch und ließ weiterlaufen. Die Zeitziffern rauschten durch. Ab halb zehn am Abend bat ich ihn, die Aufnahmen etwas langsamer laufen zu lassen. Bis kurz vor zehn verließen nur mehrere Kleinwagen und ein Geländewagen die Tiefgarage, doch dann erschien die Silhouette eines dunklen Mercedes vor der Ausfahrt.

„Lassen Sie bitte langsamer laufen?“, bat ich Schmid und versuchte, meine Aufregung zu unterdrücken. Der Mann sah mich zwar aufmerksam von der Seite an, sagte aber nichts und tat, um was ich ihn gebeten hatte.

„Könnte man auch das Kennzeichen lesen?“, fragte Magdalena.

Ohne ein Wort zu erwidern, ließ Schmid die Aufnahme noch ein Stück laufen, dann hielt er sie an und bewegte einen Cursor auf seinem Pult. Das Bild zoomte auf das Kennzeichen. Das Kennzeichen eines Wagens, der in Mainz zugelassen war, erschien.

„Ist ja irre!“, lobte Magdalena die Fähigkeiten sowohl des Systems wie des Mannes, der es so souverän bediente. „Könnte man auch den Fahrer erkennen, wenn man das wollte?“

Mehrere Handgriffe später fokussierte das Bild auf das Innere des Wagens. Durch die Vergrößerung verlor das Bild an Schärfe. Trotzdem war ich sicher, dass der Mann hinter dem Lenkrad Anstett war.

„Und? Zufrieden?“, fragte Schmid und lächelte Magdalena unverschämt direkt an. Ich nahm an, dass er mich zum Teufel wünschte.

„Ist ja irre!“, sagte auch ich begeistert. „Spulen Sie bitte mal vor. Ich möchte das sehen.“

Einige Minuten später zeigte das Display auf dem Monitor dreiundzwanzig Uhr neunundfünfzig an.

„Würden Sie es bitte etwas langsamer laufen lassen?“, bat ich Schmid.

„Sie haben aber konkrete Wünsche“, erhielt ich zur Antwort, aber der Wunsch wurde mir prompt erfüllt.

Fünfundzwanzig Minuten später fuhr der gleiche Mercedes mit dem gleichen Kennzeichen in das Parkhaus hinein und wieder konnten wir auf dem Standbild Anstett erkennen. Ich jubelte innerlich. Die etwa zweieinhalb Stunden reichten aus, nach Mainz und zurück zu fahren und Maser aus dem Fenster des Bonifaziusturms zu stoßen. Vorausgesetzt, er war genau zur richtigen Zeit dort und hatte sich unbemerkt in das Gebäude hinein- und wieder herausbewegen können. Mit diesen Aufnahmen hatten wir Anstett am Wickel.

„Wie lange bleiben diese Aufnahmen auf dem Rechner?“, fragte ich Schmid.

„Insgesamt drei Wochen.“ Er sah auf einen Kalender an der Wand. „Also jetzt noch drei Tage.“

„Und wenn wir Sie bitten würden, diese Aufnahmen etwas länger aufzuheben oder eine Kopie zu ziehen?“ Magdalena sah den Wachmann unverschämt aufreizend an.

Dieses Mal ließ er sich aber nicht einlullen. „Gibt es dafür einen bestimmten Grund?“ Schmids Frage hatte einen sehr misstrauischen Unterton bekommen.

„Ja, aber den darf ich Ihnen im Moment leider nicht mitteilen.“

Der Wachmann dachte nach. Ich griff in meine Tasche und zog zwei Fünfzig-Euro-Scheine heraus. „Für Ihre Umstände!“, sagte ich.

Schmid steckte das Geld wortlos ein.

„Kommen Sie übermorgen zwischen zehn und zwölf Uhr vorbei. Dann bekommen Sie eine Kopie des Bandes.“

Wir bedankten uns bei dem Mann und ließen uns von ihm zum Ausgang führen.

„Merken Sie sich den Weg“, ermahnte er uns. „Wenn Sie übermorgen kommen: Hier klingeln, ich sehe Sie über den Monitor und mache Ihnen dann auf. Sie gehen rein, die Treppe runter, ein Stockwerk weiter unten raus, nach rechts und Sie stoßen gleich auf mich. Und“, fügte er hinzu, „ich darf das eigentlich nicht. Sie verstehen?“

Ich verstand und nickte. Der Mann wollte noch mehr Geld. Er sollte es bekommen. Wir verabschiedeten uns und gingen erst einmal ein Stück von dem Parkhaus weg. Ich fühlte mich hervorragend. Jetzt hatten wir wirklich etwas gegen Anstett in der Hand.

Das würde ihm das Genick brechen. Ich war zu aufgeregt, um gleich in den Thesis zu steigen und nach Mainz zurückzufahren. Ich schlug Magdalena vor, in dem nahe gelegenen Schlosspark spazieren zu gehen.

„Der hätte mich am liebsten ausgezogen“, war das Erste, das Magdalena sagte.

„Ich habe es bemerkt“, erwiderte ich, „ich würde aber konkreter sagen, dass er dir am liebsten die Kleider vom Leib gerissen hätte.“

Magdalena lächelte, wurde dann aber ernst. „Reza“, begann sie und machte eine Pause, als ob sie noch die richtigen Worte suchen müsste. Ich sah zu ihr hinüber.

„Zwischen mir und Maurice … wir haben uns …“

„Ja?“, fragte ich, weil ich nicht wusste, worauf sie hinauswollte.

„Ich spüre, dass Maurice mir gegenüber, aber … hast du das nicht bemerkt?“

Ich schüttelte den Kopf.

„Also, wir haben uns ineinander verliebt …“

Ich war wirklich überrascht, aber nun verstand ich auch einige ihrer Verhaltensweisen in den letzten Tagen. „Jetzt, wo du es sagst … du warst die letzten Tage, ja, wie soll ich sagen, du hast meinen Körper mehr geschont als sonst …“

Ich versuchte die Sache flapsig zu nehmen, aber ich spürte doch, dass sie mich in meiner Eitelkeit traf. Ich war nie in Versuchung gewesen, mich in Magdalena zu verlieben, aber der regelmäßige, zu nichts verpflichtende Sex war sehr angenehm gewesen. Und dass ich nun einem Mann, der bald doppelt so alt wie ich war, den Vortritt lassen musste, traf mich schon.

„Meinen Segen habt ihr“, sagte ich, um die Angelegenheit abzuschließen, aber nun machte Magdalena ein Gesicht, als ob ich sie verletzt hätte.

„Das klingt ja so, als hätte dir unser Zusammensein gar nichts bedeutet?“

„Doch“, widersprach ich ihr. „Aber ich glaube nicht, dass wir zusammenpassen oder eine Zukunft haben. Ich bin auch kein

Mann für eine Beziehung. Länger als ein paar Wochen oder Monate habe ich es nie ausgehalten."

Magdalena lachte. „Weil immer schon eine andere vor der Tür stand ...?"

„Habe ich in den letzten Tagen eine andere ...?", wollte ich das empört von mir weisen, aber Magdalena ließ sich darauf nicht ein. „Du hattest andere Sorgen, und glaubst du denn, dass du mich auch nur mit der linken Arschbacke angesehen hättest, wenn du nicht meine Hilfe gebraucht hättest?"

„Ich ..."

Sie ließ mich einfach nicht zu Wort kommen. „Es ist okay so. Ich hatte meinen Spaß und ich habe durch dich Maurice kennengelernt. Kein Vorwurf, keine Entschuldigung. Ich wollte dir das nur sagen."

„Okay", erwiderte ich. „Ich freue mich, wenn du und Maurice glücklich werdet." Das klang ziemlich pathetisch, aber mir fiel in dem Moment nichts Besseres ein.

Magdalena sah mich skeptisch von der Seite an, aber ich achtete nicht mehr darauf, denn ich hatte eine andere Idee. Ein Vorhaben, das ich mir schon in Mainz überlegt und vorbereitet hatte und das uns in der Sache Anstett weiterbringen könnte. Dass es der Auslöser für eine sehr dramatische Wendung bei der Jagd auf Anstett sein würde, wurde mir erst klar, als es schon zu spät war.

Meine Absicht war, die drei Männer aus Koblenz, die mit Anstett während der Tagung im Januar in einer Arbeitsgruppe zusammengearbeitet hatten, aufzusuchen und zu befragen. Der eine von ihnen ließ mich aber unmissverständlich über seine Sekretärin wissen, dass er nicht mit mir zu sprechen wünsche; der andere war schlicht dienstlich unterwegs. Den dritten allerdings, Martin Arens, traf ich in seinem Büro an, während Magdalena noch im Schlosspark blieb. Arens hatte an der Tagung teilgenommen und von Anstett, mit dem er in der gemeinsamen Arbeitsgruppe zum ersten Mal zusammengetroffen war, den allerbesten Eindruck. Er nannte ihn einen so kompetenten wie verbindlichen Diskussionspartner, der zudem über eine große und langjährige Erfahrung verfüge.

Ich unterstützte Herrn Arens in dieser Einschätzung und erfuhr, dass sich Anstett um etwa Viertel vor zehn mit dem Hinweis auf Magenprobleme entschuldigt hatte, um in sein Zimmer zu gehen und sich auszuruhen; er war erst einige Zeit nach Mitternacht wieder aufgetaucht, noch immer sichtlich mitgenommen. Das war gegen halb oder viertel vor eins, Arens war sich da nicht mehr so sicher, und es schien Anstett wieder besser zu gehen. Dann erhielt er einen Anruf, der ihn sichtlich aus der Fassung brachte. Ohne viele Worte verabschiedete er sich von seinen Kollegen und verschwand. Erst am nächsten Morgen habe er, Arens, erfahren, dass ein langjähriger Kollege und Freund von Anstett bei einem Unfall in Mainz umgekommen sei.

Zum Glück kam Arens erst nach unserem Gespräch auf die Idee zu fragen, wozu ich diese Angaben brauchte. Ich gab ihm eine halbherzige Antwort, mit der er sich scheinbar zufriedengab, eine Fehleinschätzung, wie ich später leider feststellen musste.

Ich fand Magdalena auf einer Bank nahe einem Brunnen und berichtete ihr, was ich von Arens erfahren hatte und was die Bilder auf den Monitoren der Videoüberwachung untermauerte. Dann schauten wir uns im Schnelllauf die Aufnahmen meiner kleinen Digitalkamera an. Sie waren durch die Bewegungen meines Körpers stark verwackelt und hatten durch das wenige Licht auch sogenannte Nachzieher, also Unschärfen. Der Wachmann war noch zu erkennen und seine Stimme verständlich, die Aufnahmen des Bildschirms allerdings so gut wie unbrauchbar. Ich musste mich also darauf verlassen, dass der Wachmann mir die Bänder tatsächlich kopierte und überließ.

Magdalena und ich gingen während der Rückfahrt noch einmal die Gespräche mit Schmid und Arens genau durch, um sicher zu sein, kein Detail vergessen zu haben.

Um vierzehn Uhr waren wir wieder in Maurices Villa. Wie wir erwartet hatten, war niemand da. Ich legte mich ins Bett, um den fehlenden Schlaf der vergangenen Nacht nachzuholen.

Um acht Uhr kam auch Vollbracht und wir saßen alle vier um

den Tisch im Esszimmer. Maurice hatte einen Imbiss vorbereitet, eingelegte Garnelen und Artischockenherzen, gefüllte Peperoni, Oliven und ähnliche Sachen, Brot aufgeschnitten sowie aus seinem Weinkeller vorsorglich einige Flaschen nach oben geholt. Ich konnte es nicht unterlassen, während des Abends immer wieder zwischen Magdalena und Maurice hin und her zu schauen.

Vollbracht berichtete nach dem Essen als Erster von seinen Recherchen. Er hatte niemanden ausfindig gemacht, der Anstett oder eine andere verdächtige Person in Kittys Nähe gesehen hatte, weder in ihrem Haus noch in der Umgebung des Ortes, an dem Müller umgebracht worden war. Vollbracht hatte zudem einen Bekannten bei der Polizei angerufen, der entweder nichts von einer solchen Person wusste oder es ihm nicht sagte. Allerdings hatte der Journalist erfahren, dass die Polizei auf den Fotos in Kittys Wohnung meine Fingerabdrücke gefunden hatte. Die Zusammenhänge waren ihnen immer noch unklar, doch der Umstand, dass an dem Abend vor Müllers Tod die Polizei in ihr Haus gerufen worden war, weil es in Kittys Wohnung zu einem Streit gekommen war und kurz darauf zwei Personen sehr eilig das Haus verließen, machten mich auch in diesem Fall verdächtig, in irgendeiner Weise involviert zu sein, was nicht zu meiner Entlastung beitrug. Mit dem ihm eigenen Sarkasmus teilte Vollbracht mit, dass mein Marktwert dadurch erheblich gestiegen und auf meinen Kopf mittlerweile eine Belohnung von 20.000 Euro ausgesetzt war. Das war eine Reaktion auf die immer lauter werdenden Unmutsäußerungen von Seiten der Presse und der Öffentlichkeit, die der Polizei mehr und mehr Unfähigkeit vorwarfen. Man fürchtete weitere Morde, wenn die bisherigen nicht bald aufgeklärt wurden, und konnte nicht verstehen, wie jemand wie ich sich so lange unbehelligt in der Stadt bewegen konnte.

Maurice war erfolgreicher gewesen, hatte Irene Friedrich nach der Arbeit abgefangen und in ein Gespräch verwickelt, das schließlich dazu führte, dass sie zusammen im Domcafé Kaffee trinken waren.

„Kaffee trinken?“, fragte Magdalena spitz.

„Kaffee“, bestätigte Maurice mit einem spitzbübischen Lächeln, wofür sie ihm einen zärtlichen Blick zuwarf.

„Und?“, fragte ich ungeduldig, weil ich im Moment wenig Lust auf solches Liebesgeplänkel hatte, „haben Sie schon etwas erfahren?“

„Langsam, Reza“, antwortete Maurice, „die Dame soll doch keinen Verdacht schöpfen. Morgen werde ich mit ihr in der Mittagspause ein japanisches Suppenrestaurant am Brand besuchen. Dann werden wir weitersehen.“

Dann begannen Magdalena und ich von unserer überaus erfolgreichen Reise nach Koblenz zu berichten. Maurice und Vollbracht waren mit einem Mal sehr aufgeregt. Der Journalist sagte, er würde alles für einen Bericht vorbereiten, in dem er mich mindestens als Co-Autoren nennen wollte. Neben den Kopien der Aufzeichnungen forderte er aber auch den Film, der sich in den Händen des Künstlers im rheinhessischen Wörrstadt befand, einen Auszug aus Anstetts Fahrtenbuch, wenn es denn eine Lücke in der Nacht aufzeigte, und eine Aussage von Nigel vor der Kamera.

Nachdem Vollbracht gegangen war, zog ich mich dezent ins Schlafzimmer zurück. Gedämpft hörte ich aus dem Nebenzimmer die Stimmen von Maurice und Magdalena. In dieser Nacht kam sie nicht mehr in mein Schlafzimmer.

20

„Das deckt sich mit dem, was ich von Frau Friedrich erfahren habe. Der Kilometerzähler in Anstetts Dienstwagen weist tatsächlich eine Diskrepanz von etwas über zweihundert Kilometern gegenüber dem Fahrtenbuch auf.“

Wir saßen am nächsten Abend wieder um den Tisch und hörten dem Hausherrn zu, der am Mittag Anstetts Sekretärin getroffen hatte. Ich hatte den ganzen Tag in Maurices Villa verbracht und mir Gedanken darüber gemacht, wie man einen Bericht über die ganze Geschichte aufziehen könnte.

„Sie haben das Buch gesehen?", fragte Vollbracht. „Haben Sie direkt danach gefragt?"

Maurice schüttelte leicht den Kopf. „Nein, es war viel einfacher. Beim Mittagessen lenkte ich unser Gespräch vorsichtig auf Anstett und hob hervor, mit welch einem wichtigen Mann sie zusammenarbeite. Man höre ja überall nur Gutes von ihm. Erst kommentierte sie das nicht, stimmte mir zu, aber ich spürte, dass da was in ihr vorging. Es kostete mich einige Anstrengung, sie dahin zu bringen, mir zu erzählen, was sie bedrückte, und schließlich, wir waren schon im Aufbruch, weil ihre Pause fast um war, gestand sie mir, dass es manchmal schon schwierig mit Anstett sei. Er sei in vielen Dingen so nachlässig, kommuniziere nicht genug und am Ende müsse sie es immer ausbaden. Ich fragte sie, ob denn aktuell etwas vorgefallen sei, und sie sagte mir, dass Anstett wieder einmal sein Fahrtenbuch nicht richtig geführt habe. Allein im Januar habe er dreimal mehr Kilometer auf dem Tacho seines Dienstwagens gehabt, als im Fahrtenbuch angegeben waren. Sie sagt, das Schlimme wäre ja nicht, dass ihr Chef das mache, sondern dass er sie immer als kleinlich und spießig hinstelle, wenn sie ihn darauf aufmerksam mache."

„Und?", fragten Magdalena und ich gleichzeitig.

„Ich hakte nach und erfuhr, dass die Nacht, als er auf der Tagung in Koblenz war, tatsächlich zu diesen Terminen gehörte und er einfach vergessen hatte, über zweihundert Kilometer aufzuschreiben."

„Bingo", stieß ich laut hervor und Vollbracht schlug mit der flachen Hand so fest auf den Tisch, dass Magdalena, die neben ihm saß, erschrocken zusammenfuhr.

„Morgen will sie das Buch mitbringen, um es mir zu zeigen. Ich werde versuchen, ein Foto von der Seite zu machen."

„Du scheinst ja gut bei der Dame anzukommen", sagte Magdalena schnippisch. „Hat sie nicht wissen wollen, warum du das Buch sehen willst?"

„Hat sie, aber ich habe ihr ausweichende Antworten gegeben. Und mit denen war sie zufrieden." Maurice lächelte seine Freundin frech an. „Ich will Frau Friedrich auch dazu überreden, eine entsprechende Erklärung zu unterschreiben, dass es in Anstetts Fahrtenbuch am 27. Januar eine ungeklärte Differenz von etwas über zweihundert Kilometern gibt."

„Und", warf Vollbracht ein, „wir sollten versuchen, uns von dem Nachtwächter die Aussage autorisieren zu lassen. Wir", der Journalist sah mich an, „sollten den Wachmann in den nächsten Tagen mit der Kamera besuchen und seine Aussage aufnehmen."

„Und ich werde versuchen, über Aron an diesen Künstler in Wörrstadt zu kommen. Hoffen wir, dass er den Film noch hat", ergänzte Maurice.

„Ich sollte wohl besser mit dir nach Wörrstadt statt mit Reza nach Koblenz fahren. Erst diese Frau Friedrich, jetzt wieder so ein freizügiger Künstler …"

Wir lachten und das hatte etwas Befreiendes. Ich war jetzt sicher, dass wir wirklich gute Chancen hatten, den ganzen Fall aufzuklären, meine Unschuld zu beweisen und dafür zu sorgen, dass der saubere Biedermann Anstett dorthin kam, wo er hingehörte, nämlich in den Knast. Und einen Aufsehen erregenden Beitrag zu machen, der mir die Türen zu allen Sendern öffnen würde.

Um sieben war ich wach und ging nach unten, um mir einen Kaffee zu kochen. Ich war zu aufgeregt. Heute Mittag würde ich den entscheidenden Beweis in der Hand halten, um Anstett des Mordes an Maser zu überführen. Und wenn dies erst einmal an die Öffentlichkeit kam, dann würden auch all die anderen Geschehnisse in einem ganz neuen Licht erscheinen und ich konnte meine Unschuld beweisen. Ich hatte mich gerade gesetzt und begonnen, in der Tageszeitung nach neuen Informationen zu unserem Fall zu suchen, da kam auch schon Magdalena von oben herunter und setzte sich zu mir. Mir war nicht nach reden und Magdalena störte mich nicht beim Lesen.

Um mir die Zeit bis zur Abfahrt zu vertreiben, ging ich in den Garten, lief planlos umher, betrachtete die immer noch reglos stehenden Fische, besah mir in der Garage Maurices Autosammlung, setzte mich hinter das Steuer des Iso Rivolta und war froh und erleichtert, als es endlich acht Uhr war und wir uns für die Fahrt nach Koblenz fertig machten.

„Und, Reza“, fragte Maurice mit gespielter Leichtigkeit beim Abschied, „sind Sie aufgeregt in Anbetracht der Aussicht, bald einen handfesten Beweis in der Hand zu halten?“

„Das kann ich nicht verhehlen“, antwortete ich ernst. „Glauben Sie denn, dass wir Anstett drankriegen?“

Er dachte einen Moment nach. Aus den Augenwinkeln konnte ich erkennen, dass Magdalenas Augen zwischen Maurice und mir hin und her wanderten.

„Wissen Sie, Reza, ich habe in meinem Leben die Erfahrung gemacht, dass die skrupellosen Menschen den größten Erfolg haben. Insofern haben wir keine Chance gegen Anstett. Er hat mittlerweile so viele Verbrechen begangen, jedes neue schlimmer und schwerer als die vorangegangenen, dass es für ihn kein Zurück und keine Skrupel mehr gibt. Unsere einzige Chance ist, dass Anstett nichts von uns, unseren Absichten und unseren Ermittlungen weiß. Wenn er die Gefahr kennt, wird er sehr gefährlich werden und alles tun, sie abzuwenden. Das hat er mittlerweile zur Genüge bewiesen. Selbst dieser Müller kam nicht gegen ihn an.“

Wie recht Maurice behalten sollte, konnte ich in dem Augenblick nicht ahnen. Seine Worte erschreckten mich mehr, als ich mir das eingestehen wollte, zumal ich den anderen ja noch immer nichts davon erzählt hatte, dass ich Anstett vor dem Bonifaziusturm begegnet war.

Um kurz nach acht stiegen Magdalena und ich in den Thesis und fuhren gemächlich nach Koblenz, wo wir gegen halb zehn ankamen. Gegenüber dem Theater, etwa dreihundert Meter von der Rhein-Mosel-Halle entfernt, stellte ich den Wagen ab und wir liefen von dort in den Schlosspark, in dem wir die Zeit bis zu unserer Verabredung auf einer Bank vor einem Brunnen verbrachten. Um zehn gingen wir zu der Tür, die in den Überwachungstrakt führte. Magdalena drückte auf den Klingelknopf und es dauerte einige Sekunden, bis ein Kratzen aus dem Lautsprecher zu vernehmen war. Magdalena und ich sahen synchron nach oben zu der Überwachungskamera.

„Herr Schmid, wir sind's, wegen der Kopien“, meldete ich mich, um uns anzukündigen.

Der Angesprochene ließ sich Zeit mit der Antwort. Er klang nervös. „Das ist schwierig im Moment.“

„Es geht schnell“, entgegnete ich.

„Kommen Sie alleine!“, forderte Schmid. Er sprach sehr schnell.

„Wie meinen Sie das?“, wollte ich wissen.

„Die Frau soll draußen warten.“

Ich sah Magdalena an. Sie zuckte mit der Schulter zum Zeichen, dass sie das Verhalten des Wachmanns auch seltsam fand, gab mir dann aber zu verstehen, dass sie vor der Tür warten würde.

„Okay, Schmid“, sagte ich. „Ich komme alleine.“

Der Summer ertönte und ich drückte die Tür auf. Bevor ich im Innern verschwand, raunte mir Magdalena zu, dass sie in Richtung Schlosspark gehen und dort auf mich warten würde.

Keine zwei Minuten später stand ich vor der Tür zum Überwachungsraum. Ich klopfte gegen die Tür, kurz darauf ertönte der Summer und ich trat durch die Schleuse in den Raum mit den vielen Monitoren.

Schmid legte gerade den Telefonhörer auf, als ich hereinkam, erhob sich und kam mir mit ernstem Gesicht entgegen.

„Guten Tag, Herr ...“, er machte eine kurze Pause, „… Krause?“

Er reichte mir seine kräftige Hand.

„Ja“, antwortete ich und ärgerte mich, dass ich so schnell geantwortet hatte, denn ich brauchte einen kurzen Moment, um mir sicher zu sein, dass ich mich Schmid bei meinem letzten Besuch mit diesem Namen vorgestellt hatte. Beinahe wäre ich auf einen uralten Trick reingefallen, wenn der Sicherheitsmann es darauf angelegt hätte.

Schmid drehte sich um und ging in den Raum, aus dem er bei

meinem letzten Besuch den Kaffee geholt hatte. Als er zurückkam, hielt er in der einen Hand zwei Kaffeebecher und in der anderen eine Plastiktüte. Ich streckte meine Hand aus, um sie in Empfang zu nehmen, doch der Wachmann schüttelte den Kopf. Ich musste einen Moment überlegen, bevor ich verstand, was er wollte. Ich griff in meine Tasche und nahm einen Hundert-Euro-Schein heraus. Schmid schüttelte nochmals leicht den Kopf.

„Das war nicht wenig Arbeit. Und riskant dazu“, sagte er. Er stellte die Becher auf das Pult und schob einen zu mir herüber. „Bitte!“, forderte er mich auf, diesen zu nehmen.

Ich fügte einen zweiten Hunderter hinzu, aber Schmid schüttelte abermals seinen Kopf, wenn auch wieder leicht.

Ich nahm jetzt zwei weitere Hunderter aus der Tasche.

„Das ist alles, was ich Ihnen geben kann“, sagte ich.

„Geht doch!“, antwortete Schmid und hatte etwas in seiner Stimme, das mir komisch vorkam. Der Mann war nervös, sehr nervös. Ich schnappte nach der Tüte, aber Schmid wollte sie mir immer noch nicht geben.

„Mehr habe ich nicht“, sagte ich in Anspielung auf meine finanziellen Möglichkeiten.

„Trinken Sie Ihren Kaffee!“

Was hatte der Mann vor?, schoss es mir durch den Kopf. War er sauer, weil er mit mehr Geld gerechnet hatte? Hatte jemand etwas von seiner Kopieraktion mitbekommen und ihm Ärger gemacht?

Als ich meinen Kaffee ausgetrunken hatte, nahm Schmid den Becher. „Noch einen?“, fragte er. Ich schüttelte den Kopf und nutzte seine Unaufmerksamkeit, griff nach der Tüte und nahm die DVDs heraus.

„Ich möchte kurz hineinsehen!“

Schmid schüttelte den Kopf. „Warum?“

„Ich will sehen, ob der richtige Tag drauf ist.“

„Halten Sie mich für zu blöde, mir ein einfaches Datum zu merken?“

Der Wachmann stand auf und baute sich vor mir auf. Ich wich ein Stück zurück. Gegen diesen Schrank tendierten meine Chancen in einem Zweikampf gegen Null. „Trinken Sie lieber noch einen Kaffee."

War der Mann völlig verblödet? Will mich nicht in die DVDs schauen lassen, ist unfreundlich wie nur was und will gleichzeitig aber, dass ich mit ihm hier sitze und Kaffee trinke.

„Danke, nein!", lehnte ich ab und stand auf.

Schmid sah auf die Uhr. „Sie kennen den Weg", sagte er und es klang wie ein Befehl, den Raum zu verlassen.

Ich nickte, umfasste die Plastiktüte mit den DVDs fester und verließ grußlos den Überwachungsraum. So schnell ich konnte, eilte ich durch den Gang bis zu der Tür, die aus dem Parkhaus führte, und war erleichtert, als ich den Himmel über mir erblickte. Panik war in mir aufgestiegen, dass Schmid mir eine Falle stellen würde.

Ich sah in die Tüte, um mich zu vergewissern, dass die DVDs auch wirklich darin waren. Dann tastete ich in meiner Tasche nach meinem Geld. So viel war nicht mehr übrig von dem, was ich mir einmal – lange war es schon her – aus der Tasche im Kofferraum meines alten S-Klasse Benz genommen hatte.

Ich nahm die DVDs aus der Tüte, steckte sie in die rechte Außentasche meines kurzen Mantels und ging in den Schlosspark. Ich hatte vermutet, Magdalena auf der Bank bei dem Brunnen anzutreffen, aber dort war sie nicht. Noch machte ich mir weiter keine Gedanken, sondern lief ein Stück weiter in den Park hinein, der sich um das Schloss herum erstreckte. Doch ich konnte sie nirgends entdecken. Ein Tor in einer hohen Steinmauer führte zu einer Grünanlage am Rhein. Weder rechts noch links davon war Magdalena. Ich hatte sie bisher als total zuverlässig kennengelernt, sodass ich mir nicht vorstellen konnte, dass sie aus einer Laune heraus den Schlosspark verlassen hatte und vielleicht in die Stadt oder in ein Café gegangen war, zumal sie sich hier nicht auskannte. Ich lief nochmals über die Wiesen im Park, sah in den Graben, der sich entlang der Mauer erstreckte und den Schlosspark von den Rheinanlagen trennte, aber Magdalena blieb unauffindbar. Immer wieder rief ich ihren Namen, aber ich bekam keine Antwort. Hatte ich bis dahin gedacht, dass wir uns durch eine Verkettung blöder Zufälle verpasst hatten, so stieg nun in mir der Verdacht auf, dass ihr etwas zugestoßen sein könnte. Unruhig eilte ich zu dem Hotel, das sich neben der Rhein-Mosel-Halle befand, und dabei fielen mir all die Merkwürdigkeiten bei Schmid ein, denen ich bisher kaum Aufmerksamkeit geschenkt hatte. Zum Beispiel, dass der Wachmann vorgestern am liebsten gleich über Magdalena hergefallen wäre und sie heute nicht in seinem Überwachungsraum haben wollte, dass er mir gegenüber sehr kurz angebunden war, dass er mir sehr nervös erschien, mir aber gleichzeitig einen Kaffee anbot und es mir verweigerte, einen Blick auf die Kopien zu werfen. Ich lief immer schneller und hatte bald das Hotel neben der Rhein-Mosel-Halle erreicht. Ich ging durch den Gastraum des Restaurants, rannte fast einen Kellner um, weil ich nur Augen für die Tische hatte, um am Ende feststellen zu müssen, dass Magdalena auch hier nicht war.

Aber wo war sie? Was war passiert? Ich versuchte, mich zu beruhigen und mir einzureden, dass sie in Gedanken nur zu weit spaziert war, sich dabei verlaufen hatte und mich im Moment genauso suchte wie ich sie. Aber ich glaubte das nicht wirklich. Es passte nicht zu ihr. Magdalena wusste doch selbst viel zu genau, was auf dem Spiel stand, welche Bedeutung die Kopien hatten, dass an ihnen alles hing, um Anstett den Mord an Maser und vielleicht auch den an Hermia nachzuweisen. Und dass wir keine Zeit zu verlieren hatten.

Hatte Maurice doch so schnell recht bekommen mit seiner Aussage heute Morgen, als er sagte, dass Anstett ein äußerst gefährlicher Gegner werden würde, sobald er wüsste, wie nahe wir ihm auf den Fersen waren? Wenn das stimmte, woher wusste Anstett, dass wir nach Koblenz gefahren waren? Wusste er von den Kopien? Mir fiel Schmids seltsames Verhalten wieder ein. Hatte er mich reingelegt? Hatte er Anstett gewarnt? Hatte er von dem Mann einen noch größeren Geldbetrag erhalten?

Ich wählte Magdalenas Mobilnummer, aber die Leitung war

tot. Ich rannte zu dem Eingang, der in den Überwachungsraum führte, und drückte die Klingel. Einmal, zweimal, dann hielt ich meinen Finger einfach drauf, aber ich erhielt keine Reaktion. Ich sah nach oben zur Kamera und machte Zeichen, dass die Tür geöffnet werden sollte, aber es passierte nichts.

Ich lief noch einmal in den Schlosspark in der irrsinnigen Hoffnung, dass Magdalena dort irgendwo saß oder stand und sich wunderte, wo ich so lange geblieben war. Aber dieser Wunsch wurde mir nicht erfüllt.

Ich nahm mein Handy aus der Tasche und wählte Maurices Nummer. Nach dem dritten Läuten meldete er sich und war nach meinem Bericht erst einmal sehr aufgebracht und wütend und machte mir Vorhaltungen, warum ich Magdalena alleine im Schlosspark gelassen hatte. Langsam beruhigte er sich wieder. Anstett, so mutmaßten wir, musste irgendwie von den Aufnahmen Wind bekommen haben. Ich teilte Maurice meinen Verdacht mit, dass dieser Schmid es gewesen war, der Anstett auf unsere Spur gebracht hatte. Er hielt dies auch für möglich, doch dann fiel ihm ein, dass wir bei unserem ersten Besuch in Koblenz noch jemanden aufgesucht und befragt hatten.

„Arens, ja, verdammt!“, rief ich in das Handy. „Ich werde gleich bei ihm vorbeigehen.“

„Und dann kommen Sie sofort nach Wiesbaden zur Villa. Wenn tatsächlich das passiert ist, was wir befürchten, dann können Sie in Koblenz im Augenblick nichts mehr tun“, forderte er mich auf. „Ich bin gerade aus Wörrstadt weggefahren und auf dem Weg nach Wiesbaden. Ich rufe Vollbracht an.“ Dann legte er auf und ich machte mich auf den Weg zu Arens.

Der wirkte nicht erfreut, als er mich sah, aber er musste mir angemerkt haben, dass ich mich nicht würde abwimmeln lassen und dass etwas Ernstes vorgefallen war.

Tatsächlich, so stellte sich in unserem kurzen Gespräch heraus, war Arens nach meinem Besuch von Anstett angerufen worden. Ein Zufall, weil Anstett einen Zettel mit einer Telefonnummer, die Arens ihm gegeben hatte, verlegt hatte. Am Ende ihres Gesprächs teilte Arens seinem Mainzer Kollegen nebenbei mit, dass vor wenigen Stunden ein Bekannter von ihm, ein gewisser Krause, bei ihm gewesen war und sich nach dem Ablauf der Tagung und Anstetts Befinden erkundigt habe. Arens erzählte mir weiter, dass sich Anstett meine Person beschreiben ließ, bevor er das Gespräch beendete.

Es gehörte nicht viel dazu, aus diesen Informationen die richtigen Schlüsse zu ziehen. Ich dankte Arens, bat ihn, Anstett jetzt nicht anzurufen, und verließ sein Büro, um im Dauerlauf zu dem Parkplatz zu rennen, auf dem der Thesis stand.

So schnell der Verkehr und die Straßen es zuließen, fuhr ich nach Wiesbaden und erreichte Maurices Villa nach einer knappen Stunde. Ich ließ den Wagen vor dem Eingang stehen und rannte ins Haus, wo ich den Hausherrn telefonierend vorfand. Ich wartete, bis er aufgelegt hatte.

„Das war Vollbracht", erklärte er mir. „Er kann erst später kommen. Und jetzt erzählen Sie bitte, was genau passiert ist!"

Ich berichtete Maurice noch einmal von dem Geschehen in Koblenz: Wie dieser Schmid nicht wollte, dass Magdalena mit in den Überwachungsraum kam, und von seiner Nervosität.

Und dabei kam mir ein anderer, erschreckender Gedanke. Während ich die DVDs aus meiner Tasche nahm und in Maurices Wohnzimmer lief, rief ich ihm zu, dass Schmid mich die Kopien in dem Überwachungsraum nicht hatte anschauen lassen.

Maurice war sogleich bei mir und öffnete den Schrank mit dem DVD-Player. Ich wusste aber schon, was wir mit Sicherheit nicht zu sehen bekommen würden. Und so war es auch: Die DVDs waren unbespielt, kein Bild der Ein- und Ausfahrt zur Tiefgarage, kein Mercedes und kein Anstett. Ich fluchte laut und wütend.

„Ich nehme an, dass dieser Wachmann auch schon die Aufnahmen von der Festplatte gelöscht hat. Anstett ist uns zuvorgekommen", sagte Maurice.

„Arens", erklärte ich. „Zufällig haben er und Anstett ein paar Stunden nach meinem Besuch miteinander telefoniert und er hat ihm mitgeteilt, dass ich bei ihm gewesen war, nach Anstett gefragt habe und wissen wollte, was er während der Tagung genau gemacht hatte."

„Dann war es nicht schwierig für ihn, den Rest auch rauszukriegen. Er wird mit diesem Wachmann gesprochen haben, hat ihm wahrscheinlich gedroht und gleichzeitig eine Menge Geld geboten, bis der ihm verraten hat, wann Sie kommen werden, und den Rest kennen wir. Magdalena befindet sich in seiner Gewalt. Ganz sicher."

Maurice hatte äußerlich ruhig gesprochen, aber ich konnte an seinen unstet hin- und herrasenden Augen, an den kleinen fahrigen Bewegungen, die er sonst nicht machte, erkennen, wie nahe es ihm ging, dass seine Geliebte sich in der Hand von Anstett befand.

„Was sollen wir machen? Was will Anstett?", fragte ich, um irgendetwas zu sagen.

Maurice stand auf, antwortete nicht gleich, sondern ging in die Küche, aus der er mit einer Flasche Wasser zurückkehrte. Er trank einen Schluck aus der Flasche, bevor er sprach. „Was wird er wollen? Schwer zu sagen. Was haben wir denn gegen ihn in der Hand? Eigentlich nichts mehr, außer …" Maurice eilte mit langen Schritten aus dem Zimmer, um wenige Augenblicke später mit einer Kassette in der Hand zurückzukehren. „Das habe ich von dem Künstler aus Wörrstadt. Der Film, den Müller so sehr gesucht hat. Auf dem Anstett und Regine zu sehen sind. Den kann er im Austausch fordern."

Ich war sehr skeptisch. „Meinen Sie, dass ihm das genügt?"

Maurice senkte den Kopf. „Ich fürchte nein. Die Aufzeichnung aus der Tiefgarage ist zwar unwiderruflich verloren …"

Ich unterbrach Maurice. „Ich habe noch die Aufnahme meiner Kamera …"

„Auf der fast nichts zu sehen ist. Nein, Reza, wir haben Indizien, das ist alles und die sind schwach. Anstett hat diesen Schmid geschmiert und wird das auch mit diesem Wachmann hier in Mainz getan haben. Die Aufnahmen helfen uns da wenig. Wir haben die

Fehlkilometer in Anstetts Fahrtenbuch, was uns Frau Friedrich vielleicht bestätigen wird, vielleicht aber auch nicht. Und hat sie nicht gesagt, dass das Anstett sehr häufig passiert, dass er vergisst, seine Fahrten ordnungsgemäß einzutragen? Arens in Koblenz? Wird sagen, dass sich Anstett wegen Übelkeit zurückgezogen hat, aber das sind alles keine Beweise. Wir könnten allenfalls Anstetts Integrität erschüttern, diese Finanzgeschichte, seine Beteiligungen in der Kapitalanlagegesellschaft an die große Glocke hängen. Wahrscheinlich müsste er alle seine Posten aufgeben. Aber", Maurice ballte seine Fäuste und kniff die Augen zusammen, „Anstett wird nach oben fallen. So läuft das. Er wird irgendwo in der freien Wirtschaft einen gut dotierten Vertrag bekommen. Und wer weiß, in fünf oder zehn Jahren kann er auch wieder in die Politik zurückkehren."

„Ja", fragte ich verzweifelt, „aber was will er dann? Den Film, auf dem er mit Hermia zusammen zu sehen ist?"

„Das auch. Aber sein größter Schutz ist Magdalena …"

„Er kann sie doch nicht ewig …"

„Nein!", schrie Maurice plötzlich, als ob eine Schleuse geöffnet worden wäre, die seine Gefühle bisher mit Mühe eingedämmt hatte. „Das kann er nicht." Trotz seiner Verzweiflung konnte der Mann noch klar denken. Er sprach laut, hastig, sehr erregt. „Anstett ist skrupellos. Nach allem, was wir wissen, hat er damals den Auftrag zu Wombachs alias Müllers Ermordung gegeben, hat Maser umgebracht, vielleicht auch Regine, hat Müllers Tod durch Kitty eingefädelt. Dass er nun mit einem Mal Skrupel bekommt, scheint mir ausgeschlossen. Magdalena hat ihn gesehen. Er kann sie nicht leben lassen. Er muss sie töten. Wenn er das nicht schon getan hat." Er war völlig außer sich vor Wut und Angst und lief wie ein waidwundes Tier umher. In diesem Moment war nichts mehr übrig von dem eleganten, stets auf Etikette bedachten Mann. Er bestand aus der schieren Angst, dass ihm Magdalena genommen würde.

„Vielleicht hat ihn jemand in Koblenz gesehen, als er Magdalena in seine Gewalt gebracht hat?"

„Da würde ich mich nicht drauf verlassen."

„Die Polizei?", fragte ich. „Sollen wir die Polizei benachrichtigen?"

„Nein!", stellte Maurice kategorisch fest. „Das bringt im Moment nichts. Gar nichts. Anstett ist ein angesehener Bürger und Politiker und Sie sind ein gesuchter Mörder, Reza. Bis alle unsere Aussagen geprüft sind, würde viel zu viel Zeit vergehen. Außerdem würden Sie gleich verhaftet und Sie würden uns fehlen. Und mich und Vollbracht würde man wegen Beihilfe verhören. Zeit, die uns fehlt und die nur Anstett nützen würde." Plötzlich schoss Maurice hoch. „Reza, Sie müssen weg, verdammt. Wenn Anstett von Magdalena meinen Namen erfährt, dann wird er uns die Polizei herschicken, um Sie zu verhaften … Ich als Ihr Helfer bin ebenfalls diskreditiert. Niemand würde uns glauben, egal, wie viele Indizien wir haben."

„Meinen Sie", wiegelte ich ab. „Ist das Risiko nicht zu groß für Anstett?"

Es war, als ob Maurice sich wieder gefangen hätte. Er stand auf, drückte seinen Rücken durch und stellte sich vor mich. „Nehmen Sie den Wagen, Reza, und verschwinden Sie." Er griff in die Innentasche seines dunklen Jacketts und zog eine Brieftasche heraus, aus der er mehrere Scheine fingerte und mir gab.

Ich sah ein, dass Maurice recht hatte, nahm das Geld, umarmte ihn, verschwand nach draußen und verließ nur wenige Augenblicke später das Grundstück.

21

Wie recht Maurice mit seiner Überlegung hatte, erkannte ich Minuten später, als mir zwei große, dunkle und vollbesetzte Limousinen entgegenkamen. Ich lenkte den Thesis in die nächste Querstraße und versuchte, Vollbracht anzurufen, konnte den Journalisten aber nicht erreichen.

Es war zum Losschreien. Und ich fluchte laut. Heute Morgen

hatte alles danach ausgesehen, dass wir beweisen konnten, dass Anstett Masers Mörder war und noch einige andere Schweinereien am Laufen hatte. Einige Stunden später hatte sich das Blatt gewendet, ich war wieder auf der Flucht, ohne Beweise, ohne Unterkunft und musste fürchten, dass meine Verbündeten gefangen oder gar tot waren.

Es gab nur eine Möglichkeit, das Blatt wieder zu meinen Gunsten zu wenden. Ich musste so schnell wie möglich Magdalena finden. Ich versuchte ein zweites Mal, Vollbracht zu erreichen, bekam aber nur eine Frau an den Hörer, die kein großes Interesse zeigte, mir den Journalisten ans Telefon zu holen. Als ich sie anschrie, legte sie auf und weitere Versuche blieben unbeantwortet. Ich stieg wieder in den Lancia, weil mir mit einem Mal bewusst wurde, dass ich mich noch viel zu nahe an Maurices Villa aufhielt und dass dieser Wagen sicher auf seinen Namen angemeldet war, es also nicht allzu lange dauern würde, bis ihn die Polizei suchen würde, weil sie mich zu recht damit auf der Flucht wähnte. Ich verließ den Wiesbadener Vorort, so schnell ich konnte, fuhr auf die Autobahn und versuchte zunächst einmal, so viel Abstand wie möglich von Mainz und Wiesbaden zu bekommen. Ich verließ Wiesbaden in Richtung Süden an Rüsselsheim vorbei, passierte die Ausfahrt Darmstadt und nahm dann die A5 nach Basel. Erst irgendwo bei Mannheim stoppte ich meine Raserei und fuhr auf einen kleinen Parkplatz, stellte das Auto etwas abseits ab und ging in das daran angrenzende Feld. Der Wind blies mir heftig und kalt ins Gesicht, aber das war mir egal. Ich stapfte über den festgefrorenen Acker und stolperte mehrmals in den tiefen Furchen.

Ich durfte nicht einfach so wegfahren. Ich musste etwas unternehmen. Was machte Anstett jetzt? Hatte er Magdalena schon umgebracht? Wenn sie noch am Leben war, wo hielt er sie gefangen? Anstett war auf diesen Fall nicht vorbereitet, also musste er improvisieren. Er hatte nicht viel Zeit. Magdalena musste entweder irgendwo zwischen Koblenz und Mainz sein oder in der Nähe von Mainz. Oder Wiesbaden. Mir kam eine Idee und ich versuchte, mich an meine Nachforschungen zu erinnern. Was hatte Jerry zu mir gesagt und worüber sich lustig gemacht, als er mich nachts vor der Wohnung von Hermia abfing? Dass er nicht geglaubt hätte, dass der dämliche Spruch von dem Täter, der an den Ort seines Verbrechens zurückkehrt, heute noch stimme. Anstett kehrte nicht an den Ort eines Verbrechens zurück, aber zu einem Ort, an dem sich für ihn ein Kreis schließen würde. Da, wo diese Geschichte vor fünfzehn Jahren angefangen hatte, da sollte sie jetzt beendet werden. Ich versuchte, mich an das zu erinnern, was Hermia in ihren Aufzeichnungen auf dem Band gesagt hatte, aber der Name des Bordells, in dem der Film mit ihr und Anstett aufgenommen worden war, fiel mir nicht ein.

Ich stand auf dem freien Feld. Im Hintergrund rauschten die Autos vorbei, vor mir balgten sich zwei Kolkraben um ein Stück Kadaver und nahmen keine Notiz von mir. Ich fror in meinem Kurzmantel, den ich noch nicht einmal geschlossen hatte. Ich wählte Vollbrachts Büronummer. Dieses Mal bekam ich wenigstens jemanden an den Apparat.

„Ja?!", fragte die Stimme schnippisch. Es hörte sich ganz nach der jungen Frau an, die ich bei meinem Besuch im Sender in Vollbrachts Büro kurz kennengelernt hatte. Ich teilte ihr mit, dass ich Vollbracht dringend sprechen musste.

„Keine Chance", antwortete sie.

„Es ist sehr dringend", sagte ich, „Wann ist er denn zu sprechen?"

„Keine Ahnung, das kann dauern."

„Können Sie mir einen Gefallen tun?"

Die Antwort war ebenso mürrisch wie unverständlich.

„Ich recherchiere im Auftrag von Vollbracht und habe im Moment keinen Zugang zum Internet. Es ist sehr dringend, dass ich schnell an einige Informationen komme. Sie haben auch etwas gut bei mir." Dann erklärte ich ihr, dass ich das frühere Etablissement, einen Edelpuff, von Wombach alias Shark suchte, das er vor ungefähr fünfzehn Jahren geführt hatte, und dass es irgendwo auf der Wiesbadener Seite liegen musste. Ich rang der jungen Frau das Versprechen ab, mich auf meinem Handy zurückzurufen, sobald sie Namen und Adresse gefunden hatte. Sicher, dass sie dies machen würde, war ich mir nicht.

Ich machte mich auf den Weg zurück zum Wagen, denn mittlerweile war mir so kalt geworden, dass ich das Handy kaum mehr halten konnte. Als ich den Wagen von dem Beschleunigungsstreifen auf die Autobahn zog und zur nächsten Abfahrt raste, um nach Mainz und Wiesbaden zurückzukehren, wurde es mir schon wieder wärmer. Immer wieder sah ich zu meinem Handy, das in der Mittelkonsole lag. Ich hoffte, dass es bald klingeln möge und dass diese Frau nicht auf die Idee kam, die Polizei anzurufen. Hinter Darmstadt hatte das Warten ein Ende.

„Meike hier", meldete sich die Frau aus Vollbrachts Büro, „was habe ich denn gut bei Ihnen?"

Biest, dachte ich bei mir und fragte: „Was wollen Sie denn?"

„Ein Essen sollte schon drin sein."

Ich hatte eigentlich keinen Nerv für solche Spielchen, aber diese Meike saß am längeren Hebel und lieber hier ein paar Sekunden für ein solches Geplänkel verloren, als dass sie auflegte und noch mehr Zeit für eine neue Suche draufging.

„Okay, gerne", entgegnete ich.

„Buchholz."

„Okay!"

Die Zusage war zu schnell und machte mich verdächtig.

„Sie kennen das?"

„Ja, Sternekoch, nicht billig ..."

„Genau, und ich will das ganze Programm!"

„Sie bekommen das ganze Programm." Und so meinte ich das auch. Von mir aus wirklich das ganze. Wenn sie mir jetzt endlich nur den Namen und die Adresse des Puffs, in dem damals der Film gedreht worden war, nennen würde!

Meike antwortete nicht sofort, als ob sie überlegte, ob sie mir vertrauen konnte. „Titania", sagte sie schließlich. „Titania heißt der Laden. Haben Sie was zu schreiben?"

„Ich sitze im Auto."

„Wo denn?"

Es kostete mich eine Menge Nerven, auf ihre Fragen einzugehen.

„Bei Koblenz", log ich.

„Haben Sie ein Navi?"

„Ja, jetzt sagen Sie schon die Adresse!" In dem Moment, in dem ich das gesagt hatte, wusste ich, dass es ein Fehler gewesen war, aber es war mir einfach so rausgerutscht. Die entsprechende Antwort bekam ich sofort. „Verarschen lasse ich mich nicht! Ich meine, ich gebe Ihnen die Adresse und dann vergessen Sie das mit Buchholz ganz schnell."

„Versprochen!", sagte ich. „Vollbracht wird Ihnen das bestätigen."

Sie lachte. „Vollbracht …", und nannte mir dann die Adresse und fügte erklärend hinzu: „Das ist im Dreieck zwischen Mainz-Kastel, Biebrich und Amöneburg. Dieser Puff ist übrigens nur noch eine Ruine."

„Ich weiß, Meike, und vielen Dank. Ich melde mich bei Ihnen."

„Ich bin gespannt", erwiderte sie und legte auf.

Das Navi berechnete die Fahrstrecke und ich beschleunigte den Wagen. Ich musste so schnell wie möglich dahin. Vielleicht lag ich falsch, vielleicht rief Meike auch schon die Polizei an, weil sie wusste, mit wem sie gesprochen hatte. Aber dieses ‚Titania' war eine reale Chance und die musste ich nutzen.

Bald hatte ich Darmstadt hinter mir gelassen, wechselte auf die A 60 bis zum Mainspitz-Dreieck und nahm dann die A 671. Immer wieder sah ich in den Rückspiegel, ob dort ein Polizeiwagen auftauchte. An der Anschlussstelle Mainz-Kastel führte mich das Navi auf die Boelckestraße und von dort in ein Industriegebiet mit Hallen und kleinen Firmen. Eine kleine, unscheinbare Stichstraße, mehr ein schmaler Weg, der rechts und links von Bäumen gesäumt war und auf dem zwei Autos gerade so aneinander vorbeikämen, endete auf einem unbefestigten Platz.

Die letzten Meter ließ ich den Lancia mit ausgestelltem Motor ausrollen, stellte ihn an der Seite ab, stieg aus und drückte die Tür leise zu. Vor mir lagen, zum Teil von Bäumen und Sträuchern verdeckt, die Reste eines größeren Anwesens. Als ich einige Meter näher herangegangen war, konnte ich die eingerußten Außenwände erkennen. Der rechte Teil des Gebäudes war fast völlig zerstört, während beim linken die Außenmauern noch weitestgehend intakt waren, nur die Fenster und das Dach fehlten.

Jetzt wünschte ich mir, dass ich noch Kittys Pistole hätte. So musste ich mit einem dicken, einen Meter langen Ast, den ich aus dem Unterholz zog, vorliebnehmen. Bevor ich an die Stelle trat, wo früher mal eine Tür gewesen war, sah ich mich um. Aber es war alles ruhig und nichts deutete auf die Anwesenheit eines Menschen hin. Ich spürte schon die Enttäuschung in mir und fürchtete, dass es ein Fehler gewesen war, hierher zu fahren. War es nicht eine Schwachsinnsidee gewesen, anzunehmen, dass Anstett sein Entführungsopfer ausgerechnet an diesen Ort bringen würde? Ich wartete, bevor ich durch den Eingang trat. Rechts von mir klaffte ein tiefes Loch, auf dessen Grund sich Wasser gesammelt hatte, das gefroren war. Aus dem Eis ragten Holz- und Metallstücke hervor. Der linke Teil des Hauses war besser erhalten, hier hatte die Explosion nicht so tiefgreifende Zerstörungen bewirkt. Ich hielt den Holzstock mit beiden Händen umfasst. Ein breiter Einlass führte in einen großen Raum, in dem die verkokelten Reste des Mobiliars zu erkennen waren. Das Stahlgerippe eines Sofas stand in der Mitte, Reste von Tischen, Glas, zersplittert auf dem Boden. Obwohl das nicht mehr möglich war, hatte ich plötzlich den Geruch von Rauch und Feuer in der Nase. Am Ende des Raumes befand sich ein Treppenaufgang. Ich stieg die Stufen hinauf und stand in einem Gang, in dem die Wände kahl, schwarz und kalt waren, alle vier Meter eine Öffnung, wo sich früher mal eine Tür befunden hatte, dahinter Räume, wieder mit verbrannten und verrotteten Resten von Mobiliar, aber keine Menschen, kein Anstett, keine Magdalena. Ich fürchtete mich vor jeder Tür, plötzlich das Schreckliche vor mir zu sehen, aber es offenbarten sich nur fünfzehn, zehn oder fünf Jahre Verfall, kalt und leer und schwarz. Als ich in alle acht Räume auf diesem

Stockwerk geschaut und nur leere und kalte Zimmer entdeckt hatte, stieg ich die Stufen am Ende des Flurs nach oben empor. Hier sah es genauso aus wie unten, nur dass über mir, durch die verbrannten Reste des Dachs, der dunkle und bewölkte Himmel zu sehen war. Ich hielt den Knüppel nicht mehr so angespannt in der Hand. In den Zimmern das gleiche Bild wie unten, kalte, schwarze Leere und der Geruch von Rauch und Feuer, Reste von Bettgestellen, Waschbecken, Mobiliar. Am Ende des Ganges, da, wo unten der große Empfangssaal war, befand sich hier ein Raum, der größer und anders geschnitten war als die anderen Zimmer. Obwohl von der Einrichtung kaum mehr etwas übrig war, war mir sofort klar, dass hier das Büro von Müller alias Wombach alias Shark gewesen sein musste. Die Reste des Mobiliars, der Sofas und der Schränke, die Überbleibsel eines massiven Schreibtisches, alles deutete darauf hin. Ich nahm einen größeren der Glassplitter, die überall herumlagen. Darauf klebte der angekokelte Rest eines Etiketts. Das Wort ‚Cognac' konnte ich rudimentär erkennen, und in einem Schrank an der Rückwand des Raumes lagen zu Häuflein zusammengefallen die Überreste der Ledereinbände von Büchern. An den Wänden waren wie überall die schwarzen Brandflecken, aufgeweicht von der jahrelang ungehindert eingedrungenen Feuchtigkeit.

Wo sollte hier jemand sein? Wieder überkamen mich die Zweifel, ob ich nicht meine Zeit in diesem verfallenen Gemäuer verschwendete, während sich Magdalena noch immer in den Fängen eines durchgedrehten Politikers befand, dem nur eine tote Frau nützte, und der sie nur so lange leben lassen würde, bis er von ihr all die Informationen bekommen hatte, die er brauchte, um seine weiteren Schritte zu planen.

Frustriert trat ich aus dem großen Raum wieder in den Flur und erkannte auf der rechten Seite die Umrisse einer Tür, die mir vorhin verborgen geblieben und die durch die Hitze des Brandes so verzogen war, dass ich sie nur mit großem Krafteinsatz und nach mehrmaligen Versuchen unter Zuhilfenahme des Astes, den ich noch immer bei mir trug, öffnen konnte. Vor mir lag ein kleiner

Raum, der zu einer Steintreppe führte. Ich konnte mich nicht erinnern, an dieser Stelle in den unteren Stockwerken eine Tür gesehen zu haben. Ich folgte der Treppe und hielt den Ast nun wieder fester in meiner rechten Hand. Das Licht, das durch das kaputte Dach eindrang, wurde mit jedem Schritt weniger und um mich herum wurde es immer dunkler. Bald hatte ich den Eindruck, dass ich tiefer gestiegen war als die zwei Stockwerke, die ich in dem anderen Treppenhaus nach oben gegangen war. Dann wurde der modrige Geruch immer stärker, der schon vor einiger Zeit in meine Nase gedrungen war, es roch nach Fäulnis und Tod und verbranntem Fleisch und ich ermahnte mich, flach zu atmen, um keinen Brechreiz aufkommen zu lassen. Dieser Geruch vergrößerte meine Befürchtungen noch mehr. Nach wenigen Stufen hatte ich den Grund des Hauses erreicht und konnte schemenhaft die abgerundete Decke eines Gewölbes erkennen. Vor mir war eine Öffnung, die aus dem Keller führen musste, ich nahm an, auf die Rückseite des Hauses. Ich wollte nachsehen, da war mir, als ob ich etwas gehört hätte. Ein leises, hohes Wimmern, gedämpft, wie von sehr weit her. Ich schrak zusammen. ‚Magdalena!', schoss es mir durch den Kopf. Aber das konnte auch ein Tier sein, das sich nach hier unten verirrt hatte.

Langsam, sehr langsam drang ich weiter vor, konnte dabei nicht mehr erkennen als ein paar schemenhafte Konturen. Der Boden unter meinen Schuhen war weich, als ob ich über eine Schlammschicht lief. Einmal verursachte mein Auftreten ein fieses, quatschendes Geräusch. Sofort blieb ich stehen und lauschte. Da war es wieder, das Wimmern. Dieses Mal länger, noch leidvoller. Ich war mir sicher, dass das nicht von einem Tier herrühren konnte. Das war ein Mensch. Der Geruch von verbranntem Fleisch wurde stärker und begann mich zu würgen. Langsam, sehr langsam bewegte ich mich vorwärts, setzte meine Füße nur noch mit äußerster Vorsicht auf, um auf dem morastigen Untergrund kein verräterisches Geräusch zu verursachen. Stück für Stück, jeder Schritt ein Kraftakt, durchquerte ich diesen Raum, dessen Ende ich nicht sehen konnte. Es wurde immer dunkler um mich und ich fürchtete, gegen eine Wand oder einen Gegenstand zu stoßen und mich so zu verraten. Das Wimmern blieb aus, nur Wassertropfen, die hin und wieder auf den Boden klatschten, störten die Stille. Ich streckte meinen linken Arm aus, hielt in der rechten den Ast, drang immer weiter in den dunklen Raum vor und stieß plötzlich mit meinen Fingerspitzen gegen eine metallene Fläche. Erst nur mit den Kuppen meiner Finger, dann mit der Fläche meiner Hand erkundete ich das Metall und stellte fest, dass es sich um eine Tür handelte. Rechts und links war Mauerwerk, unverputzter Stein, kalt und feucht. Die Tür war nicht geschlossen. An einer Seite ertastete ich einen Spalt zwischen dem Stein und dem Metall, gerade so breit, dass ich meinen Körper hindurchquetschen konnte. Das dauerte lange, weil ich die Tür auf keinen Fall bewegen wollte. Ich fürchtete, dass ihre Scharniere laut quietschten und Anstett, wenn er hier unten war, gewarnt würde. Als ich meinen Kopf durch den Spalt schob, fürchtete ich einen Schlag. Aber dieser blieb aus und nach einer mir unendlich lang erscheinenden Zeit stand ich auf der anderen Seite der Tür. Das Wimmern war jetzt noch lauter. Und darin die Stimme eines Mannes. Deutlich, kalt und klar.

„Was wisst ihr? Wo ist der Film?"

Ein neues Wimmern war die Antwort. Das Wimmern steigerte sich zu einem unterdrückten Schrei. Ein Schrei, der sich keine Luft verschaffen konnte. Von links kam ein schwacher Lichtschein, wie durch einen Vorhang gedämpft. Ich schlich auf ihn zu, hielt den Ast jetzt noch fester mit beiden Händen umfasst. Mein Herz raste, ich rechnete jeden Moment mit einem Angriff. „Warum muss ich dich bestrafen?" Anstetts Stimme? Der Mann redete, als ob er zu einem aufmüpfigen Kind sprach. Ein Schlag, dann wieder das Wimmern. Ich hatte den Vorhang erreicht und erkannte einen schmalen Spalt auf der rechten Seite. Sollte ich vorstürmen und Anstett niederschlagen? Was aber, wenn er bewaffnet war? Oder noch genügend Zeit fand, Magdalena zu verletzen oder umzubringen? Ich schob meinen Kopf ganz langsam an den Spalt heran. Er war so schmal, dass ich nichts erkennen konnte, nur das Wimmern fraß sich immer tiefer in mein Ohr. Ich ließ den Ast sinken und fasste eine Ecke des Vorhangs mit Zeigefinger und Daumen und schob ihn ganz, ganz langsam zur Seite. Dann sah ich Magdalena. Sie saß auf einem Stuhl, hatte mir den Rücken zugewandt und ihre Hände waren hinter der Lehne zusammengebunden. Um ihren Kopf, in Mundhöhe, war ein Tuch geschlungen. Ich schob den Vorhang noch ein Stück weiter zur Seite. Ein Mann stand da. Anstett! Er stand neben ihr, fast im Profil zu mir. Neben ihm auf dem Boden brannte ein kleines Feuer. Gerade nahm er eine Metallstange, die er in die Flammen gehalten hatte, besah sich die rot glühende Spitze und drückte sie Magdalena auf den Arm. Sie bäumte sich auf, wimmerte trotz des Knebels noch lauter als zuvor. Anstett sah ernst auf sein Opfer. Seine Quälerei schien ihn so einzunehmen, dass ich mir gute Chancen ausrechnete, ihn überwältigen zu können. Ich machte mich bereit, vorzustürmen und ihn mit dem schweren Ast niederzuschlagen. Ich schob den Vorhang mit meiner linken Hand zur Seite, spannte meinen Körper, wartete auf den richtigen Moment, schlich in den Raum – da klingelte mein Handy. Anstett drehte sich um, sah mir direkt in die Augen und hob reaktionsschnell die glühende Eisenstange, mit der er eben noch Magdalena gequält hatte. Das Handy klingelte erneut. Jetzt parierte er damit meinen Schlag so gut, dass es mir den Ast aus der Hand schlug. Anstett lachte auf, ich sprang zur Seite, um wieder an den Ast zu kommen. Aber Anstett war schneller und kickte ihn mit dem Fuß weg, in ein weiteres Klingeln meines Handys hinein. Dann stürzte er auf mich los. Ich sprang zur Seite, versuchte, in die Nähe von Magdalena zu kommen, doch wieder war Anstett schneller, schlug zu und erwischte mich am Oberarm. Ein höllischer Schmerz schoss von der getroffenen Stelle bis in meinen Kopf. Aus einem Reflex heraus trat ich in die Feuerstelle und kickte die brennenden Holzstücke in Richtung Anstett, aber sie verfehlten ihr Ziel. Ein höhnisches Lachen war die Antwort, gefolgt von einem neuen Schlag, dem ich nur knapp entkommen konnte. Ich versuchte, zu Magdalena zu gelangen, aber Anstett war schneller und traf mich seitlich am Hals. Mir blieb die Luft weg. Ich konnte mich nicht mehr bewegen und sackte zusammen, fiel in den Morast und rang nach Luft. Grinsend kam Anstett näher, die Eisenstange locker in der Hand haltend. Er bückte sich, griff in meine Manteltasche, zog das Mobiltelefon heraus und schob mit seinem Daumen das Display nach oben. „Reza, verdammt, wo sind Sie? Meike hat gesagt, dass Sie angerufen haben! Reza! Reza!"

Das war das Letzte, was ich hörte, bevor ein Schlag alles dunkel um mich werden ließ.

Teil III:
Die Vernissage 2008

Mein erstes Gefühl war Enge. Seit Monaten war ich zum ersten Mal unter Menschen. Noch waren es nicht viele in dem großen weiten Raum im achten Stock des Bonifaziusturms, die auf den Beginn der Ausstellungseröffnung warteten und zwischen den schwarzen Monitoren auf den hellbraunen Sockeln, den Skulpturen, den Vitrinen und den Gemälden an der Wand herumwanderten oder standen. Aber es würden mehr werden und ich konnte meine Reaktion darauf nicht abschätzen. Ich war die acht Stockwerke zu den Ausstellungsräumen hinaufgelaufen, weil eine Fahrt im Aufzug große Beklemmung in mir ausgelöst hätte. Als wir vor fünf Minuten die Ausstellungsräume betreten hatten, waren außer uns zum Glück erst vier oder fünf einzelne Gäste anwesend gewesen sowie eine Aufsichtsperson, die sich neben dem Durchlass zum nächsten Raum unsichtbar zu machen versuchte. Das gab mir Zeit, mich an die Umgebung zu gewöhnen. Die Fenster waren abgedunkelt, der Raum von unsichtbaren Leuchten erhellt. Langsam tröpfelten die nächsten Besucher ein und verteilten sich in diesem größten und den anderen Räumen. Ich sollte, so hatten wir beschlossen, immer in der Nähe des Ausgangs bleiben, um, wenn es mir zu viel werden würde, schnell hinausgehen zu können. Magdalena stand neben Maurice und hatte sich bei ihm mit dem linken Arm untergehakt; den rechten trug sie in einer Schlinge. Sie sah in ihrem dunkelroten Kleid toll aus. Ich beobachtete, wie sie sich immer wieder umsah und jede neu eintretende Person genau betrachtete, um vielleicht jemanden zu erkennen, der in den vergangenen Monaten mit daran gearbeitet hatte, dass man ihr die Genugtuung für die erlittenen Schmerzen verweigerte. Seit unserer Ankunft hatte sie kaum gesprochen. Maurice blieb an ihrer Seite, streichelte immer wieder zur Beruhigung leicht über ihren Arm. Magdalena fürchtete mehr als wir alle, dass unser Plan für diesen Abend misslang.

Vollbracht sollte eigentlich auch schon in den Räumen sein, aber ich konnte ihn nirgends entdecken. Zwei Museumsangestellte bauten ein Mikrofonstativ auf und verlegten ein Kabel. Nach und nach traten weitere Gäste in den Raum ein. Obwohl sie gedämpft sprachen, suggerierte der Hall eine große Lautstärke. Männer in grauen, schwarzen oder blauen Anzügen, geschickt von der Stadt oder der Wirtschaft, die meisten eine Frau an ihrer Seite, bevölkerten in immer größerer Zahl den großen Raum, dazwischen jüngere Besucher, leger und modisch gekleidet. Künstler, schätzte ich, aber das war mir egal. Ich dachte nur daran, dass heute der Tag der Rache gekommen war. Oder zumindest der Genugtuung, damit wir nicht mit dem Gefühl leben mussten, dass unser Kampf sinnlos gewesen war.

Maurice, Magdalena und ich schlenderten umher, dabei bewegten wir uns aber nie zu weit vom Ausgang weg. Eine junge Frau stellte sich uns in den Weg und hielt uns ein Tablett mit Gläsern entgegen. Magdalena und Maurice nahmen ein Glas mit Sekt, ich eines mit Orangensaft.

„Geht es, Reza?", fragte Magdalena. Ich nickte. Bis jetzt blieb ich von Schwindelattacken verschont. Trotzdem bewegte ich mich langsam. Ich wollte keinen Rückfall erleiden. Zwei Monate hatte ich im Krankenhaus gelegen, davon zwei Tage im Koma, war dann in eine Reha-Klinik gekommen, wo ich mich wider Erwarten schnell erholt hatte. Alleine die Schwindelattacken waren bis heute geblieben, auch wenn sie nicht mehr so häufig und so heftig auftraten wie in der ersten Zeit.

Ein Mann stieß mich versehentlich von hinten an, murmelte ein „Entschuldigung". Ein Teil des klebrigen Inhalts schwappte aus dem Glas auf meine Hand. Der dunkelblaue Anzug, den Maurice mir zu diesem Anlass geschenkt hatte, blieb verschont. Maurice war gleich bei mir, um mich zu stützen. Mit einem Blick gab ich ihm zu verstehen, dass alles in Ordnung war. Der Anzug war schön; worüber ich mich aber am meisten freute, war, dass meine dunklen Haare nachgewachsen waren und nichts mehr von der Blondfärbung zu sehen war.

„Da hinten steht das Stiftungskuratorium."

Maurice, der einen sehr schmal geschnittenen anthrazitfarbenen Anzug und ein schwarzes Hemd trug, deutete auf eine Gruppe aus drei Männern und einer Frau, die sich auf der rechten Seite des großen Saals aufhielten. Immer wieder kam einer der Besucher zu ihnen herüber, um sie zu grüßen.

„Wo bleibt Reiner?", fragte Magdalena. „Er müsste doch schon längst hier sein?" Sie wirkte nervös. Ich war sicher, dass nichts schiefgehen würde.

„Er macht das schon", beruhigte sie Maurice. Aber ich konnte seinem Gesicht ansehen, dass er mindestens so angespannt war wie die Frau, die er bald heiraten würde.

Dank dem Journalisten Reiner Vollbracht waren Magdalena und ich rechtzeitig in dem Kellergewölbe des ‚Titania' gefunden worden. Meike, Vollbrachts Sekretärin, deren Bekanntschaft ich schon bei meinem ersten Besuch in seinem Büro gemacht hatte, hatte ihm einen Zettel auf dem Schreibtisch hinterlegt mit der Aufforderung, mich zurückzurufen, nachdem seine Sitzung länger als ihr Dienstschluss gedauert hatte. Mehr nicht. Sowie Vollbracht in sein Büro kam und den Zettel fand, rief er mich auch gleich auf dem Handy an und wunderte sich, dass ich abnahm und nicht antwortete. Er versuchte es ein zweites Mal, aber da war mein Apparat besetzt. Er ahnte, dass etwas passiert war, rief Meike gleich zu Hause an und erfuhr von ihr, dass ich sie gebeten hatte, mir die Adresse des ‚Titania' herauszusuchen. Dem Journalisten waren die Zusammenhänge sofort klar gewesen. Er alarmierte die Polizei und machte die Angelegenheit dadurch dringend, indem er darauf hinwies, dass sich der gesuchte Mörder Ignatius ‚Reza' Gumbrich in dem ehemaligen Edelpuff aufhielt. Als die Polizei dort ankam, verließ gerade ein schwarzer Golf das Anwesen. Die Polizei nahm die Verfolgung auf, aber der Golf hatte schon einen zu großen Vorsprung und sie bald abgehängt. Der Fahrer, ein gewisser Wolfgang Anstett, verlor in einem Kreisel bei Biebrich, nicht allzu weit von dem ehemaligen ‚Titania', die Kontrolle über sein Fahrzeug und krachte gegen einen Betonpfeiler. Er starb auf dem Weg in die Klinik.

Die Polizisten, die sich nicht an der Verfolgung des Golfs beteiligt hatten, drangen in das ‚Titania' ein. Sie durchsuchten die Räume vom Erdgeschoss bis ins zweite Stockwerk, drangen im Keller aber nur bis zu der Stahltür vor, die von Anstett verschlossen worden war, um Magdalena und mich dahinter verrecken zu lassen. Es war Vollbrachts Unnachgiebigkeit zu verdanken, dass die Tür mit Gewalt geöffnet wurde und Magdalena und ich rechtzeitig notversorgt werden konnten. Magdalena hatte Verbrennungen am Arm, an der Schulter und am Oberschenkel; außerdem war ihr rechter Arm gebrochen. Ich hatte eine schwere Schädelfraktur und ebenfalls einen gebrochenen Arm. Meine Kopfverletzung war so schwerwiegend, dass ich lange nur liegen durfte und die Ärzte sich sogar überlegt hatten, mich ins Wachkoma zu versetzen.

Nachdem ich von der Intensivstation in ein Krankenzimmer verlegt worden war, kamen mich Maurice und Vollbracht fast täglich besuchen, die Unterhaltungen waren aber nur sehr kurz und drehten sich meist um meine und Magdalenas Genesungsfortschritte. Sogar Meike, Vollbrachts Assistentin, kam mich einmal besuchen, aber ich war an dem Tag nicht gut drauf gewesen und unser Zusammentreffen wahrscheinlich anders, als sie sich das vorgestellt hatte. Erst als ich nach zwei Monaten in eine Reha-Klinik verlegt worden war, begannen Maurice und Vollbracht über das Geschehene zu sprechen und ich erfuhr, dass ich für die Polizei nicht mehr des Mordes an Hermia verdächtig war. Offiziell galt Müller als Mörder meiner ehemaligen Freundin und Kollegin.

Vollbracht und Maurice waren sich sicher, dass man in einem breiten Bündnis versuchte, Anstetts Andenken sauber zu halten. Müller bot sich nur zu gut als Hermias Mörder an. Durch ihre gemeinsame Zeit im ‚Titania' und das Milieu, in dem sie gearbeitet hatten, war diese These der Öffentlichkeit glaubhaft zu vermitteln. Auf die Aussagen und das Drängen von Maurice und Vollbracht hin hatte man sowohl den Wachmann in Mainz, Hans Grams, als auch den in Koblenz, Jens Schmid, befragt. Grams konnte sich an das Gespräch mit mir ebenso wenig erinnern wie daran, ob Anstett am Abend vor Masers Tod auf der Baustelle gewesen war. Schmid gab zwar zu, dass ich bei ihm gewesen war und von ihm unter fadenscheinigen Vorwänden verlangt hatte, mir Aufnahmen aus Masers Todesnacht zu zeigen. Er konnte sich aber nicht erinnern, dass darauf, wie Maurice und Vollbracht behaupteten, der Wagen von Anstett zu sehen gewesen war, wie er gegen zehn Uhr die Tiefgarage verließ und etwa zweieinhalb Stunden später wieder zurückkehrte. Unglaubwürdig waren meine Aussagen nicht nur, weil ich sowohl Krupkas wie Schmids Vertrauen mit falschen Angaben zu meiner Person und dem Grund meines Besuchs erschlichen hatte, sondern auch dadurch, dass ich bis vor nicht allzu langer Zeit als Pornodarsteller gearbeitet hatte. Ein Umstand, der in keinem Artikel, wenn denn über den Fall berichtet wurde, fehlte.

Anstetts Sekretärin, Frau Friedrich, war außer sich, als sie mit der Aussage von Maurice konfrontiert wurde, dass sie ihm gegenüber behauptet haben sollte, dass in Anstetts Fahrtenbuch genau in der Nacht von Masers Tod zweihundert Kilometer fehlten. Sie räumte ein, dass Anstett diese Aufzeichnungen sehr schlampig führte und es hin und wieder zu Fehlkilometern kam, aber sicher nicht in jener Nacht. Und einem Fremden wie Herrn Azama hätte sie nie eine Kopie des Fahrtenbuches gezeigt. Für den Verdacht, dass Anstett Kitty das Foto von der Ermordung Jerrys durch Müller geschickt hatte, woraufhin diese Müller erschoss, ließ sich kein Beweis finden; der Prozess gegen Kitty jedoch würde in den nächsten Wochen eröffnet werden. Und dass Anstett privates Geld in eine Kapitalanlagegesellschaft steckte, die einem gewissen Müller gehörte, der damit unter anderem auch in eine Pornoproduktion investierte, blieb ebenfalls unbewiesen beziehungsweise: dies wurde nicht öffentlich gemacht. Anstetts Tod durch den Unfall war die Folge einer Verkettung tragischer Umstände. Dafür, dass er sich kurz vor dem Unfall auf dem niedergebrannten Gelände des ehemaligen Edelpuffs ‚Titania' befunden hatte, ließen sich natürlich keine Anzeichen und schon gar keine Beweise finden.

All das lief auf die Absicht hinaus, Anstetts Andenken nicht zu beschmutzen. Seine Bestattung war nicht minder pompös und prominent besetzt wie die von Maser, den man übrigens dadurch geehrt hatte, dass man einen Platz in Mainz-Lerchenberg „Peter Paul Maser-Platz" genannt hatte. So schloss sich auch für mich ein Kreis, dachte ich sarkastisch, als ich davon erfuhr, hatte ich doch genau dies im Gespräch mit dem Taxifahrer kurz nach meiner Ankunft in Mainz vorgeschlagen.

Vollbracht war, nachdem ich in die Reha-Klinik verlegt worden war, mit der Idee an mich herangetreten, die Ergebnisse unserer Recherchen in einem Film zu verarbeiten und öffentlich zu machen, um so gegen die Vertuschungs- und Beschönigungsversuche vorzugehen. Interventionen auf höchster Ebene und mehrere einstweilige Verfügungen machten die Ausstrahlung des Films unmöglich. Da ich in letzter Konsequenz noch nicht von dem Vorwurf des Mordes an Regine Müller alias Hermia freigesprochen war, schwebte die Drohung einer neuen Untersuchung des Mordfalles mit ungewissem Ausgang über mir, die, wie mir implizit mitgeteilt wurde, im Falle der widerrechtlichen Ausstrahlung des Filmes wiederaufgenommen werden würde. Entsprechend hoch war der Frust von uns allen vieren, was in meinem Fall dem Heilungsprozess nicht förderlich war.

Inzwischen hatte sich der große Raum gefüllt. Die Anzugträger waren mittlerweile in der Mehrzahl und es wurde sich in vielen kleinen Gruppen angeregt unterhalten.

„Die Dame da hinten“, Maurice deutete auf eine Frau mit kurzen Haaren, die in einer Gruppe junger Leute stand, „ist die künstlerische Leiterin des neuen Museums. Um sie tut es mir am meisten leid.“

„Gehört sie nicht auch zu der Clique, die verhindern will, dass Anstett als das Arschloch dargestellt wird, das er ist?“, fragte ich ihn. Dabei hatte ich mich zu schnell umgedreht, so dass sich sofort wieder der Schwindel bemerkbar machte.

Maurice schüttelte leicht den Kopf und schaute nachsichtig zu der Museumsleiterin hinüber. „Sie am allerwenigsten. Ein Skandal um einen Politiker kann ihr egal sein, sie hat nichts mit Anstetts Machenschaften zu tun. Und, wenn man zynisch sein will: Ein Skandal hätte die Bekanntheit der Ausstellung, der Stiftung und des Museums, das es bald geben wird, und ihre eigene Karriere sicher noch weiter befördert. Nein, sie hat mit dem ganzen Geklüngel nichts zu tun. Sie will gute Kunst zeigen."

Ein Mann, der nur wenige Schritte von uns entfernt zusammen mit zwei Frauen stand, die sich angeregt unterhielten, sah zu uns herüber. Ich senkte meine Stimme. „Schaden wir ihr dann nicht mit unserem Plan?"

Magdalena gab einen Zischlaut des Unwillens von sich. „Hat irgendjemand danach gefragt, wie uns geschadet wurde und wie das wieder gut gemacht werden kann? Keiner!"

Magdalenas Wunden waren gut verheilt und es würden nur einige Narben zurückbleiben, aber das waren äußerliche Verletzungen. Die Demütigungen und Erniedrigungen, die Anstett dieser sonst so starken und selbstbewussten Frau zugefügt hatte, waren tief in sie eingegraben.

„Magdalena, bitte!", bat Maurice. Sie war mit jedem Wort lauter geworden.

„Wenigstens setzen wir so ein Zeichen. Keiner weiß von dem Band. Man kann allenfalls vermuten, dass es von uns kommt. Beweisen kann das niemand." Magdalena hatte wieder leiser, aber darum nicht weniger energisch und wütend gesprochen.

„Wenn Reiner alles richtig macht", wandte ich ein.

„Wir haben alles ganz genau besprochen. Er selbst koordiniert die Sache nur. Mehr nicht."

„Und wenn", sagte Magdalena, schon wieder etwas lauter, „werde ich alles auf mich nehmen. Mir können sie am wenigsten."

Zwei Männer in den Uniformen des Ausstellungspersonals machten die Monitore betriebsbereit und gaben der Hausherrin ein Zeichen. Die Museumsleiterin löste sich von ihrem Gesprächspartner und ging, bevor sie an das Mikrofon auf der gegenüberliegenden Seite trat, zu mehreren Herren, die sich ihr anschlossen. Sie klopfte einige Male leicht gegen das Mikrofon und nach und nach verstummten die Gespräche in dem großen hellen Raum und alle Augen wandten sich der Frau zu. Nachdem sie das Kuratorium und die wichtigsten anwesenden Politiker begrüßt und ihnen für die Räume und die Ermöglichung der Ausstellung gedankt und Masers Verdienste gewürdigt hatte, galt der größte Teil ihrer Rede der Kunstsammlerin und Gründerin der Stiftung, Veronika Geisler, deren Verdienst es sei, dass sich Mainz nun in einer Liga mit Städten wie Frankfurt, Düsseldorf oder Hamburg sehen dürfe. Besonders freue es sie, führte sie weiter aus, dass die testamentarische Verfügung von Frau Geisler vorsehe, dass aus dem Stiftungskapital nicht nur der laufende Betrieb der Ausstellung und die Erweiterung der Sammlung finanziert, sondern auch junge regionale Künstler gefördert werden sollten. Sie sprach des weiteren über die nun in diesem Ausweichquartier gezeigten Werke der sogenannten Nachkriegsmoderne, darunter auch einige bedeutende Werke der Fluxus-Bewegung, sowie über die vier jungen Künstler und ihre Medien, Video, Skulptur, Fotografie und Grafik, die korrespondierend gezeigt wurden. Nach ihr sprachen ein Enkel der Stifterin Veronika Geisler, ein Mitglied des Kuratoriums sowie Vertreter von Stadt und Land. Als all diese Ansprachen beendet waren, lud die Leiterin die Besucher zu einem Rundgang durch die Ausstellung ein. Anschließend, so endete sie ihre Einführung, werde es am Buffet, das im Bistro aufgebaut war, die Gelegenheit zum Gespräch geben.

Vollbracht war während dieser letzten Rede zu uns getreten und lächelte breit. Ich ging davon aus, dass alles in unserem Sinne geklappt hatte. Magdalena reichte ihm ein Sektglas und wir stießen miteinander an, während sich die anderen Besucher zu dem Rundgang aufmachten. Ich war jetzt richtig aufgeregt und musste aufpassen, dass mich das nicht zur sehr anstrengte und ich einen Schwindel- oder Schwächeanfall erleiden würde.

„Noch ein paar Sekunden", flüsterte Vollbracht uns zu und hob sein Glas. Wir stießen nochmals mit ihm an. Nun konnte ich auch in den Gesichtern der anderen die Anspannung lesen.

Plötzlich war aus der Tiefe des Raumes ein Raunen zu hören, das sich in erstaunte und aufgeregte Äußerungen steigerte. Um die Monitore drängten sich immer mehr Besucher. Darauf folgte hektische Betriebsamkeit. Ich konnte die Leiterin erkennen, die von einem Bildschirm zum nächsten eilte, um erkennen zu müssen, dass auf allen das gleiche Bild zu sehen war. Vollbracht gab uns ein Zeichen, etwas mehr in den Raum hineinzugehen, um den Film, den ich bis jetzt nur auf dem Fernsehbildschirm gesehen hatte, in einer Kunstausstellung zu betrachten. Gerade riss der nackte, noch fünfzehn Jahre jüngere Anstett Hermias Kopf brutal an den Haaren zurück, beschimpfte sie obszön und schlug auf sie ein. Dabei schaute er immer wieder auf und direkt in die Kamera. Die Leiterin lief an mir vorbei. „Entschuldigen Sie bitte", bat sie, „das ist der falsche Film." Sie zog einen der Ausstellungsbediensteten zu sich und zischte ihm ins Ohr, dass das endlich abgestellt werden solle.

Vollbracht drängte uns ein wenig zur Seite, wo niemand stand. „Es wird ein bisschen dauern, bis die das abgestellt haben." Er lächelte dezent.

Es war seine Idee gewesen, den Film, den Maurice bei dem Künstler in Wörrstadt aufgetrieben hatte, in die Ausstellung zu schmuggeln, nachdem alle unsere anderen Versuche, Anstetts Verfehlungen öffentlich zu machen, gescheitert waren. Nun ließ es sich nicht mehr verschweigen, spätestens morgen würden der Film, der Skandal in der Kunsthalle und Anstett Gesprächsthema Nummer eins sein. Und die Presse hatten wir nicht einmal um einen Bericht bitten müssen.

„Die Kunst erfüllt eine zutiefst öffentliche Aufgabe und hat daher jede Förderung und Unterstützung durch die öffentliche Hand verdient", hatte Vollbracht bitterböse und ironisch seine Ausführungen abgeschlossen, als er uns die Idee vorgetragen hatte, den Film, den er in seinem Büro unter all den anderen Kassetten vor dem Zugriff der Staatsanwaltschaft versteckt hatte, bei der Eröffnung der Ausstellung im Bonifaziusturm zu zeigen.

Mittlerweile sah man Anstett vor dem Bett stehen und ungläubig auf die vor ihm liegende Frau starren. Während er begann, sich anzuziehen und mehrere Geldscheine erst aus der Schublade einer kleinen Kommode herausnahm und dann wieder zurücklegte, wurde es immer lauter um uns herum.

Die Leiterin der Ausstellung hatte sich inzwischen des Mikrofons bemächtigt und bat um Entschuldigung dafür, dass die Besucher der Vernissage mit diesen Bildern konfrontiert wurden. Sie wisse nicht, wie sie dahin gelangt seien und wer dahinter stecke, aber sie bat ihre Gäste zu bleiben, um gleich, wenn der richtige Film in das Abspielgerät gesteckt sei, mit dem geplanten Programm fortfahren zu können. Wem das zu lange dauere, der könne ja schon zum Buffet gehen, das sie mit diesen Worten eröffne.

Kurz bevor es einer der Angestellten geschafft hatte, die Tür zu dem Raum, in dem das Abspielgerät stand, zu öffnen, waren wir vier im Treppenhaus verschwunden. Ich hoffte, dass dieser Abend so viel Unruhe in der Stadt schuf, dass Hermia zumindest ein wenig Gerechtigkeit widerfuhr. Ich war mir sicher, dass sie uns in diesem Moment ihr schönstes Lächeln geschenkt hätte.

Ich lief die Treppen nach unten und traf dort die anderen, die den Aufzug genommen hatten.

Maurice chauffierte uns mit seinem alten Quattroporte nach Gonsenheim zu einem Restaurant namens „Mei´jers Häus´je", das ihm Vollbracht empfohlen hatte, wo wir sehr herzlich empfangen wurden. Der Wirt willigte gleich ein, uns in einem größeren Raum im ersten Stock Platz nehmen zu lassen, damit mir das Gefühl der Enge nicht den Spaß am Essen nehmen konnte. Nach dem ersten Glas Wein und dem ‚Gruß aus der Küche' war Maurice sehr verärgert darüber, dass er schon so lange in Mainz und Wiesbaden wohnte und doch noch nicht jede kulinarische Oase kennengelernt hatte. Später saßen wir mit dem Koch und seiner Frau zusammen am Tisch, probierten nach und nach verschiedene Kostbarkeiten seiner Weinkarte, was besonders Maurice und Vollbracht zu immer neuen Ausrufen des Erstaunens und der Freude hinriss. Magdalena und ich beobachteten amüsiert das Schauspiel.

Irgendwann an diesem Abend stellte ich Maurice eine Frage, die mir schon lange auf der Zunge lag. Ich wollte von ihm wissen, woher er so viel Geld besaß, dass er sich die Villa und die vielen Autos leisten konnte, und gestand ihm auch, dass ich ihn kurzzeitig verdächtigt hatte, dass er auf irgendeine Weise mit in der Sache drin hing. Lächelnd antwortete er mir, dass er aus einer reichen Familie stamme, deren einziger Nachkomme er sei, aber seine Augen funkelten dermaßen, dass ich für einige Momente unsicher wurde, ob dies die Wahrheit war.

Es war schon sehr spät, als Vollbracht mir mit einem ironischen Lächeln anbot, bei ihm in die journalistische Lehre zu gehen. Ich beschloss, ihn am nächsten, oder besser, am übernächsten Tag noch einmal daran zu erinnern. Zum Abschluss ermahnte er mich, meine Einladung an Meike nicht zu vergessen, da diese ihn fast täglich darauf ansprach.

Ich versprach ihm, das gleich morgen zu erledigen, aber vorher würde ich mir alle greifbaren Tageszeitungen besorgen.

Danksagung

Danken möchte ich an erster Stelle meiner Frau Tanja und meinem Sohn Tizian für ihre Unterstützung und ihre Nachsicht, wenn ich mal wieder am Schreibtisch verschwunden war; meiner Schwiegermutter Liane Diehl ebenfalls für ihre Unterstützung; meinen Freunden und Kollegen Pepe Bernhard und Frank Grevsmühl, die nach meiner Frau die ersten und sehr kritischen Leser meiner Manuskripte sind; Monika und Thomas Schäfer für ihre Bereitschaft, mir Einblicke in die Arbeit im Landtag zu gewähren; Kriminalhauptkommissar Peter Metzdorf für Tipps und Hinweise zur Arbeit der Polizei und Ursula Niggemeyer für ihr Lektorat. Bedanken möchte ich mich ganz besonders bei Angelika Schulz-Parthu vom Leinpfad Verlag, nicht nur für ihr gründliches und sehr genaues Lektorat, sondern auch für ihr Vertrauen und ihre sehr kritische und anregende Begleitung des Buches.

Jürgen Heimbach

Über den Autor:

Jürgen Heimbach wurde 1961 in Koblenz geboren. Nach einer Ausbildung zum Kaufmann und dem Abitur in Koblenz studierte er ab 1985 Germanistik und Philosophie in Mainz. Während des Studiums war er Regieassistent am Staatstheater Mainz und Mitbegründer und Regisseur einer Freien Theatergruppe, sowie eines eigenen Theaters in Mainz (darK-Halle). Er ist Mitglied der Künstlergruppe V-I-E-R, mit der er seit 1997 mehrere Ausstellungen in Mainz organisierte. Seit 1996 arbeitet Jürgen Heimbach als Redakteur bei 3sat und dem ZDFtheaterkanal.

Bisher ist von ihm der Jugendroman „Johannes' Nacht" erschienen. Er ist Mitglied in der Krimiautorenvereinigung „Mörderisches Rheinhessen" und hat dort einen Kurzkrimi in der Anthologie „Perfekte Morde. 13 neue Kurz-Krimis aus dem Mörderischen Rheinhessen" (Leinpfad Verlag) veröffentlicht.

www.juergen-heimbach.de

Lieben Sie Krimis? Wir haben noch mehr!
Und: Alle spielen bei Ihnen um die Ecke!!

Andreas Wagner: Herbstblut. Ein Weinkrimi
Paul Kendzierski, neuer Bezirkspolizist in Nieder-Om, macht den grausamen Tod des polnischen Saisonarbeiters Jozef im Essenheimer Weingut Bach zu seinem persönlichen Fall – der ihn von Rechts wegen nichts angeht, denn zuständig ist die Mainzer Kripo. Und für die ist es ein bedauerlicher Gärunfall, wie er immer mal wieder bei der Kellerarbeit vorkommt …
ISBN 978-3-937782-62-1, Broschur, 192 S., 9,90 €: 3. Auflage 2008!

Andreas Wagner: Abgefüllt. Ein Weinkrimi
In der Essenheimer Gemarkung wird ein Toter gefunden, den niemand zu vermissen scheint. Aber dieser Tote hat ein Geheimnis, hinter dem auf einmal nicht nur Kendzierski her ist. Bei seinen Nachforschungen taucht er sowohl in die Tiefen der Keller sowie in die Abgründe menschlicher Seelen ein.
ISBN 978-3-937782-73-7, Broschur, 236 S., 10,90 €

Andreas Wagner: Gebrannt. Ein Weinkrimi aus Rheinhessen
Der Seniorchef des Essenheimer Weinguts Baumann wird nachts in der Scheune erstochen aufgefunden. Nicht genug damit, hat es in der Nähe des Tatorts auch noch gebrannt ... Schnell gerät der Sohn Jochen Baumann, erfolgreicher Juniorchef im elterlichen Weingut, unter Mordverdacht: Mündet hier die Betriebsnachfolge in einen Vater-Sohn-Konflikt mit tödlichem Ausgang?
ISBN 978-3-937782-85-0, Broschur, 232 Seiten, 10,90 €

Claudia Platz: Der zweite Blick. Tod in Nahaufnahme
Deutschland-TV, ein Privatsender mit Sitz in Mainz, plant ein auch im Sender heiß umstrittenes neues Sendeformat. In der Pilotsendung soll das Publikum per TED entscheiden, ob der vor 15 Jahren zu lebenslanger Haft verurteilte Sexualstraftäter Peter Schwarz wirklich schuldig ist. Wenige Tage nach der Ausstrahlung ist für Claire Flaanke, die Moderatorin der Sendung, für Katharina Neu, die verantwortliche Redakteurin, und deren Tochter Anne plötzlich nichts mehr wie es war: Alle drei Frauen werden nach und nach Opfer psychischer und physischer Gewalt ...
ISBN 978-3-937782-51-5, Broschur, 263 S., 10,90 €

Claudia Platz: Die falschen Caesaren. Ein historischer Krimi aus dem römischen Mainz
ISBN 978-3-937782-65-2, Broschur, 314 S., 11,90 €

Antje Fries: Kaltgestellt oder: Die Rechte des Fälschers
ISBN 3-937782-43-5, Broschur, 252 Seiten, 10,90 €

Antje Fries: Knielings Garten oder: Gegen jeden ist ein Kraut gewachsen
ISBN 978-3-937782-69-0, Broschur, 240 S., 10,90 €

Antje Fries: Kleine Schwestern
Anne Mettenheimers vierter Fall, bei dem sie womöglich davon ausgehen muss, dass in Rheinhessen ein Serientäter mordet! Schließlich haben alle verschwundenen Mädchen braune Augen und lange braune Haare …
ISBN 978-3-937782-81-2, Broschur, 188 Seiten, 9,90 €

Christian Pfarr: Zaubernuss
Die Zaubernuss ist mehr als ein Mainz-Krimi: Komödie, Liebesgeschichte, Wissenschaftssatire und vor allem eine respektvoll-augenzwinkernde Hommage an Sherlock Holmes, Hercule Poirot, Father Brown und Co.
ISBN 978-3-937782-78-2, Broschur, 206 Seiten, 9,90 €

Christian Pfarr: Königsweg oder: Der steinerne Zeuge
Aus dem Mainzer Dom-Museum ist eines der bedeutendsten und schönsten Exponate, der ‚Kopf mit der Binde', gestohlen worden. Und zwar ausgerechnet am Rosenmontag!
ISBN 978-3-937782-84-3, Hardcover, 80 Seiten, 9,90 €

Wolfhard Klein (Hg.): Perfekte Opfer.
13 neue Kurz-Krimis aus dem *Mörderischen Rheinhessen*
Die Landschaft in Rheinhessen ist idyllisch und sanft, die Menschen sind heiter und offen – halt, nicht alle! Hinter mancher Gutmenschfassade gibt es kriminelle Energien ohne Ende – zumindest wenn man den Autorinnen und Autoren von ***Perfekte Opfer*** glauben darf. Da geht es um ungeheure Obsessionen und Leidenschaften, und natürlich geht es auch um Geld, um Macht und Kontrolle. – Mit Kurz-Krimis von: Vera Bleibtreu, Antje Fries, Jürgen Heimbach, Heidrun Immendorf, Wolfhard Klein, Timothy McNeal, Gerd Merz, Olaf Paust, Christian Pfarr, Claudia Platz, Astrid Reck, Marion Schadek und Andreas Wagner.
ISBN 978-3-937782-89-8, Hardcover, 240 S., 14,90 €

Leinpfad Verlag –
der kleine Verlag mit dem großen regionalen Programm!

Leinpfad Verlag, Leinpfad 5, 55218 Ingelheim, Tel. 06132/8369, Fax: 896951, www.leinpfad-verlag.de, info@leinpfadverlag.de
Wir schicken Ihnen gerne unser Programm!